全国人大常委会副委员长周铁农给“中华大地之星”“十佳优秀新闻工作者”谢吉恒颁奖

▲中国东方集团控股有限公司董事局主席兼首席执行官、津西集团董事长韩敬远

▲津西集团西柏坡爱国主义教育基地揭牌

▲“津西”文字商标被认定为“中国驰名商标”

▲津西员工荣获五一劳动奖章

▲津西股份党委书记、副董事长、总经理于利峰荣获“全国企业优秀党委书记”称号

▲津西集团研发中心

▲“津西”牌型钢产品

国画家张世才作品选

▲江山如画

▶春意浓浓

▲五彩石溪山叶口

▶飞流直下三千尺

▲青山绿水遍神州

▲津西多娇

▲马万水分公司在太钢峨口铁矿扩建工程施工中，多次获得太钢综合评比第一名

▲马万水分公司建设的山西太旧高速公路北茹隧道获得国家鲁班奖

▲在通钢板石铁矿，马万水分公司实施精细化管理，受到业主高度赞誉

▲马万水分公司承建的本溪思山岭铁矿是至今全国冶金矿山最深竖井

▲马万水分公司承建的甘肃酒钢镜铁山铁矿主斜坡道获得冶金矿山银盾奖

▲作者向马万水分公司经理刘东申（中）赠书

国画家王泉涌作品选

▲天界卫士

▲志程千里

▲一鸣惊人

▲一团和气

▲千古英姿

丝路起点 牡丹花城

洛阳交运集团 21 分公司剪影

▲新型环保客车投入运营仪式（洛阳交运集团董事长魏振邦、孟津县长王朝阳、交通局长郭玉杰等参加剪彩仪式）

▲纯电动环保汽车

▲民兵拓展训练

▲ 21 分公司被河南省委、省政府、省军区授予“应急维稳模范民兵连”称号

▲洛阳交运集团副总经理胡斌（左）、21 分公司经理田延通（右）与中华大地之星采风团团长阮观荣（中）合影

▲中华大地之星采风团来 21 分公司采风留影

游神奇宁夏 大美青海剪辑

▲作者于青海湖留影

▲作者与银川钢协副会长赵兰（前左二）、秘书长周少邦（前左三）等合影

▲作者与银川钢协会长刘玉平（左三）、常务副会长罗卫东（右二）合影

▲作者参加“德盛源”举办的“六朵金花”营销故事会

▲罗卫东（中）与唐山云峰国贸有限公司总经理石国友（右）、副经理张泓（左）在福满堂客栈留影

▲作者于青海茶卡盐湖留影

▶作者参观宁夏银川沙湖景区骑骆驼留影

丝路采风掠影

▲银川钢协赴津西考察时合影

▲作者参观青海塔尔寺景区与藏族导游刘顺菊（左二）交谈

▲作者在邓州习氏宗祠与习正欣（左二）留影

▲作者采访河北新金钢铁万利冷轧分厂与王明杰（左）、温炳旺经理（右）留影

▲作者参观“黄金寨”景区与敬业集团副总周喜明（左）、《敬业人》总编盖进霞（右）留影

▲刘玉平（右）与石国友合影

▲作者参加学生郭健、易雅娇婚礼合影

丝路采风随笔

谢吉恒　著

北京
冶金工业出版社
2017

内 容 提 要

本书是一部以纪念《中国冶金报》创刊60周年为主轴，特色旅游为看点、深度游为亮点的散文、报告文学集。甄选了作者近年在报纸、期刊发表的60余篇新作，分为“旅游长见识，行走即读书”“创刊六十载，浓墨抒深情”“展时代风采，听回声嘹亮”三个部分。从不同的角度和侧面，用饱满深情的笔触，生动形象地再现了驰名海内外的风景名胜、文物古迹、水乡古镇、书画艺术馆、工业游等，使读者跟随作者的足迹和心路深游一回，饱览美景，感受正能量，有身临其境之感。

本书内容丰富、取材广泛、文字优美、笔触细腻，集思想性、文学性、故事性、知识性、趣味性于一体，融可读性、导游性、互动性于一炉。

图书在版编目(CIP)数据

丝路采风随笔／谢吉恒著．—北京：冶金工业出版社，2017.2

ISBN 978-7-5024-7431-7

Ⅰ.①丝…　Ⅱ.①谢…　Ⅲ.①散文集—中国—当代②报告文学—作品集—中国—当代　Ⅳ.①I217.2

中国版本图书馆CIP数据核字(2016)第321872号

出 版 人　谭学余

地　　址　北京市东城区嵩祝院北巷39号　邮编　100009　电话　(010)64027926

网　　址　www.cnmip.com.cn　电子信箱　yjcbs@cnmip.com.cn

责任编辑　李　臻　美术编辑　吕欣童　易雅娇　版式设计　彭子赫

责任校对　李　娜　责任印制　李玉山

ISBN 978-7-5024-7431-7

冶金工业出版社出版发行；各地新华书店经销；固安华明印业有限公司印刷

2017年2月第1版，2017年2月第1次印刷

169mm×239mm；20.75印张；4彩页；336千字；322页

51.00元

冶金工业出版社　投稿电话　(010)64027932　投稿信箱　tougao@cnmip.com.cn

冶金工业出版社营销中心　电话　(010)64044283　传真　(010)64027893

冶金书店　地址　北京市东四西大街46号(100010)　电话　(010)65289081(兼传真)

冶金工业出版社天猫旗舰店　yjgycbs.tmall.com

饱览丝绸之路文化新风彩（代序）

我的新闻界老朋友谢吉恒的《丝路采风随笔》就要出版了。这是继《难以磨灭的记忆》《走进红松的故乡》出版之后，出版的第三部散文、报告文学集。我很高兴为这本书作序。

丝绸之路是横跨欧亚大陆的经济、文化和社会生活的桥梁。季羡林先生曾说过："世界上历史悠久、地域辽阔、自成体系，影响深远的文化体系只有——中国、印度、希腊、伊斯兰，而这四个文化体系汇流的地方只有一个，这就是中国的敦煌和新疆地区。"丝绸之路是连接欧亚大陆的文明枢纽，是欧亚大陆的战略要道，是多元素文化交流的主要通道。

看到谢吉恒厚厚的《丝路采风随笔》文稿，我想起了"投笔从戎"的故事。汉代，班超投笔从戎，出使西域诸国。在西域平定内乱，外御强敌，为丝绸之路的畅通，促进中外文化的交流作出了巨大贡献，成为东汉著名的军事家和外交家。

谢吉恒则是"从戎执笔"，他参军之后开始执笔写作。连续 31 年辛勤耕耘在《中国冶金报》这块沃土，并担任《中国冶金报》河北记者站站长，奔波于燕赵大地众多的冶金企业，开展新闻深度报道，被称为"深海捕鱼"的快手。十多年来，他的数十篇通讯、报告文学获得中华大地之星征文评选特等奖、一等奖。他本人被评为"中华大地之星十佳新闻文化工作者"。他所在的记者站多次被评为《中国冶金报》优秀记者站。我为结识勤奋、笃学、踵事的同行谢吉恒而倍感荣幸、欣慰和骄傲。

2013 年，习近平总书记提出了"一带一路"的伟大战略构想。近两三年来，"一带一路"成为中国对外开放、经济发展的主题词。这也促进了许多专家、学者、新闻工作者对"一带一路"战略的研究。谢吉恒则从"一带一路"文化研究入手，开展丝绸之路的调查、采访报道工作。年逾七旬的谢吉恒，以记者的责任与担当，深入古代丝路的城镇、古堡采访调研，把自己的苦与乐灌注笔端。他不知走过了多少孤寂和独立思考的日子，排解了多少剪不断理还乱的丝路文化情结与感怀。先后到青海、宁夏、内蒙古、甘肃、河南、河北等省、自治区开展采风活动，挖掘丝路文化，彰显丝路特色，编辑成这本有70多篇文稿的《丝路采风随笔》。这本随笔内容丰富、取材广泛、立意新颖，连古今，接地气，知识性强，有看点，而且具有引领互动的特色。

谢吉恒的《丝路采风随笔》蕴含着他对祖国、对人民、对生活的无限热爱，蕴含着他对国家"一带一路"战略实施的美好期待，蕴含着他对"一带一路"文化的眷恋和情思。这本浸透谢吉恒心智的随笔，也记录着他对丝路文化的心路历程，释放着他对丝路文化的追寻与呼喊。

《丝路采风随笔》是介绍"丝绸之路"文化的索引，能让更多的人关注丝路，走向丝路，走得更久，走得更远。

《丝路采风随笔》的作品，不但具有记实性、文学性和可读性，而且生动再现了丝路上的风景名胜、文物古迹、民族风俗等，是读者了解丝绸之路文化不可多得的文化专辑。

让我们随着谢吉恒采风的足迹，体验"一带一路"经济新战略的思路，饱览丝绸之路文化新风采，感受正能量，体会作者对生命的感恩和对生活的热爱，分享陶冶情操和开心的情趣吧！

是为感言，聊且为序。

阮观荣

2016年12月于北京

（作者系中华全国新闻工作者协会原国内部兼学术部主任、高级记者、"中华大地之星"征文评选组委会主任）

目　　录

旅游长见识　行走即读书

创刊六十载　浓墨抒深情

展时代风采　听回声嘹亮

朋友圈点评的故事

旅游长见识　行走即读书

LÜYOU ZHANG JIANSHI XINGZOU JI DUSHU

大好河山美无垠，
脚步从容踏歌行。
一草一木细品味，
千笔万言皆由衷。

（任宝亭）

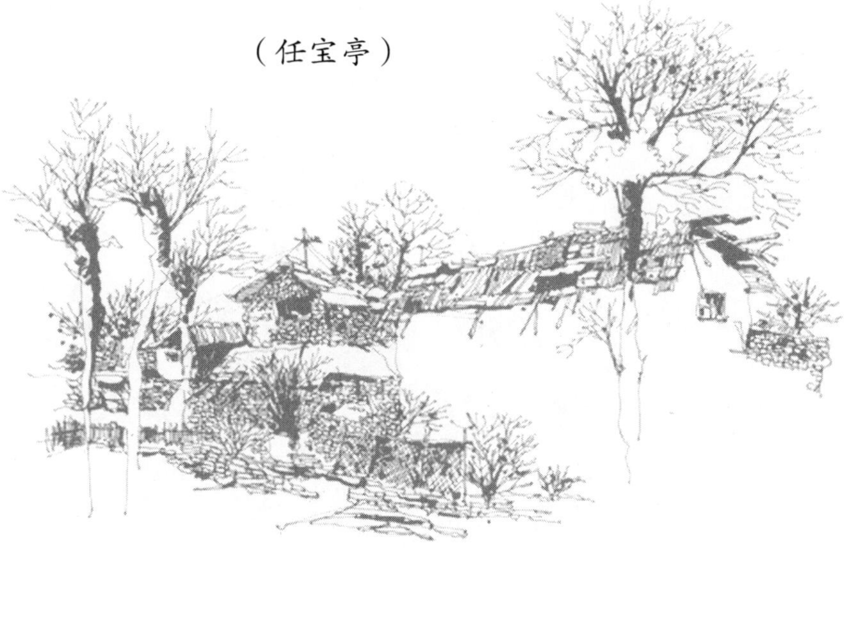

大美青海　天空之境

青海湖景色美不胜收

人生就是一场漫长的旅行，在乎的是沿途的风景，在乎的是看风景的心情，带着自己的心与灵魂去旅行。

——作者题记

青海是古丝绸之路南线的重要通道，被誉为丝绸之路“青海道”，是唐代丝绸之路最繁荣的干道之一。“天含青海道，城头月千里”，这是唐代著名诗人李贺的诗句，生动再现了古丝绸之路的青海道。西宁是青藏高原东方的门户，是古“丝路”南路和唐蕃古道的必经之地，自古就是西北交通要道和军事要地，素有“西海锁钥”“海藏咽喉”之称，是世界高海拔高原城市之一。

作者在青海湖畔

习近平总书记今年8月下旬在青海视察时强调，青海最大的价值在生态，最大的责任在生态，最大的潜力也在生态，必须把生态文明建设放在突出位置来抓，尊重自然、顺应自然、保护自然，筑牢国家生态安全屏障，实现经济效益、社会效益、生态效益相统一。9月下旬，《中国冶金报》记者同北京媒体组成的采风团一起来到西宁采风，随着“一带一路”战略深入，一睹青海生态游和工业游的大美风光。

西宁市——甘河工业园区

甘河工业园区是由青海省委省政府批准设立的省重点建设园区之一，位于湟中县，距西宁市35公里，规划面积10平方公里。据园中管理人员提供的资料，工业园秉持绿色发展，依托青海独特丰富的电力和矿产资源，重点发展铝、铜、铅、锌、硅稀有金属及电石、烧碱、化肥等下游产品的深加工，将园区建成我国重要的有色金属材料和加工基地。现已有几十家企业入驻园区。

自开园以来，实现两项全国第一：一是海纳水泥厂运料的皮带长达21.7公里，运转速度4米/秒，水泥生产粉尘排放量30毫克/立方米，低于国家的50毫克/立方米，每天为公司节约成本8万元。二是拥有全国最领先的余热发电技术。在硅铁行业内，青海物通集团10万吨硅系材料配套建设，利用10万吨余热发电，不向外排一滴水，每年增加1800万元的经济效益，成为铁合金行业第一家清洁生产项目，并在联合国注册成功。

青海的生态地位很重要，为担负起保护三江源、保护“中华水塔”的重大责任，青海省依托新能源、新材料资源、高原动植物资源、旅游资源等优势，通过综合利用、循环利用，发展绿色经济。甘河工业园对入园的企业严把环保关，对环保不达标的企业，坚决杜绝入园。

承建青海铜业10万吨阴极铜工程的一位中冶集团工程技术人员向《中国冶金报》记者介绍说，青海铜业10万吨阴极铜工程项目，是省委省政府确定的重点工程项目，总投资24亿元，项目用地808亩，建筑面积142970平方米，项目于2015年9月落户于园区并全面启动建设，土建工程全面竣工。据中国西部矿业业主透露，此项目采用中国自主研发的氧气底吹炉熔炼+底吹吹炼工艺，突破了传统冶炼工艺低空污染的世界性难题，能够更大程度综合回收利用资源，实现低碳冶炼与清洁生产，属于目前铜冶炼行业的最高水平。此项目将于2017年7月建成投产，以先进的技术、良好的效益和卓越的环保水平，成为国家产业技术升级的典范，在填补青海地区铜冶炼空白，提升我国西部经济发展水平的同时，有效推进我国有色工业向绿色、节能、环保方向发展。

《中国冶金报》记者走进甘河工业园，见到青海西矿杭潇钢结构公司，投资8亿元、年产20万吨的新型绿色建筑工业化基地落户该园区，承建钢结构厂房制造安装的二十二冶集团青海分公司7月中旬开工，钢结构厂房建筑面积36120平方米、建筑高度12.15米，抢跑在西北地区新型绿色建筑业制造项目的前沿，正式开启了青海新型绿色建筑产业之门。

金银滩——中国的原子城

9月21日，采风团一行从西宁出发驱车行驶100公里，来到青海湖北岸，中国最优美的著名第五大草原——金银滩草原，海拔3150米，面积方圆1100平方公里。我从车窗向外望去，浩瀚的草原美得使人震颤，绿草如茵，鲜花盛开，百鸟飞翔，浮云般的羊群，棕黑相间的牦牛，徜徉在青草和野花丛中，绝美的自然风光令人称奇。远处的山峦连绵起伏，莲花般的蒙古包散落在白云深处。

我们站在金银滩草原景区标志地举目四望，觉得蓝天白云触手可及。草原的天，蓝得醉人；草原的云，白得可心；草原的山，美得如画；草原的空气也甜得怡心。

金银滩大草原位于青海省海晏县境内，西部同宝山与青海湖相邻，北、东部高山峻岭环绕，南部与海晏县三角城接壤（是西汉遗址，建于西汉王莽秉政时期）。金银滩分为金滩、银滩，一条小河穿流其间，北岸草滩盛开一种叫露梅的金黄色芳香小花，故称金滩；南岸草滩上是洁白如银的露梅

作者在金银滩草原

的天下，谓之银滩，人们以金银遍地形容这片美丽富饶的土地，故得名金银滩。

这里就是风靡海内外的“西部歌王”王洛宾的名曲《在那遥远的地方》的采风地和诞生地。1939 年秋，王洛宾受马步芳委派，协助电影艺术家郑君里在青海湖畔拍摄纪录片《民族万岁》，此时，王洛宾认识的藏族姑娘卓玛给他留下了深刻的印象，他就在金银滩这个地方创作了这首歌。

《中国冶金报》记者今年提前约定，这次来到美丽草原深处，要参观一座神秘的原子城——中国第一个核武器研制基地。它是中国第一颗原子弹诞生的地方，也是中国第一颗氢弹研制成功的地方，现已成为国家级 4A 级景区、青海省重要红色旅游区。

据了解，1958 年中国决定研究核武器选择青海湖北岸的金银滩草原为厂址的理由为：这里四面环山，中间平地，宜于建厂；这里人口稀少，地域宽阔，便于疏散；边远闭塞，利于保密。在这里创建了我国第一个核武器研制、试验和生产基地。1964 年 10 月 16 日下午 3 时，在罗布泊沙漠深处成功爆炸了中国第一颗原子弹，两年零八个月后的 1967 年 6 月 17 日清晨，中国第一颗氢弹在大漠深处成功炸响。两声巨响至今仍让中国人扬眉吐气。1995 年中国政府向全世界宣布：中国第一个核武器研制基地已全面退役。

我走进核武器研制基地展览馆，讲解员介绍说，2001 年原子城被国务院命名为“全国重点文物保护单位”，2005 年又被命名为“国家级爱国主义教育示范基地”。

中国第一个核武器研制基地——原子城的主要看点有核武器研制基地展览馆和爆轰试验场。

展览馆展出的大量珍贵照片资料，记录了多年前我国国防科技精英汇聚金银滩草原，在复杂的国际局势和恶劣的高原环境中，研制出我国第一颗原子弹和第一颗氢弹的历史场景。简陋的科研设备、笨拙的生产工具，让你不敢相信尖端武器居然是在这种条件下创造出来的。

废旧的厂房、规整的工事掩体及多达 50 多万平方米的建筑面积，让人想象出当年这里的建筑规模之大和创业之艰辛，这种自力更生、奋发图强的精神激励了我，它为国防建设创造了奇迹，作出了巨大贡献，为中华民族争气，大扬国威！

二郎剑——鱼雷发射基地

青海湖是国家5A级景区，它的美是多层次、多方位的，只有走近它、端详它，才能真正体会到它美的内涵。

青海湖被称为中国最美丽的湖泊，一路上，已做了10年导游的藏族导游刘顺菊介绍说青海湖居中国最美丽五大湖泊之首（青海湖、喀纳斯湖、纳木错湖、长白山天池、西湖），它的优美表现在六个方面：

一美在至高的地理位置、辽阔的湖面和湛蓝的湖水。青海湖，藏语叫“措温波”，意思是“青色的湖”；蒙古语叫“库诺尔”，即“蓝色的海洋”。青海湖主色调是蓝色，湖面海拔3260米，东西长106公里、南北宽65公里，面积4583平方公里，水深30多米。它是我国第一大内陆湖，也是我国最大的咸水湖。

二美在有多处迷人的景观。游览景点多，形成青海省的一大旅游区——环青海湖旅游区（包括日月山、倒淌河、151景区、二郎剑、海心山、鸟岛、金银滩草原、原子城等）。

三美在奇特成因及传奇神话。青海湖是构造断陷湖，是距今4000万年前，印度洋板块和欧亚板块经过长期碰撞和挤压，青藏高原隆起的结果。研究结果表明，青海湖原是外泄湖，周围百川之水，尽汇湖中，湖水从现在的倒淌河等处向东流入黄河，后来由于地壳断裂形成的造山运动，青海湖的日月山渐渐隆起，使湖水的出口被山脉所阻隔，青海湖便成为只进不出的高原大湖。民间有众多的美丽传说，增添了青海湖的神秘与美丽。

中国鱼雷发射试验基地

四美在拥有生物的多样性。青海湖是鱼的乐园、多种鸟类的天堂、世界濒危动物中华对角羚的家园，它们与青海湖共存，是青海湖真正的主人。青海湖的特有鱼种为湟鱼，因实施多年的封湖蓄鱼，目前鱼类资源较为丰富，使得数以十万计的鸟类在青海湖得以繁衍生息，故有了我国八大鸟类保护区之首的青海湖鸟岛。岛上有斑头雁、鱼鸥、棕头鸥、鸬鹚，还有国家一级保护动物黑颈鹤以及数以千计的大天鹅等。

五美在传说中的神湖。生活在青海湖周边的牧民至今仍保留一个神圣的习俗——祭海。据传，清雍正二年，青海蒙古族丹津反清叛乱，清大将军年羹尧带领队伍平乱，未曾想追逐叛军到青海湖时，队伍的饮用水发生困难，正在发愁之际，那边来了一队骑兵。巧的是，有几个马蹄子正好踏上地上的泉眼，顿时淡水喷涌而出！年大将军欢呼："这是青海的神灵在保佑我们啊！"将士们士气大振，一鼓作气，歼灭了叛军。雍正帝闻讯后，大为高兴，诏封青海湖为"灵显宣武青海湖"，御赐神位，传驿站速转青海，安放到海神庙内，并诏于每年秋八月（农历七月十五日）定期祭海，不得有误，从此开始大规模祭海活动。

六美在不同季节有迥然不同的景色。夏季是青海湖最美丽的季节，蓝色的湖水、绿色的草原、数不尽的牛羊、金黄色的油菜花以及那五彩缤纷的野花，景色让人叹为观止。冬季，每年 12 月左右，当寒流到来时，青海湖开始结冰，冰厚半尺以上，冰期六个月。

我聚精会神地聆听导游很专业的介绍，完全沉醉于圣洁蔚蓝的青海湖中……

从金银滩草原行驶 90 公里到达青海湖南岸中央的二郎剑景区（又名 151 基地景区），谓之青海湖王牌景区，151 基地以其蜿蜒深入湖中的特殊地理位置，以草原、沙漠、动物为主的生态自然资源，以民间文化活动为内容，而成为青海旅游业一颗耀眼的明珠。

我漫步于 151 景区，被眼前美丽的风光所折服，空气清新，景色迷人，感觉很爽。也被水中一座红色的建筑物所吸引，那就是青海湖中国鱼雷发射实验基地的旧址。青海湖隐藏着一段鲜为人知的光荣历史。20 世纪五六十年代，青海湖是国务院批准建立的"鱼雷发射试验基地"，后来随着青海湖水位下降和鱼雷的更新换代，已不能满足鱼雷潜水深度的要求，在出色完成历史使命后光荣退役，已经对外揭秘，往日神秘的军事禁区如今已成为美丽的旅游景点。

据基地文字介绍，基地成立于1965年，因基地位于青藏公路151公里处，故被称为151基地。谁会想到中国内地高原的青海湖，竟然是中国海军当年用来试验鱼雷的地方，相信在一段相当长的时间里，这里的军事秘密不为外人所知。20世纪80年代以前，中国的鱼雷都是在这里完成试验生产，武装海军舰队的。现在这里只留下一栋红色三层小楼屹立在湖面上。现在保留了一部分原有的生产车间、试验区和鱼雷、电台等实物供游人参观，向世人展现其真实的面容，它为建设我国强大海军立下了不朽的功勋，怎能不令人神往点赞呢？

青海湖的美是原生态的美，是绿色发展中的美！

（原载于《中国冶金报》，2016年10月）

梦幻茶卡盐湖

美丽的茶卡盐湖，水映天，天接地，人在湖中走，宛如画中游，仿佛到达梦幻的“天空之境”。

——作者题记

9月22日清晨，采风团从黑马河出发，经过一小时的车程，早上8点来到令人心驰神往的古丝路的重要站点，历史上商家游客进疆入藏必经之地——茶卡盐湖景区。一路上，导游刘顺菊为使观赏茶卡盐湖“天空之境”取得圆满效果，给大家做了知识铺垫。她从茶卡盐湖的地理、历史、景色、特色等诸方面作了介绍，我边听边陶醉在车窗外的景色中。

茶卡盐湖位于青海省海西蒙古族藏族自治州乌兰县茶卡镇，109、315国道交汇处，茶卡盆地西部，夹在祁连山支脉颜同布山和昆仑山支脉尕秀山之间，被誉为柴达木的东大门。“茶卡”是藏语，意即盐池的意思，也是青盐的海。“达布逊淖尔”是蒙古语，也是盐湖之意。

茶卡盐湖历史有看点

茶卡盐湖是柴达木盆地有名的固液并存的天然卤水湖，氯化钠的浓度高达95%，湖面宽阔，平静如镜，有人称其与南美的玻利维亚乌尤尼盐沼一样梦幻美丽，堪称中国的“天空之境”，使其在旅游者心目中的知名度陡增。

盐雕

茶卡盐湖是柴达木盆地四大盐湖中面积最小且开发最早的一个，开采历史悠久，已有3000多年。最早可推算到秦汉时期，《西宁府新志》上有这样的记载，“在县治西，五百余里，青海西南……周围有二百数十里，盐系天成，取之不尽。蒙古用铁勺捞取，贩玉市口贸易，郡民赖之”。清乾隆二十八年（公元1763年）已定有盐律，就开采这里的食盐，迄今已有240多年的历史。新中国成立前，马步芳政权在这里设有盐场，每年生产近千吨原盐。新中国成立后，初步实现采盐机械化，建有茶卡盐场，已探明储量近4.4亿吨，足够全国人民食用70年，已开发出加碘盐、洗涤盐、再生盐、粉干盐等十多个品种，畅销海内外。

茶卡盐湖是柴达木盆地有名的天然结晶湖，因其盐晶中含有矿物质，盐晶呈青黑色，故称“青盐”，久负盛名。

茶卡盐湖的景色大美

进入茶卡镇，映入眼帘的湖越来越近，风景越来越美，才看清它是镶嵌在雪山草地间的草原湖泊。看那湖光山色旖旎，银波粼粼，天空湛蓝，白云悠悠，远处山峰雄伟壮阔，四周牧草如茵，羊群似珍珠洒落，雪山映入湖中，如诗如画。看湖面上，时而碧波荡漾，时而茫茫苍苍，一片洁白，容秀丽壮美于一体，它就是在青藏高原众多盐湖中独具特色，可与青海湖、塔尔寺、孟达天池齐名，被称作“青海四大景”的茶卡盐湖。

茶卡盐湖湖面海拔3100米、东西长15.8公里、南北宽9.2公里，总面积105平方公里，它被国家旅游地理杂志评为“人生必去的55个地方”之一。

茶卡盐湖东距西宁298公里、西距州府德令哈200公里，它自1980年开发盐业旅游以来，吸引了众多国内外游客，现已成为工业游兼生态游的国家级4A级旅游景区。

茶卡盐湖的特色魅力

游客说，茶卡盐湖绽放的独特魅力源于自然、原生态。茶卡盐湖是全方位、多角度的，绽放出特色魅力来吸引游客：云朵和山川等倒映在洁白盐湖中的美景，好似天空之境；自然洁净的盐花和各种造型，还有盐雕等；盐湖景观万千，采盐风光、盐湖日出、星空奇观等，构成一幅幅绚丽的画卷，展现出它的特色魅力。

盐湖小火车

旅游专家把茶卡盐湖观光工业游+生态游精辟概括为四看：一看茶卡湖的星空之旅，苍穹之光；二看茶卡湖的沧桑之旅，百年铁轨；三看茶卡湖的浪漫之旅，真爱如盐；四看茶卡湖的自然之旅，天空之境。

许多游客出于对“天空之境”的好奇，慕名而来。我一直听说茶卡盐湖如一面“天空之境”，可以完整地倒映出人的影子，是国内非常有特色的景点，此次采风，我亲眼所见，果然名不虚传。缘何会出现此种景象呢？茶卡盐湖景区一位管理人员介绍说，“由于湖面结晶盐层上高浓度卤水放射，在蓝天、白云和远山的映衬下，天水一体，形成一幅银波粼粼的镜面效果”，称誉为中国的“天空之境”。这位景区管理人员提示我采风时从六个方面入手，参观、体验、感受“天空之境”的绝美风光。

一是拍摄梦幻大片。茶卡盐湖完全承担起“天空之境”的美誉，当你站在湖中时，闪动在眼前亮晶晶的不是冰，而是一望无际的白色盐的世界，顿时会感受到世外桃源的纯净和美丽。顿生饱览盐湖美景，放松心情，多方尽情拍照的念头。到茶卡盐湖拍照最美的镜头就是倒影，最佳拍照时间在上午十时前，下午四时以后。拍照时脚一定要站稳不要动，等待盐湖波纹消失了再拍照，倒影效果会更清晰。如果穿着一身鲜艳的衣服，倒影的效果会更美。风和日丽傍晚时分，拍出来的照片分外好看，分辨不出哪一个是真人，哪一个是倒影，会拍出令自己满意的梦幻大片。

二是零距离接触盐。整个茶卡盐湖像一片白色的海洋，这里的盐非常纯净，没有丝毫污染，人们只要揭开十几厘米厚的盐盖子，就可以轻易从下面捞取天然的结晶盐，盐层厚 1.2 米至 9.6 米，最厚 15 米，并且这里的盐取之不尽，用之不竭。这里的盐坨似雪山耸立，展示出柴达木的特有风光和博大富有。近处有挖盐船在挖盐，湖面上大型采盐船游弋作业，可以观赏到采盐喷水吞珠的壮丽场景。在这儿可欣赏盐湖日出和晚霞的精彩画面；透过清盈湖水可以观赏到形状各异、正在生长的朵朵盐花；你还可以乘小火车来往深入湖中观光。漫步湖边，这里简直就是一个盐的世界，车上、地上，甚至空气里都有醇香的盐味。行走在这里，总感觉这里美的不那么真实，仿佛真的走在童话中的梦幻世界，让人不想离开。

三是徒步行进盐湖。茶卡盐湖最具吸引力的地方就是那条通往湖心的铁轨，埋在粗粗的盐粒里。空旷的盐湖，笔直的两条铁轨，东倒西歪的电线杆，顺着这条铁轨走到盐湖的中央，这里的游人非常少，可以尽情拍照，享受寂静的美。这里的湖面没有一点波纹，蔚蓝色的天空与湖面交相辉映，朵朵白云在天空飘荡，这个地方是让你放飞心情，忘掉一切烦恼的不二选择。

四是坐小火车赏景。小火车可以把你带到盐湖的最深处，既温馨浪漫，又带给你许多新奇的体验。坐着小火车深入湖心，避开大量人流，沿途可以欣赏湛蓝透彻的天空，洁白无瑕的盐湖，小火车成为游客拍照留念的道具。在这里与时光天空对坐，对明澈、宁静的天空之境产生无限憧憬。这样亦真亦幻的风景与这样一列小火车，使人感觉走进梦的最深处。

五是观赏湖畔盐雕。听说过冰雕、沙雕、泥雕、木雕、石雕等，还是第一次听到盐雕，盐雕是一种新的雕塑艺术，它的魅力在于以纯自然的原盐和卤水为原料，经过创新和独特的艺术手法展现迷人的艺术奇观，盐雕的寿命要比沙雕长。这里有世界最大的盐雕群屹立在空旷的天地中，有丝绸之路、青盐精神、笑解千愁、成吉思汗、西王母、万马奔腾、茶卡之歌等盐雕作品，其中最大的盐雕作品成吉思汗长50米、宽30米、高8米，耗盐4800吨。盐雕作品任凭风吹日晒，让人觉得不可思议，那么的震撼，每一座盐雕都恢弘大气，给人一种很强的视觉冲击力。这些盐雕作品经受岁月的洗礼，有的已经被风化，但并不影响盐雕那种大气磅礴、斑驳沧桑的美。这里每一座盐雕都诉说着一个不同的故事，有的是神话传说，有的是英雄事迹，每一座都演绎着不同的风情。

六是欣赏最美星空。这里拥有全国最美丽的星空，来到这里你一定会相信，原来世界上真有这么美的地方，这么璀璨的星河。夜色中的小火车美得那么不真实，在繁星照耀下仿佛驶向童话中的世界。此次来茶卡盐湖采风近3个小时，时间仓促，没看到绝美的星空，依然觉得不枉此行，期待下次再来。

茶卡盐湖的旅游品牌

茶卡盐湖文化旅游开发公司的一位负责人说，景区以“大美茶卡、壮美景致、天空之境”“盐业遗风、千年历史、近代遗风”“民族风情、多元文化、人文传说”三大板块为主题进行升级改造，在保持原有自然风光和20世纪五六十年代采盐老工业风貌的同时，将实现环境综合整治、基础设施和服务设施建设。2016年6月1日至9月16日经改造升级的茶卡盐湖景区，接待游客超过155万人次，比去年增长60%，8月8日单日游客量达最高峰，突破4.28万人次。

据了解，茶卡盐湖景区拟定2016年10月10日关闭升级进行二期项目改

作者与藏族导游刘顺菊（左二）和司机马师傅（左一）在茶卡盐湖合影

造。在茶卡盐湖停车场，我巧遇中冶集团负责西宁工程投标的一位朋友，聊天中得知，中国西部矿业集团与中冶有着良好的合作基础，在西宁特钢、铜业、铝业及钢结构等方面不断扩大合作范围并取得积极进展，现又前来探讨盐湖旅游工程合作的可能性。

茶卡盐湖二期项目建设的主要内容包括网络售票、盐湖邮轮营运、旅游商品开发、提升小火车和电瓶车营运效率、观景台建设、盐雕修复、景区文化建设等多方面，保证2017年以崭新的面貌迎接国内外游客，使茶卡盐湖景区“天空之境”成为全国旅游品牌和青海王牌景区，2020年力争打造成国家5A级景区。

茶卡盐湖之美，实在让人惊叹凝目，来到这里犹如走进温馨的梦里，走在盐湖之上，仿佛可以走到天地的尽头。

（原载于长城网，2016年10月）

高原“小江南”——贵德

贵德的山，美得多彩、多姿，大气磅礴；贵德的水，美得清澈、灵秀，浩瀚深远。

——作者题记

9月下旬，我来到丝路南线重要通衢，享有“高原小江南”美誉的贵德采风。贵德是黄河源头最美的县，旅游资源极为富集，品种既全，品位又高，堪称青藏高原的浓缩版。

贵德，位于青海省东部，隶属海南藏族自治州东部，地处黄河上游，龙羊峡与李家峡之间，黄河由西向东横贯境内78公里。贵德西与青海湖相连，北与藏传佛教圣地塔尔寺相邻，东与国家地质公园坎布拉接壤。贵德深居内陆，周围群山环抱，面积3700平方公里，海拔最高处5011米、最低点2110米，属黄土高原与青藏高原的过渡地段、汉族文化与藏族文化的汇集处。

贵德既有高原景色的粗犷，也有江南风光的娟秀。贵德有壮丽秀美的高原绿洲、独树一帜的黄河湿地、秀丽壮美的丹霞地貌、神奇独特的扎仓温泉、雄浑圣洁的雪山景观，城市与自然空间组合为全国最好的地区之一，天高地阔处处是景。

作者在贵德地质公园留影

贵德凭其旅游资源的复合型、特质性和垄断性在省内外极具优势，积极开发旅游业。近年来，先后获得西部最具魅力的旅游景区、省级旅游度假区、森林公园、旅游风景名区和全国休闲农业与乡村旅游示范县、国家湿地公园、国家地质公园、国家4A级景区等荣誉。

贵德现为全省唯一的旅游综合开发区，还要将其建成全省旅游示范区、青海黄河生态文明展示区、青藏高原乡村旅游目的地。

奇美的七彩丹霞

“七彩丹霞贵德展，高原厚土有魅力，一睹地貌奇特观，醉得游客争相看。”这是我采风时在贵德地质公园写下的一首赞美诗。金秋九月，青海贵德国家地质公园奇峰林立，色彩交汇，犹如圣景。贵德地质公园是以自然地貌景观和地质遗址为主要特征，辅以多样生态景观和丰富人文景观的综合性地质公园。公园内阿什贡七彩峰丛地貌多姿多彩，秀丽壮美，麻吾峡风蚀地貌鬼斧神工，变幻无穷。

有资料显示，贵德国家地质公园是国家4A级景区，阿什贡七彩峰丛景区是贵德国家地质公园的核心区，海拔3200米，内径3000亩，外径五万亩，因位于贵德县尕让乡阿什贡村而得名，又称千佛大峡谷。景区投资8600万元，历时5年建成，景区以“地脉绵延根在地，人缘千古情为源”为内涵，以“七彩峰丛，轩辕后土”为主题，由13个以“土”为核心的主题广场和7条色彩不同造型各异的轩辕、千佛、女娲、通天、问天、擎天、麻吾等丹霞峡谷组成，尤其是女娲峡、千佛峡、通天峡、七色土等堪称世界上罕见的地质遗址和自然景观。

女娲峡

景区内天地人缘博物馆、女娲演艺台点缀其中，成为一处以丹霞地貌为主体的自然景观和以土文化为内涵的人文景观相得益彰的文化旅游景区，是一个土文化内涵丰富，自然景观奇特，地质研究与科学教育价值极高的文化游目的地。

采风团在导游的带领下，先是坐上观光车，跟坐“过山车”似的穿越园中一段有精美丹霞风光的峡谷，由司机边走边介绍。不到十分钟，下了观光车后，步行到七条彩色峡谷逐一观光，有导游讲解，然后就是拍照留念，用了近两个小时，全部参观完七条彩峡谷，谈起感受，与我先前采风过的河北省迁安山叶口五彩石林大有不同。归纳起来印象最为深刻的有四点：

一是贵德丹霞地貌悠久奇特。形成于一亿两千万年前，形成丹霞的岩层是一种在内陆盆地沉积的红色屑岩，地壳抬升后，岩石被流水切割侵蚀，山坡以崩塌过程为主后退，保留下来的岩层构成红色山体。七彩丹霞地处黄河北岸，两侧山峦夹持，高耸入云，经大自然千年风吹雨蚀，被雕琢成一排排鳞次栉比的“楼阁”“佛塔”和“佛像”等丹霞景观，丹霞地貌是一片一片的，独具特色。

二是贵德地质构造古怪神奇。山峰突兀林立、山体颜色浓烈，呈现出赤橙青紫黄绿蓝七种颜色，故又称七彩峰丛。七彩丹霞最大的亮点是人能走进丹霞群峰中，在群峰中穿行，亲密接触这种大自然造化。

三是贵德丹霞地貌的观赏性强。山峰光秃秃地挺立着，形成一道道奇山险峰，赤裸裸的山体，寸草不长，一山一境界。岭、峰、沟、壑组成千姿百态的悬岩峭壁，蜿蜒起伏十分壮观，形态各异的山石成为一道靓丽的风景。

四是贵德的女娲峡。受到游客很多点赞的是女娲“以石补天，抟土作人”的景观。传说，女娲在这里用黄河水拌着黄土，造出了黄种人。峡谷的崖壁上面东倒西歪的人形岩体，传说是女娲造人时的半成品。

丹霞地貌采风结束，游客评价认为七彩峰丛景区的管理、服务还是不错的，我也留下自己的足迹。贵德地质公园是一处地质文化乐园，景色秀美，适合旅游观光，是放养心情的理想之地。

天下黄河贵德清

自古黄河浑如泥，在贵德丝毫没有“跳进黄河也洗不清”的可能，更没有“一碗黄河水，半碗黄土泥”的写照，在贵德，黄河之水清如许，有“天下黄河贵德清”之说，为探其究竟，我在采访途中路过贵德，参观了“黄河清大桥”。

看桥不是目的，看水才是真意。横跨虎头崖至滴水涯间巍峨、雄壮、坚固的“黄河清大桥”，全长366.08米、桥面宽17米，是贵德的标志性建筑，黄河源头第一桥。我先选择了一个观赏黄河水的绝佳点，站到桥上俯瞰黄河水缓缓流淌，河两岸植被茂密，远处的巍巍山峦被皑皑白雪覆盖，景色优美，令人心旷神怡。

往下看，哇！青绿色的黄河水，清澈见底，让人惊艳！听旁边游人大声说道：“这水清澈透明可直接饮用”。桥梁两道黄色拱圈似耸入云霄的彩虹，

贵德清澈的黄河水

淡蓝色的天空中飘着朵朵白云，宁静的青藏高原上空只剩下潺潺的流水声，难怪人们赋予它“黄河清大桥”的名称。

我从桥头护坡走到河岸边，近距离接触奔流而下的黄河水。看到更多游人选择在黄河边，与黄河水亲密接触，站在河边用手摸摸清澈的黄河水，找找黄河石，倍觉黄河水分外清澈、柔美。我用矿泉水瓶灌了一瓶黄河水，吸入口中，甘洌清甜，沁人肺脾。游客争相在标志性景观前拍照，最多之处是广场上前国务院副总理钱其琛在视察贵德时所题“天下黄河贵德清”字处、直径20米木质水车和“黄河少女”雕塑处，拍照给自己留下永久纪念。

提起黄河，几乎大家都知道，发源于青海省巴颜喀拉山北麓各姿各雅山的约占宗列渠，海拔5400多米，终年积雪，涓涓细流，流经百川、千峡、万谷，而汇流成大河，流经四川、甘肃、内蒙古、陕西、宁夏、山西、河南、山东，最终汇入东海，其全长5464公里。我经常外出旅行，几乎见过所有河段的黄河，唯独没见过青海段的黄河。在大多数人的印象中，黄河都是混浊的，印象最深的是山西和陕西交界的黄河壶口瀑布，雄浑、苍茫、震撼，夹杂着大量泥沙甚至成为黄色瀑布。而看到贵德黄河时，完全颠覆了原有的印象。在贵德，黄河呈现出前所未见的清碧秀丽，浅处清澈见底，深湾碧绿如蓝，大河温婉缠绵，在丹霞戈壁间，营造了一片又一片绿洲，这就是贵德——“高原小江南”。

这是贵德黄河吗？只有真正到了黄河源头，才会知道并且相信贵德黄河是蓝色的……

保护好中华水塔

贵德的黄河缘何会变得那么清澈那么与众不同呢？据环保专家介绍，主要是得益于四个方面：

一是得益于自然生态的优美。黄河的源头风光宜人，寸草丰美，湖光山色相映。其实，黄河不仅在贵德，而且在贵德以上的河段都是很清的。二是得益于水库的沉淀作用。上游举世瞩目的龙羊峡水库，号称亚洲第一大坝，最大坝高178米，总容量240亿立方米，可以将坝址以上的黄河径流全部拦蓄并且有多年的调节能力，所以经过龙羊峡水库沉淀澄清后，其下游的水自然是清的。三是得益于河床的岩石构造。黄河在贵德境内全长78公里，而贵德的河床却是岩石构造的，故此清澈无比。黄河只是在进入黄土高原以后，水流冲蚀河床带走大量泥沙，才变成混浊的黄色。四是得益于“保护好中华水塔”。三江源地区位于青藏高原腹地，平均海拔在3500米至4800米，是长江、黄河和澜沧江的发源地，是中华水塔，这里是高原生物多集中区、全球气候变化敏感区。

保护三江源就是保护我们共有的家园，不遗余力地保护原生态，保护好和建设好三江源是青海省人民的历史使命和义不容辞的责任，在生态保护建设上，青海最大的贡献不仅是涵养三江源功能区，以三江之水陶泽华夏，更是奠定整个流域可持续的绿色基础。

据青海环保厅监测数据，2015年黄河干流青海段水质平均达到国家《地表水环境质量标准》二类以上，水质整体优良。作为黄河源头和重要水源补给区，青海省每年平均输入黄河水量超过280亿立方米，占黄河年径流量的近一半。青海以“五大生态板块”为重点，完善“一屏两带”生态安全格局，力争到2020年实现重点生态治理区全覆盖，保护好中华水塔，确保一江春水向东流。

（原载于长城网，2016年10月）

神奇宁夏　塞上江南

在中国西北部，有片沃野千里、稻花飘香的大平原，它就是被人们称之为“塞上江南”的宁夏。

国家提出建设丝路经济带战略后，宁夏作为丝路经济带战略支点，把开发利用古丝绸之路文化作为旅游快速发展的重要抓手。通过挖掘、开发、培育丰富多彩的特色文化，提高旅游内涵品质，使塞上江南，神奇宁夏更有吸引力。

宁夏独特的历史环境造就的绚丽多彩的人文景观和民族风情，构成了宁夏丰富多彩而又有鲜明特色的旅游资源，“两山一河”（贺兰山、六盘山、黄河）、“两沙一陵”（沙坡头、沙湖、西夏王陵）、“两文一景”（回族文化、西夏文化、塞上江南美景）构成宁夏旅游主体。

宁夏是一块神奇秀美的土地，宁夏之美是单纯靠文字概述所不能及的，只有目睹体验这片土地，才能真正领略这里的飒爽风姿。

“一带一路”开发战略的深入，使我有机会跟随北京多家媒体组成的采风团来银川采风。在我所到之处，感悟到宁夏的神奇莫过于它三面环沙，东邻毛乌素沙漠，西邻腾格里沙漠，北接巴丹吉林沙漠。这里是名副其实的沙漠里的“绿洲”。

宁夏缘何神奇？“黄河之水天上来”“天下黄河富宁夏”，黄河流经宁夏，一改波涛汹涌的样子，温柔舒缓地流淌着，由于平坦，黄河水可自流灌溉，自古就有“塞北江南”的美誉。巍峨壮丽的贺兰山，阻隔了来自腾格里的沙漠，并成功削弱了西北寒流，造成“冬无严寒，夏无酷暑”的银川气候，成为宁夏的天然保护伞。滔滔黄河水，巍巍贺兰山，正是一山一水守护着这一片富饶之地，才造就了“神奇宁夏”。

宁夏地貌丰富，享有“西北盆景”的美誉。在这里可看到高山、平原、河流、戈壁、湖泊、绿洲，甚至丹霞地貌，一应俱全。宁夏是一个美丽神奇的地方，在十多天采风中，我欣然采写了四篇随笔。

时空穿越水洞沟

宁夏的历史从水洞沟起源。水洞沟旅游区将成为宁夏最具文化底蕴、最具潜力、最具吸引力的高品质旅游景区。

——作者题记

水洞沟景区

宁夏位于丝绸之路上，有着“塞上江南”的美称。文化是旅游的灵魂，宁夏被旅游界称之为中国旅游最后的“处女地”。古老的黄河文化、中原文化、边寨文化、丝路文化、西夏文化、伊斯兰文化等多种文化激荡交融，形成“神奇宁夏”“塞上湖城”“西夏古都”“回族之乡”等鲜明旅游特色，如诗、如画，无不让游人流连忘返……

随着“一带一路”、开发西北战略的推进，中冶及河北省的一些钢企、钢贸、建筑企业善抓机遇，积极参与宁夏重大项目建设，为银川大开发、大开放、大发展争作贡献。

十月下旬，记者应邀来到银川滨河新区建筑工地采访。

滨河新区位于宁蒙陕交界处，距银川市 17 公里，规划区面积 275 平方公里，区域内湿地、湖泊、大漠等生态资源丰富多样；水洞沟、兵沟、黄沙古渡等旅游景区密集分布。

记者欣喜看到，所到施工现场如火如荼、喜讯频传，中冶自 2014 年 3 月与滨河新区签订战略框架协议以来，发挥自身优势，深化合作，使基础项目建设进展顺利。中冶建工承建的国际科教城、图书馆、幼师师范专科学校等工程受到银川市政府的点赞。在距水洞沟景区只有七八公里的中国华冶协作企业河北广平建筑公司的工地上，总经理张殿志带领员工创新进取、以质量求发展，所承建的公租赁房、市委党校等工程受到业主的好评。

我在工地采访之余，由张殿志引领来到距银川 19 公里、占地面积 7.8 平方公里的水洞沟景区，寻访神奇美丽的水洞沟、深度体验感受水洞沟。水洞沟景区的文化底蕴独特丰厚，景观多样，具有诱人魅力，可以说是宁夏历史文化和景观的缩影。游客到宁夏旅游，水洞沟是最值得去的地方。

探寻发现水洞沟故事

水洞沟是旧石器时代文化遗址，位于宁夏灵武市临河乡水洞沟一处面南的崖壁上。水洞沟宽 50 至 200 米，沟深 6 至 14 米，两岸为棕钙土，沿河有泉水溢出，形成许多小洞，故称水洞沟。

据学者研究，最早发现并对水洞沟感兴趣的是外国人。

1919 年比利时传教士肯特由银川前往陕西，途经水洞沟，晚上住在“张三小店”。肯特在水洞沟东面不远处发现了一具犀牛头骨化石和一件经过人工打制的石英岩石片，引起世人的关注。

1923 年，法国古生物学家德日进和桑志华率领的“法国古生物考察团”到中国进行新生代地质和古生物研究考察。6 月 11 日到达水洞沟，当晚住在“张三小店”。晚饭后，德日进坐在小店东面的台子上歇凉时，突然感觉到水洞沟北部的断崖上有磷火闪现，他便跑到北崖沟下搜寻，发现断壁上露出灰烬。德日进跑回来向张三打着手势求助，要求为他找个大梯子，然后德日进又返回到崖上，挖掘到一些动物头骨化石。德日进和桑志华非常激动，兴奋得唱起歌跳起舞。

德日进制定了考古计划，雇请民工在北岸断壁处进行挖掘，不准外人进入场地。经过四五十天的挖掘，挖出重 300 多公斤的石核、适削器、尖状器等旧石器装入木箱带回国。

德日进经过数年研究，1928 年，他和桑志华等共同发表了《中国的旧石器》一文，使“中国没有旧石器文化”的论断终于成为历史，震惊了世界考古界，水洞沟成了中国最早发现的旧石器时代的重要遗址之一。

“张三小店”帮助外国考古学家发现发掘水洞沟，声名鹊起，扬名海内外。

知情人跟记者介绍，20 世纪初，水洞沟是荒漠地带，周围方圆十里无人烟。水洞沟只有四五户人家，其中一个小店房叫“张三小店”。

张三，本名张梓，1894 年生人，兄弟四人，排行老三，故人们称他为张三。“张三小店”的前身是张三之父张天义开的车马店，此店距水洞沟遗址约 500 米，是银川到内蒙古必经之路。当时店面颇具规模，有上房八间，配房、客房和马棚数间，分东西二店，店门面北。清末民初，这里过往客人很多，为东来西往过黄河渡口的客人提供住宿。

张三父亲经营时店铺生意兴隆。到 20 世纪 20 年代，因父年事已高，初始由张三弟兄轮换经营，但是由于边关封锁，过往行人稀少，生意惨淡萧条，店铺被拆除许多。后来小店由张三一人经营，小店至多能住四五个人。当年德日进和桑志华在那里考察时，据说他俩是住在东间里，西间是张三夫妇居住，中间是厨房，两位客人受到热情友善的接待。

当年，张三为德日进和桑志华当向导，骑毛驴到银川采购粮、油、盐和罐头等生活用品，照顾德日进、桑志华他俩的生活起居。那段时光是“张三小店”生意最好的时候。如今的“张三小店”是后人复原而成的。“张三小店”的马棚、羊圈等其他附属建筑，店内家具、设施等均根据健在的张三妻弟口述资料进行复制。

“张三小店”门前塑有德日进、桑志华和张梓及两位唐山籍著名考古学家裴文中、贾兰坡的胸像。我是来自裴文中、贾兰坡故乡的人，出自对两位考古学家的敬重之意，举起相机拍照留念。阅读胸像下面的简历，他俩共同参与了北京周口店和宁夏水洞沟遗址的发掘和研究工作。

这座浓郁朴实的农家小院，成为来自国内外的考古学家、知名学者及游人必到之地了。

实景体验旧石器遗址

“刺目的闪电，伴着震耳的雷鸣，暴雨滂沱，水洞沟人在惊愕中四处奔逃。大地在颤抖，隐约中可见湖水涨势凶猛，顷刻间，洪水一泻千里。野鹿野牛等史前动物，四处逃窜，大树被连根拔起。土崖崩塌，火山爆发，地动山摇……”10 月 21 日上午八时，我们来到水洞沟遗址博物馆，穿越三万年的时空隧道，实景体验旧石器时代古人类生产、生活和灾难骤起被迫迁徙的活动场景。瞬间，山崩地裂，如同八九级的强烈地震，剧烈抖动的大地使我两腿发软，站立不稳，张殿志生怕我跌倒，连忙双手将我紧紧扶住，那惊险实景体验好刺激啊！

水洞沟和北京周口店、河北泥河湾被考古界称为中国旧石器三大重要遗址。水洞沟是中国最早发掘的旧石器时代文化遗址，被誉为“中国史前考古的发祥地”“中西文化交流的历史见证”；是全国重点文物保护单位、国家AAAAA级旅游景区、国家地质公园；被国家列为“全国文物保护的一百处大遗址”之一，“最具中华文明意义的百项考古发现”之一。

水洞沟遗址博物馆

水洞沟遗址博物馆外形仿水洞沟出土的石器，建筑面积4308平方米，是我国西部唯一的一所以展示旧石器时代为主题的博物馆。我参观后大开眼界。博物馆分地上环廊展区和下沉式展区两部分。我细心观看听取地上120米环廊展线有关人类演化、中国旧石器时代遗址、宁夏水洞沟文化遗址等的介绍。我更为感兴趣的是展览形式方面打破了仅靠展柜展示文物的常规展览模式，全方位提升效果。它以大型浮雕、超大型半径画、动漫、幻景成像、实景和实物，结合世界最先进的声、光、电技术，开创了国内唯一、面积最大的室内观众介入式动感场景，而且其中多项专利技术填补了国内空白，开创了中国博物馆展示的新形式。

水洞沟是一个富有传奇色彩并充满魅力的遗址。考古学家90多年来在水洞沟进行了3次调查和6次发掘，出土了3万多件石器和67件古动物化石。水洞沟遗址记录了远古人类的繁衍生息，同大自然搏斗的历史，蕴藏着丰富而珍贵的史前资料。它向人们展示了距今三万年前古人类的生存画卷，是迄今为止我国在黄河地区唯一经过正式发掘的旧石器时代遗址。其中一些石制品、工具及石器制作修理技术，可以和欧洲、西亚、北非的莫斯特、奥瑞纳时期人类栖居地的石器相媲美。水洞沟遗址所代表的文化，对三万年前东西文化的比较研究具有十分重要的意义。

用特色交通工具赏景

水洞沟景区的显著特色是景色优美。从穿越三万年旧石器时代遗址到五百年藏兵洞遗址、从史前文化到边寨军旅文化、从土林景观到高峡平湖、从大漠边关到江南秀色，突出了景观的丰富和多样性；凸显出它是饱含历史景观特色、人文景观亮色、生态景观秀色的原生态文化旅游景区。

水洞沟景区的交通工具颇有地方特色。游船、竹筏、骆驼车、马车、牛车、驴车……各式赏景工具应有尽有，全方位体会西部各种文化。游客骑骆驼登上明长城，感受一脚跨宁夏、内蒙古两界的豪迈，悠哉欣赏大漠风情；乘坐竹筏在湖中畅游，天蓝、水幽、苇香别有滋味；高空滑索，惊险有趣刺激……游客来水洞沟就会忘却城市的喧闹和心灵的繁杂。处在城市、乡村之外的水洞沟，绝对是放飞心情、享受自由的休闲旅游胜地。

特色骆驼车

上午九时，我和张殿志走出水洞沟遗址博物馆，坐电瓶车前往水洞沟的经典标志性景点，参观感受了“张三小店”“水洞沟村”“水洞沟发掘遗址”。我们徒步来到明长城脚下，漫游景区“一绝景观”——芦花谷。芦苇丛生、摇曳生姿的芦花在阳光下晶莹剔透，自成风景。如雪的芦花随处点染，舞动旷野的生机，我俩在芦花谷其间的小路上，边走边聊，欣赏沿途风景，陶醉在芦苇丛中，此时心情一片宁静。

上午近十时，我们穿过 3 公里长的芦花谷，来到水洞沟景区面积最大的天然湖泊——红山湖。站在大峡谷和红山湖中间放眼远视，两侧的景象迥然不同，一侧是粗犷雄浑的高原峡谷，一侧是独特的雅丹地貌，断崖峭壁间，罕见出现1.8平方公里湖泊、蓝天、淡云共同组成的充满神秘色彩的塞外景观。

我们上了游船，在绿波荡漾中游弋，野鸭在湖面上嬉戏，芦苇丛里时而传出清脆的鸟鸣，欣赏秀美的湖光山色和巍然屹立的水岸长城，顿觉别有情趣，这里真是休闲娱乐的好去处。十几分钟后我们下了游船，又登上码头，换坐竹筏去另一个“世外桃源”景点——沙枣湾和红柳滩，欣赏西北特有的植物——沙枣和红柳，倒是不错的选择。

随后我们又改坐骆驼车，行走在大峡谷里。大自然造就的雅丹地貌、土林壮观，雕琢成千姿百态、神妙无穷的奇峰绝壁，浸透着雄壮、奇诡、险峻、古朴、荒野、幽静的原始风韵。经历千万年的风沙雕蚀，这条长10公里的大峡谷里集中了魔鬼城、卧虎岭、摩天崖、断云谷、柽柳沟等20多处土林奇绝景观，使人望而生奇，大有地老天荒、旷古玄远之叹。

这些土林景观中当属“魔鬼城”最为奇绝，它位于大峡谷西段，是被大自然鬼斧神工造就的像一座遗弃千万年的古城一样的地貌景观。

走进这座“古城”，风蚀土柱像凋零的古塔，断崖绝壁像残断的城墙，细看城内堆积的流沙，丛生的野草，让人倍感历史的沧桑。听当地老百姓介绍，每当大风狂起时，怪啸阵阵，像尖刺的哨声，或夹着类似呜咽的哭声，阴森恐怖。

我们九人坐着的一辆驼车慢慢悠悠晃荡着，车主为我们唱起《天边的骆驼》，“啊……天边的骆驼啊……为你唱支祝福的歌”，驼车在大峡谷中向“藏兵洞”方向行进。歌声助兴欣赏沿路上奇绝的景观。

凭借资源和文化优势，水洞沟被打造成一个集旅游观光、旅游体验、科普教育、科学研究、休闲娱乐为一体的综合性景区，成为一张宁夏历史文化名片。

惊险“藏兵洞”文化遗址

上午十一时多点，我们穿越一段谷深峡陡、群峰对峙、壁立高耸、奇形怪状、经年不倒的“土林”，来到藏身于“土林”之中、开凿于峡谷半壁之上、蜿蜒于峭壁之间、充满神秘色彩、举世罕见的“藏兵洞”。

作者与张殿志（左）
在藏兵洞留影

“藏兵洞”在水洞沟遗址以东4公里，是明代红山堡守军由地上转入地下，隐蔽军队，保护自己，待机出击或在空旷处设伏兵的地道。这里有明代长城、烽燧、城堡、沟堑、大峡谷、墩台、藏兵洞等军事防御建筑大观园，是中国目前保存最完整的长城立体军事防御体系。

我和张殿志近距离亲身参观和体验了藏兵洞，真是别有洞天，有洞可钻、有奇可寻、有险可探，洞里机关暗器密布，藏着许多玄机。

在导游的引导下，拾阶而上。进入洞内，黑乎乎的，只有微弱壁灯照亮，洞内很凉爽，洞道有一人多高，宽约一米，蜿蜒曲折，左转右弯，长洞连着短洞，大间接着小间，上层通着下层，宛如走进迷宫，要不是有指示牌指引，连东南西北都辨不清，更不知出路在哪里。

藏兵洞分上下两层，两层之间有地洞相连。地洞除有通道外，设有居室、伙房、水井、大厅、炮台、陷阱、观察口、储藏室、兵器库等，作战、生活设施齐全。令人赞不绝口的是藏兵洞设计十分科学合理，里面的水井至今还有水，埋锅做饭，炊烟可以排出洞外。藏兵洞壁上掏挖了不少用来放置灯具的小龛，有的小龛子留有破碎陶片和烟熏的痕迹。洞内设有空间宽阔的圆形大厅，供几十人召开军事会议用。引人注目的是兵器库，有不少出土不久的刀枪剑戟、箭头、箭袋、盾牌、铁蒺藜。我从洞内通风透光极好的观察口向外瞭望，峡谷内目标尽收眼底。

走进洞内设立的游客体验区，陷阱布设在一丈多深，仅能供单人通行的通道内。眼前漆黑一片，导游打开灯，脚底玻璃板下面是密密麻麻的尖头木桩，上面铺着蒿草，敌人若落入陷阱，非死即伤，无法自己爬上来。导游介绍说，清理挖掘时，在此陷阱里看到几具白骨，不禁使人毛骨悚然。导游提示，前面的木板是巧设“翻板阵”，敌人若一脚踩上，翻板会触动机关，从上面会掉下许多铁蒺藜杀伤敌人（铁蒺藜即带刺的铁球）。我们跟随导游的脚步，深一脚浅一脚迈进“软绳阵”，旁边伸出一只木头手会把人绊住。还有一处“生死门”，选择“生门”就能出洞，若选择“死门”，那就机关重重，必死无疑。经过约四十分钟惊险刺激的体验，跟随导游走出洞口，见到灿烂阳光，已快中午十二点。

据专业人员分析，藏兵洞主体防御设施可能发挥重要作用，神秘莫测的藏兵洞让入侵者胆战心惊。藏兵洞现在已清理开放的长度有1200米，洞内面积3200平方米。

据初步考察，大峡谷南北两侧的藏兵洞应该至少有3公里，水洞沟究竟有多少藏兵洞，有关考古仍在进行中。

“地上有长城，地下有兵城，兵城下通隧道”，张殿志指着前方长城说。滨河新区正在加快生态城、文化城、旅游城、产业城“四城”建设。中冶建工承建的水洞沟隧道工程，是一项跨越明长城的建设项目，属省道203改扩建的关键节点。隧道横断面72.188米、隧道长190米，主辅路共分为4孔，双向10车道，其中双向主洞路面宽均为12米，双向辅洞路面宽均为7.5米。起点位于青银高速倒坡口中桥处明长城烽火台北侧，终点位于烽火台南侧。

据了解，此项目由中冶建工承建，2014年夏季开工，总投资1.3205亿元，是宁夏首次在公路建设项目中采用隧道方式，以保护长城文物不受损、景观不受影响，隧道从蜿蜒的明长城下穿过。针对水洞沟隧道具有超浅埋、超小净距、V级围岩的特点，中冶建工在施工中战胜地质复杂等困难，采用多项新技术，工程如期进展，主体工程已完工，预计2016年初建成通车，银川媒体做了追踪报道。

藏兵洞带给游客的是惊险和刺激，满足了游客的好奇心和求知欲，藏兵洞的人气不断攀升。

站在全国的高度看风景，水洞沟是不得不去的地方。这里有雄浑大漠、水岸长城、魔鬼城、峡谷……

站在世界高度看历史，水洞沟是必须要去的地方。这里有数万年前的遗迹，全世界独一无二的500年前的明代藏兵洞。

站在体验的角度，水洞沟是非去不可的地方。这里有国内首屈一指的体验式遗址博物馆，可以感受八级大地震、山崩地裂、山洪暴发，有“原始村落”和远古家园，可以模拟考古体验游……

国家领导人全国人大常委会副委员长周铁农 给“中华大地之星”
“十佳新闻人物”张殿志颁奖

人物档案：张殿志，男，1963年出生，河北省广平县建筑安装企业集团公司经理。

公司坚持以诚信为本，以质量求生存，以信誉求发展的理念，强化公司下属施工队伍的精细化管理。近十五年来先后承建天津北辰大厦、天津静海上城花园、天津名仕达、河北沧州宏宇城、河北秦皇岛达运时代广场等工程。各项工程均获得合格以上工程质量等级。公司在施工中，积极推广新技术、新工艺，提高工程质量和效益，为企业赢得了良好信誉。公司的口号是：“以质量求信誉，以质量求发展”，“干一项工程，树一座丰碑”。

2014年，张殿志创新进取，勇于开拓，积极投入开发大西北“一带一路”工程建设。先后与合作方承建银川滨河新区景城公共租赁房、银川市委党校、宁夏幼师、师范专科学校等工程。

张殿志经理十分关心员工的疾苦，倾听大家的意见。他的热心、诚恳、高调做事，低调做人，受到员工业主的好评。

2015年11月，张殿志被评为第二十四届中华大地之星“十佳新闻人物”，被授予“中华优秀企业家”称号。

（原载于《中国冶金报》，2016年1月22日）

“东方金字塔”——西夏王陵

“贺兰山下古冢稠，高下有如浮水沤。道逢古老向我告，云是昔时王与侯。”

——选自明代朱秩炅《古冢谣》

宁夏作为中国旅游最后的“处女地”，其古老的黄河文化、雄浑的大漠风光、神秘的西夏王朝、浓郁的回乡风情、迷人的六盘盛景、美丽的塞上江南，这六大特色旅游备受海内外游客青睐。

宁夏之游点多、面广、线长，如歌、如画，给人以独特享受。“西夏文化”“塞上风光”“回族风情”已成为宁夏旅游业的三大导向，主打项目的“西夏文化”成为人们关注的焦点，最能代表西夏文化的莫过于“西夏王陵”了。

“宁夏旅游何处觅，名胜古迹西夏陵”。西夏王陵是来宁夏的游人必去的地标性景点。历史不会被遗忘，西夏有过辉煌，西夏历史永久载入了史册。

2015 年 10 月，河北省一些钢企、冶建、钢贸等企业积极投身到银川滨河新区旅游项目建设中。《中国冶金报》记者来到毗邻工地的西夏王陵景区，有幸一睹胜景真容。

西夏王陵

讲述发现西夏王陵故事

西夏王陵是全国重点文物保护单位、国家级风景名胜区、国家4A级旅游景区、国家首批自然与文化双遗产预备名录。被世人誉为“东方金字塔”“神秘的奇迹”。

历史上，西夏曾与宋、辽鼎足而立，号称“宋代三国”。然而，在蒙古灭西夏的战争中，地面建筑被摧毁殆尽，财宝被抢劫一空。一夜间灰飞烟灭，灿烂文明湮没于大火之中，只留下贺兰山脚下几座孤零零的土筑陵台，默默耸立展示西夏王朝曾经的存在。西夏消失了，留给后人的是个“谜团”和叹息。如何破解西夏未解之谜？西夏王陵景区管理处的管理员晓夏应约为记者讲述发现西夏王陵的故事。

1972年在银川西部贺兰山脚下修建一座小型军用机场时，施工单位开挖地基过程中挖出一些破碎陶片，意外挖出十几件古老陶制品，还有一些形状较为规则的方砖。方砖上竟有一行行奇怪的方形文字及花纹，这文字不是汉字，没有人能看得懂。施工单位紧急通知宁夏博物馆，赶赴现场的考古专家对现场做了必要的保护，同时进行抢救性挖掘，从墓室中发现一些武士像、工笔壁画以及精巧的工艺品。考古人员经过详细调查和辨识，认为这是一座古代西夏时期的陵墓，出土的方形文字被视为西夏文字。

这次发掘可以说是一个重大发现，惊喜不已的考古队员决定扩大搜索范围，以求新发现。在茫茫的戈壁大漠上，继续发现了多个大小不一的金字塔形的黄土堆，最大的直径有36米、高23米，每个黄土堆周围环绕着方形城墙等辅助建筑，他们把每个黄土堆进行编号研究，终于认定这些雄伟的黄土堆正是西夏皇家陵墓。

位于银川市西郊30公里、贺兰山东麓53平方公里的陵区内，9座帝陵（裕陵、嘉陵、泰陵、安陵、献陵、显陵、寿陵、庄陵、康陵）布列有序，253座陪葬墓星罗棋布。西夏王陵在这里沉睡静卧了千年之久，其规模与河南的巩县宋陵、北京明十三陵相当，是中国现存规模最大、地面遗址最完整的帝王陵园之一，也是我国最大的西夏文化遗址。

自从1972年发现西夏王陵，经过40多年研究，神秘的西夏王朝轮廓重新开始浮现。

王朝曾经的辉煌与消失

西夏是我国11世纪以党项羌族为主建立的封建王朝。唐朝末年，西夏部落首领拓跋思恭曾帮助唐朝镇压黄巢起义，被唐朝赐姓李，封夏国公，任命为定难节度使，西夏逐渐形成为一股割据势力。

公元1030年，西夏部落首领李德明的儿子李元昊继承父位，继续统治河西走廊与敦煌地区。李元昊武艺高强，精通汉文，善绘画，熟读宋朝兵书，了解宋朝法律，他野心勃勃，决心按照汉族制度建立国家。而一些反对李元昊称帝建国的党项族贵族暗中勾结，联合造反，企图杀死他。李元昊将其杀死诛族。

公元1038年，李元昊自称皇帝，国号大夏，因其地处祖国的西北，故称西夏，西夏语称“大白高国”，定都兴庆府（现今银川市），自封夏景宗。西夏在历史上存在了189年（1038～1226年），经历了10代皇帝。其疆域“东尽黄河、西界玉门、南接萧关、北控大漠、地方万余里”。最鼎盛时期面积为83万平方公里，包括今宁夏、甘肃大部、内蒙古西部、陕西北部、青海东部、新疆东部及蒙古共和国南部的广大地区。前期与北宋、辽平分秋色，中后期与南宋、金鼎足而立，在近两个世纪的王朝历史中，模仿宋朝建立官制，仿照汉字创造西夏文字，对西北地区的政治、经济、文化发展，起了重要作用。创造了足以让世界震惊的民族文化，被人形容为“三分天下居其一，雄甘西北两百年”。

13世纪蒙古兴起开始对外扩张，首当其冲是宁夏。1227年成吉思汗亲率蒙古大军包围夏都兴庆府达半年，遇到西夏拼死抵抗，陷入苦战之局，蒙古军队付出极其惨重的代价。据说成吉思汗在与西夏交战中负箭伤，攻打不得，患重病入六盘山行宫，临终狠狠立下遗嘱：“死后秘不发丧，待夏主献城投降，将他与兴庆府内所有兵民全部诛杀”。

风雨西夏，党项悲歌。据宁夏西夏学专家介绍，蒙古铁骑怀着强烈报复心，经过一番血雨腥风，被围困半年之久的兴庆府粮尽弹绝，城内又发生强烈地震，瘟疫流行，西夏主走投无路，别无选择，只好带领大臣们弃城投降，被蒙古铁骑全部处死。蒙古铁骑对兴庆府进行疯狂屠城。随后，蒙古铁骑对贺兰山的西夏王陵进行烧掠，对开国皇帝李元昊的陵墓进行掘挖，对其尸骨挫骨扬灰以泄愤。党项族四散奔逃，现宁夏本地已无党项羌族的踪影。

自此，曾在中国历史上威震一方的西夏王朝消失在漫长的历史长河中，随着西夏王朝的湮灭，党项民族也随之消亡。伴随着西夏政权的消失，西夏文字、文化和历史，甚至于西夏的名字，蒙古军队也采取消灭的措施，将西夏改成“宁夏”，意思是“夏地安宁”。此外，蒙古军队还将讲党项语、穿党项服装、行其风俗者一律杀灭，西夏文明戛然消亡。元朝作为宋、金、辽、夏的后朝，修了《宋史》《辽史》《金史》，却不肯给西夏修史，竟被历史摒弃于《二十四史》之外，在以史文明的中国，所有史书却没有为它立传著述，一页空白。一个王朝彻底消失了，这不仅在中国历史，就是在世界史上也极为罕见。西夏成为一个完全被遗忘的王朝。

历史遗忘了这个民族，而他的后人也逐渐遗忘了历史，西夏众多“谜团”待解。

破解西夏“谜团”何处找？

神秘的西夏王陵是银川西部贺兰山下一颗璀璨的文化明珠，它是人们领略西夏文化、寻古探幽的旅游胜地，它以其诱人的魅力和与中原地区迥然不同的西夏文物古迹而具有无限的吸引力。

镇馆之宝——铜牛

西夏王陵景区是最值得一看的历史文化景点。包括坐落在景区东侧的西夏博物馆和西夏王陵遗址，是西夏王朝文化的缩影。河北广平建筑公司经理张殿志、唐山云峰公司经理助理张泓两人源于对西夏历史文化浓厚兴趣，从工地赶来，与我同去参观，还为我介绍景点情况。亲临现场感受这段神秘的历史，让我非常震撼。一些无法亲临现场领略西夏文化的文学圈朋友，约我写篇文章做个分享。

张殿志带队伍来宁夏景区施工一年有余，对西夏王陵了解甚多。他告诉我博物馆是必先值得游人参观的。游人凭身份证免费领取一副自动导览器戴在耳上，自动感应听取讲解，填补对王朝历史了解的空白。西夏博物馆是我国第一座以西夏陵园为背景，较全面系统地反映西夏历史的专题博物馆。博物馆占地面积5300平方米，分上下两层，9个展厅基本陈列有关西夏历史、西夏王陵、西夏学习研究的资料。馆内展出西夏历史文物700余件，西夏学术研究成果500余册（份）。展馆荟萃了宁夏历史文化遗存的精品，运用实物、图表、绘画、精印图片、模型、声光等手段，真实形象地向人们展示了西夏王朝的兴衰历史。通过展览揭示西夏历史文化的内涵，西夏艺术的精华，使游人领略到西夏王朝往日的辉煌和灿烂，聆听到西夏历史的最强音。

每个博物馆都有一个镇馆之宝，而这个博物馆的镇馆之宝是西夏鎏金铜牛，铜牛身长1.2米，重188公斤。“牛角弯出优美的弧度，四腿呈屈跪伏状，当时能制造这么大精美的鎏金铜牛可见繁荣程度”，游客赞叹声不断。

西夏王朝留给后人的成了一个又一个难解的“谜团”，游西夏王陵宛如进入一座迷宫，西夏王朝是如何崛起的，又为何突然消失无踪？奇特的西夏文字如何解读？西夏灭亡后党项族的下落……都成为神秘难解的谜，无法查找典籍资料，史籍空白。破解西夏之“谜”何处找？人们只有从出土文物和残缺的经卷中，寻找着这古老王朝的踪迹！

走出博物馆，依山而建、高高耸立的西夏王陵遗址，一览无余。眼前雄伟而庞大的夯土陵台建筑遗址，虽已残垣断壁，仍能想象出当年的气势。现已开放有三号李元昊泰陵、一号李继迁裕陵和二号李德明嘉陵的双陵。

蒙古灭西夏，大量西夏文物史籍遭劫毁，西夏王陵所有地面建筑遭毁灭性破坏。然而，外形虽毁，骨架尚存。残留的陵丘以其宏伟的规模、严谨的布局，向人们诉说着西夏王朝显赫一时的壮观景象。

头顶白云，脚踏黄土。参观了泰陵和双陵，泰陵规模最大。站在泰陵台前，顿生悲凉沧桑之感。听到几位游客感叹道：“远看大土堆，近看土堆大，短暂人一生，生死自然啊！”

此时我心中的西夏王陵景观，悠然而起。每座帝陵自成体系，坐北朝南呈纵向长方形，建筑面积10万平方米以上。地面建筑均由角楼、门阙、碑亭、外郭、内城、献殿、塔状灵台、神墙等单个建筑建成。从整个平面布局来看，西夏王陵参照唐代帝陵的基本特点，仿照宋代帝陵的布局格式，足以说明西夏文化与唐宋文化的渊源关系。

陵园里弥漫着独有历史气息的清风拂面，我顿觉眼前的黄色大土丘是一种独特的标记，以特有的结构和方式印记了西夏王朝曾有过的风貌。

一位古建筑专家指出，如果能把整个西夏王陵按建成时的规模复原，那么它的宏伟规模、艺术风格和价值可能与北京十三陵相媲美。

景区参观结束后，我们坐电瓶车返回景区门口。路上可以远眺连绵起伏的贺兰山（贺兰山长200余公里，海拔3556米，主峰是敖包疙瘩），人造骆驼队景观若隐若现，巨大的陵墓群与自然融为一体。陵区废墟是西夏文化最大的遗址，我在沉思着西夏王陵文化的发展前景……

经过历史的风雨，西夏王陵瑰丽宏伟的建筑虽已成为废址，但保存下来的文物却十分珍贵。

同车旅游的一位外地同行说："景区中各种石雕、建筑材料残片，特别是大量的汉文、西夏文的残碑，尤为研究西夏史学者所瞩目"。另一位学者模样打扮的游人接着说："大型纪录片《西夏陵》开机，明年将在央视科教频道播出"，这部30分钟宣传片旨在作为申报世界文化遗产的材料，让更多人了解西夏王陵是中国乃至世界珍贵的遗产，进而更好地保护它。张殿志与张泓两人在谈论："银川水洞沟、回乡文化园和'中阿之轴'等项工程，留下了我们的脚印，西夏王陵景区保护工程要全力争取……"

作者于西夏王陵景区门口留影

如今，西夏王陵已是全国重点文物保护单位，西夏学成为一门新兴学科。西夏王朝灿烂的历史文化将逐步被人们所认识，还有许多"谜"一样的话题等待着后人不断地追寻和探究。

我们走进消逝于"丝绸之路"上700多年的西夏，除了废墟还是废墟，最大的一块废墟便是西夏王陵。雄浑的贺兰山，戈壁大漠的美景，诠释了西夏文化，更能使游人感受到西部风光带来的心旷神怡、豁然开朗！

（原载于《中国冶金报》，2016年4月1日）

情醉中华回乡文化园

在这里可以"看历史，听邦克、品宴、赏歌舞、逛回街"，让你一站式体验回族文化，领略回族文化对中华文明的贡献。

——作者题记

随着国家一带一路战略的实施，河北省一些钢铁、钢贸、建筑等企业抢抓机遇，为西部大开发争作贡献。《中国冶金报》记者受唐山市云峰工贸有限公司和河北广平建筑公司相约，于10月21日带着采写任务，来到中华回乡文化园（简称回乡文化园）二期工程沙特馆工地和银川滨河新区建筑工地采访。

作者与张殿志（左）、张泓（右）合影

回乡文化园位于素有"西部水果之乡"美称的宁夏银川市永宁县境内，距离市区18公里，坐落于回族最具历史文化的回乡名镇纳家户村，和纳家户古老的回族社区清真大寺交相辉映。回乡文化园是顺应西部大开发的历史潮流，调整文化产业结构，保护回族非物质文化遗产的特殊需要而兴建的，是宣传、研究、保护回族文化的重要基地，成为我国目前唯一的以展示和弘扬回族文化为主题的国家级4A景区、国家级文化产业示范基地。回乡文化园以展示伊斯兰建筑、礼俗、饮食、宗教、农耕与商贸文化为特色，是一个具有浓郁伊斯兰风格的建筑群。

回乡文化园整体规划占地1000亩，始建于2002年，现投入资金5.6亿元，一期工程占地300亩，2005年建成开园。建筑包括气势恢宏的主体大门、历史文化氛围浓重的中国回族博物馆、金碧辉煌的回乡礼仪大殿、地方习俗别具一格的民俗村、特色鲜明的演艺大殿、饮食与文化完美结合的餐饮中心，满足了游客游、购、娱、餐、文化享受的需要。回乡文化园成为游客来宁夏不得不看的旅游胜地。

我和唐山云峰工贸公司银川分公司经理张泓、河北广平建筑公司经理张殿志三人驱车前往回乡文化园潇洒走一回。从车内放眼望去，回乡文化园像一座白色大城堡，回族特色浓郁，高大伟岸，气势磅礴，给人以强烈的视觉冲击。

走进回乡文化园，迎面是主体大门，我完全被伊斯兰风格所吸引、感染、陶醉。主体大门借鉴印度泰姬陵优美的造型，占地3163.48平方米，通高38米，门两侧各有103米长的廊坊，洁白的身躯、饱满的穹顶、精巧的结构、绚丽的浮雕、缤纷的彩绘、古朴而凝重的气息，在蓝天白云的辉映衬下，给人以心灵的震撼，我第一次受到伊斯兰文化的洗礼。主体大门东侧是一个占地1.7万平方米，可同时容纳两万人的演艺广场。主体大门西侧是占地6400平方米的圣洁广场，广场中央的醉心池可以变换出不同的造型，既美轮美奂又赏心悦目。

“回博馆里读历史”，是最令人陶醉的一大亮点。坐落在回乡文化园的回族博物馆，是借鉴伊斯兰建筑优美造型与回族文化传统的一座现代化特色建筑，是回乡文化园的文化支撑和艺术精髓所在，它的建立填补了我国回族历史文化系统陈列展示的空白，为西部地区名族文化建设和文化景点建设增添了一道亮丽的风采。

文化园回族博物馆是全国最大的一座回族博物馆，整体占地7000平方米，整体建筑呈“回”字形，我们漫步在历史长廊的过程中，领略了回族历史的源远流长和回族文化的博大精深。博物馆分为五个展厅：一号展厅为中国回族的历史渊源；二号展厅为伊斯兰文明对世界文明的贡献；三号展厅为中国回族的形成及风俗习惯；四号展厅为回族对华夏文明史的贡献；五号展厅为宁夏回族自治区区情。在这五个展厅中，陈列着各类回族文明见证的文物，小到指甲大的“古兰经”，大到一人多高、曾经郑和下西洋专用的金钟……尤其是在五号展厅内展出的宁夏回族著名人物介绍，令人记忆深刻。

我们跟随导游的脚步，在回族博物馆看到了从元代以来，在中国历史上涌现出的不少颇有影响力的回族杰出人物介绍，如诗人萨都剌、丁鹤年和马世骏，戏曲家马九，大航海家郑和，政治家赛典赤，清官海瑞，思想家李贽，学者马自成、蒋湘南，共和国副总理杨静仁、回良玉，中国交响乐之父（音乐指挥家）李德伦，相声艺术家马三立，史学大家白寿彝等。如今勤劳和聪慧的回族人民对祖国的繁荣和发展依然起着重要的促进作用。

“礼仪殿中听邦克”，是令人陶醉的又一大亮点。回族博物馆左后侧就是辉煌雄伟的回族礼仪大殿。大殿外部雄宏素雅，殿内肃穆安详。大殿建筑有着浓郁的阿拉伯古典建筑风格，并融入中国回族清真寺礼拜殿的布局与装饰特点。殿高 38 米，进深 86 米，宽 62 米，总体呈正方形，占地面积 8000 平方米。正殿为八角体，殿前有穹顶方形廊亭，四隅建有高达 46 米秀美的宣礼塔，与大殿高大的金色穹顶交相辉映，构成一幅雄伟的建筑景观。壁面与殿柱镶满彩色壁砖，穹顶彩绘，布满伊斯兰花卉与阿文图案装饰，彰显伊斯兰风韵。礼仪大殿可容纳上千人进行礼仪活动，可以说是中国回族最大的礼仪大殿。

进入大殿有严格的礼仪，进入大殿前要脱鞋，女士还要求戴面纱遮头。入内后，我们被大殿的精美宏伟所惊叹，也被大殿内的气氛所渲染，不由自主地压低说话的声调。按照男左女右的习惯，分列两边盘腿坐下，聆听邦克。

邦克，即宣礼。宣礼是阿拉伯语，本意宣告、告知，中国穆斯林普遍称为“邦克”。我们听一段邦克，心灵变得平静和安宁，接受一次伊斯兰教的洗礼。

我们先后浏览了回乡文化园内的回乡第一街、民俗村、演艺大厅……了解中国伊斯兰文化的深远，一幅幅令人心醉内涵深刻的回族文化景象让人感动。

据回乡文化园管理人员介绍，党和国家领导人多次参观文化园，对文化园建设给予了高度重视。巴基斯坦、伊朗、科威特、沙特阿拉伯、利比亚、阿曼、马来西亚等 20 多个国家的驻华大使及其他官员、学者纷纷来园造访，回乡文化园成为展示中国回族文化，连接中国和阿拉伯国家的重要纽带。

2012 年启动了回乡文化园二期工程，原装引入上海世博会火爆全球的沙特馆，将沙特馆永久落户回乡文化园，浓墨重彩成为二期建设的一个重要看点。

据了解，回乡文化园二期中的沙特馆进行了一比一还原复制，总建筑面积7100平方米，从硬件到软件，都与原上海世博会沙特馆一致。由于受到上海世博会场地的限制，原设计方案在建筑环境方面并没有做到完美，经改良的文化园沙特馆周边环境比原世博会方案更加匹配。

沙特馆“月亮船”主体工程完工

我们来到礼仪大殿南侧的沙特馆工地上，唐山云峰工贸有限公司银川分公司经理张泓指着外形像一艘高悬在空中的“月亮船”介绍说：“沙特馆为多层钢结构建筑，地上三层、地下一层，总高度为23.95米”。在钢材采购中，该馆承建方西北最大钢结构制造商——北方建工集团委托河北知名诚信钢贸企业——唐山云峰银川分公司定向采购。主体框架千余吨钢材全部采用“津西牌”H型钢、工字钢等产品，唐山云峰、津西分别成为该项工程唯一的型钢采购商和供货商。沙特馆主体工程已全部完成，雏形初显。

回乡文化园沙特馆建成后，展示在人们面前的是“沙特馆前仰圣迹”这一崭新的景象，将成为令人陶醉的新亮点。沙特馆的核心是朝觐，高科技的方式使人身临其境，这也是文化园的点睛之笔。期盼回乡文化园二期工程建成开馆，馆内将集中展示延续数千年的丝绸之路交流，介绍沙特阿拉伯的地理、人口、历史、政治等国情。着重展示在没有河流和湖泊的严酷自然环境下，如何创建美丽的城市，营造美好的生活。沙特馆还引入超大规模三维影视屏，水流书写中阿文字等现代高科技手段以及丰富多彩的演艺活动。

（原载于《中国冶金报》，2015年11月27日）

枸杞之乡问“红宝”

“枝繁本是仙人杖，根老能成瑞犬形。上品功能甘露味，还知一勺可延龄。”

——选自唐朝著名诗人刘禹锡《枸杞井》

宁夏枸杞甲天下，宁夏枸杞出中宁。中宁是中国的枸杞之乡，这里的枸杞闻名全国。中宁出产的枸杞质量上乘，独特的药用价值使其一枝独秀，位居宁夏五宝之首，被称为“红宝”（五宝是指：红宝——枸杞、黄宝——甘草、蓝宝——贺兰石、白宝——滩羊皮、黑宝——发菜）。

中宁枸杞

有朋友自宁夏来必带枸杞，平时购买枸杞必选宁夏，枸杞成了生活中的必备品。人们缘何这样青睐中宁枸杞呢？我到宁夏采访时找到了圆满答案。

体验观光之美

2015 年 9 月中旬，河北钢企、冶建、钢贸等企业投身银川滨河区建设，《中国冶金报》记者完成采访工程报道之余，来到距中宁县城近 8 公里的丹塔乡万亩枸杞观光园采风，零距离感受体验枸杞园风光。这是一处集生产、旅游、观光于一体的综合性无公害枸杞种植示范园。

每年 6 月至 11 月为枸杞产果期。我走进枸杞园内，被眼前的美景吸引住了，时逢枸杞成熟期，放眼四望，一片片枸杞成行有序整齐地排列着，一棵棵枸杞树枝头上缀满一串串像鲜红色玛瑙的枸杞，在绿叶的映衬下，分外耀眼夺目。我随手擎起沉甸甸一枝头，看见摇摇欲滴的鲜艳枸杞玲珑剔透，摘下一粒似纺锤形的枸杞放入口中，顿感甘甜爽口，肉厚籽小，水分充足，口感好极了。我是第一次见到这么大面积的枸杞园，惊喜而新奇，连忙拍照留影。

保健养生功效

相传唐朝著名诗人、文学家刘禹锡途经今宁夏一带，看到一年轻人正在追打一年迈的老人，赶忙前去劝阻，斥责那年轻人大逆不道的行为。可那年轻人却笑道说："他是我的孙子"，刘禹锡不信，转问那老人。老人答道："千真万确，他是我的爷爷，今年一百多岁了，我是他的小孙子，今年六十多岁了，我们一家每年四季都吃枸杞，春吃苗、夏吃花、秋吃果、冬吃根，每人身体都很健壮，你看我爷爷一百多岁了，看上去像三四十岁，我不吃枸杞，我爷爷才打我。"这个故事虽说是调侃杜撰的，但从中可看出枸杞的养生功效极为突出。

《本草纲目》这样记载："枸杞，补肾生精、养肝、明目、去疲劳、易颜色、变白、明目安神、令人长寿。"听导游介绍，现代药理学家认为，枸杞有滋补肝肾、益精明目的功能，用于虚劳精亏、腰膝酸痛、眩晕耳鸣、尿频舌红、补血安神、润肺止咳、内热消渴、血虚萎黄、目昏不明等症有显著效果。

枸杞营养丰富，不仅含有铁、磷、钙等物质，还被国际公认为是"富集锂"的植物，而且还含有大量的糖、脂肪、蛋白质以及氨基酸、多糖色素、维生素等。

枸杞能降血糖、软化血管，降低血液中的胆固醇、甘油三酯水平，对脂肪肝和糖尿病患者具有一定疗效。枸杞还能辅助治疗慢性肾衰竭等。

枸杞是一种药食同性的植物，除了可直接食用外，枸杞深加工产业逐渐兴起，把它加工成枸杞糖、枸杞糕、枸杞咖啡、枸杞营养糊、枸杞茶、枸杞酒、枸杞油丸等产品，其目的就是全方位满足人们养生的需求。女同志常食用枸杞，能提高皮肤吸收养分的能力，起到美容作用。

现在随着人们生活水平提高，具有抗癌、益智、养颜、滋补功能的宁夏枸杞，已成为治病强身、保健美容、佐餐品茗、馈赠亲友的佳品。

生长环境独特

枸杞俗称枸杞子，属落叶性灌木，树高1.5至2米，生长期35年至50年。中宁枸杞为什么能名甲天下呢？据观光园管理人员介绍，中宁县地处海拔 1200 米至 1500 米的黄土高原、内蒙古高原过渡带，形成得天独厚特有的不可复制的小气候。其一，当地适宜枸杞生长的土壤和昼夜温差大的气候。其二，利用黄河水和含有各种矿物质的清水河苦水混灌。特定的生长条件决定了中宁枸杞的与众不同。

中宁枸杞的特点是色艳、粒大、皮薄、肉厚、籽少、甘甜、品质超群。中宁枸杞是唯一载入新中国药典的枸杞品种，已有 500 多年栽培历史。中宁枸杞与全国同类产品相比，使人延年益寿的铁、锌、锂、硒、锗等多种微量元素含量第一，人体必需的 18 种氨基酸含量第一，多种糖物质含量第一。明代杰出医药学家李时珍所著《本草纲目》中，将宁夏枸杞列为本经上品，称“全国入药杞子，皆宁产也”。

宁夏枸杞子种植面积约占全国三分之一，产量占全国二分之一，中宁成为全国枸杞的集散地。枸杞已经渗入食品、保健、饮料、化工等产业，对枸杞的需求量将会越来越大。

中宁枸杞鉴定

素有“天下黄河富宁夏，中宁枸杞甲天下”美誉。至今，中宁枸杞已成功荣膺全国驰名商标，产品畅销国内外。在全国 40 个大中城市建立中宁枸杞专卖店 181 家，在全国 136 个大中城市建立了枸杞销售渠道和网站，枸杞干果及其加工产品远销 30 余个国家和地区。

中宁枸杞

如何鉴定中宁枸杞？我听观光园一位营销人员介绍，鉴定中宁枸杞真伪有四招：一招儿是“四看”外观。一看果形，中宁枸杞呈椭圆扁长而不圆，呈长形而不瘦；二看果脐，中宁枸杞果脐白色明显；三看颜色，呈暗红色或紫红色；四看是否结块，中宁枸杞干果含水量在 12% 至 13% 之间，包装不易结块，若是挤压成块，失压后会自动松散。二招儿是清水试沉。中宁枸杞放入清水中上浮率很高。三招儿是品尝味道。中宁枸杞皮薄肉厚，口感纯正，甘甜微苦涩。四招儿是辨气味。若打开中宁枸杞的密封包装会闻见特殊香味。

园区营销部的业务员推荐说，中宁干枸杞呈淡紫色，所以买枸杞买紫不买红。高品质的枸杞粒大肉厚籽少，含糖量高，营养成分多，干果清香扑鼻，手捏自然散开不粘连，这是枸杞中的极品，铁盒包装每斤价300余元。次之为精品，盒装每斤180元上下。正宗大众普通品袋装每斤百元左右。许多游客学到鉴定中宁枸杞的标准，放心地买、各取所需，挑选大包小包各式枸杞产品，带回馈赠亲朋好友，可用以泡茶、泡酒、煮粥、炖菜以及嚼食等，以祝愿亲友健康长寿。

（原载于《中华大地》，2015年，《冶金新闻研究》，2016年）

洛阳牡丹花会散记

花是美的象征，爱美是人类的本性。赏花是净化心灵、陶冶情操的精神文明之举。

——作者题记

四月中旬，我有幸跟随“中华大地之星”采风团来到丝绸之路的东方起点洛阳采风，亲自参加了第33届中国洛阳国际牡丹文化节，感觉“太棒了”。我多年来就在电视上看到洛阳牡丹文化节的直播画面，一直神往着，因工作繁忙，未能成行，期待何时能实现这个梦想。

还是有缘分吧，2013年我在北京参加第20届“中华大地之星”总结表彰大会，相识结交了洛阳公交汽车总公司21分公司田延通经理。听他描绘洛阳牡丹花会的盛况，更让我萌发了观赏牡丹花会的欲望。2014年4月中旬，他打来邀请电话，但因《中国冶金报》刚开过全国记者工作会议，正在落实报社的工作安排，赏花会的念头不得不搁浅了。2015年4月上旬，田延通又提前打来邀请电话，受盛情打动，我将采访计划精细安排，挤时间，决心圆参加洛阳牡丹花会的“梦”。

一、尝古城美食

千年帝都，牡丹花城。洛阳是十三朝古都，文化底蕴极为深厚。洛阳尤以龙门石窟、洛阳牡丹等八大景观闻名中外。提起洛阳，人们脑海里会涌现出许多诗句，如“天下名园重洛阳”“唯有牡丹真国色，花开时节动京城”等，说的都是洛阳。

4月18日清晨，我们一行下了火车，走出洛阳火车站，田延通将我们接到距火车站附近约500米远的一家早餐馆就餐。“到洛阳用早餐喝牛肉汤可谓是不虚此行”，田延通说。他向我们介绍有关洛阳牛肉汤餐馆的情况。

牛肉汤是洛阳一道不可多得的美食，洛阳的汤馆很多，遍布大街小巷，牛肉汤、羊肉汤、豆腐汤、丸子汤的招牌比比皆是，汤馆的门面虽不大，只有两三间，每个汤馆的生意却都很红火。

洛阳人为什么热爱喝汤呢？据传说，古时候洛阳一带总是闹水，旱、虫灾不断，时有粮食颗粒不收，严重饥荒，人们为了生存，想出了粮食不足水来凑的办法，再说喝汤夏季能除湿，冬季能保暖，经过世代流传，喝汤就成了洛阳人的饮食习惯。

洛阳人喝汤有讲究，喝汤不用勺，嘴对着碗直接喝；喝汤管饱，汤随便添，不加钱；喝汤配着饼，汤泡饼条；喝汤不加盐，喝汤是甜汤或原汤，撒上葱花，味道更纯正。在洛阳不管汤馆名气有多大，“老字号”的、正宗的，都平民化、大众化，价格不高，一碗十元左右，这也是汤馆经营长期火爆不衰的真正原因。

服务员端上牛肉汤和饼条，我们几个还是第一次喝牛肉汤。这汤是怎样熬制的呢？我好奇地问服务员。她介绍说，是选用上等牛骨熬制，煨汤有讲究，须经三关，头锅去血紧肉；二锅牛肉六成熟，辅之以香葱、辣椒、胡椒等调料，充分将牛骨的营养和牛肉的鲜香入于汤内；三锅滚汤边煮边卖，不加水，卖完为止。

作者与田延通（右）在
洛阳国际牡丹园合影

“早上一碗汤，神仙也不当。”几百年来，洛阳人早上喝汤的习惯流传着，彰显了洛阳这座古城的风骨和文化，也展现了洛阳独特的魅力和韵味。

大家端着碗，喝上热气腾腾的汤泡上饼丝，牛肉汤香气扑鼻，饼丝嚼起来更是异常美味。一顿简单的牛肉汤早餐，让我饱了“口福”，感受到洛阳饮食文化不一般的靓丽风景。

二、赏国色牡丹

有资料显示，中国是牡丹的故乡，洛阳是中国牡丹的发祥地之一。中国人爱花，尤爱牡丹。牡丹是著名观赏植物，花大色艳、气味清香、芳姿艳质、颈骨傲心，实属我国传统名花，素有花王之称。

洛阳因牡丹而闻名。洛阳牡丹花蕾硕大，色泽艳丽，国色天香，艳而不媚，自古寓意就是富贵吉祥，繁荣昌盛，华夏民族兴旺发达，牡丹是和平富贵之花，美好幸福的象征。牡丹花深受人们的喜爱。洛阳牡丹栽培始于隋，鼎盛于唐，宋时甲天下。

牡丹花开在中国春天的四月，洛阳每年都举办牡丹花会，赏花是牡丹花会的主体活动。每年四月中旬洛阳人倾城出动，不放过这短暂的观赏机会。“花开花落二十日，一城之人皆若狂”就是洛阳牡丹花开时节的真实写照。

有人说不到洛阳不知牡丹之盛。我们这次采风正是花盛期，目睹了“花开时节动京城”的盛况。今年花会期间，洛阳向来自五湖四海的游人展示了色彩艳丽甲天下的牡丹花。花随人意，人助花容。牡丹已成为人们观赏愉悦、装扮生活的一种手段。

我们采风团一行走在洛阳的大街上，处处感到惊奇，各色牡丹争奇斗艳竞相开放。洛阳不仅有各处的牡丹园，大街小巷，就连街道的花池里、马路的林带里、厂矿企业单位的庭院里都遍布牡丹，万紫千红，千姿百态。观光赏花人如潮水涌动，从四面八方涌来。洛阳城内花海人潮，一片欢腾。他们或在道边信步游览，或在公园里仔细观看，或捧芯闻香，或摄影留念，无不笑逐颜开。洛阳真是一座牡丹城。

赏花最集中的地方是洛阳国际牡丹园，这里种植面积大，占地 30 公顷；品种多达 1000 余种，国内外名品集中，花大色艳，花香浓郁，是赏花必到之处。

洛阳国际牡丹园成为全国唯一的国家级牡丹观赏区，目前是国内收集品种最多、管理技术最好、观赏价值最高的牡丹园。

采风团在田延通的精心安排下，把观赏牡丹的重点放在国际牡丹园。每年 4 月洛阳城就是牡丹花的海洋，一年一度的“中国洛阳牡丹文化节”也在浓浓花香中隆重开幕。

我们来到景区门口，见到成千上万的中外游客慕名而来，走进景区内，观赏图介绍国际牡丹园由国内、国际精品区，中外名芍药区，中外寒牡丹区组成，突出精、晚、新、奇的特点。

五彩缤纷的牡丹花令人眼花缭乱，一簇簇晶莹似玉的牡丹如梦如幻，一团团欲燃火焰似的牡丹如诗如画。各色牡丹，花朵硕大，白的似玉，红的似火，黄的似金，粉的似霞，绿的如翠，黑的如墨……装饰她的叶子青翠欲滴，羽状的复叶，呈小叶形或椭圆形，别看她貌不惊人，待到牡丹芬芳吐露时，脱俗的神韵经她点缀便一显而知。阵阵春风吹来，花香扑鼻，使人心旷神怡。更令人惊叹的是难得一见的花形饱满的绿牡丹，色彩斑斓的黑牡丹给人以高贵、超凡脱俗的感觉，得到满足、幸福感。站在国色天香的牡丹园中的游人，无不沉浸在美丽的景色里，闻着不散的花香，渐渐地陶醉了，只能用相机留住她的美好瞬间……

在国际牡丹园，我就有关知识请教了该园王主任，据介绍，洛阳牡丹系多年生落叶小灌木，株高 2 米左右，花冠直径可达 15 至 20 厘米。“洛阳地脉花最宜，牡丹尤为天下奇。”洛阳牡丹的种植面积有 3 万多亩 1000 余种，占全国牡丹品种总量的 67.3%，洛阳是全国牡丹资源的重要分布地和最早的栽培地，而且是中国乃至世界牡丹栽培中心之一。目前，日本、法国、德国、美国、芬兰、荷兰等 20 多个国家都有栽培牡丹。

牡丹除可供观赏外，全身都是宝，花、根、种、粉有很高的经济价值。其根可以入药，称“丹皮”，可治高血压，清热散瘀，去痈消肿等。花瓣可食用，其味鲜美。目前正在不断开发以牡丹为特色的产品，如牡丹酒、牡丹系列化妆品、牡丹精油、牡丹保健品等系列产品。有趣的是牡丹与芍药同属芍药属，采用嫁接新技术，牡丹又多选用芍药作砧木，不断培育出新品种。

三、采创新故事

“谱写大地华章，讴歌时代英才”是“中华大地之星”征文活动的宗旨，田延通和他的分公司取得的业绩十分突出，事迹生动感人，田延通被授予“中华大地之星特约新闻人物”称号，成了此次采风的重点内容。

田延通敢为人先，开拓创新，把一个濒临破产的企业，打造成为省、市交运业一面鲜艳的旗帜。他现任洛阳交运集团 21 分公司经理，自 1980 年一直在交运战线工作，至今已 36 个春秋。他干一行、爱一行、专一行，先后获得洛阳交运集团劳动模范、全国交运企业先进个人等荣誉，留下一串串闪光的足迹。

此次采风撷取其中几个故事，似乎描述直白，缺少细节，数字罗列显枯燥，然而赋予对比、跳跃、想象的宽广空间，恰能增强说服力。

故事之一，创建示范单位。

2009年，洛阳交运集团21分公司（以下简称分公司）的经营步入困境，累计拖欠职工养老保险金、失业金、银行贷款、借职工款及利息等近千万元。企业出现严重亏损局面，员工月薪仅平均700元，仍不能按时发放，企业不稳，人心涣散。

田延通带领新一届领导班子，在这种极其艰难的背景下走马上任。他带领分公司员工，把抓住机遇实施公司化改造定性为强企战略发展目标，力争一年不亏损、两年脱困境、三年略有余、四年跨先进。

他坚持以人为本，大胆改革，勇于创新，使企业六年迈出六大步，年年上新台阶。

2009年，分公司抓住孟津—洛阳（专线）到期机遇，贷款对孟津—洛阳（专线）以企业股份平稳过渡，圆满改造，年内企业无新的亏损。

2010年，通过精细化管理，按期支付贷款，年中实现了年度摆脱困境的目标。

2011年，再次抓住孟津—洛阳（东线）、孟津—扣马车辆到期下线机遇，尝试公司化公营改造，年终实现了盈利的目标。

2012年分公司仍把“强化公车公营管理，以服务树形象，向管理要效益，以安全保效益”作为抓手，当年实现了跨入先进行列的目标。

2013年，分公司筹贷资金，更新公交车，对孟津—洛阳（西线）精品线路的车辆档次进行了升级。2013年度100%企业股权的公营车辆已达到86辆，居全市客运企业之首，公司步入洛阳交运集团年度考核先进行列。

2014年，成功申报城乡道路一体化试点县（单位）。在争创省级城乡道路客运一体化建设示范活动中，荣获全省第二的好成绩，并争取到上级新能源供应车连硬件设施补贴资金300万元，成为分公司创新创业史上的耀眼光环。

故事之二，从严深化管理。

分公司坚持“无缝衔接，方便换乘”的原则，规划县市、县乡、县村及县城公交四级客运道路网络化，并将城乡道路客运一体化纳入单位整体规划同步编制实施。

近几年，分公司通过对客运班线的延伸、调整、新增、改造等方式，使城乡客运有效衔接，网络覆盖面不断扩大。目前，全面实现城乡客运有效衔接，市县及县城公交和农村客运合理衔接，实现乘客的零距离换乘。

分公司突出安全管理、深化安全管理，做到两到位：一方面建立健全各项安全管理制度。所有驾驶员和客运从业人员持证率100%，建立了客运站信息管理系统、车辆卫星定位与调度系统，安全监控和应急处置系统、客运车辆卫星定位系统安装率100%。严格车辆准入制度，按照安全节能原则，从事客运经营的车辆均符合国家相关安全标准，按要求实施维修保养，始终保持车况良好。

经过六年的努力，分公司公营车辆占有率达100%，居全市客运企业之首。另一方面，严格做到安全运营管理规范、各项安全生产责任制度完善、落实到位，安全检查人员配置到位。认真落实“三不进站六不出站”的规章制度。在内部管理上，通过强化落实每月四次安全例会，纠正驾驶员违规违法行为，有效地遏制重特大事故的发生。

故事之三，应急维稳模范。

田延通把社会责任视为打造分公司品牌的组成部分，全力履行社会责任。五年多来，田延通带领员工热心参与拥军优属、金秋助学、捐助地震灾区、关心离退休职工和社会孤寡老人、志愿执勤等各种公益事业活动。自觉参与高考考生运输，全力完成应急维稳政治任务，在突发公共事件和重大活动中作出突出贡献。

2008年3月17日，接到上级命令，田延通带领分公司50名A照驾驶员组成的民兵连，与武警某部官兵一起赴四川甘孜执行应急维稳任务。千里急行，奔赴雪域高原。历经37天，与部队同甘共苦，不怕牺牲，并肩战斗，直至胜利凯旋。此举受到济南军区、河南省军分区、洛阳军分区等军区首长的高度赞扬。他带领的分公司民兵连被河南省委、省政府、省军区授予“应急维稳模范民兵连”荣誉称号，被武警某部授予“赴巴山蜀水支前，助武警战士出征”荣誉称号。2016年7月，田延通被孟津县双拥工作领导小组评为“爱国拥军十佳模范”人物称号。

故事之四，公交一面旗帜。

田延通和他的分公司经过六个春秋的开拓创新，使分公司重现勃勃生机。分公司现拥有公营车辆固定资产 2900 余万元，营运客车 110 辆，全部为公营车辆，公营改造率达 100%。

分公司现经营县城至省会郑州线路 1 条、县至市客运线路 6 条、县至乡客运线路 19 条，车站日发班次 360 余班，日客运量 7000 余人。今年 7 月，被省交通厅重新核定为“二级汽车客运站”。

据统计，截至 2014 年底，全县公路通车总里程达 1109 公里，全年完成道路旅客运出量 1036 万人次。县域公交出行机动化分担率达 30%，公交站点 300 米覆盖率达 60% 以上，县域公交车客运站实现了无缝连接方便乘车。行政村通车率、客运企业卫星定位系统、各车安装卫星定位仪均达 100%，道路客运企业的快速发展，促进了孟津县经济社会的发展，对改善人民群众的出行条件起到重要作用。分公司成为洛阳公交战线上一面旗帜。

四、游龙门石窟

采风团到达的第三站是龙门石窟。龙门石窟与甘肃敦煌莫高窟、山西大同云冈石窟并称为我国三大石刻艺术宝库，属世界文化遗产，为国家首批 5A 级景区。我曾在五年前游过龙门石窟，记忆深刻。

古人缘何选择在此处开凿石窟呢？田延通列举了龙门的多条优势条件。龙门有独特的优势，山清水秀，气候宜人，风景优美，是古代文人墨客观光胜地；石窟岩体石质优良宜雕刻；龙门东西两座山——东山和西山，中间有清澈见底的伊河分开，由横跨在伊河两岸的雄伟大桥连接，看啊，多美！伊河两岸的柳树挺拔茂盛，威武守护在伊河两岸！

我们跟随导游的解说脚步，边走边看。龙门石窟开凿于北魏孝文帝迁都洛阳前后，太和十七年（公元 493 年），历经东魏、西魏、北齐、北周、隋、唐、北宋连续大规模营造达四百年之久，迄今已有 1500 多年历史。现存石窟 1300 多个。龙门石刻造像大小共有 10 万余尊，最高的佛像足有 17.14 米，而最小的只有 2 厘米。

龙门石窟主要分布在龙门西山和东山崖间，南北长约 1 公里。采风团在观看龙门石窟诸多的佛洞时，最感兴趣、最喜欢的是两个石窟中的“一小一大”。

“一小”，是位于西山中部的万佛洞。洞里南北西侧雕有整齐排列的

15000尊小佛，每个小佛虽只有4厘米长，依然雕得十分精致，栩栩如生，体现出了我国古代劳动人民的极高艺术造诣，大家无不被这些小佛像所迷住。

“一大”，指的是奉先寺。奉先寺是龙门石窟中最大极为壮观的一个窟，它位于西山南部山腰，长宽各30余米。整个奉先寺的雕刻群是个完美的艺术整体，造像布局为一佛、二弟子、二菩萨、二天王、二力士、九尊大佛。规模宏大，艺术高超。只要到过龙门的人都会被卢舍那大佛的博大壮美所震撼。卢舍那石雕像是龙门石窟最为壮丽的一尊，它通高17.14米，头高4米，耳朵长1.9米。卢舍那大佛端坐在崖壁中央，面容丰润、慈善安详、口鼻端正、两耳下垂，智慧的双眼向下凝视，微露喜悦，目光正好与朝拜者的目光交汇，令人产生心灵上的震撼，具有无比的艺术魅力，相传是武则天的化身。这组石刻彰显了大唐艺术的极致，在国内外具有巨大影响。

五、参观“唐三彩”

“唐三彩”的名称由何而来？“中华大地之星”采风团此次来到驰名中外的洛阳唐三彩发源地、唐三彩文物发现地、也是唐三彩仿古的工艺发源地——南石山村参观采风。

唐三彩（马）

专家作了诠释，唐三彩是唐代的一种高档陶制品，是中华文化的瑰宝，其釉光亮饱满，造型生动逼真，釉色以黄、绿、白三色为主，因始于唐而盛于唐，故称唐三彩。

自唐代以后，因种种原因，唐三彩渐渐失传，直到清代末期，陇海铁路修建至洛阳段时，沉睡千年的珍贵国宝才得以出土重见天日，经专家鉴定为唐代失传的艺术珍品。后经洛阳南石山艺人多年探索，刻苦研制，生产出类似出土文物的复制品，失传多年的中华宝贵艺术才得以传承，“洛阳唐三彩”的称谓由此而来。

南石山村位于河南省中西部丘陵山区孟津县朝阳镇。我们走进南石山村，一排排农家小院的屋顶上、墙头、大门上随处可见做旧仿古的狮子、马、侍女、骆驼等实物。在田延通的引领下，我们走进一家村民院内，满院子错落有致地堆放着仿造复制的唐三彩，有成品的、半成品和泥胎的。院子的一隅是烧制用的土窑，一位年纪五十多岁的男子，戴着眼镜坐在作坊内安静地上釉。女主人领我们走进了仓库，琳琅满目的赝品仿真度极高，太有古董感了，几乎和刚出土的文物一样。采用什么技术搞得这样逼真呢？我们疑惑不解。赝品釉面看上去仿佛时间太久，已经泛铅，女主人说是通过使用盐酸、无水乙醇把氧化层做得比真的文物还真。

全国人大常委会副委员长周铁农给“中华大地之星”
“特邀新闻人物”田延通颁奖

女主人向我们介绍说，唐三彩是一种低温铅釉陶器，在色釉中加入不同的金属氧化物，经过焙烧，便形成浅黄、竹黄、浅绿、深绿、天蓝、褐红、茄紫等多种色彩，但以三色为主。唐三彩的制作工艺十分复杂，从泥料工艺到制作工艺，包括选料、研磨、氧化、造型、素烧、胎体上色、釉烧等十几个生产环节。

田延通是地道的本地人，对南石山村的唐三彩经营生产情况很熟悉。走在村马路上，他告诉我们，该村仿古技艺精湛，产品曾被国家领导人当做礼品赠送外宾。仿古工艺品是该村的主要经济支柱。南石山村被视为唐三彩复活之地，不仅能为博物馆修补唐三彩，还能仿制唐三彩。村子里唐三彩制作公司及加工作坊达到百余家，直接从业人数达1000余人，产值达7000多万元，形成完整的唐三彩产业链。南石山村是中国唐三彩产业领域内历史最传统、资源最丰富、人才最集中、工艺最优秀、产品最畅销的唐三彩专业村和唐三彩文化产业基地。

“行走即读书，旅游长见识。”南石山村仿制的唐三彩，制作考究，釉色绚丽，彰显大唐气象，吸引了众多来自国内外的参观者。南石山村仿唐三彩工艺品使我眼界大开，仿古唐三彩制品——丝绸之路骆驼、生动的骏马……让我久久难忘……

（原载于《中国时代风采》，2016年）

游习营村札记

习仲勋祖居地

6月15日上午，我与中国散文学会会员张文芳应邀到丝路源头之一的南阳采访，第一站是邓州，在邓州习氏家族族长、习氏管委会主任习正欣的陪同下，参观了河南省美丽乡村——习营村。

作者与习正欣(右)在村前合影

习营村距邓州市35公里，北依伏牛山，面迎卧龙岗，左襟湍河，右带朝水，九曲十八弯的堰子河绕村前流向东南汇入湍河，南水北调中线干渠经村东流向京津。这里水源充沛，土地肥沃，物产丰富，风景优美，是习氏河南分支的发源地，也是无产阶级革命家习仲勋的祖居地。西营村如今已经发展成为景区，沿途两侧排列着长长的摊点，出售纪念品和土特产品，游客川流不息。

习正欣今年73岁，是族群的智囊人物，为人朴实谦和。他先带我们参观了习氏祠堂。祠堂门前东侧立了一块两米多高的红色原型大理石，上面雕刻着2014年2月27日习近平写给习营村党支部、村委会及全体父老乡亲的亲笔回信。书信的内容是："来信收悉。信中字里行间，饱含着浓浓的故乡情谊，看后十分感动，在此，深表感谢。水是故乡甜，月是故乡圆。多年来，我十分想念家乡，想念家乡的父老，但由于长期在外工作，对家乡的事情难以顾及，还望大家见谅。最后，遥祝全体父老乡亲身体健康、万事如意！"习氏祠堂原来就有，文化大革命中被毁。现今看到的是习氏族人自发集资于2005年重修的祠堂。宗祠的大门是窄小的一间柴瓦门楼，和豫南农村普通农户的大门没有什么区别。习氏祠堂门额上挂着由习仲勋夫人齐心题写的“邓州习氏”匾额，黑底金字，简朴庄重。

习正欣在带我们进入祠堂前，先为我们介绍习氏的来龙去脉。据史载，习营村始祖习思敬，明初由江西临江府新淦县迁居于此地，耕读传家，繁衍生息，至今已有640余年，繁衍至23世，习营村现有习姓310户，1300余人。六百多年来，习氏人丁兴旺，不断向外搬迁，有的迁居本省淅川、内乡，有的迁居陕西、新疆、湖北、四川、青海、甘肃等省。清光绪八年(1882年)，习思敬的十五世孙——习仲勋的祖父习永生（也叫习作盛）离开习营，迁居陕西富平县，形成现在的淡村乡中和村习家庄。

习正欣带我们走进习氏祠堂，看到建有大殿一座，侧殿两座，门庭一座及园墙院落。大殿为习氏先祖享殿，供奉习思敬公画像，两侧为习氏历代名人展。大殿后20米处为习思敬公、赵老孺人合葬墓，墓高6米，周园38米，墓前有清乾隆四十一年石碑一通。宗祠内外进行了高标准绿化美化，苍松翠柏围绕，四季怡人。

据悉，参观习氏祠堂免收门票，知名度不断提升，前来拜访的游客络绎不绝，春节时多达两万余人，成为当下邓州旅游的一个亮点。

新奇特色景观

习营村拓展观光之路，定位是开发乡村观光旅游资源，将绿色产品、青山绿水奉献给游客。习正欣从2014年开始承包村里的260亩地，科学规划，带领村民种植了35000株风景树和多种花卉，绿化美化村容村貌，并开发了特色蔬菜、瓜果、玉米、红薯等景观。笔者记叙几种最令人青睐的景观。

农业专家李保华向孩子们介绍辣木的神奇功能

1. 记忆神奇辣木

为建设美丽乡村，发展乡村观光农业游，李保华2016年春天应聘来到习营村，协同习正欣用两个多月治理了一条长达 2000 余米的垃圾荒沟，建成不施化肥的瓜果蔬菜有机无公害产品示范基地。

李保华今年从南方为习营村引进了一种能吃的树——辣木树，这是一种神奇的保健品树木。他从几千里外请来辣木专家余慧卿亲自指导，在习营村种植成功，成为全省辣木种植示范基地。

今年 5 月下旬在人民大会堂召开的25 届中华大地之星颁奖大会上，他做了题为“创新发展高效生态观光农业”的发言，博得数百名与会者的热烈掌声，他介绍培育成功的辣木、方形西瓜、巨型红薯、“玉米仪仗队”的实践，引起大家极大的关注。他讲述了诸如辣木的营养价值、医疗功效、开发前景等，使人们产生浓厚兴趣，留下诸多深刻的记忆。

记忆之一，奇迹之树。辣木被世界各国科学家公认为“奇迹之树”，植物中的钻石。印度的辣木与中国的灵芝、美国的西洋参被誉为“世界三宝”。

辣木不仅富含高达 190 种人体所需的营养元素，还有强大的防病治病功效。自 20 世纪以来，辣木已成为欧美日等发达国家的健康食品新宠，是皇室贵族养生保健的必备品，是人类发现的既美味，而且只为人们带来健康的“完美植物”。

精选印度进口辣木籽

记忆之二，国礼之尊。2014 年国家主席习近平访问古巴时，赠送古巴领导人卡斯特罗辣木种子作为国礼。神奇辣木，国礼之尊。习近平强调：“未来五年内，中国 13 亿人民餐桌上必有辣木出现”。辣木这种此前大部分人都没听说过的植物，一下子“火”起来。

记忆之三，神奇功效。辣木原产于印度及非洲等热带气候地区，辣木在印度已有 4000 多年栽培历史，印度传统医学认为辣木可以预防 300 多种疾病。据有关资料介绍，根据国内外临床报告，经常食用辣木籽，可增加免疫力，辣木籽具有排毒、塑身、抗老化、祛老年斑、防癌抗癌等作用；降血压、降血脂、降血糖、排出宿便效果较为明显；并对多种慢性及重大疾病都有很大的改善功效；它还具有除口臭和醒酒作用。

记忆之四，营养价值。辣木的营养价值十分丰富。据营养专家介绍，辣木所含的钙质是牛奶的四倍，所含蛋白质是牛奶的两倍，所含的钾是香蕉的三倍，所含的铁是菠菜的三倍，所含维生素 C 是柑橘的七倍，所含维生素 A 是胡萝卜的四倍。

记忆之五，投资热点。辣木显著的医疗功效和作用使其身价“如日中天”，成为投资的热点，受到市场的青睐。相关资料表明，当前中国居民在健康和服务方面的人均消费远低于发达国家四五个百分点。受到中国老龄化人群增加，城镇化发展加快，居民消费升级等因素影响，人们对健康产品和健康管理服务的需求将迎来井喷，辣木将进入高速发展时期。

自 2014 年 7 月以来，辣木就一直是国内消费市场关注的热点。作为一项新兴生物产业，辣木具有较好的成长空间和政策支持，众多生物企业看好其巨大商机，纷纷进入。据了解，目前辣木在国内的主要种植区域分布于云南、广西和海南，在全国从事种植、生产的网络商家已有 200 余家。

记忆之六，营运销售。当前，辣木的营运销售采取四种方式：一是辣木种苗销售。二是与大型超市或生鲜超市连锁店、大型酒店、养生馆直接签订长期供应辣木蔬菜、辣木产品合同。三是与生物科技公司、医药企业、食品企业签订辣木原材料供应合同。四是与科研部门合作，建立农产品深加工、行销网。

记忆之七，食用方法。辣木的食用方法多样，鲜辣木嫩叶可做多类汤、凉拌、炒鸡蛋……可饮用加工的辣木叶茶，或将辣木籽剥壳食内籽，每天食用 4 至 6 粒，连服一个月，可明显改善体质，增强免疫力。

2. 种出方形西瓜

2008 年北京奥运会期间，从台湾空运过来了方形西瓜，数量不多只供评委和裁判品尝。李保华听说这个消息后，就多处打听方形西瓜的种植，他听到北京一位农业专家介绍说，方形西瓜只有日本、韩国有种植，目前国内没有种植。李保华下定决心在中国水源地南阳一定要种出方形西瓜，为国争光。为此，他到处学习研究模具制作、种植技术，终于在 2014 年，他种植的个大色正的方形西瓜成功上市，南阳电视台、南阳日报等媒体进行了报道。

6月15日下午，笔者来到习营村方形西瓜种植示范田，正是西瓜上市旺季。习正欣介绍说，观赏方形西瓜成为习营村发展观光农业的又一大景观，每天引来不少游客好奇的目光。“方形西瓜外形追求新奇特，口味与普通西瓜有啥区别?”笔者见到几位外地游客在瓜田旁树荫下围坐在桌子周围，切开一个方形西瓜，一刀切开，鲜红的瓜汁溢了一桌子，红红的瓜瓤嵌着几颗乌黑的瓜子，瓜香四溢，大家品尝着一块块甘甜、清凉的西瓜很是惬意享受，边吃瓜边谈其感受，你一言他一语。此时习正欣、李保华走过来，游客约他俩谈谈方形西瓜的优点。习正欣扳起手指头列举了三大优点：一是方形西瓜营养丰富，品质优良。方形西瓜品种经过专家的优化选择。方形西瓜施用有机肥，为绿色产品，经过压缩后瓜瓤单位体积的营养密度增大，营养更丰富。二是方形西瓜耐储藏和运输方便。方形西瓜在常温条件下，储存期可达6个月之久，方形西瓜形状规则更易运输。三是方形西瓜具有观赏、食用双重价值，附加值高。方形西瓜是用模具压制成的，个头大小均匀，一般都是25立方厘米，重量为8到10斤。方形西瓜在市场上当成工艺礼品来卖，价格倍涨，是普通西瓜价格的10到15倍。

习正欣（左）与李保华在方形瓜田套模具

“方形西瓜的生产工艺过程看起来很简单，其实不然”，李保华跟大家说。瓜田管理要下工夫，水、土、肥、虫、害，生长期每个环节如播种、松土、拔草、打尖、浇水、压蔓、翻蔓……都不能放过。管理技术也很复杂，例如方形西瓜上长着用户约定的“恭喜发财”“福禄寿喜”“生意兴隆”“大展宏图”等汉字，都是用模具套在西瓜上在其生长过程中长上去的，今后还将根据用户消费的喜好和需要，增加更多的字和图案。方形西瓜肯定不会跟普通西瓜一个价，必须当工艺品专卖，方形西瓜市场空间大有潜力，大多用户都是预定的。

3. 开发更多景观

这天下午，参观内容安排得很紧凑，我们从方形西瓜田出来，观看了种植辣木、太空茄子的试验田，又来到“仪仗队”超高产玉米种植田，见到村民正忙着在玉米地套种“巨型红薯”。观光农业品种纷纷在习营村落地生根。

“发展观光农业重在引进人才”，习正欣指的就是身边这位经别人推荐、慕名而来、一拍即合的搭档，今年66岁的李保华有着传奇式的人生故事。李保华被豫南群众称为忠诚务实的农业专家，他是中国管理科学研究院学术委员会的研究员。他常说：“干事业，年龄不是问题，困难不是问题，科技路上要创奇迹。”他就是这样演绎创造自己不平凡的精彩人生。

李保华是南阳市唐河县的一位农民，20世纪80年代，他承包开发家乡的荒山荒坡，变废为宝。

20世纪90年代，李保华拜中国农业大学养殖专家、国家浓缩饲料之父楼盛涛为师。夏邑县为推广科学养猪技术，创建了夏邑渴望饲料公司，聘请李保华为副总经理、技术师，他研究的配方饲料达到养猪“百天出栏”的效果，在全县各乡镇推广。

20世纪90年代后期，他回乡创办了南阳渴望饲料集团公司，并当选总裁。20世纪末至21世纪初，他积极在豫、苏、鲁、皖四省结合部推广养猪“百天出栏”技术。

2007年他以自己的亲身经历，自编自导了一部18集电视连续剧《风雨老荒坡》，歌颂农村三十年巨变。南阳市政府拨款30万元支持拍摄电视剧，引起各级媒体和社会各界的关注与支持。《人民日报》《农民日报》《河南日报》、新华网、人民网等给予报道。

2013年后，他到南京农业大学向黄豆种植方面的专家教授请教。依靠科技种植、精心管理，他指导的黄豆产量突破历史记录，亩产达到600多斤。他指导的花生人工辅助生针对法，使山坡地花生亩产达到1384斤。他指导种植的“仪仗队”超高产玉米套种巨型红薯喜获丰收，玉米亩产达2000多斤，红薯亩产达10000多斤，他试验种植的巨型红薯一个重达100多斤，在全国也罕见。

习正欣与搭档李保华现将携手创新，把打造出更多的农业观光景观奉献给游客当做自己的不懈追求！

（原载于《中国时代风采》，2016年）

铭记历史　圆梦中华

——记包一师六二届部分师生聚会

八月的包头，天空湛蓝，山脉碧绿，风和日丽，一派祥和。26 日上午，包头第一师范六二届部分师生，又重逢在包头市昆都仑区乌兰道六和顺饭庄。

这次相聚，正值中国人民抗日战争胜利纪念日（9 月 3 日）的前夕，举国上下，以多种形式纪念中国人民抗日战争暨世界反法西斯战争胜利七十周年。故筹备组同学把这次聚会的主题确定为“铭记历史，圆梦中华”，旨在激励我们及我们的子孙后代，铭记历史，不忘国耻，珍惜今天，开创未来，努力让我们的祖国更加繁荣昌盛，让我们的人民更加幸福安康。

基于这样的主题，筹备组同学精心组织了本次活动。尽量做到会场布置突出主题，活动内容围绕主题，既要达到师生聚会的气氛喜庆祥和，体现出纪念抗日战争和世界反法西斯战争胜利的喜悦之情，又要表达我们铭记历

部分师生聚会留影

史、缅怀先烈、珍惜和平、开创未来的真情实感。

上午九时许，同学们陆续步入会场，握手！拥抱！寒暄！问候！接着就被独特的会场布置所吸引，只见主席台正面墙上悬挂着红色横幅，上书八个黄色大字“铭记历史，圆梦中华”，八个字中间是中国人民抗日战争暨世界反法西斯战争胜利七十周年纪念活动的标识，十分醒目，突出表明了聚会的主题，与以往聚会迥然不同。主席台的桌子上，齐整地摆放着贴有班次的一摞摞书，因为有2013年的赠书仪式，大家一看就知道，今天又有新书赠送给同学。再看会场两侧张挂着写有抗日内容的五颜六色的条幅，不少同学驻足观看，议论说：今天聚会内容还挺丰富的。特别是会场内一直播放着抗战时期的经典歌曲，《怒吼吧，黄河!》《太行山上》《松花江上》《游击队歌》《大刀进行曲》《到敌人后方去》《毛主席的话记心上》《团结就是力量》《八路军军歌》《延安颂》《山丹丹花开红艳艳》《保卫黄河》，把人们带回了那个战火纷飞的年代。

开会前，同学们更多的是三一群、五一伙地互诉衷肠，真是流水不因石而阻，友谊不因远而疏，平时是一个电话、一条信息传递着同学们的深情厚谊，今天面对面，自然是有说不完的话、道不完的情，有的你打我一下，我给你一拳，完全忘记了自己已是古稀。特别是从远路而来的同学，呼和浩特的王家禄、赵淑芳，北京的谢吉恒，辽宁铁岭的杨坤士……更是让同学们团团围住，上下打量，久久地端详、凝视，眼里浸着泪花。杨坤士同学激动地说：“我期待这一天太久了，太久了。”是的，2012年五十周年聚会，她因丈夫身体欠佳，没能来到聚会现场，至今大家还记得她当时发来的短信：“黄河远上白云间，师生聚会忆当年；同学嬉戏犹然在，遥祝大家都康健。祝贺聚会圆满成功。”

聚会筹备组的温莹同学向参会人员介绍出席本次聚会的老师、同学，宣读了因事不能前来开会的中华全国新闻工作者协会国内部兼学术部原主任、高级记者、“中国大地之星”征文评选组委会主任阮观荣先生，中央电视台老故事栏目组摄影师李刚先生，老同学付登录给聚会的信函，信中表达了感谢邀请、未能参加的遗憾和祝愿聚会成功的心意。主持人代表全体到会师生对他们表示谢意。

上午十时，温莹同学宣布《铭记历史，圆梦中华》主题联谊会开始。

全体起立，齐唱《义勇军进行曲》，同学们虽已是古稀之年，仍然是挺胸抬头，放声高歌，唱出了中国人民的爱国情怀，唱出了中华民族英勇奋战的革命精神，唱出了奋发向上、争取民族解放的豪情壮志。

然后，全体肃立，向在抗日战争中英勇牺牲的烈士默哀，会场顿时安静肃穆，表达了同学们对在这场伟大战争中英勇献身的先烈们的无尚崇敬和深切怀念。

同学代表、筹备组成员马忠同学做了主题发言，他讲了三层意思：第一，这次同学聚会距 2012 年聚会又过去三年了，除了因身体不适等未能参加的，能出席的都出席了，赵淑芳、王家禄、杨坤士同学还从呼和浩特、辽宁铁岭赶了过来参加聚会，表明了深厚的同学情谊。

这次聚会正值全国人民隆重纪念抗日战争暨世界反法西斯战争胜利七十周年之际。80 多年前，日本帝国主义的铁蹄踏进了我们富饶的国土，他们烧杀抢掠，残害百姓，犯下了不可饶恕的罪行，给中国人民造成了极大的苦难，是伟大的中国共产党领导全国人民浴血奋战，才夺取了抗日战争的完全胜利，可是如今的日本右翼军国主义者对这段历史采取了卑劣的手段，不予认罪，因此我们一定要好好教育我们的子孙，勿忘国耻，牢记峥嵘岁月，铭记抗战历史，团结奋斗，为实现伟大的中国梦而努力奋斗！

第二，一直在新闻事业的征途上孜孜以求、勤奋拼搏、苦练功底的谢吉恒同学这次冒着酷暑又给我们送来了他的新作品——《走进红松的故乡》，谢吉恒老同学是一位高产记者，也是佳作频出的作者，他的作品充满了对祖国大好河山的热爱，对历史人文景观的钟情，对改革开放充满了激情。他送给我们的精神食粮，使我们充满了激情。我代表全体同学向他表示祝贺、尊敬和感谢。

第三，距上次聚会，我们又增长了三岁，个个已进入古稀之门，我希望老同学们一定要注重保养身体。我们现在生活在一个幸福的时代，要针对自己的实际状况，注重锻炼和保健，用饱满的激情和活力活好每一天。最后我引用韩老师送给我们的一段话来结束我的发言：“是时候了，在这里停下来，回归心灵，发现自我，淡定闲适，优雅自在”。祝老同学们身体健康、身心快乐，祝聚会成功。

马忠同学的发言，赢得了同学们的阵阵掌声。

八十高龄的王云龙老师，语重心长地为大家讲了话，中心是嘱咐古稀之年的学生们，要珍惜同学情，保重身体，说得同学们热泪盈眶，对老师报以热烈的感谢的掌声。

谢吉恒同学的发言和赠书，为聚会迎来了第二个高潮，他还是那么诚挚、那么谦虚，永远不忘老师的教诲和培养，不忘同学的帮助和支持，又一次亲手将他的心血——《走进红松的故乡》和《燕赵儿女走进人民大会堂(续集)》送到老师和同学手中，并和大家合影留念。

联谊活动开始，把大家带入了欢快的气氛中，首先同学们争先恐后地抢答知识问答题和谜语，由于同学们平时注重学习，经常阅读有关报刊，90%以上的题目都被答对，作为奖品的是一张有益健康的《足疗穴位图》。知识答题和谜语的游艺形式，很受大家欢迎，同学们表示很久没有参加过这样的活动了。

文艺活动有齐唱、小合唱、独唱各种形式。齐唱《游击队之歌》，小合唱《大刀进行曲》，女声独唱有杨坤士演唱《好人一生平安》，康金燕演唱《再也不能这样活》，男声独唱为苏占同演唱《南泥湾》，王家录讲故事《日军轰炸神木县》，声情并茂，激发了大家对日本军国主义罪行的愤恨和对抗日军民英勇抵抗日寇的敬仰。

联谊会在齐唱《没有共产党就没有新中国》的歌声中结束，会后集体合影留念。

就餐把聚会推向高潮，同学们尽情地说啊！唱啊！跳啊！在欢声笑语中，频频举杯畅饮，互祝健康幸福。

聚会时间虽短，但它集政治性、知识性、趣味性于一身，使同学们感受很深，分手时，大厅内抗日歌曲回荡，师生回味犹存，手拉手不放松，期望再相会。

（作者温莹、川石，原载于《中华大地》，2015 年）

“太行绿宝石”——黄金寨

“新中国从这里走来!”西柏坡是全国著名五大革命圣地之一。毗邻西柏坡的“中国500强企业”——河北敬业集团发展钢铁业秉承“要金山银山更要青山绿水”理念的同时，依据丰富旅游资源优势，发展多元产业，已投资3亿元（后期规划40余亿元）开发建设了黄金寨原生态旅游区（包括黄金寨主景区、影视基地、藏龙镇别墅区、迪山景区），在全县已开放的近20家景区运营中名列前茅，2015年景区经营利润率与去年同比提高9.2%。

黄金寨——笔架山

据了解，平山县已开放景区13家，其中5A级景区1家、4A级景区12家。在河北省各县位居首位，成为综合旅游大县、强县。全县旅游产业规模扩大，环境良好，发展空间看好。

围绕黄金寨景区秀美风光的特点、开发前景及如何提升市场竞争力这一主题，《中国冶金报》记者于春节前夕，采访了敬业集团黄金寨原生态旅游区总经理王强。

“黄金寨景区有原生态和红色旅游两大独特资源优势”，王强开门见山地说。

景区从2013年开始开发，总体发展目标是建设成为河北地区首家国家级旅游度假区、国家5A级旅游景区、国家级生态农业示范园区、全国知名旅游目的地。

谈起景区发展思路，王强概括为：“深度发掘自身资源特色，找准定位，错位发展。实施规划遵循市场导向，科学开发；特色导向，创意开发；比较优势，差异开发；生态导向，绿色开发原则。”

记者走进黄金寨旅游区，参观采访黄金寨各景区，所到之处，深受启发。

镶嵌在太行山的绿宝石

黄金寨景区距石家庄市 45 公里，距平山县城 21 公里，距西柏坡 27 公里，是镶嵌在八百里太行山中段的一颗绿宝石。从省会石家庄上西柏坡高速路，在平山口下，过县城走钢铁路、黄金路，一个小时车程就来到位于平山县东北部王坡乡面积 34 平方公里的黄金寨景区。

黄金寨景区最能体现原生态特征，有两大亮点：一是千百年来，这里幽静偏远，生态未遭受人为的破坏，成了众多野生动植物的乐园。山顶以刺槐、油松为主，山腰长满了杨、椿、山杏，山底沟谷间柿子、黑枣、核桃、花椒等干鲜果品星罗棋布。山上还生长了黄芪、远志、柴胡、连翘、板蓝根、灵芝等各种名贵药材 30 余种。山林和湖泊中栖息着雉鸡、斑鸠、山鹰、山雀、野鸭子等 30 多种鸟禽以及野兔、松鼠、獾等 20 多种兽类。景区内千峰竞秀，百壑争气，泉水潺潺，景色别致。最令人称奇的是上百棵树龄达几百年的古柿子树，或倚岸挺拔，或独立峰巅，或穿罅穴缝，或破石而立。景区良好的植被产生丰富的负氧离子含量达 9000/立方厘米，为省会市区的 70 倍，是名副其实的天然氧吧。景区四季皆有美景，春日山花烂漫，夏日清凉无暑，秋日层林尽染，冬日冰瀑奇观。

二是古人云：“仁者乐山，智者乐水，仁智兼者乐石”。黄金寨主峰海拔高 786.5 米，华北“第一石”就位于寨顶（此石长 52 米、宽 19 米、高 15 米重 40014 吨，上面可放 1000 只羊）。黄金寨山间点缀着两个深 20 余米的天然清澈的湖泊，阵阵清风徐来，四周茂密的植被、山峦倒映在湖水中，似幻似真，让人迷醉。

“海阔天空山无欲，地利人和石有灵”，黄金寨漫山遍野都是奇形怪状的大山石，亿万年时光把它们打造得充满灵性，以石造景，自然朴素，不加雕饰，让人感叹大自然的鬼斧神工，在沉思遐想中开启智慧，有的像灵动跳跃的走兽，有的像展翅欲飞的大鸟，有的像人，有的像物，只要你尽情联想，这里的石头都能满足游客的想象力。

在景区里处处有由石起意、以石造景、因石得名的景观，令人叹为观止。景区内奇石众多，有镇寨石、五指石、马鞍石、青龙白虎、三箭石、仙女乔桥、马脖子石、凤凰窝等，形态万千，与周围环境相互映衬，美不胜收。

记者在采访中发现，游客以石为话题谈石、论石、知石、品石、爱石、护石成为一条靓丽的风景线。为顺应游客的需求，景区正在着手规划开放奇石园区内的组合石、象形石、景观石。

传承“汉”文化的热土

文化是旅游的灵魂。黄金寨、藏龙沟历史悠久，文化底蕴深厚，诸多民间传说为景区增添了趣味和神秘。这里是一块浓妆重彩传承“汉”文化的热土。

黄金寨、藏龙沟，多么好听的名字！美丽的自然景观吸引了游客眼球，更令人羡慕的是人文景观，采访中给我留下深刻记忆的是故事。

故事之一，“黄金寨”原名“黄巾寨”。易名留下一段悲壮传奇。

据传，东汉末年，农民起义军领袖张角以“苍天已死，黄天当立，岁在甲子，天下大吉”为口号，发动“黄巾起义”，曾转战今平山县樊土沟村一带。

一天，张角在古石上（华北第一石）打盹休息，忽神人降梦：“此处钟灵毓秀，乃风水宝地，你可在此安营扎寨；百日后午时三刻，坐南朝北连射三箭，必成大事，位可及帝，切记切记。”张角知道是神人相助，就在此安营扎寨。

百日到，张角摆好弓箭，就等午时三刻依梦行事。午时刚过，狂风大作，飞沙走石，眼不能睁，左右侍从皆说，正午已到，射箭不差这一刻，将军可射。大风吹得张角烦躁不安，遂抽宝箭，“嗖嗖嗖”三箭射出。正待回帐，探子来报：汉军名将皇甫嵩领兵来犯，已至寨口。张角想起神人所示，若晚射一刻必会射准皇甫嵩，顿感败局已定，急火攻心，暴病而亡。

“黄巾军”起义失败后，周边百姓上山砍柴，常有人在黄巾寨沟底或山石夹缝中捡到元宝，于是上山拾金的人越来越多，“黄巾寨”易名“黄金寨”。

这名字演绎得多么神奇而又富贵！

故事之二，“藏龙沟”的典故联想空间丰富。

据载，西汉末年，王莽篡权，刘秀被王莽追赶至今河北省平山县，狼狈不堪。辅佐刘秀的人动摇了，想以刘秀被王莽追赶为背景作一首情景诗，意在试其志向。此时恰鸡叫头遍，刘秀顺口吟：“鸡叫头遍歇一歇”。大家一听心凉半截。此时王莽追得紧，继续赶路。公鸡叫两遍，刘秀又吟：“鸡叫两遍歇两歇”。大家的心更冷了，以为他语不惊人，胸无大志。便有了弃之而去的念头。

刘秀被追到曹土沟时，口渴难忍，遇一池清泉，池形极像砚台，蹲石山痛饮泉水，顿感神清气爽，才如泉涌，壮志满怀。此时红日初现，光照山峰。他遂在一块大青石上写下全诗：“鸡叫头遍歇一歇，鸡叫两遍歇两歇；鸡叫三遍红日现，扫尽满天星和月！”并用一方石撰上姓名蘸墨印诗后。

此诗一出，石破天惊！大家才知道，他把自己比做红日，有扫尽星月的气势，将来必得天下，于是安心辅佐刘秀。刘秀深感此处人杰地灵，气势不凡，便在此招募安邦定国之才，终成霸业。

日后成名的“云台28将”很多是在这一带招募的，为东汉建立立下了赫赫战功。刘秀藏身所在的山沟被后人称为“藏龙沟”，印刻名字的方石被称为“皇帝印”。当地流传歌谣：“藏龙沟，祈福地。拜皇帝金印，通官运财运；看文房四宝，写锦绣华章。”游人到此争相领略大自然的神奇，期盼实现自己美好的梦想。

故事之三，敬业人继往开来，谱写传承“汉”文化新篇。

他们创新思路，大手笔将昔日刘秀藏身的山沟规划建设成古镇别墅度假区。别墅区依山而建，三面环山，西临万亩原始森林，北靠巍峨太行山，东倚风水福地笔架山，南临波光粼粼明珠湖，是华北地区难得的风水宝地，为想享受山居的人打造一个惬意舒适的世外桃源。

由于受海拔、植被等众多因素的影响，藏龙古镇形成独特的山区小气候，夏季凉爽宜人，平均气温比平原低5至8度，是度假的理想去处。别墅多种户型均为五明设计，每个角落融入景观，二期完工建成建筑面积60000

平方米，届时形成800户涵盖别墅、观景洋房、公寓式酒店等多种形态的住宿条件，是集“生态人居、休闲养生、旅游度假、商务会议”于一体的山水生态小镇。

水是生命之源。藏龙镇别墅区大门东侧是当年刘秀畅饮泉水的地方，传来好消息：经国土资源部地下水矿泉及环境检测，源水水龄达1900年左右，可追溯至汉朝年间。属地矿化度低钠高锶型天然矿泉水，其中“锶”含量高达3.578毫克/升，远优于国际标准0.2mg/L限量指标。锶对人体的作用有：是人体所必需的微量元素，增强钙的吸收，调节和改善人体新陈代谢，减少人体对钠的吸收，有预防“三高”和心血管疾病的作用。

一位监测水质专家告诉记者，这里的水清澈甘甜，天然矿泉水中“锶”含量高，全国罕见！藏龙沟矿泉水向国内广泛征集商标，现已确定注册商标为“致活”牌。记者来到施工现场看到，一座投资5000万元，占地面积近2万平方米、建筑面积5687.88平方米，年产8万吨的瓶装矿泉水厂拔地而起，有4.5升桶装水生产线、350毫升至2升瓶装生产线各一条，预计2016年4月底建成投产。

电视剧《西柏坡》拍摄地

电视剧《西柏坡》是在黄金寨影视基地拍摄的。记者采访了解到剧情及一些有关情况。

重大革命题材电视剧《西柏坡》是第一次用电视剧的形式，全方位深刻解读党中央在西柏坡的这段光辉历史。电视剧《西柏坡》以宏大的艺术笔触，波澜壮阔的历史画面，全景式呈现出新中国诞生前夜的一系列重大历史事件，深刻地反映了中国共产党从革命党向执政党转变阶段的探索和追求，反映了领袖人物密切联系群众和为人民服务的风范作风，展示了一代伟人的不同生活侧面和人格魅力。《西柏坡》电视剧的完成，将填补中国在电视剧的宣传上，只有井冈山、延安，没有西柏坡的空白。该剧预计2016年7月在央视黄金段播出，作为向党的生日献上的一份厚礼。

电视剧《西柏坡》由河北佳创文化传媒有限公司投资，“八一”电影制片厂拍摄。

编剧郝崇书是河北省平山县农民作家，她怀着对家乡的热爱，克服种种困难，历时五年完成电视剧《西柏坡》剧本，为拍摄奠定基础。她先后出版了《毛泽东在西柏坡的日子里》《七月流火》《共产党之歌》多部作品，《西柏坡》是她倾注多年心力完成的又一部鸿篇巨制。

总导演栾逢勤是八一电影制片厂著名导演，他执导了近百个电视剧作品，曾获“全国五一工程奖”、全国电视剧“飞天奖”、中国人民解放军电视剧“金星奖”、电影频道“百合奖”等奖项。特型演员红心，著名演员郭凯敏、祝新运、刘沙、张京生在剧中担纲主演。国内一大批著名表演艺术家在剧中扮演重要角色。

拍摄基地为何选择黄金寨景区？拍摄组又是怎样完成拍摄任务的呢？

黄金寨景区总经理王强接受记者采访时作了介绍。黄金寨景区开发建设形成“游魅力山水，赏古树奇石，寻千年古寨，听历史回声，品农家美食”五位一体旅游项目，此处幽静偏远，环境优美，物种丰富，是野生动植物的乐园。八一电影制片厂派人前来黄金寨景区考察后，对黄金寨景区的生态环境、淳朴的民风、古朴的民宅赞不绝口，表示这是拍摄《西柏坡》电视剧的绝佳之地。

2015 年 8 月 27 日，八一电影制片厂来黄金寨景区开始为期 45 天的影视基地建设，景区帮助解决水电等问题，做好食宿等后勤服务工作，约 40 亩影视基地如期顺利搭建完工，再现了当年的窑洞、民房、炮楼、马厩等诸多历史画面。

2015 年 10 月 11 日，“八一”电影制片厂剧组来到景区，正式开机拍摄。黄金寨景区尽己所能，帮助找群众演员等，开展为期三个月的紧张拍摄工作。

2016 年 1 月 3 日，“八一”电影制片厂结束电视剧《西柏坡》的拍摄工作。影视基地移交黄金寨景区管理维护，作为景区的景点对外开放，提高了景区的知名度和影响力。

迪山核心红色旅游区

迪山景区是 2015 年 10 月中旬新开业的一个红色旅游景区，距黄金寨主景区北侧约 11.5 公里。春节前夕，刚下过一场雪，记者与景区策划人员李剑龙、《敬业人》厂报编辑刘凡、导游智肖敏四人驱车沿着山势时急时缓蜿蜒的盘山路前往山顶，车窗外白雪皑皑，多亏李剑龙驾车技术娴熟沉稳，左拐右转，七上八下，徐徐攀爬，经过20分钟爬坡，从海拔200多米爬升到海拔978米的迪山北顶。

迪山北顶视野开阔，站在这可以俯瞰绵绵群山、敬业集团总部、平山县城、岗南水库……一目了然。位于最顶端的堡垒地处平山县与灵寿县交界处，站在此处一脚踏两县，风光尽收眼底。

导游小智带领我们边走边观看修复的抗日战争时期日军驻扎在山顶留下的岗楼、营房、堡垒、战壕、练兵场、抛人台等建筑。

有资料显示，1940年，日寇沿平汉铁路（即现今京广路）南侵石家庄时，从定县开始分兵经行唐、灵寿向平山方向入侵，以便从右翼迂回包围石家庄，并同时向西攻取隘口娘子关。这时南甸区首当其冲，成为平山县最早沦陷的地区，遭到日寇血腥洗劫。日寇肆意侵占老百姓的耕地，挖封锁沟，修碉堡，修道路。迪山北顶堡垒是日军在平山建立的五个据点之一。

刘凡曾采访报道过迪山红色旅游区。据他介绍，当年日本兵肆无忌惮，屠杀中国老百姓，犯下滔天罪行。在迪山北顶一带驻扎了一个中队的日军，强征大量当地的村民劳力在北顶挖战壕、修碉堡，速度稍慢便遭日军鞭打脚踢。老百姓每天从早到晚持续超强体力劳动，却只给清水见底的小半碗稀粥喝，一旦倒下，即被日本兵抛入山崖下。

抛人台下，不知逝去多少中国人的生命。这当中，有被抛下山崖的劳力，有无辜被抓的老百姓，更有被抓的抗日英豪。日本兵惨无人道，杀人不眨眼，将人捆绑到抛人台，或直接丢下山崖，或者站立踹下去，或者砍头后，再把身子丢下去。

抗日战争中，日军勾结汉奸，制造惨案，杀害南甸区老百姓1331人，受害最大的葫芦峪村42人被杀。

英雄的平山县人民在中国共产党领导下，积极开展武装斗争，采用麻雀战、地雷战等战略战术打击日寇，成功地粉碎了日寇对南甸区的蚕食政策。

1945年3月，八路军120师向山顶堡垒发起进攻，在平山团的支援下，经过数小时激烈战斗，摧毁北顶日军据点，取得战役胜利。

抗日战争时期，这里的人民遭受了日寇的血腥残害和磨难，发生过大大小小的战役无数，留下许多可歌可泣的抗日英雄故事。

黄金寨五龙石上腾麒麟
（国画家张世才作）

导游小智告诉记者，许多游客留言说喜欢这种原生态红色旅游区，别具一格地把展览搬到现场，游客受到接地气、直观、生动的正能量教育。也有游客留言反映这种将红色旅游与赏景、爬山、养生、科普等有机结合，一举多得，使经济效益、社会效益最大化，值得！

游客在迪山红色旅游区可以回忆当年烽火岁月，纪念革命先辈，珍惜今日来之不易的幸福生活，称赞红色旅游区策划得到位，高起点、有深度！

（原载于《中国冶金报》，2016 年 3 月 4 日）

精彩纷呈唐山“世园会”

4 月 20 日，2016 年唐山世园会进行第二次综合演练彩排，55 个会址项目已经全部投入使用，各个展馆和园区布展完毕，万事俱备，只待 4 月 29 日拉开大幕，喜迎八方宾客。

2016 唐山世园会会徽

2016 唐山世园会吉祥物

“山清水秀碧天蓝，世博园会落唐山。凤凰台上凤凰笑，青龙湖下青龙欢”，几位来自外地的采风书画艺人对笔者赞道。2016 唐山世界园艺博览会（简称“唐山世园会”）以“都市与自然 · 凤凰涅槃”为主题，其涵义是唐山在大地震劫难后浴火重生，展示了抗震重建，生态修复，从工业文明走向生态文明的“唐山样本”。唐山被世人称为“凤凰城”，会徽与吉祥物选取凤凰的形象。会徽为“有凤来仪”，吉祥物为“凤凰花仙子”，表达了“时逢盛世，有凤来仪”的美好寓意。

据了解，世园会是由国际园艺生产者协会批准举办的专业性国际博览会。唐山于 2010 年 10 月获得了 2016 年世园会的承办权。2014 年 4 月 14 日，经国务院同意，商务部批复，2016 年世园会由河北省政府、国家林业局、中国贸促会、中国花卉协会共同主办，唐山市政府承办。

唐山世园会将在唐山市南湖公园举办，从 4 月 29 日持续到 10 月 16 日，共 171 天。50 多个国家和地区参展，预计参观人数超过 1000 万人次。应该说，唐山是中国继昆明、沈阳、西安、青岛之后首个获得世园会承办权的地级城市，力争承办一届规格最高、规模最大的国际展会。

展馆展园盛装待客来

4月20日下午，笔者在唐山世园会专业服务人员的引领下，参观和体验了各个展馆和展园。根据世园会相关人员介绍，笔者对游览世园会路线图有了清晰的了解。唐山世园会规划总面积22.6平方公里，其中核心区5.4平方公里，体验区17.2平方公里。核心区总体布局为“一轴八园”。“一轴”为核心区主景观轴，由北向南依次为综合展示中心、丹凤朝阳广场、水上剧场、驳船码头、花卉长廊、彩虹桥、立体花街、空中飞桥、低碳花园、龙山、植物风情馆等11处主要景观。“八园”为国内园、国际园、设计师园三大主展园及生态科教园、低碳生活园、少年世博园、工业创意园和植物专类园等。体验区内结合生态产业、旅游服务需求，规划了“两横三纵”交通骨架，形成湿地体验、农业观光、森林游憩和绿地运动四大功能区，让游人充分体验“人在绿色里，情在自然中”的美妙感觉，享受人与自然和谐相处的舒适与满足。

唐山世园会的国内园和国际园集中展示了东西方园林的迥异风情和独特韵味，带给游人一步一景，“人在画中游”的妙趣。此次世园会国内园做到园林和园艺巧妙结合，把31个城市分门别类，组成皇家园、江南园、西部园、岭南园、河北园、现代园六个主题园林，将园艺和植物文化、园艺和人文文化相结合，具有一城一故事的特点。

笔者来到世园会主展馆之一的植物风情馆，顿觉别样风情。馆内设梦幻花园、花梦涟漪、兰亭清梦、绿谷幽梦、梦幻沙丘5个观景区，以及棕榈植物、花卉植物、兰科植物、雨林植物、沙漠植物、观果植物六大展示区和一个植物科普区，共布展千余种植物，让人目不暇接。

位于世园会核心区的皇家园，以“一池三山”为主题，北京园位于皇家园中轴线，西侧为沈阳园，东侧为西安园。北京园中，恩泽坊、“北京园”景石、京华亭、会泽轩构成一条中轴线，东侧沉香亭飞檐翘角，西侧道君石兀然独立。

国际园总面积近2万平方米，分为美国、意大利、匈牙利、英国、法国、瑞典、德国、荷兰、韩国、日本等 10 个展园，以各国特色花卉、植物为主体，以“快乐每一天”为主题，以“林间漫步”为理念，将花卉和园艺置于林中，以海绵城市的方法塑造，营造多彩浪漫的现代园艺景观。国际园花卉品色丰富，布展的近 10 万株花卉大部分为进口花卉，笔者看到参观者对此赞不绝口。

展会颇具魅力特色多

笔者曾参观游览过昆明、沈阳世园会，与本届世园会相比，其特点各异。梳理盘点本届世园会的魅力特色，表现在五个方面：

特色一，合理规划资源。唐山在中国近代工业史中创造过多项第一，世园会会址曾是唐山开滦煤矿 130 多年长期开采形成的采煤沉降区，后经综合治理建成生态公园。昔日地表凸凹不平的沉降区，污水横流，垃圾如山；如今绿树成荫，鲜花盛开。世园会将采煤沉降区选为会址，不占用一分耕地，在国内外尚属首次。在建设中，秉持了尊重自然、利用自然、保护自然的理念，尽可能地在原有的基础上进行改造提升。坚持市场化运作，园区所有投资建设，凡能通过市场方式完成的，就全部交给市场来做。市政府只负担市场不愿做、做不好或做不了的项目，以及负责建设与运营的监管，极大提高了建设效益并降低了成本。

特色二，景致颇具经典。世园会园区内的国际园区特邀花卉和园林强国参展，这些国家的建筑风貌和建筑艺术别具特色，展园布置富有地域特点，人文展示更具有当地风情。国内园区参展城市均为富有浓郁地方特色的园林园艺城市，展园建筑充分展示我国各大园林园艺流派的风格和特点，堪称经典之作，给游客留下难以忘怀的印象。

特色三，多场盛会纷呈。本届世园会不但展出国内外风格各异的园林园艺，还坚持以“园艺”为媒，拓展平台、丰富内涵、放大功能。四月底世园会开园，五月份承办“5·18 国际经贸洽谈会”，六月份举办“中国——中东欧国家地方领导人会议”，七月份举办“抗震 40 周年纪念活动”，九月份举办“中国金鸡百花电影节”，十月份举办“中国——拉美企业家高峰会”。在世园会结束时，还将承办“国际园艺生产者协会 2016 年会”。在召开世园会的同时，还将经济、文化、科技等交流活动融入其中，使世园会的功能得到拓展，亮点异彩纷呈。

特色四，创造“世园会蓝”。唐山是传统的重工业城市，以钢铁、煤炭、建材、陶瓷等为骨干产业，为国家作出贡献的同时，也使得城市空气受到污染。唐山借举办世园会之机，淘汰一部分落后产能，改造提升一部分传统产业，大力发展新兴产业和服务业，从而使唐山的经济结构发生一个本质性变化。

唐山为河北第一钢铁重镇，钢年产量8000万吨，称之为河北钢铁业的“半壁江山”。为保障世园会空气质量，3月18日，唐山市政府下发《关于印发2016年唐山世界园艺博览会等重大活动空气质量保障方案的通知》（以下简称《方案》）。根据《方案》要求，世园会期间唐山钢铁行业在“六大活动”时间段，采取强制性减排措施，累计限产33天，限产环节主要针对烧结机、焦化企业及轧材企业，而非高炉。限产企业减少排放50%以上，唐山周边有近百家钢铁企业在世园会限产的红线范围内。据专家测算，在世园会期间唐山钢铁业将减产400多万吨。唐山钢铁业努力在世园会期间创造更加持久的“世园会蓝”。

特色五，弘扬唐山文化。游客在世园会上，不仅可以欣赏到专业经典园林园艺，还可以体悟到深厚的唐山文化，如轩辕东巡、夷齐让国、曹妃甸故事、《红楼梦》文化、近代工业文明、李大钊创建党、冀东抗战、抗震文化等。唐山精神是本届世园会看点之一，如“三条驴腿闹革命”穷棒子精神；沙石峪农民“敢教日月换新天”的当代愚公精神；公而忘私，患难与共，百折不挠，勇往直前的“抗震精神”；感恩博爱，开放超越的“唐山新人文精神”以及不甘落后，敢为人先，奋发向上，大有作为的“唐山新时代精神”等。

打造不落幕的世园会

在笔者看来，本届世园会的最大看点是“城市中的世园会”。国内举办的历届世园会会址都是在距离城市较远的山水自然景观较好的地区，这为服务保障带来较大困难。唐山世园会会址就在繁华的中心城区地带，游客吃、住、行、游、购、娱都十分方便。同时，本届世园会是在华北平原地区对采煤塌陷地进行生态恢复，进而打造出的人与自然和谐相处的盛会，必然会让外地游客备感惊奇。正如国际园艺生产者协会秘书长布莱尔先生所说，唐山这届世园会将成为以后各届世园会的典范。

为增加世园会的普惠性，唐山市政府出台一系列普惠政策，规定世园会期间，60 岁老人和儿童、残疾人、军人等免费游园。世园会闭幕后，将为唐山居民提供低价游园年票，让市民在家门口就能享受到高品质的绿色休闲生活。还专门配套 41 条直达世园会会址的公交线路，方便市民出游。

唐山打造的“精彩难忘，永不落幕”的世园会，会址所有场馆、展馆、展园，全部按照“会期参展，会后经营”的理念规划建设，均为多功能、永久性建筑，可为城市可持续发展利用，发挥其服务功能。世园会的成功举办，将极大带动南湖公园的基础和景观提升。

借力世园会，力争创建功能完备的南湖公园，争创国家 5A 旅游景区。2016 年唐山世园会将为唐山带来巨大的发展机遇，将成为 21 世纪促进唐山乃至周边地区经济发展、城市建设的巨大催化剂，对提高唐山市园艺发展水平和促进城市发展将产生深远的影响。

（原载于《中国冶金报》，2016 年 5 月 6 日）

山叶口游记三篇

山叶口五彩石奇观

原本想来看山
却走进了古老的海滩
如今，是否有人去追问
什么人踏过那遥远的海浪
什么人曾站在那金色的海岸

——河北迁安市一位诗人

6 月 7 日夜里下了一场小雨，第二天雨过天晴。中华大地之星采风团早晨八点半从迁安出发，前往山叶口村。

山叶口景区

时值栗花节和农历芒种之间，车行驶在蜿蜒的山间公路上，路两旁的苍翠林海一晃而过，一片片板栗树花争芳吐艳，一股股栗花幽香扑鼻而来，沁人心脾。远山近林犹如一幅幅风景画。约半个小时，车行驶至山叶口村口，抬头放眼望去，天空蔚蓝，山清水秀，村子背依连绵起伏的群山，三面环山，云雾缭绕，两侧山脉遮掩拱卫，低头俯视只见西北方向有一条通村路，形如一片树叶，色彩神秘，故称山叶口村，空气清新，环境优美，谓之“世外桃源”。

这里处于燕山深处，是素有“铁迁安”之称的唐山迁安市西部生态旅游区，东距秦皇岛100公里，西距北京200公里，南距京沈高速32公里。山叶口村是个风景秀丽、如梦似幻的小山村，这有新发现的非常独特的海相沉积岩地貌景观，能看到地球形成早期，30亿年左右太古时期形成的古老片麻岩，更能穿行在世界上最古老的沉积岩——18亿年元古形成的鹅卵石地质奇观——砾岩五彩石林，色彩斑斓的小石头组合成整体重数十吨的巨石阵。

经地质学家考证，山叶口村的砾岩五彩石是38.5亿年前远古海底的鹅卵石，是泥沙在高温高压下，经过地壳运动形成的，有“海底五彩琥珀”的美称。山叶口村的砾岩“五彩石林”在国内罕见，属华北独有，堪称“中华自然奇观”。山叶口堪称“中国远古海底世界奇观第一村”，罕见的远古海洋地貌，是没有海水和生物的亿万年前海底世界的再现，有望成为全国又一知名景区。

山叶口拥有优美的峡谷溪流、山石林地、山顶湖泊等自然景观，同时融地质文化、民俗特色于一体，2013年被确定为国家地质公园、省级森林公园、国家4A级景区，奇特的地质构造、怡人的生态环境、美丽的民间传说，吸引了众多国内外游客，也吊起采风团的胃口，大增采风兴趣。

（1）

山叶口因五彩石而古老，因五彩石而神奇，因五彩石而有魅力，因五彩石而名，因五彩石而兴。

山叶口村虽小，有村民125户，400多口人，面积14平方公里，但这样的一个小山村，凭借地质遗迹景观多样，自然环境优美，生态资源丰富，成为一处集科学考察、科普活动、休闲旅游于一体的多功能景区。

进村后，映入大家眼帘的是一排排古色古香的乡居，红砖、白墙、绿树、蓝天成为山村的典型风貌。昔日封闭的山村跟着历史的脚步融入开放的社会洪流中。目前，保持冀东北方山村建筑特色的“农家乐”餐旅馆发展至近30家，招待八方游客。村民的朴实和农家的温馨给我留下深刻的印象。听村民讲，山叶口村以“保护绿色、创造绿色、利用绿色”为理念，发展特色旅游业。据从迁安市有关方面了解到的信息得知，山叶口已是全市能源消耗最小的山村，全村广泛利用吊炕、太阳能路灯、节能灯、沼气池，每年节约3万度电。路灯在夜幕降临时自动开启，晨曦初照时自动关闭。清洁的水源、能源、家园，淳朴的村风、好客的村民，使游客找到家的感觉。

山叶口的知名度飙升，荣获河北省农村新民居建设优秀示范村、唐山市科学发展示范家庭先进单位、唐山十大秀美山村，村党支部书记玄士楼被评为唐山市劳动模范、迁安市十佳书记。

采风团多数人没听过砾岩五彩石，更没观赏过。百闻不如一见，为此大家做足采风前的准备功课，从提供的画册中，了解五彩石。

山叶口在18亿年前是一片汪洋大海，海底全部是五彩鹅卵石，如今全村7平方公里多的山上布满五彩石。说起开发保护五彩石来，村民滔滔不绝地讲起玄士楼的一个个故事。

玄士楼已过花甲之年，挚爱五彩石着了“迷”，放弃做老板的机缘，全身心投入开发保护五彩石中来，带领全村走致富之路。在他看来，这五彩石是大自然恩赐的无价宝，资源不可复制。山叶口的地质遗迹景观典型独特，具有很高的科学、美学、观赏、社会、经济和环境价值，他认为读懂了五彩石，就读懂了山叶口的神秘独特和博大精深。以前有人上山用兜子拎着两块五彩石，现在一块也带不走了，景区安排专人护林看石。

山叶口景区自2013年开园以来，已投资6000多万元，系统规划，以旅游资源为依托，建起地质知识长廊、地质展厅、游客服务中心、乡村旅社等景点和设施。小山村红红火火地经营起“国字号”的景区，不可小觑，年年接待游客量超过10万人次，荣膺全国特色景观旅游名村。

山叶口是一个天然的地质博物馆，回归大自然的旅游胜地。对于大多数游客来说，观赏五彩石不是考古，而是远离城市喧嚣，给浮躁的心灵找个出口，优美的风景不一定在远方，就在身边，山叶口是最佳理想去处。

来过山叶口的游客会有这样的感触，山叶口五彩石别具一格的自然景观和源远流长的历史文化底蕴，都可以在读石、赏石、品石中找到答案，从中体会到亲近自然、拥抱自然的欢乐。

采风团在阮观荣团长的带领下，亲眼所见五彩石之秀美及迸发出的一种震人心魄的力量。

（2）

“这奇山那奇石，到底奇在哪？”采风团就要亲眼见了。山叶口景区地质景观奇特，“五彩石”是一大亮点。玄士楼主动热情地为采风团当导游和讲解员。

上午九时，采风团在玄士楼的引领下走进景区，“那就是‘奇石’‘五彩石’‘比目鱼’”，玄士楼用手指着说。

在宁静园区的水中矗立着一条巨大形似比目鱼的砾岩滚石，形象逼真，绝无雕琢痕迹。这条鱼由大大小小的卵石组成，纹理奇特美丽，呈现出灰、白、褐、紫红、红、绿等多种色彩，我用手触摸了一下，石质坚硬，也有白玉般细腻感，栩栩如生的“比目鱼”吸引了不少游客的目光和关注，大家举起相机争相拍照。其实，由这些大小不等、颜色不同的不规则鹅卵石、细沙混合而成的砾岩，多彩是因为内含不同的微量离子。天然造化，精彩纷呈，使人惊叹大自然的神奇，感叹时间的恒力。穿行在景区里，大家仿佛进入时间隧道，如同悠游在海底迷宫，这真是山顶上的海底世界。

采风团团长阮观荣谈兴勃起，边观赏，边和玄士楼交谈。大家细心观赏、用心聆听、精心琢磨，欢声笑语，荡溢山野。

作者与玄士楼（右）合影

神奇的山叶口景区美在奇峰竞秀上，风格独特、造型逼真、陡崖凌空。诸如神龟望海、猴王选山、长寿仙翁、三王朝圣、大鹏展翅、乌龙镇海、辈辈封侯等七峰，峰峰称奇，独领风采。

神奇的山叶口景区美在色彩斑斓的奇石上，有的孤石傲立，有的群集成林。上行大约 150 米，到了山腰地段，也是景区精华核心所在——“五彩石林”。这里是由定向排列的 1008 块五彩石组成的石林，占地 6400 平方米，大大小小、扁扁圆圆、方方正正、零星又好似规则的五彩石散落开来。怪石峥嵘、岩峰林立、冷峻威严、形态万千，似人、似兽、似鸟，还真有“迷石阵”的味道，给人们以不是云南石林胜过云南石林的感觉。这滚石群有一块长15米、宽5米、高4米的长方巨石，石上平坦如垫，可同时站立百余人。神奇美丽的传说给人留下丰富的遐想空间，莫不是女娲在此补天化石？这大大小小、千姿百态的五彩石也许是补天所剩的吧。眼前的岩峰、五彩石在游人的眼里已不是一种自然、静止的表象，而是令人痴迷、心醉、神往的绝笔画卷。

神奇的山叶口景区美在五彩溪谷。山有水则灵，水依山而动，山水交融，美景自生。五彩溪谷长约1800米、宽3米，幽静的山谷里，清泉自上而下，绕山而行，潭瀑相连，飞珠迸玉，流水淙淙不绝于耳。五彩溪谷散落着五光十色的五彩石，潺潺流水漫石而下，石板铺就的步游路，伴随台阶边的小溪一会儿跌宕起伏，一会儿峰回路转，三步一景，五步一潭，奇峰、怪石随处可见。象形石，百态千姿，比比皆是。走一路，看一路，令人称奇，叹为观止。据村民讲，玄士楼几乎每天至少来景区上下走一回，景区的每一寸土地和石块都留下他的无数足迹，他为景区的发展操劳着、奉献着，不知倾注了多少汗水和心血。他为我们讲解每个景点时都是那么生动，思路清晰，记忆力惊人，他是景区的打造者和功臣之一，打心眼里让人佩服。

一路上，在玄士楼的引导下，由北向南，自下而上，蜿蜒曲折，历时两个小时。除了主山沟，还看了次山沟，布满形态各异的五彩石。块块惟妙惟肖，各赋情趣。其实只要听到像“大小石房、试刀石、试剑石、猴王求师、色子石、瘦身石、金牛脊、神鳄、药王碾、官运石、风帆石、地图石”等17处奇石为景点的名字，就不难想象大自然的鬼斧神工。

五彩石林、五彩溪谷使人感受到瑰丽的山叶口的精魂、恢弘和神奇。溪水流过峡谷，与山相依，与五彩石相映，山水与树木交错，美不胜收。海孕育了奇特的地质，水秀丽了迷人的地貌。

（3）

如果说“五彩石”是上天对山叶口恩赐的礼物，那么山中的奇松则是上天对山叶口的又一厚爱。山叶口森林公园山高林密、水清石秀、古树参天、遮天蔽日、峡谷深幽，山、水、林俱全。秀丽的山色、晶莹的泉瀑，浩瀚的林海，森林资源类型多样，组合完善，自然生态环境十分完好，森林覆盖率高达69%。楸子、榛子、花椒、酸梅、大枣等野生植物近千种，野鸡、野兔、狐狸、松鼠等野生动物时常在山中出没，中草药材数百种。

采风团与玄士楼漫步徜徉在两公里长的劲松长廊之中，郁郁葱葱的森林是个天然大氧吧，负氧离子含量高出城市20倍，大家呼吸着带有松粉、野花清香的纯净新鲜空气，偶闻宁静林海的鸟儿鸣叫，是难得的享受。

在步游路中边走玄士楼边说，这条路从设计到施工全是他一手抓的，生态环境是最宝贵的资源，修路中尽可能多的是保护松树、五彩石，做到坚持在保护中开发，在开发中保护。时而见到路边小溪沟沿就地取材，用造型瑰丽的五彩石砌筑；时而见到路边闪现一棵棵胳膊粗的松树，亭亭玉立，像哨兵在招手致意；一块块足球模样的五彩石探头露出笑脸，别样的设计，丰富的内涵，艺术的效果，树、水、石搭配极佳。这条劲松长廊是出自他之手的杰作，保住青山绿水，就有金山银山。

从路边往山下看，浩瀚林海中到处有劲松的身影，或风姿绰约妩媚动人，或笔直参天刚毅挺拔，或弯曲遒劲，或附岩横生。卧龙松、孔雀开屏、情侣松、玉扇松、结义松、四季发财、五子登科……千姿百态的奇松衬托出五彩石的灵气，美丽的传说则丰富了奇松的文化意蕴。山叶口拥有万亩自然林，数万株高大红松。奇松大多是一根两干、一根三干……村里人称为连理树、三兄弟……形成五彩石林一道亮丽的风景线。我们下山的路选择了一条穿行在松林间的小土路，苍松翠柏蓊郁葱茏就像被翠雾所笼罩，身心受到它的浸染和滋润。

忽然，前方一棵千年古松“六股神松”进入我们的视野，这棵参天古松是山叶口村镇村之宝，这棵古松树龄已逾1300余年，一根生六股、十四杈、二十八枝，树枝苍劲，四季葱郁，傲然卓力，在北方实属人间一绝。

据村民介绍，神松与山叶口村携手相伴，度过人世间千载轮回，千年来相濡以沫，村民将古松奉为神灵，每到佳节俯首膜拜。

采风团在山叶口景区董事长王柱亲切周到的安排下，用了近三个小时圆满完成采风任务。结束采风时，阮观荣代表采风团感谢景区对采风给予的重视及盛情接待和帮助，现场为景区书写了《大展宏图》《厚德载物》《宁静致远》《老家土菜》等作品。景区副经理迁安诗人曹自海作诗一首赠给我。

游山叶口景区

——赠友人谢吉恒

相约携手砾园行，
欢歌笑语响回声。
卧龙松下聆水韵，
鸿运桥头望苍龙。
年迈花甲林中燕，
岁逾古稀草上飞。
怀间只有凌云志，
踏遍青山访仙踪。

（曹自海）

山叶口诗情画意的美景，只能用自己的眼眸发现、品鉴。山叶口美景多多，四季分明，景色迷人。三四月份，冰雪消融，松针吐绿，尽享踏青寻春的乐趣；五月伊始，杜鹃花悄然绽放，山顶花园亦真亦幻；六月花盛，花海如潮，香飘满山，迷醉其中，乐不思蜀；七八月份，呼朋唤友，漫步于天然云罗伞下，听松涛阵阵，闻百鸟齐鸣，踏清流飞涧，赏千古奇石，丝丝凉意，沁人心脾；九十月份，百果飘香，红叶为衬，让您深刻领略“金秋采栗实，橡林赏红叶”的乐趣；冬雪悄至，云罩松杉，空谷足音。

我是多么期望能游遍山叶口的四季美丽风光，又期盼登临山叶口景区海拔 496 米的平顶山峰顶，近观远古海底世界奇观；远看东南方迁安这座现代化钢铁城的风貌。

我相信，会有机会去实现……

（原载于《中国冶金报》，2015 年 10 月 23 日）

山叶口添新景

山叶口景区位于河北省唐山市东北侧，是国家级地质公园、省级森林公园、国家 4A 级景区。这里是一处以山水地貌风光为主的自然风景区，有独

关帝庙

特的五彩石地貌。18 亿年前这里曾是一片汪洋大海，留下很多五颜六色的光滑鹅卵石，后来这里变为陆地，形成漂亮的五彩石地貌。

为使更多游客领略生态环境之美，感受传统文化之韵，山叶口景区于 2012 年又添一新景观——关帝庙。

山叶口关帝庙位于景区内。关帝庙始建于唐朝贞观年间，历经千年风雨沧桑，多年战乱，只剩下断瓦残垣。山叶口关帝庙 2011 年开始重建，经过一年紧张施工，于 2012 年全部竣工。重建关帝庙投资 1000 多万元，占地 6200 平方米，实属华北地区规模最大的关帝庙。整个建筑仿明清风格，雕梁画栋、气势宏伟。关帝庙由大殿、娘娘殿、太子殿、药王殿、龙王殿、钟楼、鼓楼、牌坊、山门组成。关帝庙壁画逼真，铜像高大威严。来到这里，仿佛走进三国城，再现了刘关张忠义仁勇的姿态。

关帝庙牌楼上刻有“知恩图报”四个镏金大字，正是山叶口旅游开发有限公司原董事长王柱内心的真实写照。他 1962 年出生在一个普通农民家庭，十七岁开始外出打工，一干就是 15 年。三十三岁开始组建自己的建筑队，家庭经济状况开始有了改善。

“羊有跪乳之恩，鸦有反哺之义”，在王柱看来，在自己成长路上，能坚定地走下去，就是有亲人、朋友和师长，甚至还有一些连名字都记不得的人给予了支撑。他认为别人所给予自己的永远超出自己能回报的。自己应当怀有一颗感恩的心，珍视身边的每一位亲友，对需要帮助的人用行动支持他们。

他有了自己的建筑队，不忘父老乡亲，帮助村里的孤寡老人解决生活困难，为村办小学改善办学条件，装配计算机，砌筑乒乓球台。

2010年山叶口景区开始开发建设，他投资100多万元参与景区建设。还派出自己的建筑队到山叶口村协助新农村建筑。

2011年，山叶口景区开发面临困境，在26家股东资金筹措困难之际，又是他毅然决断，独家经营，使山叶口景区得以快速有序发展，年年上新台阶，把景区建设成为迁安市首个国家4A级景区。

王柱说："感恩于行，把给别人更多的帮助、鼓励，视为最大的快乐。"随着我国经济、文化事业的蓬勃发展，弘扬中华优秀传统文化越来越被人们认可，保护文物已成为中华民族的共识。宗教信众、景区周边百姓渴望恢复重建关帝庙，并且得到当地政府和周边企业老总的鼎力支持。王柱投资1000多万元重建关帝庙，以还众愿，真乃大善之举，可敬可赞。

作者与王柱（右）合影

此次关帝庙重建，不但丰富了山叶口景区的旅游内容，还弘扬了中华传统文化，提高景区知名度。山叶口景区每年农历五月初十至十五，举办一年一度的传统庙会，有马戏、评剧、歌舞表演。赴庙会的人群熙熙攘攘，景区日接待游客超3000人。让游人在饱览国家地质公园美景之余，又享受了一场传统文化的精神盛宴。

（原载于《中华大地》，2015年）

山叶口景象新

连绵的群山，富饶的矿产，是大自然对京东明珠、著名钢铁城市迁安市的馈赠。曾经依靠独有的矿产资源走上致富路的村村落落，在新的发展时期，积极谋求经济转型，合理规划，科学开发，多元发展，最终实现了华丽转身。“轿车洋房、别墅农庄；青山绿水、鸟语花香”成为村庄的新景象。

在这里，坐落着“中国远古海底世界奇观第一村”、国家4A级景区、国家地质公园、河北省级森林公园——山叶口。山叶口不仅是迁安的一颗明珠，更是地球起源地之一。经地质专家考证，这里遍地的五彩石是38.5亿年前远古海底的鹅卵石、泥沙经过高温高压，又经地壳运动形成的，有“海底五彩琥珀”的美称。这里丰富完整的太古地貌，被地质学家誉为“全息海底地质档案馆”，是迁安国家地质公园的重要组成部分。游客来到这里，好像跨越了数亿年，奇石、古树、山水等自然景观与古老的神话传说、人文景观和谐地融为一体。步入景区，就是在探索地球的历史，感受大自然的神奇造化。

作者与山叶口景区经理范向方(左)合影

与山叶口相识，是去年春天一次匆匆之行，未能细细品味它的美景。今年中秋，受《中国冶金报》河北记者站站长谢吉恒老师几番邀约而前往山叶口采风。此次山叶口之行，让我切实感受到了山叶口景区的新景象。

驱车百余里，车子一直在曲折公路上前行，路随山势起伏，却平整洁净，古老而又现代的村庄倏忽而过，山间清泉潺潺而下，两旁的山上满目板栗、安梨、核桃，苍松翠柏高低错落有致，俯仰生姿。

道路一转，国家AAAA级景区山叶口映入眼帘。群山环抱，层峦叠嶂，林密草茂，溪水潺潺，原始的风貌，得天独厚的自然环境令我们顿感心旷神怡。

接待我们的是山叶口景区总经理范向方，这位有着北方汉子明显特征的年轻人，给我们的印象竟然有一番儒将气度。他的话语句句实在，与他交谈犹如山里吹来的春风，不徐不疾，娓娓而来。

走在秋天的山叶口，仿佛置身于退去海水的海底世界。山林青翠，空气宜人，清泉自上而下、绕山而行，流水淙淙不绝于耳。景区内地质知识长廊、地质展厅、游客服务中心等各种旅游设施一应俱全。在范总的引领下，我们漫步徜徉在森林公园独具的劲松长廊之中，观巍巍高山，听潺潺流水，享世外桃源。郁郁葱葱的森林中，清风低语，松涛轻吟，蛐蛐儿摇琴，鸟儿欢啼，岩石林立，溪水漫石而下，大自然的鬼斧神工造就了这里奇特的山形地貌，真是堪比人间仙境！“今年五一期间，已创了接待游客十万人的记录”，范总说道。

在范总的介绍下，我们知道了他和景区董事长也都是“矿老板”转型发展旅游事业的迁安人。

“最初我是个汽车赛手，后来与我们董事长吃矿山饭，一路走来已经十几个年头了。开矿吃的是祖宗饭，不可能长久不衰，挖矿卖矿、粗放经营，已不合时宜。去年，我们推进企业由粗放经营向集约经营转变，大胆走出矿山，买断山叶口景区经营权，产业结构从单一的采矿发展成为矿产、旅游、服务等多业并举。接手山叶口景区后，我们首先鼓励、带动群众大力发展富有特色的乡村农家餐馆、旅馆，对符合标准的农家餐馆的工作人员进行集中培训，提高服务质量和接待水平。由我公司对38户农户的闲置房屋加以改造，并对餐馆、旅馆实行统一标准、统一管理，目前，山叶口景区的乡村特色旅游接待行业已具备规模。在管理过程中，我主要对水源、卫生、音响等进行了创新改造。”一边向我们介绍景区的同时，范总一边滔滔不绝说起了他们买断景区以后的各项工作。

青山添绿水

山叶口景区属燕山山脉，最高峰海拔1100多米。山体多由古老片麻岩和长城系砾岩组成。山坡土层浅薄，山麓深厚肥沃。历史的沧桑变幻，为山叶口造就了众多的流泉、山石景观，妙丽山泉，星罗棋布。可随着现代工业的兴起，环境被破坏，山泉逐渐减少，因水产省的景象也在日渐消失。

水是山的灵性，山没了水，也就没了灵性。范总接手后的第一件工作就是“引水上山”，还山叶口清泉“原貌”。在他的组织带领下，公司出资近千万元购买设备、搭建管道，将山下的水一直引上最高峰。水来了，山间的岩石、小溪又欢畅了起来。

如今，漫步在五彩石谷，又可以踏清流飞涧，赏千古奇石，丝丝凉意，

山叶口景区游览示意图

沁人心脾；在听泉亭又可以闭眼侧听溪水潺潺、叮咚有声，屏息静聆，王维的“明月松间照，清泉石上流”的千古绝句又回响在耳畔；在观瀑亭又可以欣赏到“水散青峰花万朵，云合紫气浪千层”的奇妙景观，断玉一样的水路拖着松声，把风缠上七彩的光线从天而降，悬泉飞瀑，倒挂银河，飞花碎玉，溪水潺潺，让人久久不愿离去……

“我相信，经过我们大家的共同努力，山叶口清泉原貌在几年后，将重新回来！”范总若有所思而又坚定地和我们说道。

公厕升星级

厕所是社会进步、文明发展的产物，厕所的状况在一定程度上反映了一个地方、一个民族甚至一个国家的文明发展状况。在山叶口旅游业发展的相当长时期内，旅游厕所始终没有得到相应发展，厕所“脏、差、少”的问题，成为制约旅游发展的久治不愈的“顽症”，给游人带来较大的缺憾和不悦，严重影响景区的文明形象和声誉。

为了从根本上解决这个问题，范总接任伊始，就启动了在山叶口旅游业发展史上具有重大意义的“旅游厕所工程”。他在全公司范围内统一了关于厕所问题的认识，营造声势，形成了“全司一盘棋”的局面。不到一年，在景区 7 公里的路段建成 7 座厕所，游客反映在景区内上厕所难这一问题得到了根本缓解。目前，景区日最高接待游客量达 1.5 万人次时，游客也不会因上厕所而犯难了。

范总领我们参观了附近一座厕所，让我们想不到的是，在乡村旅游的小村落，厕所竟达到了四星级旅游厕所的标准。

在方便游客的同时，厕所也是景区的脸面。范总一边捡起一张游客丢弃的纸巾，一边介绍。

音响伴游客

去年以来，细心的游客欣喜地发现，山叶口景区内安装了很多小音响。音响仿真效果逼真，造型优美，与景观浑然天成，在提供背景音乐的同时又可以以优美的造型与大自然完美结合。一踏进景区，就能听见一曲曲优美舒缓的背景音乐，顿时给景区营造出一种优雅、和谐、浪漫的氛围，同时也给游客带来了好心情。

我们留意到，不少经过的游客也在侧耳倾听。一位游客觉得这一做法很好，他为景区的这一变化点赞：“游客可以边走边听，有一种静美、舒适的享受。”

我们从公司了解到，他们为了提升景区品质和文化品位，进一步完善山叶口景区的公共服务功能，出资几十万元购买了 170 组高档音箱，安装在景区内旅游景点沿途路边。每天不停地循环播放景区的介绍、轻音乐等。为做好音响的安装工作，安装前期，公司派专人对安装路线进行了现场精密勘察并制定详细的安装方案，确保最大程度上不影响景区原貌且减少资源浪费。经勘察分析后，170 组音响系统被科学合理地分布于景区各点。

“不仅如此，这一广播系统还具有实时语音播放功能，今后我们还可以通过广播进行寻人、登山提醒、安全提醒、突发事件预警等，为游客提供更为周到的服务。”范总告诉我们。

参观完毕，接待室里，范总和我们道出了他对山叶口景区的愿景：“作

五彩石溪山叶口，原始生态数风流
（国画家张世才作）

为管理了十几年矿山的人和全国赛车拉力赛第五名得主，转型管理景区是个不同的概念。我必须得由‘急性子’转变为‘慢性子’，必须稳扎稳打稳步经营好旅游业。在未来三至五年内，我要将山叶口打造成一个更加‘静’的旅游胜地！”

（作者李春静，原载于长城网，2016年10月）

唐安酒漫笔

有故事的唐安酒

在京东钢城河北省迁安市，有一颗璀璨的酿酒业明星——河北唐安酿酒有限公司（简称唐安酒厂）。

9月3日，《中国冶金报》记者前往唐安酒厂采访，周边钢厂的人都说："那可是一家有故事的酒厂"。

在有着"千年酿酒基地"之称的河北省迁安市贯头山村，一座座厂房掩映其中。这里就是唐安酒厂的所在地。该厂厂区内设施齐全，包括钢结构厂房、酒库、灌装车间、白酒发酵池、酒窖，以及蒸锅、冷却器、灌装生产线等先进设备……

该公司销售经理朱言征介绍说："水是酒之母，粮是酒之骨。唐安酒采用东北优质高粱、大米、小麦、玉米、糯米5种粮食酿造，引用贯头山的天然矿泉水，运用传统生产工艺，并聘请五粮液酿酒师，结合现代科学方法精心酿制而成。唐安酒出自天然，纯粮酿造，入口甘洌，回味悠远，香味纯正，绵甜爽净，深受客户尤其是附近钢企职工的喜爱。"

始于远古

贯头山地区的酿酒文化源远流长。据说，黄帝和他的保健大夫岐伯在迁安发明了一种保健酒——汤液醪醴。迁安马哨村出土的文物——青铜鼎以及刻有"箕子"铭文的青铜簋都证明，在商周时期，酒在迁安一带已成为主要祭祀品。

到了汉代，酒渐渐成为庆典、祭礼、会盟、接待等场合必备之品，饮酒赋诗、对酒当歌也成为时尚。当时，迁安酒业日趋兴盛，迁安于家村汉代古墓中出土的大量陶酒罐、陶酒壶、陶酒杯和陶粮仓也证明，在这一时期，酿酒技术已经融入当地百姓的生活。

东晋时期，随着酒文化的不断丰富，酒与水之间的特殊关系已被人们所了解和确认。这一时期的酿酒名师都热衷寻觅甘洌佳泉。当时享誉天下的酿酒大师——河北徐水人狄戎就是其中的代表。

据史料记载，狄戎为酿出世间佳酿，慕黄帝造酒之地盛名，专程踏访迁安。狄戎见贯头山下一眼神泉与众不同，水澈如晶，饮之甘爽，便安居于此酿酒、授艺，且代代相传。从此，当地的酒名声大振，成为享誉北国的酒中之冠。此泉至今仍用。

唐王赐名

史载，唐太宗李世民征东时，于贞观十九年（645 年）、贞观二十一年（647 年）两次途经迁安。据传，唐王曾留下村名 47 个。李世民不光为村落赐名，还为贯头山人用祖传技法酿制的美酒赐名。时至今日，关于唐安酒的传说仍在贯头山一带的村民中流传。

相传，有一日，李世民在离贯头山不远的地方打了个大胜仗，于是，他来到现今唐安酒厂附近的村庄犒赏三军。当时，这里全部是酿酒小作坊。据唐安酒厂创办人付政军介绍，当时，他的先祖是当地一家不小的酿酒作坊老板。他的先祖带领大家把自家酿的好酒全部奉献给唐军将士。李世民在与将士痛饮之时，忽问："小二，这酒叫什么酒？不上头，不干喉，干、净、爽！"小二连忙答话说："此酒无名，请皇上赐名！"李世民思索片刻，高声说道："那就叫唐安酒吧！"过后，李世民告诉当地老百姓为何起名叫唐安酒，因为他本人名字的意思是"济世安民"，他取了其中一个"安"字，有愿国家昌盛、百姓平安之意。

创办酒厂

付政军曾经营过矿山，后创办了钢结构工程公司、养牛基地，还搞起了果树种植。1999 年，他拾起祖辈技艺，成立了唐安酒厂（即现今的河北唐安酿酒有限公司）。他的这条产业链，看似不搭边，但实为循环经济链：他自己所有企业的厂房等建筑设施，全部是钢结构框架；养牛基地的牛饲料是唐安酒的酒糟，用酒糟喂养的奶牛，肉质肥嫩，牛奶品质好、产量高；养牛基地产出的粪便，又作为果树的有机肥料使用。这一循环经济模式，既延伸了当地钢铁产业链，又促进了绿色环保的动植物产业经营。在迁安，付政军是“矿老板”转型成功的代表之一。

“如果我们不着眼长远、未雨绸缪，像某些资源型城市那样，等到资源枯竭、一些工人下岗失业时再转型，那就晚了。要尽早实施产业互补，做到‘东方不亮西方亮，丢了南方有北方’。”采访中，朱言征说，付政军经常跟他们讲企业的这个发展思路。

河北唐安酿酒有限公司是以生产浓香型白酒为主的酿酒企业。该公司既传承了原始酿造工艺，又结合了现代先进的酿造技术，实现了两者的完美结合。经过 7 年的稳步发展，如今，该公司的原酒产量比创建初期提高了 3 倍，销售额提高了 20 倍；企业还获得了河北省诚信企业等荣誉称号。目前，该公司已经注册完成唐安、京东、白羊峪等多个白酒商标；拥有经典、典藏、福星、喜酒、鸿运等 20 余种品牌。如今，酒业已成为该集团的支柱产业。

走进北京

在发展过程中，该公司以振兴迁安经济为己任，以打造知名品牌为目标，引进先进的 ISO9001 质量管理体系，编制了多元化、全方位的新产品开发规划。在“研究一代、生产一代、改进一代、储存一代”研发理念的指导下，该公司在巩固原有产品质量、积极开发新产品、不断调整产品结构 3 个方面实现了有机结合、同步发展。

该公司本着“顾客至上、信誉第一”的宗旨，以质量求生存，靠服务求发展。他们凭借超前的营销理念、良好的商业信誉、完善的管理机制和优质的服务体系，走出了一条具有“唐安”特色的发展之路。

采访中，一位钢铁企业员工向我们介绍说：“虽然唐安酒厂成立时间不长，但在京东一带已是首屈一指的名企了。附近各大钢铁企业的员工休闲聚餐时，都爱喝唐安酒。”

2015 年，唐安酒“走进”了人民大会堂和钓鱼台国宾馆，受到国内外各界友人的青睐。随后，各地订单纷至沓来。唐安酒为打造诚信迁安、提高迁安知名度作出了突出贡献，唐安酿酒有限公司受到了河北省迁安市委、市政府的表彰和嘉奖。

就在我们结束采访要离开之际，河南一家企业订购的唐安酒装满了5辆大挂车，徐徐地开出唐安酿酒有限公司的大门，为中原腹地的人们送去佳酿。

（作者谢吉恒、李春静，原载于《中国冶金报》，2016年9月23日）

唐安情怀

酒，文人骚客因它挥毫泼墨，不朽诗篇，流芳千古；寻常百姓因它寻欢作乐，推杯换盏，把酒言欢。中国酒文化源远流长，悠久繁荣，在中国美酒比比皆是，数不胜数。

唐安精品酒

谱写大地华章，讴歌时代英才，全面深化改革，推行依法治国。2015年5月31日，在钓鱼台国宾馆召开的第23届中华大地之星颁奖大会，唐安浓香型白酒成为宴会用酒。

大会代表来自全国各地不同的行业，为社会作出突出贡献的人们，采取多种形式，诠释了时代精神。共筑中国梦、共圆中国梦、共享中国梦。

代表们表达自己的历史使命感和社会责任感，他们是推动实现伟大中华民族复兴梦的“风向标”，他们的足迹将成为中华民族走向新时代的有力见证。

大会代表们喝唐安老酒，交天下朋友；杯杯唐安酒，滴滴暖人心。

唐安酒更是采天地之灵秀，酝泉霖之精华，窃自然之奥秘，夺籽实之造化，饴甘香醇，沁人心脾。

唐王东征　赐“唐安”

说起唐安酒的由来，还要追溯到公元644年。贞观十八年，高丽政变，对唐“不奉政朔”，并进攻新罗，新罗求救于唐王，唐太宗为了收复辽东，御驾亲征。经过数日作战，唐军攻克高丽，大获全胜。在凯旋归来途中，路过今唐山贯头山一座酒家，唐太宗为了犒赏征战的官兵，决定下马饮酒。当醇香幽郁的美酒下肚后，唐太宗极为赞赏，随行的官兵也为此酒连连叫好！于是叫来店小二，问道“这么好的酒，叫什么名字”，店小二说：“还没有名字”。唐太宗看着连日征战的士兵，怀着美好的愿望说：“希望我大唐江山永远安宁，你这酒就叫唐安吧”。唐安酒因此而得名。就这样唐安酒在历史的长河里，留香千年。

得天独厚　酿琼浆

河北唐安酿酒有限公司坐落于国家地质公园AAAA级景区山叶口与国家原始森林挂云山交汇之间，具有千年酿酒基地之称的贯头山村，公司占地200余亩，规模庞大，这里群山环抱，生态天然，公司面临千余亩垂钓水库，背靠万亩原始森林，一年四季气候湿润宜人，背后的挂云山泉更是甘甜可口，为酿造美酒创造了得天独厚的自然环境。

水是酒的灵魂，聪明的唐安人根据优越的自然环境，开动脑筋，他们请来一流的设计团队，为唐安酿酒公司设计了一流的酿酒生产线，更是在挂云山内开凿深有1200米的山井，取山泉水酿造唐安酒，使得唐安酒香醇可口，沁人心脾。

粮是酒的骨肉，要使酒的味道香韵突出，回味悠长，就必须选择优良的粮食作为酿酒的佳料，因此唐安酒厂特选择内蒙古高原地区和东北的优质高粱作为主材料。内蒙古高原地区盛产的高粱具有光照时间长、生长时间长的特点，酿造出的原酒柔润甘醇，历久弥香。

审时度势　拓市场

唐安酒品质卓越，种类繁多，光唐安系列酒的香型就可分为酱香型、浓香型、清香型等，按照度数分类更是有52度、42度、38度等。各种特色的酒都因它独有的奥妙赢得了不错的市场需求，使唐安酒在唐山、秦皇岛、遵化一带占据了广阔的消费舞台。

2012年底随着中央“八项规定”“限制三公消费”“禁酒令”等政策的出台，高档白酒的市场逐渐疲软，销售情景不断低迷。唐安酒也因此受到很大冲击，销售数量、价格都呈现持续降低的悲观景象。眼看着市场的萎缩，唐安人没有因为市场的低迷而怨天尤人，他们始终保持清醒的头脑和敏锐的洞察力，在不断的探索与追求下他们逐渐看清在随着经济的增长下，普通大众消费出现稳中有涨的局势，于是唐安人牢牢把握这样的机会，积极开发适合大众消费价位的白酒，抓住大众的口味标准和口感需求，研制出十余种适合大众消费标准的低度数清香白酒，积极开拓了市场，加速了企业的转型，使唐安酒在白酒市场立于不败之地。

精益求精　铸辉煌

唐安酒在当地的名气逐渐扩大，销售量日益增加，但唐安人没有因此而骄傲自满，停下脚步。为了酿造出更具品质、更具特色的唐安美酒，唐安人积极开动思维，多次深入南方茅台、泸州老窖、五粮液等名酒企业学习调研，吸取他们酿酒的经验，还多次在唐山、秦皇岛地区开展品酒会，让饮酒爱好者提宝贵意见，唐安人认真倾听，用心琢磨，倾情酿造。一步一个脚印地走来，唐安酒的品质实现飞跃性进步。为了满足广大顾客对唐安酒的爱好和追求，唐安系列酒已发展出唐安老酒、白羊峪、三叶口、京东老酒等品牌。唐安酒的醇香折服了广大饮酒爱好者，深得他们喜爱，将唐安酒定为招待用酒的企业也与日俱增，开滦集团不仅把唐安酒作为公司的招待用酒，更作为为员工发福利的内部用酒。唐安酒的销售模式也从刚刚起步的零售到目前的经销和分销加零售。销售额实现连年跨越增长，2015 年增长到 2500 余万元，取得了卓越的成绩，创造了唐安奇迹。

作者与酒厂董事长
付政军（右）合影

唐安酒的名气正像它的香味一样远飘万里，为千家万户送去欢乐和祥和。唐安人也正为唐安酒更美好的明天努力着，奋斗着，他们的执着、勤奋将为唐安开拓更辉煌的明天！

（作者谢吉恒、张忠浩，原载于《中华大地》，2015 年）

中国山楂博物馆掠影

2016年春节前夕，我与国画家张世才、中国散文学会会员张文芳及友人王广新等一行，来到太行山东麓，采写毗邻革命圣地西柏坡的中国500强企业——河北敬业集团的报道，敬业集团在发展钢铁主业“要金山银山更要绿水青山”的同时，依据红色旅游和原生态旅游两大资源优势，多元化发展，大力开发被誉为“太行绿宝石”的黄金寨景区。

按照采风计划，下一站采风单位是承德建龙钢厂和承德怡达食品公司（以下简称怡达公司）园区内的“中国山楂博物馆”。张文芳跟怡达公司董事长李志民是多年合作的老友，在驱车前往怡达公司的路上，张文芳详细介绍了公司经营的相关情况。怡达公司总部在承德市兴隆县。

提起兴隆，我耳熟能详，30年间多次来到那里的钢厂、矿山企业采访。尤其是秋天，路过兴隆，可见到千山万壑、漫山遍野都是挂满红彤彤果实的山楂树，家家户户的屋前屋后，醉人的红果挂满枝头，令人感受到丰收的喜悦，成了一道美丽的风景，处处展现出欣欣向荣的景象和灿烂绚丽的色彩。

让我记忆最深的是22年前的夏天，柳河流经燕山雾灵山主峰脚下的承德钢铁水泥总厂（承德建龙钢厂前身），该厂距岸边仅有20多米。因阴雨连绵，柳河爆发特大山洪，咆哮的洪水，无情地吞没了田地、公路……洪峰高

中国山楂博物馆

达10多米，总厂处于暴雨中心地带。当时，我奉《中国冶金报》总编艾桂林之命，来到抢险救灾前线，实地采访总厂厂长兼党委书记董喜平及党委一班人带领群众抗洪救灾现场新闻，采写重头的题为《关键时刻干在前》的深度报道，刊载于报纸重要版面。

我们这次采风，时逢严冬季节，到了兴隆县城街头，随处可见一串串如玛瑙、晶莹欲滴的“冰糖葫芦”，不由使我想起清乾隆年间流传下来的赞美冰糖葫芦的诗句：“三尺动摇风欲折，葫芦一串蘸冰糖。”在小贩的叫卖声中，嘴边仿佛有一股清甜令人回味。此次采风的重点就是参观兴隆“中国山楂博物馆”。

兴隆山楂　驰名天下

“中国山楂博物馆”建在兴隆县怡达公司总部，是目前我国唯一的一座以山楂文化为背景，集山楂建设、文化展示、生产体验、产品宣传、观光旅游为一体的山楂专题博物馆。博物馆由怡达公司投资5000万元建成，建筑面积2600平方米，它于2015年1月1日正式落成开馆。分上、中、下三层，各类展厅21间，基本陈列由源、韵、品、丰、路、航六个板块组成。

“怡达公司建馆的目的绝不仅是记录一个产品的存在和发展的历史，更是加快地方农业产业化进程，促进资源型经济转型，培育企业文化，增强企业社会影响力。”怡达公司研发部总监赵旭昆接受记者采访时如是说。

我们在全程参观中，找到了怡达公司缘何自家掏腰包投资在自家总部建起博物馆，怡达公司与山楂有何不为人知的亲缘关系的答案。

“中国山楂看承德，承德山楂看兴隆，兴隆山楂驰名天下”。从哪些方面足以证实兴隆山楂甲天下呢？我们参观博览馆后归纳梳理共有以下五点：

一是独特的生态环境。兴隆县地处燕山山脉南麓，是“九山半水半分田”的山区县，山青水秀美如画，植被保护良好。森林覆盖率大，海拔高，山高林茂，气候凉爽，雨量充沛，四季分明，蓝天白云，极少有雾霾，人口密度低，每平方公里平均不足百人等独特的地理环境，十分适合山楂的生长。境内雾灵山国家级自然保护区，森林覆盖率高达93%，燕山主峰海拔2118米，成为天然氧吧，兴隆县生长的山楂属“天然绿色”的，具有得天独厚的优良环境与条件。

二是种植历史悠久。山楂，又名红果、胭脂果，俗称山里红。因其果实小巧玲珑，嫣红可爱，赋予它的爱称颇多。据文献记载，我国种植山楂的历史已有3000多年。兴隆山楂生产历史悠久，早在明嘉靖年间，商贾药客将它远销京津冀等地。自古以来，兴隆就是我国有名的山楂生产县，兴隆山楂被视为贡品、珍品。兴隆山楂具有品质优良、果实个大、色泽鲜艳、耐储存、适宜加工等特点。山楂有很强的适应能力和特殊功能作用，被广泛栽培。目前全县种植面积15万亩，831万株，年产量20万吨，占全国年产量20%，种植面积、产量居全国县级首位，被国家林业局命名"中国山楂之乡"。

三是优良品种众多。全世界山楂目前共有260多种，其中兴隆有26种，优种率占60%，最具代表性的有小金星、雾灵红、野生山楂、铁山楂、大五棱山楂、大金星六个品种。兴隆山楂含铁量位于所有山楂之首，正是因为山楂含铁量高、果皮坚硬、果实紧致、果胶含量极高，兴隆所盛产的山楂被誉为"铁山楂"，为众多山楂品类中最为著名的品种。

四是加工业发展快。兴隆以山楂为主的果品加工业发展迅速，如朝阳、兴伊、青松岭、怡达、雾灵药业、韩氏等一批山楂加工龙头企业拔地而起，年加工鲜山楂20万吨，形成完整的产业体系。

五是药用价值高。山楂有较高的药用价值，自古便是有名的"果子药"。据《中药大辞典》记载："山楂味酸甜，性微温，归脾肝经。"《本草纲目》则曰："山楂化饮食，消肉积，症瘕痰饮，痞满吞酸，滞血痛胀。"《医学衷中参西录》又曰："山楂，若以甘药佐之，化瘀血而不伤新血，开郁气而不伤正气，其性尤和平也。"山楂既是水果，也是食材、药材。山楂除含有蛋白质、脂肪、碳水化合物及钙、磷、钾、铁等矿物质外，还含有较丰富的胡萝卜素、维生素C、硫胺素、核黄素、尼可酸、抗坏血酸等多种维生素。

山楂果实及制成品有散瘀、消积、化痰、解毒、止血、防暑降温、提神、清胃、醒脑、增进食欲等功效。有增强心肌收缩力，增大心室心房的运动振幅，增大冠脉血流量，有降低血清胆固醇以降压利尿和镇静作用。山楂所含的黄酮类成分中，有一种具有抗癌作用的化合物质，常吃山楂对防治癌症大有裨益。

底蕴深厚　经典故事

我们进入博物馆，听讲解员詹阔讲述，据科学家考证，兴隆山楂的历史渊源，距今约1.4亿年的燕山运动，山楂等被子植物开始得以出现和繁衍。大家被眼前展现出的一幅大照片所吸引，它是出土于承德营子矿区的山楂树叶化石的照片（实物已被国家博物馆收藏）。这幅照片被称之为该馆的镇馆之宝，充分说明了山楂的基因非常优良，有超强的生命力和适应能力。

在漫长的自然进化过程中，优胜劣汰，山楂生存下来，不愧被人们誉为水果界的“活化石”。

在展览中大家看到人们食用山楂取得不断进展。近代人食用山楂，是把山楂煮过后放在石磨上磨成浆，再把当地产的土蜂蜜搅拌均匀后放在坛子里食用，故名为“山楂酪”。山楂酪连续储存半年不变质，有极强的抗氧化性。

现代人喜爱的山楂果脯制品是怎样制成的呢？詹阔为大家分享“果子丹”来历的经典故事。

清朝初期，在地名为闷葫芦场（今营子区）的地方有一个很大的李氏家族，祖籍山东，有记录的族谱记载，李家第一代祖先名叫李国桢，曾在明朝崇祯年间当过云贵提督。李自成起义进京，李国桢及大部家人被杀，其孙子李凤瑶及部分家人逃出京城，留下李氏一脉。

清朝将明朝灭亡后，颁布了对前朝官吏的优抚政策，凡三品以上官员可在距避暑山庄百里之外土地屯田开荒。李凤瑶选定在闷葫芦场定居，开荒种地，开办当地著名的“怡心斋”。每年以优质谷米、猎鹰、山珍、野物等贡奉朝廷。进贡物品中，有一果品是李凤瑶及族人用当地特有的优质山楂为原料，蜂蜜为辅料加工而成的，形薄如纸，色泽明艳，口感极佳，清代称其为“果子丹”“雪花片”，亦名“山楂糕片”。

康熙二十七年至三十六年（1688～1697年）近10年，为平定噶尔丹之乱，木兰围场成为主战场之一，此处距闷葫芦路途较近。

噶尔丹率领的蒙古骑兵骑术精湛，对地形熟悉，常出现清军情报被劫或泄密等现象，致使清军多次陷入被动之中。为保军情顺利传递不泄密，时任抚远大将军的费扬古足智多谋，他食用当地进贡的“果子丹”后，命令八旗军队来往密信就写在用山楂汁做成的果子丹上，再卷成果品形状随身携带，贝勒们看完密令，马上放入嘴里吃掉，从不泄密。

小小果子丹，传递军情，为平定噶尔丹之乱立下赫赫战功。

曾经跟随康熙帝平定噶尔丹之乱的礼部侍郎高士奇，写了一首名为《果子单》的赞美诗："绀红透骨油拳薄，滑腻轻碓粉蜡匀，草罢军书还灭迹，嘴来枯思顿生津。"高士奇在"果子单"下自注道："山楂，煮浆为之，状如纸薄，匀净，可卷舒。色绀红，故名果子单。味甘酸，止渴。"

因其独特口感和功效，在平定噶尔丹时作出的特殊贡献，康熙看过此诗后，点赞道："怡色怡味，达心达情"，果丹皮被列为宫廷一品茶点。李氏家族掌握的独特山楂食品祖传工艺，一直被视为皇家御品，得到传承和发扬。

在此后几百年中，李氏家族一直向朝廷进贡当地特产的鲜山楂和果丹皮等果品。

文化传承　怡达品牌

我们在展览馆里，从实物、照片清晰地看到怡达公司创新发展、继往开来，建成我国最大的山楂食品加工企业的征程轨迹，令人震撼！怡达人血脉里流淌着"品牌效应"的基因，用执着书写了中国山楂界的传奇故事，让人羡慕！怡达董事长李志民用诚信之举，打造"道德高地"，不断抬升"传承文明，德行天下"的海拔高度，为大家学习的楷模！

20 世纪 50 年代，李氏家族 12 代传人李伯学与父亲重组"怡心斋"，从事传统果丹皮、山楂糕等产品的手工制作。

我在展览馆看到，迎着改革开放的春风，1989 年 9 月，李氏家族 13 代传人李志民兄弟三人，投资 3500 元开办"承德雾灵山果脯厂"，产品字号定为"雾灵山"，开始了艰难起步征程。馆内原版陈列了当年用去 1350 元购买的唯一主体设备——小锅炉，标志创业的"传家宝"。

李志民带领怡达人，经历 27 个春秋，创新进取，夺得了令人瞩目的业绩。怡达由小变大、变强，坚定产业道路摸索，实现跨越式发展，征程节点历历在目。

1993 年，李志民抓住区域性企业改制转型的机遇，启动了对兴隆本县金水饮品联营等八家国有企业的收购，同年将产品字号更名为"怡达"。

1997 年，承德怡达食品工业有限公司成立，怡达公司步入当地重点企业行列。

2000 年，河北怡达食品集团有限公司成立，李志民出任集团公司董事长。

2001 年，怡达食品工业园一期竣工投入使用，园区占地 116 亩。厂房建筑面积 40000 平方米。

2003 年，收购兴隆县山楂集团和莽原公司方案获批，产业链再次升级。

2007 年，承德怡达食品股份有限公司成立，现代化经营模式全面推行。

2010 年，果品深加工扩能产业化二期工程开工建设，项目总投资 1.6 亿元，占地 114 亩。

2012 年，果品深加工扩能产业化二期工程正式竣工，举行隆重的竣工典礼。怡达商标被国家工商总局评定为“中国驰名商标”，目前怡达公司自有商标已接近 100 件，并在不断增加。

今日怡达，让人刮目相看！

一看规模。作为农业产业化国家重点龙头企业，怡达食品工业园区总体占地面积 400 亩，厂房建筑面积 10 万平方米，绿化面积 3 万平方米。

二看产品。怡达品牌主营产品分为经典、时尚、儿童、餐饮五大系列，200 余种产品。现有山楂休闲食品、水果罐头、肉食精品生产线共 10 条，年综合生产能力 10 万吨。

三看市场。怡达公司根据全国各地山楂产品的特性，进一步满足市场需要，在山东、山西、河北等地设立分厂 5 家，日均产能 50 吨。“怡达”品牌产品畅销全国各地并远销加拿大、美国、澳大利亚等 18 个国家和地区。

四看种植。怡达公司始终以带领大山农民科学种植，努力发展林果产业为己任，现有绿色种植基地 30000 亩，辐射农户 40000 户。

五看电子商务。怡达公司适应电子商务行业的发展，于 2012 年紧跟时代的步伐，正式启动线上销售系统，在短时间内位列线上山楂休闲食品销售榜首。

参观感言：怡达公司由一个小小的果脯加工厂，发展成闻名国内外，年销售收入 5 亿元的山楂食品龙头公司，发展变迁成功的秘诀就是：怡达公司在董事长李志民的带领下，传承、发扬山楂文化，传递健康绿色食品观念，以诚信为开路利剑，怡达公司的质量标准就是中国山楂食品的标准，怡达公司成为行业内产品质量的“标杆”。

我们欣喜地看到，李志民荣获全国第五届道德模范提名奖。我们期盼，怡达公司在李志民的带领下，继续秉承诚信理念，彰显企业家的道德责任和社会责任，使怡达公司成为两个文明建设的“双标杆”单位，加油！

（原载于《中国时代风采》，2016 年）

“钢铁村”绽放艺术奇葩

——走进全国首家榜书艺术馆

八月初，《中国冶金报》记者从丰润城区西行10公里来到七树庄村采访。聚焦七树庄亮点，人们耳熟能详，最能代表全村与时俱进的风向标概括起来有三大点：

其一是钢铁业。村北的唐山新宝泰钢铁集团，集钢铁、冶炼、连铸连轧、带钢生产为一体，年产量200万吨、产值40亿元，成为全市民营钢企节能减排、环境绿化、美化、净化及企业转型升级的样板。七树庄因为钢铁业凸显，又被誉名为“钢铁村”。

作者与步云（左）合影

其二是名优特产享誉中外。七树庄村是唐山麻糖生产创始地。“广盛号”麻糖享誉盛名，已有400多年历史，采用精面粉、香油、花生油、蜂蜜、桂花、白糖等原料制成的麻糖“形如团花，薄如蝉翼，亮明透已，香甜适口，松软酥脆，营养丰富，健胃润肠”，深受省内外广大群众青睐，被收录为河北省非物质文化遗产。

其三是提升软实力。全国首家榜书艺术馆在此落地生根。七树庄是有着近千年历史的古镇，古韵金辉，有多处古镇遗迹和神秘的传奇故事。据说，北宋靖康二年（公元1127年）四月，随着北宋灭亡，徽、钦二帝被金兵虏押北国，路过七树庄附近沙岩寺曾休驻。据光绪版《丰润县志》记载，有一名叫张藉的先贤在沙岩寺墙壁上题了一首诗，名曰《宋徽宗过浭水》："沙岩古寺树苍苍，塔势崚嶒大道旁。北狩至尊犹出塞，西流浭水自还乡。看花古驿愁春雨，驻马危桥泣晓霜。亡国城中寒月白，魂归艮岳总荒凉。"真实地描述了徽钦二帝夜寄沙岩寺的情景及心情。

全国首个个人榜书艺术馆落户七树庄，成为一道靓丽的文化风景线，这是社会有志之士与步云合作的文化项目，彰显了七树庄丰厚的人文底蕴和吸引力。

步云榜书艺术馆开馆典礼

步云榜书艺术馆揭牌

走进毗邻新宝泰钢公司南侧的步云榜书艺术馆，一股浓浓的文化气息迎面而来。据该馆管理人员介绍，此馆从 7 月底落成开馆，每天都有当地百姓、钢厂等企业员工、外地书法艺人前来参观，人群络绎不绝，在此观赏步云榜书作品，接受书画氛围的熏陶。

据了解，该艺术馆今年 4 月底开工建设，前期占地约 2 亩，总投资 220 余万元，展厅面积 1200 平方米，陈列著名榜书大师步云创作的 120 余幅榜书精品。

榜书，又名"署书"，原为写在匾额上的大字，字体不限。榜书是书法中的巨无霸，是中国精神的标志。榜书不仅给人以超强的视觉冲击，给人美的享受，还给人以力量，引人向上，催人奋进。榜书的特点是一次蘸墨一次写就，也是书界公认的一种难于书写的书法艺术。有文字记载，秦朝宰相李斯为榜书第一人，发展至今，榜书艺术已成为中国传统文化的一个重要组成部分，备受世人喜爱并得以传承。

馆中大厅陈列了步云多年不同时期潜心创作的代表精品，翰墨飘香，包括从象形字、篆书、楷书到近代文字多种字体。创作作品的题材极其广泛，从庙宇、关隘要塞、城楼、园林景观、名山大川到商家书写店招，直至进入寻常百姓家，每一幅作品体现了步云几十年如一日对艺术的不断探索与追求，集中展示了步云榜书的艺术成就和风采，融艺术性、知识性、趣味性于一体，展现中国榜书的文化魅力。

步云所建个人榜书艺术馆，在全国罕见。展馆对外开放，接地气，平民百姓可自由参观，现场与榜书名家进行交流，使榜书艺术真正贴近群众、贴近生活、贴近社会，让群众零距离与榜书名家、榜书作品接触，从而提高榜书文化的受众面。

在到过步云榜书艺术馆的书画界人士看来，榜书艺术馆是一项文化事业，也是一项文化产业，在经营方式上必将会有大突破。

作为榜书艺术平台，艺术馆吸引了来自省内外的书画界人士来此创作交流，并得到周边钢厂等相关企业及社会的大力支持，对推动本地对外开放及宣传具有积极作用。

步云挥毫泼墨展风采

步云榜书

步云，本名陈陆河，1951年出生，唐山市丰润区西佑国寺人，中国书法家。从小就与父母跟随解放军南下，定居湖南凤凰这样一座小城，能从沈从文的书里读到，从黄永玉的画里看到，从宋祖英的歌里听到，这就是我国著名的历史文化名城——凤凰古城。步云儿时求学于凤凰古城文昌阁小学，受到文化艺术的熏陶，自幼酷爱书法，锲而不舍，醉心热衷于榜书。

步云几十年如一日，艰苦磨炼，常年深入军营、油田、工厂、学校、农村创作……高扬自己的文化理念，成为一个不懈求索榜书艺术的“追梦人”。他对榜书有独特造诣，他主张继承传统，法古而不泥古。步云的榜书作品曾多次获国内外大奖，踊跃参加各类书法笔会、慈善、助残、公益等活动，蜚声书坛。步云被中国美术家协会副主席、著名画家黄永玉称为“榜书奇人”。步云榜书其运笔造势，浑静宽阔，气势恢宏，在书法界独树一帜，堪称“榜书大师”。2000 年，他成功在广州举办个人书法展，声名鹊起，同年其作品获世界华人艺术展金奖，本人被授予“世界华人杰出艺术家”的荣誉称号；2001 年获“全国艺术家作品博览会”书法作品金奖。步云因书而鸣，因人而立，在国内外文化艺术界有广泛影响力。

业精于勤，艺无止境。步云今年已 66 岁，为追寻自己的美丽梦想，老当益壮，精力充沛，每天工作近 10 小时。据他的一位老友统计，50 多年书画艺术生涯，挥毫泼墨，仅墨水用量保守地计算就用了近 11 吨。他创写的榜书“福”字，饮誉国内外，柔中带刚，刚柔相济，既有强烈的现代气息，又不失传统书法技艺，堪称法古创新，绝妙艺术！他至今已为国内义写了 26000 余个“福”字，福气盈天。2000 年在广州“国字号”拍卖会上，一个“福”字，价值连城，以两万元成交。1999 年至 2006 年他的多幅榜书作品“云海”“寿”字等参拍均获成功。步云回眸自己的榜书艺术之路，经历了无数艰辛和磨难，当看到自己创作成功的榜书作品受到人们的喜爱和追捧时，顿觉苦中有乐，其乐融融！

他常说：“自己正在赶路……”虽年过六旬但不服老，为创作榜书作品，他的目标是没有最好只有更好，使出看家的“绝招”，拿起他戏称常用的“刷锅”的“炊帚”赶往人生的“山顶”，攀登榜书艺术高峰……

传承榜书艺术建展馆

丰润区缘何能、又怎样建起全国首个榜书艺术馆呢？丰润区文广新局陈会良局长告诉记者，丰润古有“幽燕之门户，辽海之襟喉，神京之肘腋”之称谓，也有“南无锡，北丰润”之称。这里的地理位置和人文优势得天独厚，人杰地灵，涌现出很多声名远扬的艺术名人，远有曹雪芹，近有李尔重、管桦、张爱玲，他们在潜心艺术创作的同时，也为家乡丰富了文化底蕴，创立了文化品牌。步云紧步丰润名人后尘，秉承圣贤之绝学。为弘扬榜书文化艺术，助推地方经济发展，他回乡创办了榜书艺术馆，可喜可贺可敬，值得点赞！

七树庄镇党委书记张宝忠，被步云对榜书艺术孜孜不倦的追求精神深受感动，他认为步云榜书艺术成果是一笔宝贵的精神财富，有责任把它传承下去。他在谋划筹建榜书艺术馆中穿针引线发挥了关键作用。该馆为步云、徐绍勇、赵本刚三方共同投资合作项目。投资“三方”充分发挥各自资金、市场、作品的优势，实现最佳组合。

丰润区优秀企业家徐绍勇致富后不忘乡里，热心公益事业，关注家乡发展，成为丰润实业家楷模，投资建展馆；唐山海陆川科技有限公司副总经理赵本刚有多年从事国际贸易经验，他致力于把中国榜书艺术推向国际市场，提升中华传统文化在国际上的影响力，鼎力开拓市场；步云把榜书艺术馆建在家乡，初心不仅是对榜书文化艺术的弘扬，也是自己情感叶落归根，为家乡文化建设多作贡献，做好榜书艺术的传帮带，创作更多榜书精品。

人们期许“三方”精诚合作，落地“钢铁村”的榜书艺术馆根深叶茂，也期许花香蝶自来，让在榜书这株盛开在百花园里的“奇葩”争芳吐艳，艳丽多姿，更加抢人“眼球”。

（原载于《中国冶金报》，2016 年 8 月 26 日）

“慈玉”包尖白菜天下赞

8月24日，唯宝汇走进天津蓟县创客论坛会，会议在蓟县四方台宾馆召开。会场洋溢着浓烈气氛，一幅醒目大字标语“做国货精品的爱用者与推广者”悬挂在会场主席台对面，点明本次论坛会的主题。

张金齐笑捧“慈玉”包尖白菜

天津红旗团队总经理周宗波在开幕词中高度肯定了蓟县团队一年来遵循唯宝汇的使命——“帮扶中国好企业，捧红民族好品牌”，践行唯宝汇“人本、诚信、责任、创新、共赢”的五大宗旨，全面激活传统行业，力求打造百业联盟、千店连锁、万品消费的国际一流的中国民族奢侈品电商平台，喜看唯宝汇在蓟县落地生根。各市场部均感恩唯宝汇带来事业的机会，跟随唯宝汇的发展思路，携手前行，共赢未来，取得显著成效。

蓟县国税局原局长赵庆柱讲话时谈到，唯宝汇的使命、宗旨深深打动了他，他一定要支持做国货精品的使用者和推广者。蓟县红旗团队成员、四方台宾馆董事长兼总经理沈素玲等多位各市场部代表纷纷登台亮相，分享唯宝汇事业的机会，我坐在嘉宾席上近距离聆听诸位精彩发言实况。

玉田“包尖” 美誉天下

一位年近七旬的老翁，两鬓斑白，神采奕奕地走到会场主席台发言，话语铿锵有力，自我介绍道：“我是唐山玉田县黑猫王农民专业合作社理事长张金齐，受益于唯宝汇提供的平台。今天为大家分享‘慈玉’包尖大白菜，世界只有中国有，中国只能玉田产，打造品牌成国菜，国人用罢更豪迈……”他捧红了玉田“慈玉”牌包尖大白菜，一席话引起会场数百名与会者的兴趣，博得一阵热烈掌声。

玉田县被誉为全国“大白菜”之乡，玉田“包尖”白菜久负盛名，为地方名优特产。玉田“包尖”白菜因其叶球直筒拧抱紧实，顶部稍尖，菜体呈圆锥形，故得名。距今已有300余年的种植历史，据清光绪《玉田县志》载：“白菜，一名菘，有十数斤者，甘脆、甲他邑”。相传，在光绪年间，宫廷名医发现玉田白菜叶色深绿，叶脉细腻，味甜清脆，更有清热解毒之功效，且有营养、美味，能与多种果蔬配菜。遂禀报给慈禧老佛爷。慈禧下旨：“玉田进贡”。因品质上乘的白菜产自于玉田，又是慈禧爱吃的御膳佳品，便被人们广称为“慈玉”。它具有耐储藏、不抽薹、叶甜嫩脆、不乱汤、产量高等特点，闻名全国，有玉菜之美誉。

玉田古称“无终”，据《搜神记》记载，“阳伯雍麻山种玉”传说更名为玉田县，沿用至今已有1300多年。玉田更是被誉为“种石得玉”之田。玉田气候温和，四季分明，土地肥沃，水质优良。特别是矿泉水资源丰富，地下奥陶水系、雾迷山水系两条优质矿泉水水脉贯穿全境，造就品质上乘、名扬世界的玉田包尖白菜。

据《本草纲目》记载，“白菜，甘湿无毒，通利肠胃，除胸中烦，解酒渴，消食下气，治瘴气。止热气咳。冬汁尤佳，中和，利大小便。”我国民间流传许多利用大白菜治疗感冒的药方，大白菜热量低，纤维素含量丰富，有利于肠道的蠕动和废物的排除，有养颜排毒之功效，是预防糖尿病和肥胖症的理想食品。

玉田包尖白菜营养丰富，富含胡萝卜素、维生素B、维生素C、粗纤维素以及蛋白质、脂肪和钙、磷、铁等。玉田包尖白菜具有帮薄、味甜、纤维少、耐储存等特点，生食、炒食、馅食、配菜俱佳。一菜切两刀，两刀变三段，三段成仨菜：梢部包饺子，中段可熘炒，菜心做凉拌。白菜百吃，百吃百味。玉田包尖白菜是白菜中的上品，又有“菜中之王”的美誉。

打造品牌　叫响“慈玉”

张金齐在国家商标局成功注册“慈玉牌”包尖白菜地理标志证明商标，“慈玉”品牌玉田包尖白菜被国家质检总局认定为地理标志保护产品，这完全是打造成一个民族品牌，是一种文化传承。

“慈玉牌”玉田包尖白菜缘何受到世人们青睐，成为令人惊艳叫绝的“菜王”？它的靓丽看点在哪里？张金齐接受记者采访时说道：“玉田包尖白菜不仅具有耐储藏、产量高、不抽薹、叶薄甜嫩脆等特点，而且在蛋白质、维生素C、全糖及铁、锌、硒等6项指标上，均显著高于其他地区的白菜品种，硒含量达0.02mg/kg，特别是蛋白质的含量，经国家权威、科学的质检报告证明仅次于牛奶，此种白菜很奇特，为玉田独有！”

玉田盛产的“慈玉”包尖白菜优势在哪里？我们来到玉田县黑猫王农民专业合作社3000亩包尖白菜种植基地，经过考察调研发现，主要得益于四个方面特有优势：一是种植环境优势。种植基地的气候、土质、地下水和种植技术等均适合玉田包尖白菜生长，包尖白菜种植基地临近玉田八大景观的三景：左边是“唐水涌蓝”的蓝泉河，有小河弯弯的陀龙泉水；右边是因“麻山种玉”而得名的风水宝地麻山寺景区；背靠“燕山叠翠”的天造美景，金线银脉的皇家瑞气（山后的翠屏湖是引滦入津的水源地）；南是冲击扇形平原，地势特殊，为白菜生长提供得天独厚的地理环境。二是种植技术优势。通过生物转化技术导入对人体有益的营养元素，使用酵素生物肥和富硒营养液。为了彻底消除病虫害，在菜地设置灭虫灯、诱虫器和粘虫板。如在白菜的自然生长过程中，将富硒营养液导入白菜体内，从而长成硒含量高的白菜。硒是人体必需的微量元素，对四十多种疾病都有很好的疗效，包括糖尿病、白内障等，经常食用富硒白菜，可提高人体抗病能力和预防各种疾病，促进健康。三是种植管理优势。合作社对种植基地实行统一种植、统一管理。种植前，土地横、竖机耕两次，施用酵素生物肥料，种植后，定时定量供水，喷施富硒营养液等所有环节落实到人，完全按标准进行管理，实行产品可追溯制。四是提高品质优势。从根本上消除农药、化肥残留。合作社采用物理技术，使用声波发生器，即用“声肥”取代化肥、农药。用声波促生长，驱走害虫，抑制病菌病毒。通过喷施甲壳素液，增强光合作用，提高白菜品质、风味和口感。

天地之灵气，有选择性地赐予人类宝物，上苍选择了玉田，玉田产出包尖白菜。经特殊选育，“慈玉牌”玉田包尖白菜更为纯正。

采访中，我找到诠释“慈玉牌”玉田包尖白菜的稀有性的丰富内涵及与众多白菜的区别，虽都叫白菜却大不一样。提起包尖白菜，还是张金齐说得好："世界只有中国有，中国只能玉田产，慈玉品牌是正宗！"

走俏市场 增创效益

玉田县黑猫王农民专业合作社鼎力推举品牌建设，精心管理、培育口感甜脆、营养健康、绿如翡翠的"慈玉牌"包尖"俏白菜"。2012年以来，张金齐带着"慈玉牌"玉田包尖白菜多次参加各类展会，产品先后被中国绿色名品发展中心审核，被认定为绿色食品A级产品，在中国国际农产品交易博览会上获金奖产品等荣誉。张金齐被第三届文化中国企业家年会评为中国式企业家，被国际绿色经济协会特聘担任"国际绿色经济协会专家委员会专家委员"。

张金齐指着这个精装包尖白菜礼品盒说："这盒上设计以温暖的中国红配上高贵的明黄色做底色，中间两棵青翠欲滴的包尖白菜比肩而立。"去年销往香港的一盒礼品装精品包尖白菜两棵，价格50元，每棵精品包尖白菜价格25元、散装精品包尖白菜平均价格2.6～3元/公斤。张金齐向记者介绍说："这真是俏白菜、身价高"，"慈玉牌"包尖精品白菜正向港澳台拓展，不仅拥有较高的知名度和市场占有率，而且价格也翻了几倍。2015年与香港签订1000亩慈玉牌包尖白菜供应合同，进入香港超市。产品还远销马来西亚、加拿大等国家。同时已经占领京津冀的中高档消费市场，进入中高档消费者的餐桌上。售卖方式由过去的走街串巷吆喝着卖，到农产品批发市场摊位上卖，变成今天要预约交定金限量卖，甚至从白菜播种开始就要挂号预定……

黑猫王农民专业合作社响应习主席提出的"农民富、农业强、农村美"的号召，坚持"情系农民、富裕农民、幸福农民"的使命，目前社员按照统一供种供肥、统一流程标准技术、统一包装销售的思路，实行"合作社＋公司＋基地＋农户＋标准化＋跨界合作"的模式。这是造福两头、活跃中间的幸福工程。一头造福农民，一头造福市民，活跃中间，可谓幸福之举。张金齐是一位胸怀大志、卓尔不群、创新观念、乐于奉献的领头雁。黑猫王农民专业合作社注册9年来，共有入社社员500余户，在他的带领下，合作社成为全国示范合作社，致力于打造"慈玉"包尖白菜品牌，凝心聚力，一路前行，为农民富铺路，为农业强筑基，为农村美添彩！

（原载于长城网，2016年9月）

梨 园 情

“忽如一夜春风来，千树万树梨花开”。2015 年 4 月，第七届天津渔阳梨园情旅游文化节在天津市蓟县下营镇团山子梨园拉开帷幕。盛开的梨花，精彩的太极表演、民乐演奏和文明旅游宣传等活动吸引了众多游客。本届旅游节由天津市农委、天津市旅游局和蓟县人民政府共同主办，市相关部门和蓟县领导、京津冀休闲旅游专家、旅行社游客代表等 400 余人参加开幕式。

以花为媒，2014 年 5 月 20 日我有幸陪同中华全国新闻工作者协会原国内部主任、高级记者阮观荣老先生和《中国冶金报》河北记者站站长、中国报告文学学会会员、中国散文学会会员、主任记者谢吉恒等中华大地之星采风团一行，应昊远国投公司赵立山总经理的邀请参观本届“梨园情”旅游文化节。

“梨园情”旅游文化节是蓟县春季旅游的一个重要品牌，也是天津市旅游文化活动的一项重要内容。作为联合国命名的“千年古县”，蓟县自古以来就有种植梨树的历史，这里有树龄几十年、数百年、上千年的梨树 5 万余株，种植面积达 368 平方公里。每年四月中旬至五月底，崇山峻岭万亩梨花竞相绽放，与同期开放的山桃、山杏、迎红杜鹃相映成趣，形成春季特有的旅游景观。

梨花的观赏点主要分布在北部山区、半山区，覆盖下营、官庄、罗庄子、穿芳峪、孙各庄、出头岭等 11 个镇乡 104 个旅游村和盘山、黄崖关长城、八仙山、梨木台、九山顶、九龙山等 20 个景区点。采风团这次参观的是本届梨花核心景区——蓟县下营镇团山子村的“梨园”。

采风团一行驱车穿过蓟县北外环，沿着津围公路进入北部山区，车窗外面青山绿水间一簇簇、一片片雪白的梨花映入眼帘，摇下车窗，柔和的春风，清新的花香，徐徐迎面扑来！半个小时车程便到达了目的地。

大家下车远远望去，一株株梨树，像是从地下冒出来的一股股喷泉。而雪白的梨花，就像是源源不断的浪花，在阳光的映照下，在春风的吹拂下，跳跃着舞动着，洁白如雪，银光闪闪。树树梨花，如漫天飞雪，花团锦簇，花深似海。洁白无瑕，蔚为壮观。置身其中，花浪起伏，花香拥抱，心旷神怡，悠然自得。

采风团沿着山路进入如梦境般的“梨园”，梨花的颜色虽不如紫罗兰般娇艳，却是人间最纯净的色彩。微风拂来，花枝随风而动。置身其中，细细地体味这鸟语花香传递的春的消息，我似乎进入了梦幻的仙境。

细细瞧，你看那一朵梨花，七片花瓣，香味并不浓烈，但一大片的梨花簇拥在一起，发出的芬芳是那么强烈，让人如痴如醉。那一朵一朵娇小的梨花，片片花瓣洁白无瑕，就像拍打着金色沙滩的海浪。此时我辨不清周围飞舞着的是白色蝴蝶还是洁白的梨花，抬头又是白茫茫一片，真是绝美！

游客三个一群，五个一伙，观赏着梨花的盛开。山寨、青山、绿水、梨花都融为一体，如此美景，如梦如幻……

恍惚间，又感觉这里有太多让人熟悉的地方，无数人来过这里，无数人用语言和图片赞美着这里，无数人用快门定格住这份美丽和内心的无比感动。

朋友们在梨树下握手惜别，相约明年再来。

啊！“四月蓟州，梨园情结”在流传……

（作者张文芳、川石，原载于《中华大地》，2015 年）

登梨木台乐悠悠

2015 年 8 月 24 日，在我的老师谢吉恒（《中国冶金报》河北记者站站长、中国艺术家协会会员、中国报告文学学会会员、中国散文学会会员）的带领下，我跟随中国时代风采采风团来到风光秀丽的有“天津北极”之称的梨木台风景区采风。

上午九时，我们从蓟县毛家峪出发，驱车前往梨木台风景区采风。梨木台风景区地处天津蓟县最北端，属燕山山脉，地层岩石古老，分布着中国乃至世界上最古老的变质岩和沉积岩，形态奇异，既有观赏价值又具科学价值的地质遗迹博物馆，是国家地质公园、国家森林公园、国家 4A 级旅游景区。景区主峰梨木台山海拔 997 米。

今天的目标就是登峰顶！这里峰林峡谷雄险，茫茫林海秀幽，潭瀑溪水流长，藤萝攀援缠绕，被专家学者称为“天津的神农架”“北方的热带雨林”。

采风团 20 人，上午十点半，到达目的地——梨木台。大家纷纷在刻有“梨木台”的标志性石碑前合影留念。采风团安排大家在景区内进行自由登山赏景，约定下午两点在此集合，打道回府。

谢老师、张哥、王厂长和我四个人组成登山先遣组向山顶出发了。谢老师已到古稀之年，今年 7 月，我们一起爬白羊峪古长城，他的登山劲头丝毫不比年轻人逊色，是个十足的登山达人。谢老师常说：“心有多年轻，人就有多年轻，工作中我已经忘记自己的年龄”。

梨木台山势险峻，林木繁茂，遮阴蔽日，阳光穿过树叶，零星散落下来，有些梦幻，似乎让我记不清脚下已走过多少陡峭台阶。

我们在山间的石凳上小歇一会儿，谢老师讲述梨木台名称的由来：在十里长的深山峡谷中，四面高山耸立，唯有一块隐蔽的平台，周围生长着许多野梨树，过去老乡们打猎砍柴归来，总是来平台上小憩，野梨熟透之时，用它来解渴充饥，野梨不仅可以防病保健，也解救了砍柴人的饥渴，后人为记住这些梨树的恩情，故命名此处为“梨木台”。听故事时，我仿佛闻到野梨的香甜。

伴随着溪流声，我们行进在山路中。我的师兄张哥是地道的本地人，对蓟县的一草一木很熟悉，一边向上攀登一边给我们讲解梨木台的地貌：这里有距今二三十亿年前形成的太古界岩石，自然形成了千层岩画岭、登天缝、五指山、万卷天书等地质奇观，座座山峰陡峭险峻，山体紧紧相连，形成了奇异的峰林。地质景观奇特，是蓟县国家地质公园典型的石英岩峰林峡谷地貌。登天“缝”是两座高耸的山体间有一排通顶的台阶，像是被神斧劈开的裂纹，宽度很窄小，令人感叹大自然的神奇。

我有机会身在其中感受和体验这几十亿年的神奇，兴奋地向前眺望，山林茂盛，怪石嶙峋，山间小溪流淌，群峰对峙，云雾缭绕，看不到山顶，只有一条路让人顺着往上走。我们一口气走了四十分钟，越走越深，前面已经是没有人工修过的路，杂草茂密，高过一人。

这什么时候才能到达顶峰啊，哪个方向才是山顶呢？我正思索着，迎面走来从山顶下来的游人，问他们到山顶大概还有多久，其中一个人气喘吁吁地告诉我们：“到山顶至少还要一个小时！”

啊！更让我觉得这梨木台山深不可测，我心里正踌躇着，谢老师拍着胸脯说：“咱们登山比他们快，别急！时间来得及。”这是一片原生态的林区，行人稀少。自然景色皆美，林石相参，溪流相伴，悦耳的鸟鸣声在山间回荡，真是一个减压的好地方。这里有高等维管束植物800多种，拥有天然落叶阔叶林、针阔混交林、天津独有的落叶松林，其中有国家重点保护植物几十种，可称得上是北方的植物王国。

观赏着眼前的一处处天然植物景观，不禁感叹大自然的馈赠，早已忘却了城市的喧嚣，这里绝对是放飞心情、尽享休闲的宝地。我开心地前行，只见前面有很多高低不平、大小不一的岩石，需要脚蹬手攀，手脚并用才能爬上去。这些天然石头是太古界岩石，错落有致地留在这里。会是女娲补天剩下来的石头吗？我感觉此景更像是《西游记》中的场景呢！我又有些担心会不会在石缝中、草丛里窜出来蛇之类的动物。前面又碰到有人从山上走下来，谢老师总会笑呵呵地问：“从这到顶还有多久？”路人见到这老人的精气神都敬佩地竖起大拇指，我们一行人为之自豪！

虽说树林里没有阳光直射，但一路走来每个人都满身是汗。王厂长手中拿着瓶水，汗流浃背，一言不发，飞快地往前走着。张哥此时累得已经说不出话来，在后面紧跟着。谢老师边走边叮嘱我们要看好脚下的路，注意安全。此时我脚上像绑了沙袋，艰难地大步攀登着。我头上的汗珠一颗接一颗地向外涌。前面路旁石头上坐着三位十八九岁学生模样的小伙子，其中一个喘着粗气说："这是我第三次登梨木台了，前两次都没能爬上来，这次再怎么难也一定要爬到山顶！"我拖着沉甸甸的脚步向上攀登，心里也是默默地想，一定要坚持爬上去。艰难地走了一段路程，又见到有人从山上下来，问他还有多久到山顶？他说："十分钟吧！"哇！终于看到希望了！"再加把劲儿，咱们就到了！"谢老师鼓励着大家。

前面山坡陡，目测足有 50 度，爬山坡经受巨大的挑战，大家深切地体会到：爬山是对意志品质的考验，是在享受自然给人类的恩赐，自然风光让人陶醉。登梨木台峰，庆幸的是，在岩石群中有松树可手扶着往前爬，身体前倾，脚尖紧扣地面，沿着斜坡往上爬，抬头我看到了光亮，是山顶，就快到山顶啦！

山顶的风景催促着我们的脚步，最后冲刺了，心怦怦怦地仿佛快要跳出来，我不断地做着深呼吸，顾不得汗水模糊了视线，屏住呼吸，咬着牙前行，一步、两步、三步……

当我们艰难地登到了最高点时，一脸的疲劳都烟消云散了。"会当凌绝顶，一览众山小"，当我征服一座山时，我已征服了自己。王厂长高兴地诵起毛主席的《沁园春》诗句。

梨木台峰顶小画

（从左到右：张文芳、王厂长、谢老师、作者）

张哥比我们登得慢，还在艰难地爬坡，我们高喊着："张文芳，加油……加油！"此时张哥已经回应不出声，向我们招手示意，做最后一搏。到达峰顶气喘吁吁地说了一句："我进前四强了！"

哈哈哈，大伙儿笑开了花。我们在梨木台峰顶合影留念，记录下这一难忘的时刻。

（作者易雅娇，原载于《中国时代风采》，2016 年）

韩国纪行拾萃

4月6日至13日我随团“海陆空”到韩国首尔—济州七日游。“海”指：4月6日上午从秦皇岛港出发到韩国仁川港，13日返回秦皇岛港，乘坐的是荷兰制造的“新郁金香”号客轮（船长146.7米、宽22.7米，总吨位12304吨，旅客定额376人，航速18海里/小时），往返秦皇岛港至韩国仁川港。“陆”指：仁川至首尔往返乘坐大巴车。“空”指：首尔至济州往返乘坐飞机。“海陆空”立体游，从喂海鸥、赏樱花、洗“汗蒸幕”、“海女”故事、“太极参”展示、韩式泡菜表演秀等不同侧面，感受体验韩国旅游文化，学习知识、文化、习俗，享受保健、休闲等带来的愉悦和满足。

喂海鸥靓丽景观

“新郁金香”号客轮经过20多个小时续航，4月7日中午驶至韩国仁川月尾岛海域。我站在甲板上瞭望蔚蓝色大海，远方美丽岛礁清晰可见，海面上一群海鸥朝客轮飞来，风景如画，令人心旷神怡。

起初，七八只海鸥在甲板上方飞来飞去。顷刻间，越来越多的海鸥围追船尾在头顶上飞行，最多时出现数百只。浑身雪白的海鸥，真可爱！它不怕游人，从空中飞来，近在咫尺，几乎伸出手来就能触摸到它的羽毛，甚至看清它囧光闪亮的眼睛，游客被那动人的场景所吸引。

喂海鸥

有些游客把手中的面包掐成蚕豆粒大小，向空中盘旋的海鸥掷去，海鸥似乎有备而来，就在等待这一时刻到来，盯准目标，迅速来一个漂亮的俯冲动作，在空中准确将面包叼进嘴里吞下，游客看到这种景象惊叹不已，啧啧称赞！

人们纷纷效仿，动人的场面一幕赛过一幕。有几只海鸥大概等不及，直接俯冲下来，抢着啄食人们手中举起的面包，逗得游人哈哈大笑。不少游人争相擎手，挥动着面包、香肠和薯条等，嘴里模仿海鸥“嘎！嘎！”的叫声，吸引一批又一批的海鸥飞来……前面几只海鸥轮番叼啄面包、香肠的瞬间，旁边游人不约而同地迅速按下相机快门，拍下动人心弦的一刻，留在相机里，留住记忆，拿回家去，留与家人、亲朋好友一起分享。

海鸥翔集、人鸥嬉戏、绘春美景。深度体验客轮甲板上喂食海鸥的乐趣，人鸥共舞，享受人与海、人与鸥和谐相处的乐趣，堪属到韩国游难得一景。其实，乘坐到韩国仁川出游的客轮，出现游人在甲板上喂食海鸥的场面不是偶然的事情，而是一种常态，几乎是每年，甚至是每天都在重演这一幕一景，成为一道靓丽的景观。

首尔南山赏樱花

记得小时候，学过鲁迅先生所著《藤野先生》这篇课文，这样写道，“因为上野的樱花的确非常有名，可惜身边的人很少亲眼见到。很多人去不了日本，就是有机会去了日本也未必赶得上上野公园的樱花绽放”。

首尔南山公园的樱花

樱花是一种受人们欢迎的观赏植物，至今在世界温带地区被广泛栽种。花朵有五枚花瓣，花色刚绽放时呈浅粉红色，且在完全绽放时逐渐转白，中间是橙黄色花蕊，从花朵绽放至凋落仅隔5日，花期半个月。

看樱花不用去日本，我从电视看到韩国樱花非常有名，决定此次选择跟团游，漂洋过海，到韩国赏樱花。每年4月初，韩国首尔各条街道、公园都被盛开的樱花点缀，处处洋溢着浪漫的樱花气息。

4 月 10 日下午，我们按计划到首尔南山公园赏樱花。海拔 265 米高的南山公园是韩国最大的自然保护区，山顶上耸立着 236 米的首尔塔，为首尔的标志。公园内有 2000 多株樱花树散落其中，树干粗壮高大，树龄多在 30 至 40 年，使我对观赏樱花多了几分期待和心动，企盼到来欣赏陶醉的光景，领略樱花的美丽。

我们走进南山公园，零距离接触樱花，沿着蜿蜒的山路散步，不时遇见片片樱花树，一路走一路欣赏沿途的樱花景色。一阵微风吹过，樱花如雨散落，“落樱”缤纷，多了一份赏樱时的悠然自得，是眼睛和心情愉悦的双重享受。

我欣赏着眼前的樱花，真正领会了郁华的诗句：“韩国也有花如雪，何须东瀛赏樱花”，南山公园已是樱花的海洋，千朵万朵粉白色的樱花盛开，沉甸甸压满枝头，花开烂漫，如烟似霞，把整个公园装点的美不胜收。

春风拂面，我半个小时登到南山公园山顶，放眼四望，欣赏整片樱花海，樱花灿烂绽放、交相辉映、漫天飞舞，整片南山公园被粉色的樱花所笼罩，如梦如幻，美绝至极。

奇特的“海女”文化

济州岛被称为韩国的“夏威夷”，风光秀美，海岸线长 256 公里，岛上有三多，即风多、海女多、熔岩石多。“海女”是济州岛一道亮丽的风景线。

济州岛“海女”下海

4 月 8 日，我随团游济州岛日出峰海湾，看到五六个刚上岸卸妆的“海女”，将捕捞上的鲍鱼、鱿鱼等正在简单加工，准备运往市场，引起我极大的兴趣。

回想起十年前，我第一次游济州岛海湾，看到“海女”出海捕捞作业的情景。这些身着紧身连体潜水服，背着背篓的“海女”们的潜水装备很简单，只有潜水镜和一双大脚蹼，绑在身上的绳子连着一个水漂，圆形的浮漂系着一个网状口袋，用来放捕捞到的猎物。

据“海女”自己讲，她们每天下海4小时，往往要潜到20多米的深海，捕捞的目标是章鱼、海胆、海蜇、海螺等，但最主要的目标是捕捞鲍鱼。她们手腕上都拴着一个铁铲，在海底就是靠它把礁石上的猎物撬下来。她们靠这身潜水本领，潜入深海憋气两分多钟去寻猎鲍鱼。鲍鱼身体外边包着很厚的石灰质贝壳，如果不小心，海女手腕上的铁铲被鲍鱼的贝壳夹住，处境就太危险了，每年都有姐妹丧生。

济州岛的“海女文化”久负盛名。济州是一个远离陆地的孤岛，很久以前，下海捕捞作业是当地生活的主要来源。据有资料记载，“海女”的历史可追溯到6世纪，距今有700～1000年的历史。当时岛上的习俗是男主内，女主外，于是潜水就成了女人代代相传的一项重要的生存本领，“海女”称呼由此得名。

“海女文化”成为济州文化的一大特色。济州岛“海女”住在渔村，但在济州市都有房子。有人说济州“海女”个个都是“富婆”，个人年收入突破3万美元。“海女”的生活方式独特，她们在家庭经济生活中扮演核心支配角色。

“海女”工作太艰辛，太危险。现在济州“海女”的数量已由20世纪50年代的3万人剧降到现在不足5000人，大多数“海女”年龄都在50岁以上，有的还超70岁。面对正在消失的“海女文化”，韩国政府正在计划通过将其申请为世界文化遗产对此加以保护。

体验特色“汗蒸幕”

行走在韩国济州的大街上，能看到标有“汗蒸幕”的醒目中文招牌。“汗蒸幕”是什么？在韩国家喻户晓，老少皆爱。其实汗蒸幕就是韩国最有代表性的传统特色桑拿，是一项讲究的养生项目。韩国是世界上超爱洗澡泡汤的国家。“汗蒸幕”洗澡泡汤除了能舒缓压力外，还能美容保健。

汗蒸幕外景

汗蒸幕是能量谷热疗的一种，深受民众喜爱。大部分的韩国人一家老少、朋友结伴，经常来这里休息一天，在年轻人中更是人气大增。汗蒸幕也是外国游客来韩国一定要体验的项目之一。

汗蒸幕的起源如何呢？

汗蒸幕历史悠久，源远流长。有资料介绍，汗蒸幕起源于韩国，从古老的黄泥汗蒸演变成今天的汗蒸——高科技、高效能、多用途的新一代细胞浴。对汗蒸幕有两种认知，一种是朝鲜时代世宗大王为替百姓治病研发而成。另一种是从600年前烧制陶瓷屋衍生出来的。汗蒸幕在古代是贵族或皇室的特权享受。随着韩文化流行，汗蒸幕也随韩剧、服装、化妆、美容技术一起进入中国，在短短的几年间，迅速地被中国人认可和接受，并且逐渐成为人们一种所热衷和追捧的休闲方式。

4月8日下午，我随团来到济州一家海水乐园汗蒸幕。入园前在前台购买门票，票价一般在人民币50至80元不等，全天24小时营业。入浴时，男女分开入场，冲澡、搓澡、泡澡。人们一边泡着各式药浴，一边与友人畅谈，相互搓背，令人感觉到家人朋友间的亲密无间。洗完澡后，换上在售票处领取的棉质汗蒸服，去男女共用的大厅体验各类汗蒸。人们在大厅会看见很多不同主题的像土窑一样的蒸房，这就是名声显赫的韩式“汗蒸幕”。

韩国汗蒸幕非常有特点，利用麦饭石、玉石、木炭、水晶、黄土、中药材等材质，通过高温发热来令人体大量排汗。蒸房内的远红外线能够渗透皮肤深层，温暖细胞，打开毛孔，促进血液循环，驱除人体内的风湿寒毒，从而达到调节身心、消除疲劳的效果。汗蒸还会使皮肤变得柔滑细润，对美容保健也大有帮助。

每个蒸房温度各不一样，一般在40至70度之间。我双脚刚迈入蒸房，顿时感觉到热风扑面而来，待不到三五分钟，就浑身大汗淋漓了。汗不断地往外渗，似乎觉得身体里的杂质也随汗液排出，我大概坚持了10分钟左右，汗蒸后全身甚有畅快之感。

韩国人最讲究亲友聚在一起汗蒸的热烈气氛，聊天说笑。我眼前呈现出的这一幕活脱脱韩剧里的场景。

汗蒸后，返回公共大厅，因是团队出游，规定汗蒸时限不超过两个小时，只能稍作休息。大家再次去澡堂冲完澡，换上衣服，结束了这次体验普通韩国人热爱的“汗蒸幕”特色文化。

太极参——韩国“国宝”

人参，百草之王。太极参，韩国国宝。韩国种植太极参有1500多年的历史，历代作为皇家御用的滋补良品。随着时代科技的发展，太极参成为韩国的一种象征。韩国官方禁止太极参的出口，将其作为国宝保护起来由政府统一采购。

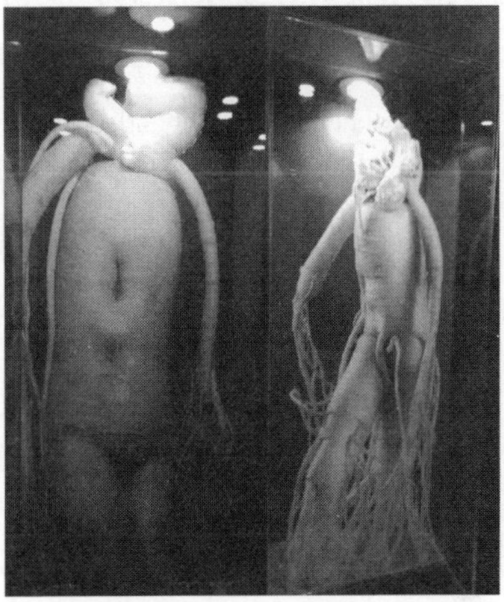

韩国国宝——“太极参”

4月9日，我参观了首尔人参专卖局展出的“最美人参”实物，阅读了相关资料介绍及产品推荐，开阔了视野、增进了交流、丰富了知识。学习、了解到更多太极参的医用价值：它可预防糖尿病，有抗癌作用，可预防动脉硬化和高血压，保护肝脏，改善胃肠疾病，消除宿醉，抗疲劳及减轻精神压力，防止老化，使头脑更灵活，促进血液循环，治疗贫血，增强免疫机能，防止放射线损害，防止艾滋病毒增殖，维护人体机能的平衡。

高丽人参在世界享有盛誉，为国家性产业。通过专卖局专家的介绍，我们了解了高丽参的栽培过程、生长周期、区别产品档次的相关知识。

纵观高丽参栽培生长过程包括“三部曲”。韩国种植高丽参，头两年种植在平地上，然后移植到高山上。此间被淘汰下的高丽参称为“良字”号，谓之高丽参第一个栽培生长过程。这期间，高丽参产量大，价值却一般，主要用于餐馆配料和浸酒或制作人参茶。

移植在山上生长两年的高丽参，称为“地字”号，谓之高丽参第二个栽培过程。有的出口到中国等有华人居住的地方，有大补功效，但火气大，需要在医生指导下服用。

生长四年的参，就要开花结果，再延长两年，生长六年的参被冠以“天字”号，谓之高丽参第三个栽培生长过程。用韩国的国旗太极标致来炫耀，生长周期在六年以上的参，是稀有的珍品，被韩国人称为“太极参”。这种天字号参，应该是阴阳双补、老少皆宜的上上之物。

高丽参的生长环境苛刻。它对土壤和气候的要求十分严格。生长在北纬36至38度，海拔2000米以上，日夜温差15度以上，有充足的阳光，但不能被阳光直射，土壤要保持良好的湿度，但又不能被水淹，并且种植高丽参后的土地20至30年不能再种植人参。

其原因何在？据高丽人参种植专家介绍，收成一次人参后，20年这块土地寸草不生，种过人参的土地需要长时间休养生息。记得上次我们参观考察团从清州回首尔时路过一段狭窄地段，看到种过的人参田都是一小块一小块的，每小块都是光秃秃的。

高丽人参野生的几乎是没有，现在市场上几乎全是人工种植的。高丽人参在地上培植2年后，移植山上4年自然成长，不加肥料，“吸收山川之灵气”，长成六年根的半野生太极参是人参的皇族。六年高丽太极参是提高免疫力与抗衰老的最佳保健品。它可入药、能泡茶、可入膳。

太极参是水参在80至90度的水中，浸泡10至20分钟后干燥而成的。太极参表皮呈浅黄褐色，切面为浅褐色。将太极参进行加工，有胶囊、人参粉、浓缩液和太极参正果等产品，成为均衡养身、强身健体的不二选择，日常补品中无一能超过它的作用。

（原载于《中国时代风采》，2016年）

登山临水不知老

——读谢吉恒两部散文集有感

阳春三月，《中国冶金报》记者谢吉恒的散文集《走进红松的故乡》出版了。我捧着这本飘着墨香的散文集，随着作者的思路和足迹，饱览着祖国的锦绣河山和绚丽多彩的人文景观，犹如在观看一部部风光片，使我沉醉在大自然的美丽怀抱中，品味一位古稀之人的心灵自白。

《走进红松的故乡》一书

《走进红松的故乡》一书分《风光胜境》《美景撷粹》《珍藏记忆》《采风随笔》4个部分，共计38篇、21万字。

该书开篇文章《走进红松的故乡》颇值得称道。伴着一缕缕松脂的清香，我们仿佛一同走进国家级原生态天然红松林，感觉群山起伏的红松林海，看到了红松林的雄伟壮观和千百万棵树聚在一起所凝成的那种浩瀚气势；看到了林内栖息的马鹿、黑熊、野猪、獐、狍等野生动物以及200余种鸟类、400余种昆虫，真是一天然野生动物世界。看着看着，我不由得在心里升起一种景仰、一种敬意，用心灵去洞穿远古时大地苍茫的景象，景仰着红松林来自远古的辉煌，感受着作者面对红松抒发的一曲心声：参天巨木、郁郁葱葱、枝干相连、蔽日遮天。此外，我们还可饱览红松林和小草、冷杉、紫椴等植物亲如兄妹，与雪鸡、金雕、马鹿等动物和谐相处的共生之美，零距离地感受红松故乡人立志弘扬红松精神、建设生态文明的如火激情，作者赞叹之情溢于言表。

阅读《走进红松的故乡》一书，除了惊叹作者跳跃的思维外，其扎实丰富的专业知识也使我极为钦佩。尤其是作者蕴藏在文字背后的那种经历时间沉淀的冷峻思考，使人感怀良多。就个人性情而言，我更欣赏书中第二辑《美景撷粹》。该辑中包括《滦州古城采风》《谒见炎帝陵》《登尼山所思》《夏游盘山》《雾灵山美景》等作品。我之所以喜欢这些文章，是因为它们蕴含着一种自然之美，有一种珍惜环境和呼唤原生态的情怀。

《走进红松的故乡》的第四辑主要是《采风随笔》，邀请了9名中国散文学会会员携作品加盟，犹如文学雅士闲聚在风景秀丽的山间小溪边，品茗吟诗，谈古论今。谢吉恒对诸篇文章一一点评，相互切磋、商榷。这可给初学散文写作的爱好者带来许多启迪，尤其对游记散文的写作有指导作用。从这个意义上讲，谢吉恒不仅是一位优秀的散文作者，更是一位冷静的思想者。

谢吉恒的第一部散文集《难以磨灭的记忆》出版于2013年6月，全书分《故乡情深》《采风选粹》《风光览胜》《风景拾趣》4个部分，作品大多是获奖佳作。中华全国新闻工作者协会国内部兼学术部原主任阮观荣在该书《序言》中说："书中乾坤大，笔下天地宽。这是他文稿的特点。这个集子里的这些旅游作品，印上了他的足迹，注入了他的心血，刻下了他生命的年轮，是很珍贵的文化产品。老谢游历了二十多个省（直辖市、自治区）的名山大川，观赏了上百处风景名胜，写下了近百篇旅游作品。老谢的旅游作品，不光是壮景抒情，还记录了我国旅游事业朝气勃勃行进的脚步，展现了为旅游事业发展而奋力拼搏的先进人物的崭新精神风貌。"

《难以磨灭的记忆》散文集语言朴实细腻，饱蘸真情写故土，具有泥土芳香，读来清新自然、内涵丰富。该书还将"形神和谐，启智启美"的散文美学观融入写作实践。谢吉恒通过对丰富人生历程的回忆，较完整地表现了他对童年、少年和青年时代的怀旧之念、感恩之心，真实记录了作者的心路历程。这是乡情的浓缩、语言的狂欢、诗意的盛宴，体现了作者的乡愁、乡情、乡恋、亲情、爱情，诠释了心灵的呼唤、灵魂的皈依。谢吉恒说："饱览大好河山的秀丽景色，以舒展情怀；身处苍翠幽深的崇山峻岭，动情怡身；身居变化莫测的云雾山中，使人飘然；眺望那无限美妙的自然风光，使自己有'登山临水不知老'的灵感。"

（作者侯宪台，原载于《中国冶金报》，2015年3月21日）

创刊六十载　浓墨抒深情

CHUANGKAN LIUSHIZAI NONGMO SHUSHENQING

人生六十花甲子，
冶金有报六十春。
同舟共济度风雨，
一部报史尽豪情。

（任宝亭）

马万水精神永放光芒

——走进马万水同志事迹展览馆

2016 年 8 月 12 日，是全国冶金战线的著名劳动模范马万水同志逝世 55 周年的纪念日，《中国冶金报》记者怀着崇敬之情，再次来到天津大港参观马万水事迹展览馆，又一次受到马万水事迹和马万水精神带来的巨大震撼。

坐落在天津大港区世纪大道与津塘路交叉路口的中国华冶天津区域办公楼一楼左侧，矗立着马万水同志的铜像，年龄定格在 38 岁，那时的马万水同志英俊潇洒、神采奕奕、英姿勃发（据介绍，这尊雕像出自天津美院资深教授田士信之手。据说这雕像参考的是马万水参加全国第一届人大代表证上的照片，那一年，马万水同志 28 岁，正是风华正茂的年龄）。马万水铜像的背后就是“马万水同志事迹展览馆”。

一、新中国第一代英模马万水

踏进全国著名劳动模范马万水展览室的大门，首先映入眼帘的是马万水同志的照片，胸前戴满了奖章，那么英俊，那么潇洒！

原冶金部副部长马明（前排右）、中冶集团董事长国文清等参观马万水事迹展览室

1950 年，马万水被授予全国劳动模范称号，并当选第一、二届全国人大代表。他与孟泰、时传祥、王进喜齐名，2009 年，马万水被评为“双百”感动中国人物和“时代领跑者——中华人民共和国成立以来 60 位最具影响力的劳动模范”。

展览室分为三个方面的内容：一是马万水同志的生平和艰苦奋斗攀高峰

的事迹；二是历届党和国家领导人的亲切关怀和期望，为马万水和马万水英雄集体的题词及合影照片；三是马万水英雄集体60多年的光辉足迹以及获得的荣誉如“二次组建”“五六十年代”“七十年代”“八十年代”“九十年代”“新世纪以来”“马万水遗物”“新华社影像”等。展览室共收集各类图片110余幅，并陈列了20世纪50年代马万水小组用过的大锤、钢钎、雨靴、马灯等实物。马万水夫人张淑云将马万水个人的遗物捐给了展览室，其中许多马万水的照片和实物是首次展出。集中展示了马万水同志的生平业绩及用终生实践所体现出的马万水精神以及以马万水名字命名的英雄群体精神。展览馆的总体设计以马万水事迹为主线，采用图片、实物以及多媒体相结合的表现手法，再现了马万水以及马万水英雄集体60多年的艰苦奋斗、勇攀高峰的光荣历史和辉煌业绩，较好地表现了“艰苦奋斗、严细求精、拼搏奉献、勇攀高峰——马万水精神的精髓”这一主题。

展览室内，陈列的马万水受到毛主席等老一辈无产阶级革命家亲切接见时，毛主席、朱总司令亲自给马万水颁奖的照片影印件分外夺目，使参观者的心绪始终沉浸在当年“全国劳动模范战斗英雄表彰大会”的隆重热烈的气氛之中，领略到马万水精神和马万水群体精神的荣耀。

二、追寻马万水的足迹

在马万水同志事迹展览室，讲解员深情地介绍着马万水当年的奋斗足迹和感人故事。

在中国的矿业开发史上，马万水这个名字是一段历史，更是一段传奇。

中国华冶新员工参观马万水事迹展览室

马万水（1922~1961 年），河北深县人。他出身于穷苦人家，在北京门头沟当过“煤黑子”。1949 年秋天，马万水带着翻身后的喜悦，抑制不住的激情，来到河北龙烟庞家堡铁矿当工人。几经敌人破坏的矿山，巷道倒塌，野草遍地，满目疮痍。别说机器设备，就连一件像样的工具也没有。马万水就领着大伙，在废墟中找来几根生了锈的钢钎和锤头，砍了几根树干当锤把，开始了翻身后的第一班生产。他以自己在煤矿练就的一气打 450 锤不换手的本领，亲自给工友们把钎传技。由于没有通风设备，放炮后巷道里的炮烟久久不能排完。为争取时间多进米，马万水就带领大伙儿脱下衣服一块儿往外扇炮烟，待炮烟刚离掌子面不到几米，他们就返回开始下一茬的打眼。随着巷道的延伸，他们又遇上了淋头水，淅淅沥沥的水，淋透了工友们的棉衣，浸透了工友们的鞋袜。马万水看着心疼，跑到伙房借来三条麻袋当“土雨衣”，又从山上拨来一捆蒿草，让大伙垫在鞋里，便又有了“土胶鞋”，他自己则什么也不顾，穿着湿透的棉衣，奋斗在淋头水最大的地方。1950 年 3 月，掘进五组受到集体奖励，马万水也被评为龙烟钢铁公司一等功臣，到 1950 年 6 月，五组以手工月进 23. 7 米的成绩，创造了第一次全国黑色金属矿山掘进纪录。马万水被评为全国劳动模范，5 组被正式命名为“马万水小组”，并两次被授予全国模范集体称号。在以后的十几年中，“马万水小组”刻苦奋战、顽强拼搏，创造了一个又一个开凿工艺史上的奇迹。

马万水有坚忍不拔的性格，他在没人走的地方走出了一条路，1954 年，马万水和他领导的小组承担了开凿庞家堡矿第一平硐的任务。当时，国内打平峒采用的是两次掘进法，即先打出小巷道，然后再刷帮成为符合要求的大巷道。马万水反复推敲，提出了平巷掘进一次推进法，大大提高了平峒掘进速度。除此，他还研究爆破效果，摸索治理各种岩石的做法，利用岩石的节理、层理和裂隙，创造出“中间楔形掏槽法”“旁楔形掏槽法 99、66 稀眼深孔作业法”等十多种不同的“掏槽法”。就这样，在前人没有留下足迹的地方，马万水走出了一条路，在这条路上，他带领组员们于 1951 年创出了月进 51 米的全国掘进新纪录；1955 年攀上月进 128. 5 米高峰；1957 年两次摘取月进 150. 1 米和 170. 1 米的桂冠；1958 年又一连登了四次高峰……

“马万水小组”多次创造全国黑色金属矿山的掘进最高纪录，并总结出深坑作业法等200多项先进技术，形成了整套快速掘进的先进经验。

马万水常说："工人，艰苦朴素就是本色。"早在1952年，马万水就脱产当了庞家堡铁矿采矿部副主任、龙烟钢铁公司井巷工程公司副经理，但马万水的工人本色却一直保持着。1954年他已是第一届全国人民代表大会代表。1955年底，已是采矿部副主任的马万水在活地上亲自开钻打眼。困了歪在机房打个盹，饿了啃几口凉干粮，就连爱人生小孩，他都顾不得上井去看看。1957年，850平峒开凿，当时正因腿痛住院治疗的马万水听到这一消息立刻跑回工地，来到断层区细心观察，和工友们研究过断层的方案。在他的指挥下，工友们抢险支架，快速充填，各工种密切配合、紧张战斗，一鼓作气闯过了大断层。

1961年7月，马万水积劳成疾，因患骨癌住进北京医院，全国人大常委会机关专门为他做了安排。后来，周恩来总理亲自为他联系转到了积水潭医院。在住院期间，马万水握着爱人张淑云的手说："没有共产党就没有我马万水。现在，我病了能住这么好的医院，全国人大关心咱，还惊动了百忙之中的周恩来总理，咱不就是为国家做了一些应该做的工作吗？要记住，你一定要听党的话，永远跟党走……"

马万水临终时陷入昏迷，他还不停地说："推车…拿园木来…快…快……"

1961年8月12日，病魔无情地夺走了马万水年仅38岁的生命。马万水带领小组先后12次创造了全国黑色金属矿山掘进新纪录。其中：20世纪50年代9次创造全国黑色金属矿山掘进新纪录，60年代3次创造全国黑色金属矿山掘进新纪录。当年马万水小组创造全国新纪录后，没有奖金，只有一次庆功会，奖励的就是吃一顿白面馒头。

听着马万水和战友们在20世纪五六十年代攀高峰的故事，我不禁眼眶微润。如今，马万水的"喊破嗓子，不如做出样子""站着说话话不灵，干着说话有人听""站在排头不让，把住红旗不放"等许多豪言壮语，仍在耳畔回荡，句句掷地有声，充满了激情，充满了战斗力，他的英雄事迹影响着一代又一代的矿山人，显示了马万水同志为新中国无私奉献的情怀。时至今日，"马万水"这个响亮的名字，听起来仍然使人震撼，受到鼓舞和鞭策。

三、马万水精神的传承

马万水事迹展览室除了展示马万水同志的事迹和故事外，还展示了这支英雄队伍在马万水精神鼓舞下，继承发扬马万水精神继续前进的艰难创业历程和在市场经济条件下奋力拼搏无愧于时代的辉煌业绩，体现了马万水英雄群体几十年如一日对马万水精神的传承与不懈追求。

2011 年 7 月 6 日，马万水事迹展览室落成

在我驻足遐想的一瞬间，讲解员的声音又环绕在我的耳畔。

1961 年 8 月 12 日，马万水逝世之后，以他的名字命名的马万水小组扩建成“马万水工程队”。马万水的战友们继承和发扬马万水“站在排头不让，把住红旗不放”的精神，于 1962 年 8 月、10 月、11 月，又创造了月掘进 83. 7 米、104 米、241. 23 米的全国新纪录。1964 年，冶金部党组作出了在全国冶金战线开展向马万水工程队学习的决定，1965 年，马万水小组被冶金部命名为“开发矿业的英雄掘进队”。

“文化大革命”期间，马万水工程队被打成“黑典型”，被迫解散。1972 年初，曾和马万水一起战斗的小组成员马明开始了重建马万水工程队的游说。他走东家、串西家，动员了当年马万水小组的同志，并写信给冶金部领导要求重建马万水工程队，得到了冶金部领导的批准。于是，新的马万水工程队得以重新组建。1972 年 4 月，新组建的马万水工程队实行了混合编队平行作业的劳动组织和施工方法，在龙烟铁矿黄田坑创造了多头掘进月进尺 1230. 5 米新纪录，第 16 次创造了全国黑色金属矿山掘进新纪录。接着，在 1973 年、1974 年、1975 年分别创出多头掘进月进尺新纪录，连续三年刷新了由他们保持的全国黑色金属矿山掘进新纪录，尤其是 1975 年 4 月，他们创造了多头掘进月进尺 3125. 3 米的世界纪录，第 19 次攀登了全国黑色金属矿山掘进高峰。

1975 年 5 月，马万水工程队奉命成建制调入中国华冶，参加邯邢基地西石门铁矿建设，受到邯郸市领导以及几万邯郸人民的夹道欢迎。1977 年 12 月，马万水工程队在西石门铁矿实现了平巷独头月掘进 1403.6 米的纪录。由此成就了一支英雄的队伍，自 1950 年开始到 1977 年的 27 年间先后 20 次创造了全国黑色金属矿山掘进新纪录，造就了一部英雄史诗。至今他们仍然保持着平巷独头月掘进 1403.6 米、多头月掘进 3125 米的全国纪录和世界纪录。

马万水事迹展览室的大量图片显示：时代在变化，改革在深化，马万水精神代代相传。20 世纪 80 年代以来，中国开启了改革开放之风，神州大地一场前所未有的经济体制改革风起云涌。这给昔日在计划经济时期的老典型——马万水工程队带来了严峻的考验和挑战。一时间，指令性计划消失，英雄队伍无用武之地。他们开展了“马万水工程队向何处去”的大讨论，很快确立了“以马万水精神开展二次创业”的新理念，马万水英雄队伍开始走向市场，开展了二次创业。

20 世纪 90 年代，国家对矿山建设投资锐减，这支队伍由矿山施工转入路桥建设。他们承建了太旧高速公路北茹隧道工程。这项工程被称为“太旧第一难”，而马万水工程队不怕苦、不信邪，科学组织施工，提前完成任务，展现出马万水工程队不怕艰难、跨行业占领市场的壮举。马万水分公司承建西藏山南罗布萨铬铁矿，队员奋战在雪域高原，虽然高原反应严重，却在艰苦的环境中创下月掘进 183 米的高原纪录，用 1 年时间完成了合理工期 3 年的工程量。西藏自治区人民政府授予他们“高原英雄掘进队”光荣称号。在长白山下通钢施工的队员们，冒着 -37℃的严寒刨冰生产，战胜了 17 年未闯过的特大断层。奋战在长江南岸武钢金山店铁矿的队员们在近 40℃高温天气下不停施工，连续 4 次中标该矿工程，建成一条又一条优质矿井。

据了解，经过 60 多年的风雨洗礼，马万水精神在一代又一代人的诠释下不断升华，享誉全国。60 多年来，以马万水名字命名的英雄集体继承和发扬马万水精神，造就了许多挺立时代潮头的企业家和高级职业经理人，积累了丰富的矿山施工管理经验和具有自主创新能力的知识产权，获得了全国“五一劳动奖状”、全国“先进基层党组织”、全国“模范职工小家”、全国“五四”红旗团委等荣誉，不愧为冶金战线上一面永不褪色的红旗。

如今的马万水分公司有一项持之以恒的工作，那就是每当来了新队员，都要坚持到马万水塑像前宣誓，聆听传统教育报告，观看电视剧《马万水和他的战友们》，开展唱队歌、戴队徽、升队旗、铸队魂活动，让“传统基因”深植队员血脉。各项目部党支部坚持以“传统磁场”传递精神内涵，使马万水精神成为凝聚职工思想的队魂，成为锤炼职工的熔炉。

“马万水精神”雄风犹在。多年来，中国华冶始终坚持开展以弘扬马万水精神为主线的“马万水精神”系列教育活动，并通过为马万水同志塑像，组织新员工参观马万水同志事迹展览室，编辑出版《永不褪色的红旗》图书等活动，学习、宣传马万水精神。在中国华冶，马万水精神早已家喻户晓，深入人心，成为华冶人的共同理想、信念和行为准则，使马万水精神以及先进典型群体形象正能量得到薪火相传和凝聚。

我们随着讲解员来到陈列马万水同志遗物的柜子前，看见马万水当年用过的大锤、钢钎、马灯、风钻和风镐时，顿觉当年矿山的创业艰难，心中不免感觉有些酸楚。随后观看了新华社的纪实短片《生命的掘进》，马万水的爱人张淑云回忆马万水当年创业的情景时，在场的人都被马万水的一心为了矿山无私奉献的精神深深震撼，大家神情凝重，感慨万千：“马万水一生心里只装着祖国的矿山事业，为了新中国钢铁工业的发展，他连命都可以不要……”

走出马万水同志事迹展览室，我再次凝视马万水铜像时，不由得对新中国第一代英模马万水同志肃然起敬，一代英雄马万水是新中国建设的骄子，是新中国的脊梁。“马万水”不仅仅是一个先进人物的代表，更体现着一种精神。“马万水精神”是一面旗帜，凝聚着工人阶级的朴素情感。“马万水精神”是一种力量，凸显了一种坚忍不拔创业的勇气。“马万水精神”是一种标志，凝缩着一个民族不畏困难的民族气概。她昭示着我们，建设新中国，没有艰苦奋斗精神不行。改革开放需要艰苦奋斗精神，要实现中华民族伟大复兴的中国梦，更需要艰苦奋斗，脚踏实地，埋头苦干。“马万水精神”绽放着无限光芒，她已成为建设企业文化的灵魂，成为中华民族的思想瑰宝。

马万水铜像的深情目光见证着辉煌的过去，也激励着一代又一代马万水人进取、再进取，为实现中华民族伟大复兴的中国梦贡献力量。

（作者侯宪台、川石，原载于长城网，2016年8月）

为涅槃重生

——唐山地震二十二冶救灾援建纪略

今年是唐山大地震40周年，1976年7月28日凌晨3时42分53秒，唐山、丰南一带发生7.8级地震，强震产生的能量相当于400颗广岛原子弹爆炸。23秒内，地光闪射、地声轰鸣、房倒屋塌、地裂山崩，百年城市夷为墟土，242769人丧生，164851人伤残，永远镌刻在唐山市的抗震纪念碑上。

地震后十年间，我被聘为《唐山劳动日报》特邀记者，走遍二十二冶唐山抢险救灾施工现场，与唐山市媒体同行联手，全方位采访报道二十二冶救灾援建的那些感动人心的事儿。

自1986年我成为《中国冶金报》记者后的二十年间，我立足于二十二冶，把二十二冶援建唐山的报道内容列为重中之重，深挖素材，捕捉新闻的亮点、吸引眼球的卖点，采用报告文学、散文、通讯、调查报告等多种表现形式，精心撰稿，讴歌时代精神，每年都有数十篇重头深度稿件见诸报端，其中既有波澜壮阔的国家重点工程画卷，又有富有时代气息的接地气、正能量的典型模范人物。

震后的唐山（部分）

1994年，我选择历年在《唐山劳动日报》《中国冶金报》等报刊刊载过颇有影响力的部分有关二十二冶的作品结集出版，书名为《汗水智慧铸丰碑》，由冶金工业出版社出版，让二十二冶人建设新唐山的风貌永驻人们记忆里。

时光荏苒，弹指挥间。唐山地震眨眼闪过三十年，恍惚地震40年又将来临。回想同车从包头来唐山抢险救灾的风华正茂的二三十岁的青年人，至今两鬓斑白都已退休。周边相濡以沫的七八十岁的老同志能见面的越来越少了。二十二冶人为使唐山从废墟涅槃重生，救灾援建的场面历历在目。为让儿孙辈记住这段救灾建设新唐山的历史，我在二十二冶做了一辈子新闻人，责任和担当促使我穿越时光隧道，回顾1976年唐山大地震后，二十二冶人救灾援建唐山的可歌可泣的经历。

地震发生后，远在千里之外的内蒙古草原钢城包头的二冶唐山抗震救灾指挥部，接到冶金工业部的一纸调令，紧急动员1500多人组成抗震救灾先遣队，昼夜兼程，火速支援唐山。

三天后，首批以共产党员为骨干的救灾队伍到达唐山，他们冒着不时发生余震的危险，在唐钢高炉旁废墟地上搭起简易防震棚，安营扎寨，风餐露宿，喝不上饮用水，用车拉水，没有蔬菜就吃咸菜。救灾队员在极其简陋的生产环境和艰苦的生活条件下，迅速投入唐钢震后抢险和恢复生产建设中……心想灾区人民所想，急灾区人民所急，帮灾区人民所需，昼夜苦战，震后只用28天就实现唐钢一炼钢厂的复产抢建任务，唐钢人成功炼出第一炉“志气钢”，让全国人民放心。

二十二冶这支活跃在唐钢厂区为主的救灾队伍，随着由抢险阶段转入恢复生产建设阶段，施工任务变得十分繁重，为适应工程进度的需要，大批职工分期分批陆续从包头赶赴工地。

1978年2月3日，在原二冶唐山抗震救灾指挥部的基础上，新组建了冶金部二十二冶金建设公司（简称二十二冶）。二十二冶人发扬“公而忘私、患难与共、百折不挠、勇往直前”的抗震精神，在唐钢和马家沟耐火材料厂厂区空隙地段搭起临时帐篷和板房，全身心投入为唐山人民“重建家园”的救灾援建任务中。他们自己动手建起简易的生产厂房，钢结构加工制作等厂房全部没有顶棚和封闭墙，一律露天作业。机械设备严重不足，不等不靠，苦干巧干，通过技术革新，攻克难关。二十二冶人学习唐山人“泰山压顶不弯腰”的精神，豪迈提出，困难面前有我们，我们面前无困难，勇往向前，承担起为唐山人民争气、重建家园的光荣重任。

二十二冶在震后唐钢复产抢建施工中，敢为人先、顽强打拼、严格苛求、团结协作、争分夺秒、高速优质，先后承建唐钢1260立方米高炉两座，2560立方米高炉一座，180平方米烧结机两台和动力、引水等辅助设施，以及高速线材厂、棒材厂、炼焦制气厂、氧气厂、煤气柜等一大批国家重点工程建设项目。

1979年唐钢产钢量突破100万吨大关后，二十二冶与唐钢同心协力、一鼓作气、快马加鞭，为唐钢快速配套形成300万吨规模争作贡献，唐钢稳步跨入全国十大钢厂行列，受到当时冶金部和河北省政府的肯定和赞扬。进入“九五”期间，二十二冶全面参与唐钢实施“三步走”战略，唐钢主体装备实现大型化和现代化，2005年产钢突破1000万吨，成为当时全国为数不多的千万吨级大型钢铁企业。

二十二冶人在地震后十年、二十年、三十年、四十年，不懈追求，无私奉献，不畏艰难困苦，不讲条件，抢时间，争速度，参加唐钢各项工程施工建设，不仅使唐钢在极短时间内完成抢建，恢复了生产，而且得到跨越式大发展。唐钢能取得这一辉煌业绩，二十二冶人功不可没，被载入“唐山抗震救灾英雄谱”和“唐山市钢铁业快速发展”的史册。

进入改革开放发展的新阶段，二十二冶人精神振奋、创新观念，承建工程不分工程量大小、技术含量高低、条件优劣、区域迥异不同，都义无反顾地视作自己应尽的责任，毫不犹豫，一视同仁，抢挑重担，积极投入唐山创建全国文明城市及城镇面貌三年大变样等征战中来，展示了“大国工匠”的风范。

二十二冶心里装着关心，踊跃参加社会公益事业，投入资金数百万元，参加唐山文明生态村帮建工作，自筹资金参与唐山市环城水系绿化工程建设，完成绿化面积8.5公顷，圆满完成南湖公园1.2万平方米垃圾废墟清理和义务植树，投入资金千万元连续三年推进节能改造工程，承办“慰问农民工文艺演出”等义举……为社会献一份份爱心，唐山城建因有二十二冶参与而美丽！

二十二冶是为唐山抗震救灾而来的，他们曾经在简易的抗震棚里整整生活了20年，在艰苦的环境中把根基深扎在唐山的土地上。震后四十年，二十二冶人已传承了三四代人，几万职工家属见证了与唐山人民风雨同舟的历程。四十年过去了，二十二冶与唐山人建立了血浓于水的深情厚谊，如今二十二冶人已融合为唐山人。二十二冶人基因里流淌着的不忘建设新唐山的初心，更是他们精神和目标传承的核心。知恩于人，感恩于行。唐山市政府和人民定会以感恩之心全力支持二十二冶的发展。

（作者谢吉恒、坤亮，原载于《中国冶金报》，2016年7月）

源于缘分与信任的自我超越

20世纪80年代，经单位推荐，冶金报社（《中国冶金报》前身）审核、批准，我成为中国冶金建设行业首批《中国冶金报》的记者，并于20世纪90年代，担任报社驻河北记者站站长。在喜迎《中国冶金报》六十华诞之际，回眸我的《中国冶金报》记者生涯，眼前闪现过30多个春秋激情燃烧的一幕幕时，百感交集。除了信守责任和使命，留下更多的是难以磨灭的感悟。

圆梦——勤奋拼搏

20世纪70年代初，我由部队转业到冶建企业。1976年，我跟随二十二冶由草原钢城包头来到唐山抗震救灾前线。得益于二十二冶领导的关心和厚爱，先后安排我做企业报编辑、新闻科长，在震后的冶建施工现场上留下自己的身影。1986年，时任二十二冶党委书记赵宝桐亲自领着我来到冶金报社，呈送了推荐我申报担任《中国冶金报》记者的材料。

作者在曹妃甸初建工地

1986年，我圆了做《中国冶金报》记者的梦，开始了自己敢于梦想、勇于追梦、勤于圆梦的记者生涯“三部曲”。

强烈的责任感促使我在记者岗位上不仅不怕吃苦，还经常“自找苦吃”。记得我当时负责报道二十二冶承建唐钢、青岛钢厂、莱钢等大工程，投资少则几亿元，多则十几亿元，工期长的三五年，少的也要一两年，要写出有文采、有立体感、可读性强的通讯、报告文学实属不易。1989年，我在采写唐钢一期扩建工程前，收集的素材足有半尺厚。我圆记者梦后的15年间，采写工程报道的路线图遍及河北、山东、山西、江苏等省份的大钢厂。功夫不负有心人，《中国冶金报》相继刊发了我采写的《建设者的颂歌》《汗水智慧铸丰碑》《为中华民族争气》《建设者的英姿》《齐心协力的业绩》等较有影响力的通讯、报告文学作品，受到读者喜爱。

令《中国冶金报》记者的责任与担当更体现在创新和奉献精神上。20世纪80年代中期，为了扩大报道领域，我利用节假日，迈开双脚，深入唐山北部燕山深处的冶金矿山企业。当时，《中国冶金报》的记者体制基本是以所在企事业为单位进行采访活动。哪个单位设置的记者，只能采写哪个单位的新闻。这样就局限了记者的活动范围，影响记者的采写积极性。矿山企业偏僻，交通不便，生活条件艰苦，少有业外记者去问津。如冀东铁矿资源丰富，曾被称为全国三大铁矿之一。河北省迁西县牌楼沟铁矿闻名全国的一声炮响，拉开了燕山群采铁矿开发的序幕。

当时《中国冶金报》的记者中，转变观念，跨出本单位、跨出本行业采写稿件的尚不多见。我在完成所在企业宣传报道任务的前提下，不怕苦、不怕累，走出去扩大自己的采访范围。节假日，我白天到群采铁矿采访，晚上写稿。我力所能及地报道唐山北部山区的遵化、迁西、迁安等县充分发挥群众办矿，走出一条建设速度快、投资省、经济效益好的新路子的相关新闻。写出一批以《巩固群采成果　壮大群采实力》《稳定发展　增强后劲》为代表作的通讯、调查报告等作品。这些稿件约占我当年写稿量的三成，扩大了《中国冶金报》的宣传报道内容。拓展报道领域之举，不仅使我开阔了眼界、磨炼了笔头、丰富了生活，更得到河北省、相关市有关部门领导的认可，以及《中国冶金报》领导的称赞。如今，我常翻看当年在报纸上发表过的矿山、民营钢企的稿件，每一篇稿子都记载着过去的故事，也记载着自己的人生足迹，采写虽苦，但其乐融融。

超越——深度报道

责任是动力，是使命。随着改革开放的深入，全国各类媒体加大了深度报道的力度。

进入21世纪，国家首批循环经济示范区——曹妃甸工业区开发建设启动。2005年，我作为《中国冶金报》特派记者，主抓曹妃甸建设的深度报道。我深入码头、工地，与报社编辑通力合作，采写《奏响服务曹妃甸建设的“协奏曲”》《渤海湾升起的“明珠”》等近百篇通讯、调查报告、报告文学作品，对推动工程建设产生了积极影响。

作者与农村老村长交谈

钢铁大省河北，民营钢企占半壁江山。《中国冶金报》河北记者站肩负着全省冶金行业宣传报道的重担。自2007年起，河北记者站把深度报道的重点放在了民营钢企上。北有迁安、南有武安，我全年奔波坐落在北部燕山、南部太行山的民营钢企调研采访，足迹遍及河北省百余县、市。2013年，我在河北部分民营钢企做了读者群调查，调查的题目是“你最喜欢《中国冶金报》哪个栏目？说出主要原因”。调查结果表明，九成以上中层干部喜欢看《中国冶金报》一版、二版的深度报道，不仅要知道“是什么”，而且渴望知道“为什么”，了解“新闻背后的新闻”。很多读者喜欢“副刊”，约七成读者爱看副刊中的“钢城地理”“人生五味”“钢城故事”“屐痕处处”等栏目，缘由是这些栏目有“新的个性创造”，“钢铁元素”含量多，贴近性、知识性、趣味性、可读性、有深度，颇受欢迎。

2014年，为适应钢铁业转型升级需要，面临钢市异常寒冷、产能严重过剩、环保风暴席卷、节能降耗压肩、效益全面滑坡的形势，钢铁业如何渡过难关？河北钢铁业成为深度报道的高地。我敏锐地意识到新闻人的使命，勇于担当，超越自己，及时调整工作定位。我把自己的全部精力投入深度报道中，将报道工作由过去的信息报道兼深度报道型为主，努力转型为调查研究型为主；并把上头版、上头条定为主攻方向。

近几年，我在报社领导和编辑部的鼎力助推下，以深度报道为抓手，每年采写的深度报道稿件刊发在《中国冶金报》不少于30篇，刊发在一版不少于10篇。仅2015年，我撰写的深度报道稿件刊发在《中国冶金报》一版头条的就有《河北民营钢企的严冬博弈》《第一钢铁大省的自我消化》《河北专项检查进行时》《京津冀协同河北探路》《承压开年钢企冷暖几何？》5

篇，国内20多家知名网站进行转发。在践行深度报道过程中，我印象最深的是，重在抓住选题、采访、写作三关。我与报社刘加军、李希雯、刘航、郑洁、周利勇、张尧等主编、编辑常沟通，使选题颇有独特性。

如《中国冶金报》2013年12月14日一版头条刊发的刘航和我采写的《“退意”渐浓》这篇记者调查，背景是钢铁行业化解产能严重过剩矛盾工作已经展开，河北省开展的“周日行动”反映出的一些现象值得思考。实际上，本次“周日行动”涉及的唐山几家钢铁冶炼企业，早已在“环保风暴”中被确定为要关闭的企业，但事件背后牵涉较多的群众利益和出路问题。经过深度思考，在策划选题时就形成独家视觉，将报道核心定位在小钢厂关停背后的问题上，并选取唐山众业不锈钢厂等作为报道的采访基点。《“退意”渐浓》阐述了这些小钢厂的过去、现状、趋势以及探析历史成因和关停引发的一系列民生问题等，较全面、深刻地反映新闻事件，并配发评论。《“退意”渐浓》一文在《中国冶金报》刊发后，受到唐山市政府的重视，舆论几经迅速扭转，变为强调解决群众出路问题。深度报道的独家视角，达到了占领舆论风向标的效果。该文获得中国产业经济新闻一等奖。

这几年来，我还把强化深度报道的目标锁定在“副刊”版上，找寻行业特点，将重要的报道内容巧妙地揉在副刊的相关栏目里，“钢”中有柔、刚柔相济。借助“一带一路”开发西北战略的实施，河北省一些冶建、钢厂、钢贸商投身银川重点工程建设中，我以这些“钢铁元素”为骨架，写成散文、游记等文学作品（钢铁元素 + 文学元素），作品含金量高了，很受读者欢迎。如《中国冶金报》“副刊”刊发有“一带一路”背景的《情醉回乡文化园》《时空穿越水洞沟》《为了古老文明更灿烂》；有“要金山银山更要青

作者深入乡村采访

山绿水”保护环境的《五彩的钢城新村》；也有发展非钢产业的《“太行绿宝石”——黄金寨》；还有限产、减产钢铁产能的《“工业风情”世园会》等作品。我的体会是，写好《中国冶金报》副刊文章，关键是文章主题有钢铁元素，紧扣主题。

细想起来，超越自我的动力，源于缘分与信任。我与《中国冶金报》这份情缘，让我在感谢中怀念历史，在铭记中续写“老兵新传”。

（原载于《中国冶金报》，2016 年 6 月 17 日）

忆艾桂林总编二三事

2016 年 7 月 17 日，《中国冶金报》原总编艾桂林驾鹤仙逝，享年 80 岁。艾桂林，1936 年 8 月生于吉林省敦化市额穆镇，1961 年毕业于中国人民大学新闻系，分配到冶金工业部主办的冶金报社任编辑、记者，曾任《中国冶金报》副总编辑、总编辑。

艾总（中）、周辛立（右）、
作者在首钢矿山公司

7 月 23 日在由敬爱的周恩来总理题写报名的《中国冶金报》创刊60 载前夕，《中国冶金报》老一代办报人之一艾总逝世的消息传来，心中悲痛不已，退休老记者自发在冶金报记者微信群里进行悼念。我与艾总工作中相处了二十余年，他最令人敬仰之处是坚定信念、严于律己、知恩图报、心胸宽阔、平易近人……悲痛中，不禁回想起与艾总交往的一些往事。

我从书柜找出他赠予我的《艾桂林新闻作品选》和《额穆遗孤》两本他的自传体新闻作品，总共 78 万余字，书扉页上端庄写有“吉恒惠存”四个字，这两部书我竟然没有全文通读，自责之情顿时涌上心头，真正领悟到拥有之时不在意，失去之时倍感惋惜的滋味。

自责莫如回忆，选取几个花絮，折射出他的做文先做人、文品如人品的为人之道。

为我新书作序

1994 年春天，我的一部新书《汗水智慧铸丰碑》新闻作品选集出版，请艾总作序，他欣然答应，让我很高兴。我把足有半尺厚的抄写好的书稿托人送去，他工作很繁忙，抽空看书稿，没有半个月时间就把序写好了。当我取稿时，他很谦虚地跟我说："你看这'序'行不，有写不到位的地方我再改……"他那么和蔼可亲，我听罢激动不已。

写到这里，我情不自禁地将艾总写的序从头到尾看了一遍，一位报社总编辑，是写文章的大家、高手，那么谦虚，颇具长者的风范，使我受益多多。

《汗水智慧铸丰碑》一书主要内容是1976年唐山大地震救灾援建和改革开以来，我立足冶建行业，放眼矿山、乡镇企业，面向河北省，多角度、多层次挖掘新闻素材，精心撰写的部分新闻稿件，全书共有120余篇通讯、散文、报告文学及消息类等新闻作品，共计约23万字。讴歌了具有时代精神的企业家、工人，既有波澜壮阔的国家重点工程画卷，又有具有浓郁时代气息的方方面面英才。

艾总将全书内容清晰归类划分为基建篇、矿山篇、乡镇企业及其他篇三大板块。他在作序时来电话，征求我提点思路，该为此书写点什么？我一时愕然，哪有思路，不知说什么好。我便说出自己结集成书的目的是出于对新闻工作的热爱和追求，对所走过的路程、耕耘的总结和回顾，从中汲取欣慰和激励。

"你回答得很好，其实你追求的目标离不开正能量和接地气"，没想到我的回答还得到艾总的肯定。他确定写序从"记者的工作环境和采访活动范围"两个方面展开。

他在序中指出，我所在的单位环境、经济效益不是最好的，但宣传报道工作却是较好的；采访活动范围广阔，写作内容比较丰富。为什么这么说？序中写道："就是这个单位有个谢吉恒！在目前的记者体制情况下，各单位的记者应以所在单位报道为主，尽量走出去，力所能及报道一些其他单位的新闻……应像谢吉恒同志那样，跨出本单位，跨出本行业，力争多采写一些好稿件"，受到艾总的点赞是莫大的鼓励。

我牢记艾总"做记者要乐于吃苦，展现聪明智慧"的指点，我采纳他的提议将此新闻作品集命名为《汗水智慧铸丰碑》，并邀请《中国冶金报》党委书记樊源兴题写书名，由冶金工业出版社出版。

难忘的一次采访

在我的印象中，艾总身为总编没半点官架子，与记者、编辑打成一片，相处融洽，无拘无束。记得1989年9月初我和记者周辛立跟随艾总到首钢矿山公司采访，留下难忘的一幕。从采访、写作、定稿，三天行程内容安排满满的，快节奏高效率，令人喘不过气来。白天到矿山现场一线采访，沉下基层，入深水，抓大鱼。当探索到好的新闻素材后深入采访，与井下工人亲切交谈，了解掌握准确的事实和生动的细节及数据，边采访边琢磨怎么写。

艾总（左二）与记者到井下采访

艾总有晚饭后散步遛弯的习惯，这次来首钢矿山采访也不例外。晚饭后，他换了带来的一双半新不旧的散步穿的黑色旅游鞋，周辛立和我左右与他并行走在滨河村路边的人行道上，边聊边行，所聊的议题自然是白天采访的内容。谈及此次系列报道主题，艾总先让我俩说出自己的见解，然后他归纳定调确定采写，分为精矿品位连续九年保持世界先进水平；保持着全国铁精矿最低价格；加强矿山学校教育工作，重视抓好学生德育教育；矿山农牧场充满生机四个方面内容。

我们经过两整天普遍的面上采访后，到第三天转入重点深入采访。深挖含金量高的新闻素材，专访典型人物，提炼生动细节等，晚上艾总将四篇报道写作任务进行分工并提出要求，艾总承担第一、三篇的写作，周辛立承担第二篇的写作，我分担第四篇的写作。每篇通讯3000字左右，第四天早晨七点交卷，上午结束采访回北京。

我们三人晚上九点同时回到自己房间开始写作，这是限时的特殊考试，能否交出一份合格答卷呢？此时我想起并践行艾总在记者、通讯员培训班常赐教的“动力潜能说”——压力变动力。压力能变成动力，动力可以使人的潜能充分发挥，每个人都存在潜能，这种潜能在平凡工作中，不一定爆发出来，只有在外界加压，并为提供必要条件时，人的潜能才能得以释放。

夜深人静，写作快十个小时，3000多字的通讯稿草拟成了，又几经修改，直到自己较满意才脱手。早晨七时艾总看过我和周辛立的通讯稿，见他脸上露出满意的笑容，我心中才有了个底儿。

这一次采访，深深感到通过加压，充分发挥和利用了存在的潜能，取得了较好成绩，与其说文章写得较好，不如说采访中下苦功。当记者就是要吃苦，写文章苦啊！当这一组四篇首钢矿山系列报道见载于《中国冶金报》（1989年9月5日、9月7日、9月9日、9月12日）时，倍感开心，苦中有乐！

经考验看人品

艾总是一个从旧社会爬出来的穷苦孤儿，在中国共产党和毛主席的抚育培养下，从中国人民大学新闻系走上新闻工作岗位35年，当过记者、编辑，直至任《中国冶金报》总编（国家正局级干部），他深深体会到，没有中国共产党，没有毛主席，就没有新中国，就没有自己的一切。

知恩于人，感恩于行。他觉得更应为党的事业奋斗终生，必须与党同心同德，始终与党中央保持一致，全心全意为党工作。

记忆犹新的1989年春夏之交的那场政治风波，关键时刻，他正在负责《中国冶金报》版面工作，他头脑冷静，思想明确，坚决按照部党组的要求办，宣传职工坚守岗位，抓好生产，始终不受外界干扰。当时《中国冶金报》的舆论导向一直正确，未出现丝毫偏差。在北京所有的报纸中是不多见

艾总（中）、作者（右）与牧民一起就餐

的，受到冶金部党组的表彰。

艾总不仅在大是大非上立场坚定、旗帜鲜明，高风亮节，彰显了高尚的人品，而且注重“细节”，他认为细节决定成败，他对细节有独特的执着追求。

20世纪90年代后期，我参加中国冶金记协在包头召开的一次会议，晚饭后几位老记者和他一起散步，我发现他脚上仍穿着10年前那双已褪为浅黑色的旅游鞋，且鞋底已开了裂，一位老同志风趣地说：“艾总那双古董散步鞋，该进历史博物馆啦！”他笑着说：“那鞋跟我感情深，穿着跟脚舒坦！”有些人对此看法有纠结，认为不与时俱进不合拍，艾总认为这是“传承”。

如今，他衣食无忧，生活安宁，阖家幸福，但他从小养成的艰苦生活习惯依然保留着。他没有吸烟喝酒等嗜好，喜欢粗茶淡饭，衣服不破不淘汰，鞋底裂了散步、运动时穿。难怪大学同学聚会时，很多同学都说：“桂林的穿戴和艰苦生活，留给我们的印象最深刻。”

艾总已谢世作古，我却觉得，艾总没有走，他只是到了每个人终归都要去的地方。你看，他的笑貌、身影，挥之不去，呼之欲出，因为他永远活在我们心里。

（原载于长城网，2016年7月）

国画家张世才的梦想

“长鞭哎那个一呀甩吔，啪啪地响哎……”看过电影《青松岭》的人，对这首歌曲一定很熟悉。在这部拍摄于20世纪70年代的影片中，有段惊马在山上狂奔的镜头，让观众印象深刻。这组镜头就是在画家张世才的出生地——河北省兴隆县青松岭镇花园村西边的山路上拍摄的。如今，立在《青松岭》电影里马受惊时的“红石口”，由前全国最高级法院院长黄华手书的“青松岭”石刻，已成为那里的地标。

作者与张世才（左）在青松岭合影

山村人家

我与张世才的相识，应该说是先“识画”、后识人。

2015年9月初的一天晚上，我在手机微信朋友圈里，无意中看到几张写意山水画的照片，画面精致淡雅、生机盎然。我很想认识作画之人。

后来得知，这些山水画的作者现居河北蓟县下营村，名叫张世才。我一听“张世才”这个名字有些耳熟，后来想起我曾在书画界的朋友那里听说过这个人，只是一直未曾谋面。

今年9月下旬的一天下午，我邀了两个朋友，一同驱车前往张世才的家。

燕山深处，一道道山梁，层峦叠嶂，风景绝妙。汽车在蜿蜒的山路上行驶了一个来小时后，到达下营村村口。见到我们，张世才热情地与我们一一握手。他的手粗糙有力，让人一下就感觉出，他是个非常接地气的画家。

走进张世才家的大门，一眼看到门口北侧有两棵核桃树，南侧有一棵杏树。张世才说，那两棵核桃树结的是麻核桃，是作为工艺品把玩的。

张世才邀请大家到主房坐下，一边倒茶一边和我们聊天。他说，他媳妇做布匹生意10多年了，平时到附近村镇赶集卖布，平均一个礼拜赶4个集；其他时间她也不闲着，照看自家的20余亩果树地。卖布匹和卖各种水果赚的钱，是他家里的主要经济来源。画画是张世才最大的爱好，他媳妇也非常理解和支持他。

彩绘家乡

我们在交谈中得知，张世才1963年出生于河北省兴隆县青松岭镇花园村，高中毕业后回村当会计。生长在大山里的他，对家乡的山水有着深厚的感情。因为自幼喜欢绘画，他很想把家乡的美景都一一画下来。

1985年，张世才到河北师范大学美术系学习，受教于著名画家郜雪鸿先生和多位知名画家。他的作品多次入选文化部门组织的各种画展。

1987年，张世才的作品获得河北省兴隆县文化馆绘画、书法大赛优秀作品奖；他先后在青松岭镇文化站和兴隆县文化馆成功举办了个人画展，作品受到观众的高度赞誉。随后，他成为中国当代农民书画研究会会员、河北省承德市美术工作者协会会员。20世纪90年代初，他被蓟县下营唐三彩壁画厂聘为美术设计师。

张世才在红果园

2010年的一天，张世才在山坡上的果树地劳作后休息时，眼望雨后初晴的家乡，群山壮丽，云雾奔腾，内心深处用画笔描绘家乡美景的渴望之情再次萌发。一个偶然的机遇，他与前来写生的一位画家交谈后，这位画家帮他引荐了几位天津的著名画家。此后，他得到了樊兰华、李学亮、刘更中和左月丹等著名画家的精心指导。

功夫不负有心人。在勤奋的学习和探索中，张世才的绘画水平大幅提高。2013年，张世才成为天津柳林书画家研究会会员。他的作品《三叠飞瀑》获得柳林书画名家作品展一等奖。同年，张世才成为中国国家书画院会员，并获得国家书画发展贡献奖。

听到这里，我迫不及待地说："张老师，带我们去您的画室看看吧！"他的画室只有十几平方米，靠窗户摆放着一张1.5米长、1米来宽的桌子，上面有一幅他正在创作的山水画。画室四周的墙壁上挂满了他创作的山水画。我们近距离欣赏张世才的山水画，更能感受到他笔下山水草木的勃勃生机，仿佛身处祖国的锦绣河山中，强烈地感受着山川的辽阔壮美、气势恢弘，还有种远离尘世喧嚣的静谧和惬意，以及如入世外桃源般的舒畅和愉悦。他的作品让人陶醉于景色的无穷变幻之中，使人乐而忘忧。

传播正能量

张世才还是一个热心人。周边开农家院的老百姓向他求画，他都给予满足；镇里大会议室里也挂着他创作的大幅山水画。画这些画他都不要钱。他说，能为父老乡亲做点事心里很高兴。

记得有一天，张世才得知一个老乡家里的孕妇在剖腹产后大出血，患上败血症，老乡家人倾其所有还是凑不够治病的钱，社会爱心人士为她组织义拍捐款活动。张世才当即带着他的两幅国画力作送去拍卖，并把拍得的8000元钱全部捐了出去，病人及家属感动不已。在拍卖现场，大家用热烈的掌声感谢他。

2015年11月22日，张世才在第24届"中华大地之星"征评活动中获得"中华大地优秀奉献者"称号。

2015年11月28日，"中国时代风采"征评活动组委会授予他"金奖书画名家"荣誉称号。

从2016年1月20日起至春节前夕，张世才在10余天的时间里，深入河北省部分民营钢铁企业，用国画艺术为钢铁企业员工送去新春的慰问。在燕山、太行山附近的河北省迁安、平山、邢台等地的民营钢铁工业园区，张世才为钢铁企业基层员工免费赠送他近两年来创作的20余幅山水画。从今年4月份起，张世才历时3个月，走遍河北部分钢企周边的名山大川，感悟燕山、太行山的雄伟壮观和生态之美，以及钢企的社会责任和担当，挥毫泼墨，创作了大幅画作《青山绿水遍神州》，受到业界专家的好评。

眼下，张世才又深入多个"钢铁村"进行调研，深挖创作题材，力求使他的作品传递出钢企发展过程中大力保护绿水青山的正能量。

为恭贺《中国冶金报》创刊60周年，张世才创作的《青山绿水遍神州》大幅国画

人物档案：张世才，男，1963年出生，河北省兴隆县人。现为中国国家画院会员，天津柳林书画研究会会员。

他多年痴情于中国山水画创作，钟情家乡燕山的雄强峻拔，深厚苍茫，坚持体验自然、感悟自然，将全部心灵投入大自然的怀抱，获得创作灵感。他以燕山为创作基地，尊传统、师造化、求己意，用笔或重彩或水墨，创作出大量为人称赞的作品。画为心迹，表现出笔墨随心、刚柔相济、温润华滋、清新秀丽、自然天成的风格。他的作品多次在国家级、省（市）级书画大赛中获奖，得到社会各界知名人士的认可和支持。

他热衷于公益事业，关心、支持、积极参加公益活动。义捐作品成为常态，仅2016年春节前夕，就深入燕山、太行山附近的民营钢铁企业义捐20余幅山水画作品，传递钢企发展“要金山银山更爱青山绿水”的社会责任担当。他义卖作品，为患重病急需救济的贫困家庭雪中送炭。连续3年捐款义务为果农修山路1.5公里。

他的中国山水画作品两次在人民大会堂展示，获“金奖书画名家”殊荣。

2016年5月被评为第二十五届中华大地之星“十佳新闻人物”，授予“中华优秀国画家”称号。

（作者谢吉恒、张文芳，原载于《中国冶金报》，2016年9月23日）

深度报道新作首版头条摘选

河北民营钢企的严冬博弈

11月中旬，《中国冶金报》、中国钢铁新闻网记者到河北两个钢铁重镇邯郸、唐山地区的民营钢企调研采访，感触最深的是钢铁业的严冬真的来了，企业普遍亏损严重。

记者所到访的民营钢企呈现出3个显著特点：一是企业大面积亏损，95%以上企业亏损，11月份的亏损额创今年新高，企业少则亏损几百万元，多则亏损上千万元，少见有在盈亏边缘线上的企业。二是拖欠职工工资的企业数量明显增加，有20%~30%的企业拖欠工资，少则拖欠两三个月，多则拖欠七八个月，个别企业拖欠的时间更长。三是尽管目前唐山地区已有10余家钢厂减产或停产，但生产企业的高炉开工率仍处在85%以上的较高水平。

“不知道什么价位是底，也不知道什么时候到底。”邯郸一家建厂20余年的中型民营钢企的老总对《中国冶金报》、中国钢铁新闻网记者表示，他见证了钢铁业曾经走过的辉煌繁荣，也见证了钢铁业如今的困境。

一位钢贸商说：“近7年来，吨钢利润大幅缩水，从最初的1吨钢能赚1部手机，到如今钢价跌到低于白菜价，近两年钢价走势没有最低，只有更低。”

然而，《中国冶金报》、中国钢铁新闻网记者走访时发现，在如此困难的情况下，多数民营钢铁企业依然选择苦熬硬扛。这是为什么呢？严冬中钢铁企业的真正出路又在哪里？

越亏越生产“怪象”源自哪里？

进入年末，钢价杀跌声不断，钢企资金愈发紧张，减员降薪持续出现。

但在这种情况下，一些钢厂缘何还会出现满员运转，宁可亏损也不减产的“怪象”呢？《中国冶金报》、中国钢铁新闻网记者在采访中，梳理出以下几条产生这些“怪象”的根源。

“怪象”探源之一：新增产能选择投产。2008年，国家4万亿元的救市计划带动了基础设施建设和相应的钢材需求，那时投资建设的钢铁项目在近几年陆续到了投产期。虽然目前的钢材市场遭遇需求萎缩，但是这些项目中的大部分仍选择投产，从而加剧了钢铁行业的产能过剩。

“怪象”探源之二：原材料价格大幅下跌。近几年钢价持续惨跌，原材料价格也出现大跌，成为了钢企压缩成本的重要来源。与2010年相比，唐山地区的铁矿石、焦炭价格同比大跌60%～70%，致使钢厂生产成本相应下降，对缓解钢厂经营困难起到重要作用。

“怪象”探源之三：钢厂资产负债率高企。河北民营钢企所需的大量资金来自多个方面，有来自股东的、银行的，也有来自民间的。这些企业的资产负债率普遍在70%以上的高水平，使得钢厂须依靠生产线持续运转才能维持资金流，从而保证银行授信贷款。如果钢厂停产，债权人必将上门索债，从而使钢厂陷入更艰难的困境。

“怪象”探源之四：减员降薪节省成本。在激烈的市场竞争中，不少钢铁企业持有“停产是自杀，不停产是杀别人”的心态，相比去产能，他们情愿选择降成本。为保住市场份额，钢企间展开惨烈的价格战和成本战。《中国冶金报》、中国钢铁新闻网记者了解到，河北民营钢企录用的临时工（协议工）通常占企业员工的半数以上，临时工工资低，一般工种月工资在2000～3000元，精减裁员后，一人顶多岗，收入不增加；还有部分民营钢企采取检修轮休制度，关停一部分设备，给工人放假，另一部分工人负责检修设备，收入减少。

“怪象”探源之五：停产比生产损失更大。虽然当前钢铁市场不景气，但是，一些钢厂认为停产可能损失更大。以一座450立方米高炉为例，一停一关就意味着企业将损失1500万元。面对季节性的需求低迷和企业亏损，唐山地区有近10家民营钢企选择焖炉过冬，他们大多表示至少要到春节过后才开工，并利用这段时间等待、观望，希望把损失降到最低点，不肯轻易选择全部停产。

此外，河北地区大部分钢铁产能集中在中型民营钢企，为当地解决了大量的就业问题。地方政府出于保就业和维稳的角度考虑，并不希望钢厂停产退出，这也在一定程度上为产能的退出增加了难度。

严冬将持续多久？

“身陷困境的唐山松汀钢铁有限公司是唐山中型民营钢企中第一个停产的，它肯定不是最后一个。而唐山地区民营钢企的困境可能是全行业的缩影。”唐山一位钢铁专家分析说。《中国冶金报》、中国钢铁新闻网记者在唐山了解到，唐山松汀钢铁有限公司是一家500万吨规模以上民营钢企，今年前9个月亏损4.74亿元，资产负债率达161.3%。正是在钢材价格创新低，年底银行催债，市场需求乏力且未有转暖迹象的情况下，唐山松汀钢铁有限公司宣布全部停产。

“靠高需求、高增长拉动的高盈利时代已成为过去，钢铁业的当务之急是理解和适应新常态。”唐山钢铁协会的一位负责人说。

那么，这样的严冬将持续多久？业内人士认为，短则3至5年，长则6至8年。

有资料显示，根据世界发达国家和产钢大国钢铁业的发展规律，当人均产钢600千克时，钢产量开始进入峰值平台，并将于5年之后开始下降；当人均产钢大幅下降至500千克时，钢产量进入严重过剩阶段。照这个规律，我国2013年的人均产钢已达到600千克，意味着现已进入钢产量峰值平台两年。如果峰值平台期在5年左右，随着需求的下降，我国2018年的钢产量将开始大幅下降；按人均500千克计算，届时，国内的钢产量将下降到6.5亿吨至7亿吨，即要在当前8亿多吨的基础上缩减掉1亿吨至1.5亿吨。

恰在这个时候，全球经济复苏走缓，中国经济继续下滑，环保和资金压力不断加大，钢铁产量开始进入严重过剩。因此，2015年，尤其是2018年以后，会是中国钢铁业最难熬的日子，寒冬漫长。

河北多位业内专家认为，产业调整和转型升级本身很痛苦，刚开始更痛苦，原因包括3点。一是钢铁业进入门槛较高，属于资金、技术、劳动密集型行业，企业同时退出较难。以一家中型钢厂为例，涉及近万人和大量的资金，在地方资产中扮演着举足轻重的角色，该类企业的退出，将发生牵一发而动全身的连锁反应。二是产能过剩严重，化解需要时间。中国经济处于中速增长阶段，一边是钢材需求在增长，另一边是产能在被淘汰；在市场化的产能退出机制逐步完善的过程中，钢铁企业的放开竞争和优胜劣汰也都需要一定的时间。三是完成产业结构调整大概需要3年时间。业内人士认为，“史上最严环保法”实施后，钢厂要想在3年内满足条件达标并不容易。在持续萎缩的行业大环境中，若钢铁企业没有满足环保达标条件，就不能说钢铁业的严冬已过去。

真正走出严冬靠什么？

《中国冶金报》、中国钢铁新闻网记者在调研中欣喜地看到，众多民营钢企正在因地制宜、博采众长，采取了一些有看点、有卖点的举措渡过严冬。

一是转型升级。民营钢企清晰地意识到，钢铁行业的转型升级要从规模扩张转向创新驱动，增强内生动力是企业的必经之路。

据《中国冶金报》、中国钢铁新闻网记者了解，在河北，60%以上的民营钢企适逢其时地修订了本企业的发展战略和规划，30%的企业制定了苦渡严冬的应急措施。可见，河北民营钢企转向以质量型、差异化竞争为主的新阶段是必然的。同时，民营钢企善于学习，还可以充分发挥自身体制机制灵活、决策迅速和低成本的优势，通过创新企业管理模式和技术创新，提高自身的竞争力。

二是依法经营。企业越是艰难越要依法合规经营，越要坚持绿色发展。环保达标、清洁生产、高效能、低能耗，是民营钢企发展的硬指标，也是钢铁企业义不容辞的社会责任。

《中国冶金报》、中国钢铁新闻网记者所接触到的唐山、邯郸中型以上民营钢铁企业，都十分重视环保工作，即使环保吨钢运行成本增加60~100元，也坚持完善环保设施，加大环保资金投入，少则几百万元，多则几千万元。同时，这些企业千方百计地把增加的环保投入通过系统降本增效补回来，在节能减排和规范经营上下工夫。

三是系统降本。河北民营钢企主动以国内先进钢企为样板，全面开展对标竞赛，从原料采购、工艺设备运行、生产物料节能降耗、物流管理和营销成本费用等环节，不断刷新系统降本指标。他们还加强资金链管理，提高资金使用效率，防范资金风险。

受大环境影响，虽然对标的样板单位出现亏损，但河北民营钢企的对标热情不减。“没有最先进，只有更先进。”一位民营钢企老总坦诚地说：“我们在寒冬中煎熬，一路拼搏；到后来，看谁成本低谁就能熬过去。”

四是以销定产。进入今年四季度，80%以上的河北民营钢企接单生产、以销定产。一些中型以上民营钢企积极探索发展两化融合，逐步推行电子商务销售。

《中国冶金报》、中国钢铁新闻网记者了解到，河北地区一些优秀的民营钢铁企业，充分发挥自身优势，培育新的经济增长点。如河北津西钢铁集团、河北敬业集团，都在做强主业的同时积极发展多元产业，向着自己熟悉的钢结构、机械设备、旅游等有发展前景的产业发展，进行二次创业。还有一些有条件的民营钢企，借助“一带一路”战略，开发西北市场，积极“走出去”，扩大国际、国内两个市场，取得了积极的进展。

（原载于《中国冶金报》，2015 年 12 月 14 日）

河北省打响去钢铁产能硬仗

两会期间，全国人大代表、河北省省长张庆伟表示，2020 年河北省钢铁产能将压减到 2 亿吨以内，这意味着 60% 的钢铁企业面临关停重组。

河北目前钢铁产能约为 3 亿吨，在不增加任何产能的前提下，5 年内关停产能 1 亿吨，将包揽国务院今年初提出的在“十三五”期间全国压减钢铁产能 1 亿～1.5 亿吨的多半任务，任务十分艰巨。

《中国冶金报》记者于 3 月初到石家庄、邯郸、唐山的一些钢企调查，与企业家、专家、业内人士就钢铁业苦熬“寒冬”，去产能持续升温等问题，探讨分析如何求生存谋发展，打响这场去产能的硬仗。

河北民营钢企或将成为去产能的主角

去产能位于去年中央经济工作会议提出的 5 大任务之首，而钢铁业是化解产能过剩行业的重中之重。

河北省 2015 年钢产量达到 1.88 亿吨，连续 14 年居全国第一位，约占全国钢产量的 1/4。其中，民营钢企钢产量占全省的 65%。从规模的层面看，年钢产量 300 万吨以上规模的民营钢企仅有 15 家；从盈利层面看，盈利 42 家，亏损 27 家，亏损总额大于盈利总额；在 27 家亏损企业中，连续亏损 3 年的有 10 家，其资产负债率均达 95.46%。

石家庄一位资深业内人士认为，河北省有近 3 成的民营钢企装备水平比较落后，改造升级难度大，资金紧张，环保达标无望，将面临依法退出。

"2015 年钢材价格过度下跌，跌破成本线，难以通过降成本完全消化。"唐山钢铁工业协会一位负责人对《中国冶金报》记者表示。2015 年钢材价格综合指数下降到 54.74 点，钢材平均结算价格同比下降 790 多元/吨，创下历史新低，建筑钢材、中厚板及热轧板卷等主要钢材品种市场价格最低至 1680 元/吨和 1800 元/吨，分别较 2008 年最高价下降了 3590 元/吨和 4070 多元/吨，平均价格较 2014 年降低 1000 多元/吨。

邯郸一家民营钢厂的经理坦言："当前，靠需求大幅增长拉动钢材价格明显回升已绝无可能。河北民营钢企将成为去产能的主角，如果该退出的钢企不退出，就会把好的企业乃至整个行业一起拖垮。"

一些钢企和地方为何"怕"去产能

今年 2 月初，国务院发布《关于钢铁行业化解过剩产能实现脱困发展的意见》（以下简称《意见》），明确去产能目标任务，严禁新增产能、化解过剩产能、引导行业升级，给过剩产能退出市场指明了方向。

但是，《中国冶金报》记者在调查时了解到，一些钢企和地方官员对推进去产能工作，至今还存在一种"等和怕"的错误认识。

虽然大家已经意识到化解钢铁过剩产能是当务之急，但是，对于绝大多数民营钢企老板来说，他们认为钢厂是自己亲手打拼、艰苦创业建成的，不愿意看到"我停产你不停产，我压缩你不压缩"的现象出现，观望情绪十分严重。此外，在《中国冶金报》记者所调研过的民营钢企中，有 5 成以上企业的现金流是负数，一旦关停，银行便会把所有贷款抽走，企业将彻底破产。企业怕破产，越产越亏，越亏越产，由此导致恶性循环。而有的地方官员之所以怕去产能，主要是担心涉及职工安置、资产债务等棘手问题从而引发社会不稳定，其实质是怕担责任。

凡此种种，这些错误认识成为当前去产能的“拦路虎”。

针对上述现象，多名专家指出，这场去产能之仗前所未有，要将“市场倒逼、企业主体、地方组织、中央支持”的原则落实到位。众多钢企老总的共识是：“发挥市场调节无形之手的力量，多管齐下，打‘组合拳’；因地制宜、因企施策，用市场办法化解产能过剩问题。”

此外，河北在大力压减过剩产能的同时，应引导钢企加速向钢铁上下游乃至非钢产业延伸，这是钢企转型升级谋求生存的必由之路。

据记者了解，河北省钢铁行业非钢产业比重已达15%，一些钢企已经在探索转型升级之路。

唐山迁安市思文科德金属包装有限公司原是一家规模几十万吨的民营钢厂，2011年投资42亿元建成国内第一条八色印铁生产线（薄板最薄厚度0.2mm），生产的产品包括王老吉凉茶罐、伊利奶粉罐等金属包装容器，如今年收入上百亿元，利润10多亿元。河北津西钢铁集团股份有限公司投资百亿元布局发展非钢产业，形成了以钢铁冶炼、装备制造、绿色地产、金融租赁、节能环保、高新技术等6大板块为一体的大型企业集团，目标是锁定非钢产业销售收入占集团总收入的50%以上。

河北去产能的四大看点

河北省已打响这场去产能的“硬仗”。

《中国冶金报》记者从河北省工信厅了解到，河北省今年的思路是“5个一批”，即运用经济法律手段和市场机制淘汰一批，提高产能利用率；通过整合重组和布局优化整合一批；推进产需衔接，拓展市场需求消化一批；处置“僵尸企业”退出一批；“走出去”加强国际产能合作转移一批。河北去产能的看点、亮点有四个方面：

其一，做好去产能的“加减法”。

“2016年河北省压减炼铁产能1000万吨，炼钢产能800万吨。”河北省冶金行业协会副会长兼秘书长王大勇向《中国冶金报》记者表示。目前，河北已提出了“十三五”钢铁强省目标，要求钢铁业做好“加减法”，减去落后产能，增加高端产能。

河北将抓好唐山钢铁转型升级试点建设，以钢材产品替代进口为抓手，改善品种结构，提升高附加值产品的市场占有率。同时，开展新型工业化产业示范基地创建专项行动，努力做大做强包括钢铁在内的5个行业。

业内人士指出，去产能不是简单把生产设备淘汰出去，而是真正做好加法，通过多渠道使钢铁深加工和上下游产业链延伸，实现提质增效。

其二，严格执法。

一方面严格依照去产能“路线图”执法，设置了环保、能耗、质量、安全、技术5条“红线”，凡有1条不达标的钢企必须退出；另一方面，完善激励政策，激发企业退出或重组转型的内生动力。鼓励钢企通过主动压减、兼并重组、转型转产、搬迁改造、国际产能合作等途径，退出部分钢铁产能。

河北钢铁去产能已进入实质性阶段。例如，今年1月份，河北太行钢铁集团（以明芳钢铁领头，整合广耀、东山、永诚、鑫山、运威五家钢厂）重组搬迁改造项目开工，意味着河北搬迁钢铁项目开始执行，将在唐山、武安分别压减炼铁产能355万吨、265万吨；后期，冀南钢铁（金鼎、文丰等钢厂）重组搬迁项目也在搬迁之列。今年3月份，唐山国丰钢铁将北区高炉、生产线关停。

其三，加快处置企业退出的产能。

截至2015年底，河北省累计压减炼铁产能3391万吨，占全国的59%；压减炼钢产能4106万吨，占全国的76%。

今年，河北省将加快落实企业退出的产能，包括淘汰落后的产能，加快处置“僵尸企业”实现市场出清的产能、兼并重组压减的产能、转产搬迁压减出的产能等。河北省财政对压减过剩钢铁产能的专项奖补资金支持政策同步落实到位。

其四，让优质产能“走出去”。

2015年，河北省钢材出口3698.65万吨，创汇153.22亿美元，钢材出口量占全国钢材出口总量的32.91%，河北省连续4年成为钢材出口量第一的省份。

河北省出台的《钢铁水泥玻璃等优势产业过剩产能境外转移工作推进方案》提出，到2017年，实现全省钢铁产能境外转移500万吨，到2023年力争实现全省钢铁产能境外转移2000万吨。为了帮助企业“走出去”，河北省还出台了《关于主动融入国家“一带一路”战略促进河北省开放发展的意见》，明确提出鼓励钢铁等产能相对过剩，具有比较优势的企业，到境外建设一批生产基地，带动装备、技术、资本及劳务输出。

近年来，河北省一批钢铁企业以及与钢铁相关的企业在国外开展了大项目合作。例如，霸州新亚金属制品有限公司并购了印度尼西亚钢铁项目，邢台德龙钢铁有限公司投资泰国带钢生产线项目也相继建成投产。

（原载于《中国冶金报》，2016 年 3 月 22 日）

第一钢铁大省的自我“消化”

——河北延伸产业链、发展耗钢产业纪实

当前，国内经济增速放缓，钢铁行业需求不足，加之不断加大的环保压力，这些都让依矿而起、因钢而兴的河北钢铁业饱受产能过剩、产品同质化激烈竞争、低效益局面的困扰。

《中国冶金报》记者于 7 月下旬在河北唐山、邯郸两个钢铁重镇调研时了解到，当地钢铁企业已经意识到，钢铁业靠规模扩张发展的时代已成为过去，低端产品需求大为减少，这正在倒逼钢铁产业结构转型升级，瞄准市场需要的“中高端”。

记者在调研过程中发现，发展耗钢产业，成为河北钢铁业转型的最大亮点。延伸产业链，在钢铁深加工方面用足劲，实现自我“消化”成为钢铁企业转型的第一选择。

“头把交椅”不再　产业延伸是必然选择

“十二五”以来，河北省共有不低于 1 万亿元的资金投向装备制造领域，今年上半年，更是创造了平均一天完成投资 10 亿元的新纪录。河北省工业经济联合会数据显示，今年前 5 个月装备制造业的工业增加值达到 926 亿元，超过钢铁的 814 亿元；利润、利税分别为 240 亿元和 332 亿元，超过钢铁的 43 亿元和 96 亿元。这意味着，曾连续 15 年在河北省国民经济中稳坐“头把交椅”的钢铁业已退居“次席”，装备制造业超越钢铁成为河北全省

第一大产业。

河北是钢铁大省，钢铁产能居全国首位。然而，“一钢独大”的发展模式使钢铁占据全省能源使用量的60%，但给全省提供的产值和利税仅占20%。

一名受访的钢企老板认为，钢铁产能过剩，一方面表现为低端“大路货”钢材过多，另一方面表现为高端顶尖钢材“紧缺”不足，是结构性过剩。

“唐山市年产钢材近1亿吨，大部分钢企仅仅能生产热轧和钢坯，钢材深加工比例不到7%，这是唐山钢铁业的短板。”唐山钢铁工业协会某负责人说，唐山产的热轧窄带钢产品吨钢利润不足百元，销往江浙一带后，通过冷轧、焊接、剪切等工艺生产出的精品焊管和冷轧薄钢板返回唐山市场，每吨增加附加值五六百元。这表明，唐山钢铁企业就地消化本地粗钢，开展钢铁深加工大有可为。

《中国冶金报》记者在调研中了解到，过去几年，钢铁企业在利益的驱动下，只注重产能扩张，满足下游用户不同层次需求的意识不强，发展耗钢产业的决心不大。对此，河北省委、省政府大力进行产业结构调整，把装备制造业视为延伸产业链条、消耗本地粗钢产品、化解产能过剩的根本途径；把装备制造业作为未来战略支撑产业进行精心打造，确定了船舶与海洋工程装备、新能源发电装备、轨道交通装备、钢铁装备、煤矿装备、环保与资源综合利用装备六大主攻目标。

近5年来，河北装备制造业年均增长20%，产品创新方面屡有突破，如沧州宏润重工研发出世界最大的5万吨垂直热挤压机组；伴随长城汽车的扩张和北汽、上汽、现代等外来汽车巨头的落户，河北省已成为百万辆级汽车产业基地；山海关百万吨造船项目在秦皇岛建成投产……

河北省冶金行业协会秘书长王大勇介绍说，虽然钢铁业从“冠军”退居“次席”，但是近年来河北淘汰落后炼钢产能3000余万吨，吨钢环保投资增至近百元，高端产品比例逐年提升，全省钢铁产业正在步入质量效益的发展轨道。

以需求为导向 耗钢产业须培育

钢铁企业应该如何延伸产业链条，拓展深加工领域，做活耗钢产业呢？

《中国冶金报》记者在河北产钢市（区、县）看到，各地政府已经开始强化需求升级这一导向，为钢铁企业培育新的消费增长点和开拓高端产品市场，促进产能结构优化。河北省通过发展耗钢产业，带动产业转型升级，形成了三大看点。

看点之一：以项目建设为抓手。

河北针对本省民营钢企业普遍存在产业链条短、产品精深加工不足的问题，引导他们进行科技创新，加大钢铁深加工项目建设，就地消化粗钢资源，不断加快钢铁深加工产业的步伐。据记者了解，2014 年唐山共谋划实施亿元以上钢铁深加工项目 107 项，总投资 683. 5 亿元，累计完成投资 320. 8 亿元，当年消耗本地钢材 1680 万吨，占钢产量的 20. 1%。

迁安是河北省唯一的园林城市，全市钢铁产量高于德国。《中国冶金报》记者看到，该市作为河北县域经济领跑者，按照“依托钢、延伸钢、不唯钢”产业升级思路，着力发挥钢铁、煤化工等传统产业优势，以产业延伸项目为载体，大力发展链式经济。年耗钢达 310 万吨的迁安正大通用钢管项目是迁安发展链式经济的典型代表。该项目投资 12. 5 亿元，包含 20 条纵切生产线、15 条高频焊管生产线、14 条热镀锌管生产线、6 条螺旋管生产线、6 条钢塑复合管生产线，以及配套设施的钢铁深加工项目。目前，一期工程已完工，二期工程正在紧张施工，全部建成后年可消耗本地钢材 310 万吨，销售收入可达 80 亿元。

延伸，再延伸，从原材料变成直接面向消费者的工业制成品，这是钢铁企业一直以来的终极目标。

坐落于迁安西部的思文科德集团是一家民营科技企业，其前身是一家民营铁矿，依托两座露天采矿和两个选矿车间起家，后来买断了一家管业公司，开始涉足钢铁粗加工行业，再步入精品深加工领域。

2011 年，正值钢铁业遭遇“寒冬”，思文科德投资 42 亿元，从德国、日本引进当时世界最先进的技术，建设精品冷轧、镀锡板和八色印铁项目。当时从德国引进的是国内第一条八色印铁生产线，生产的产品包括王老吉凉茶易拉罐、奥利奥礼盒、伊利奶粉罐等食品级铁盒包装，具有成本低、速度快、色彩丰富的优点。据思文科德旗下的薄板科技有限公司工作人员介绍，这里有一条 80 万吨全流程精品冷轧生产线和一条 20 万吨镀锡板生产线，生产出的厚度最小只有0.2毫米的超薄带钢可广泛用于电子、建筑、汽车等领域。目前，仅这两个项目，每年可实现销售收入上百亿元，利润10多亿元。

在许多钢铁企业，冷轧是最后一道工序，而在这里却是第一道工序。冷轧薄板通过进一步加工成镀锡板，最后通过八色印铁生产线印刷的成品可以卖9000元/吨，比原来卖钢管每吨多卖6000元，产品增值近2倍。

据统计，在迁安市已实施的64个重点项目中，就有投资30亿元的燕钢公司精品钢延伸，投资50亿元的北商泵阀产业园等17个耗钢产业项目。这些项目全部建成后，年可耗钢材956.1万吨。

看点之二：培养耗钢产业集群。

数据显示，今年上半年，河北装备制造业对全省工业生产增长的贡献率，超过钢铁业7个百分点，特别是部分高端装备制造业的产品产量增长较快，其中动车组同比增长66.7%，轨道交通装备是河北省重点培养的耗钢产业集群之一。

唐山市丰润区因有“一基地两城”而出名。“一基地”是指钢铁这一丰润传统的支柱产业，型钢产量占全国的三分之一，谓之全国型钢材生产基地。“两城”，一是全国最大的动车制造城，二是北方现代物流城。动车城是以唐山轨道客车有限公司350公里动车组为龙头打造的，形成了与高速动车、城轨客车、城际列车相关产业配套的科技含量高、辐射带动强的新型工业化城区。装备制造业将使丰润摆脱严重依赖钢铁产业的局面。动车项目不仅有利于消化本地巨大的钢铁产能，还可以带动钢铁企业生产更多高附加值的钢材。要使钢铁与装备制造业进行无缝衔接，就需要发展现代物流尤其是加工配送，即将钢材加工成用户所需的各种半成品或零部件后，通过仓储及运输物流系统，零距离提供给用户。

丰润区内以耗钢为重点的各类钢铁深加工企业达200余家，按照钢铁产品就近、就地延伸产业链的原则，以特色产业集群为目标，发展耗钢产业，其目标是“将唐山出产的钢材一半就地消化”。据测算，经加工后高附加值的板材的价格比普通板材高出2~3倍。一张普通钢板，通过程序设计以及先进的激光数字切割等方式进行精细加工后，可满足不同客户的需求，利用率可由之前的60%提高至90%。

《中国冶金报》记者在河北调研时看到，每个产钢的县（区）都正在谋划1至2个有规模效益、有特色的耗钢产业园区。

遵化市已成为华北地区最大的矿山设备制造生产基地，聚集企业285家，年产各类机械5万多台（套），产品不仅畅销国内，还出口到墨西哥、阿根廷、俄罗斯、韩国等10多个国家。2014年，遵化启动建设冶金建材循环产业园区，把钢企下游企业请进来，既可让钢企多获利，又能使来遵企业省成本，还能增加税收，促进就业。目前，遵化市正与54家企业达成入园合作意向，届时年耗钢材可达100多万吨，每年可产生5亿~10亿元税收，带动近万人就业。

记者了解到，滦南县还扶持一批耗钢量较大的五金制品业。182家以生产钢锹工具为主的金属制品企业，年生产14大类、上千个品种的各种农具近3亿把（件），产品占国内市场份额的80%，占出口份额的90%。

看点之三：金融机构支撑。

河北耗钢产业缘何得到快速大步发展？

“政策支撑引导至关重要”，业内一位专家对《中国冶金报》记者坦言：“发展耗钢产业项目，一般投资大，占用流动资金较多，必须获得金融机构的大力支持，才能实现项目落地，才能建成运营。”

记者在唐山看到，唐山市委、市政府已下发《关于鼓励发展钢铁深加工产业的实施意见》，并配套出台了《唐山市鼓励发展钢铁深加工产业奖励办法（试行）》，在金融、用地政策及电力、用水、运输、通信、气暖等资源配置上给予全方位支撑，重点奖励技术含量高、经济效益好的产业链条延伸项目。该奖励办法的后续效应正在发力。

例如，津西集团发挥技术优势，加紧在钢结构领域拓展，目前已拥有12项国家专利，产品打入北京、天津、哈尔滨、青岛等多个城市。在津西的带动下，上半年唐山涌现出10多个钢结构在建项目。津西引领示范，建设装配式钢结构产业化基地，像造汽车一样用工业化模式造房子，催生了一个新兴耗钢产业。

据了解，邯郸市领导到唐山考察、交流发展耗钢产业的经验和体会后，也带领钢铁企业到周边标准件、金属丝网、无缝钢管、装备制造基地搞产业对接，鼓励开发新品种，生产适销对路的产品，扩大耗钢产品的产量。

（原载于《中国冶金报》，2015年8月21日）

全方位严厉打击违法排污企业

——河北环保专项检查进行时

近日，《中国冶金报》记者从河北省环保厅获悉，河北省减排设施运行专项检查正在进行中。

据了解，此次检查的主要内容是钢铁、水泥、平板玻璃等行业的减排设施运行情况，包括污染物是否超标排放、脱硫副产物、脱硫脱硝剂使用和其他企业生产情况等。依据河北省环保厅要求，河北省范围内从 7 月 10 日起开展了为期半个月的自查；7 月 26 日 ~8 月中旬为省环保厅重点抽查阶段，对问题突出的企业和单位实施挂牌督办，对减排设施运行问题较多、思想上不重视、监督措施不到位的设区市、县实施减排预警、约谈或环保限批。

目前，河北环保减排设施专项检查自查阶段刚刚结束，重点抽查已经开始。钢铁企业在这场严厉的环保专项检查中表现如何？《中国冶金报》记者带着上述问题走访了唐山、邯郸等地的民营钢企。

全——环保专项治理行动开展全方位

据了解，唐山市近期开展的环保治理也出于为 2016 年唐山世界园艺博览会提供环境保障的考虑。目前，在世园会园址上，各展园建设正在紧张有序、如火如荼地进行，预计年底前完工。从 7 月初至年底，唐山市也将在全市开展环保专项治理活动，综合运用行政、经济、法律手段，力求在最短的时间内改善空气质量，为市民创造碧水蓝天环境，完成大气污染防治目标任务。此外，唐山市辖区内的钢铁企业必须按照新环保法的要求，在限定日期前达到环保标准，否则，供电局将对其收取数倍的惩罚性电费。

一名唐山市政府工作人员告诉《中国冶金报》记者，唐山市开展的环保专项治理行动与河北省正在集中开展的减排设施运行专项检查同步进行，其中，钢铁行业减排设施的升级从 6 个方面入手：

一是钢铁企业高炉出铁场除尘升级改造，涉及 28 家钢铁企业的 104 座高炉的出铁场除尘设施的升级改造。改造后，颗粒物排放浓度不高于 15 毫克/立方米，计划于 2015 年 7 月末完成。

二是钢铁企业转炉除尘升级改造，涉及29家钢铁企业的182座转炉一次烟气、二次烟气除尘设施的升级改造。改造后，一次烟气颗粒物排放浓度不高于50毫克/立方米，二次烟气颗粒物排放浓度不高于15毫克/立方米，计划完成时间为2015年10月底。

三是钢铁企业转炉炼钢车间安装三次除尘，涉及29家钢铁企业的29个炼钢车间安装三次除尘设施工程。安装后，颗粒排放浓度不高于15毫克/立方米，完成时限为2015年10月底。

四是钢铁企业烟气脱硫，涉及22家钢铁企业的22台烧结机、球团（竖炉）设备的烟气脱硫。烟气脱硫改造后，二氧化硫排放浓度不高于180毫克/立方米，竣工项目7月末前要达到验收标准并完成验收，在建项目9月底前完工。

五是轧钢企业污染源治理，涉及84家独立轧钢企业的环境保护专项整治、加热炉烟气实现稳定达标排放问题。治理后，颗粒物排放浓度不高于20毫克/立方米，二氧化硫排放浓度不高于150毫克/立方米，氮氧化物排放浓度不高于300毫克/立方米，完成时限为2015年9月底。

六是关停搬迁市区周边重污染企业，涉及唐钢5号、6号焦炉，国丰钢铁北区等。焦化企业预计9月底前完成搬迁，钢铁企业12月底完成。

“中小民营钢企是减排设施运行专项检查的难点”，唐山市一名环保执法人员说。

《中国冶金报》记者走访了10余家当地规模较大的民营钢厂。结果显示，七八成的企业都成立了环保办，多由总经理牵头挂帅，组织有保障；每台设备、每道工序都有环保责任人和监督人。在他们看来，唐山市实现环保专项治理目标大有希望。目前，唐山地区钢厂生产经营运行正常。

一些唐山民营钢企的相关负责人告诉《中国冶金报》记者，尽管当前企业自身大多面临着经营困难的局面，但环保是企业的生命线。这些企业大多主动增加环保资金、技术投入，加大环境治理力度。在这样的共识下，近年来，唐山市吨钢能耗指标逐年下降，吨钢污染物排放量逐年减少。

记者在采访中了解到，一大批重点民营钢企已经制订了环境污染治理方案，力求推进节能减排和资源综合利用进程。如唐山新宝泰钢铁公司，过去曾因超标排放，上过唐山市政府的环保“黑名单”。该公司在与建龙重工集团实现重组后，制订了减排节能整体规划方案，投资5.6亿元建设典型减排节能项目，分3个阶段历经4年完成，使吨钢成本下降了100元，年降本增效2亿元。

在邢台走访时，记者看到德龙钢铁有限公司按照严格的环保标准改善环境，投巨资先后建成了封闭料场、水处理中心、高炉平台除尘和生产能源指挥中心等，并且通过特定的手机软件实时远程监控，节能环保水平大大提高。

严——秘密行动 精确打击 错时执法

在走访过程中，《中国冶金报》记者感受到，此次7月底至8月中旬的环保抽查，对钢铁企业形成巨大的压力。压力主要来自于执法的“严”，河北省一家钢铁企业的负责人表示：“钢铁企业不仅承受着来自产能严重过剩，销售收入及利润等经济指标锐降的压力，还承受着资金实力和技术水平的压力，环保设施专项检查是对钢铁企业更严厉的考验。”

《中国冶金报》记者了解到，唐山在开展污染专项治理行动中采取拉网式排查。根据大气监测数据显示，每到凌晨，二氧化硫等污染物含量就有升高的趋势。针对这一情况，唐山市环保部门专门在节假日、晚上11点至次日2点偷排偷放多发时间，进行突击检查。

当被问到查处的问题是否能及时整改时，一名环保执法人员向记者讲述了这样一件事：7月20日，唐山市环保局执法人员在丰南区检查时发现，粤丰钢铁有限公司烧结机除尘脱硫设备效果不好，拖尾严重，上料时粉尘外溢。市环保局立即将此问题移交丰南区有关单位进行处理。7月25日，执法人员到该企业复查，发现违规污染排放问题未得到改善，拖尾现象依然严重，企业日常管理不规范。7月28日，唐山市大气污染防治办公室对丰南区下达督办通知，进行调查处理。从这件事可以看出，从查出环保问题到整改中间还有一个过程。

唐山市一名环保执法人员告诉《中国冶金报》记者，唐山市环保局要求钢企按照新环保法的要求，一方面，如果不能在限定日期前达到环保要求，自限定日期起，供电局按3倍电价收费；另一方面，对目前资金链紧绷的中小民营钢企来说，如果政策严格执行，一些钢企将因无法承担增加的环保成本而被淘汰。环保不达标的钢企要达到环保要求，连拆带建，初步估算新投资少则上千万元，多则上亿元。

河北省另一个钢铁重镇——邯郸市在环保减排设施运行专项检查中，其环保、公安部门对主城区相关企业（含钢铁企业）进行突击检查，秘密行动，精确打击，严打偷排偷放、恶意排放等环境违法行为，使错时执法成为常态。近日，当地6家煤矿、铁矿的环境违法行为遭查。在行动中，参加人员上交手机，封锁消息，直奔现场，执法检查全程录像。当发现6家矿企不同程度地存在治污设施运行不正常、煤场扬尘措施不到位的环境违法行为时，环保执法人员当即作出处罚决定，并提出整改要求。

同时，邯郸市有关部门加大对钢铁减排设施专项治理执法力度，对重点污染源开展不定期走访，深入排查各类环境污染隐患，对超标排污企业一律实行停产整顿；因违法排污造成的重大影响和损失，按程序取消企业法人或实际控制人享有的政治荣誉；对监控数据作假、闲置、拆除排污设施等涉嫌违法犯罪行为，按照“两高”司法解释追究刑事责任。

（原载于《中国冶金报》，2015年8月6日）

京津冀协同河北探路

5月17日，2015中国·廊坊国际经济贸易洽谈会开幕。有关部门表示，京津冀产业指导目录正在制定中，有望于近期发布。此前，4月30日，中共中央政治局会议通过了《京津冀协同发展规划纲要》（以下简称《规划》）。这些都这意味着《规划》正式出台在即。近日，国家发展改革委、交通部和河北省政府就协同发展做了表态和部署。

《规划》对京津冀做了定位：北京定位为政治、文化、科技创新、国际交往4个中心；天津定位是“一个基地三个区”（全国先进制造研发基地、国际航运核心区、金融创新示范区、改革开放先行区）；河北省定位主要涉及“四个基地”（产业转型升级、商贸物流、环保和生态涵养以及科技成果转化）。而且，《规划》还将确定京津冀协同发展的近期、中期、远期目标。其中既有顶层设计纲要，也有实施方案细则和路线图。

《规划》指出，推动京津冀协同发展是重大国家战略，核心是有序疏解北京的非首都功能，要在京津冀交通一体化、生态环境保护、产业升级转移等重点领域率先取得突破。这是三地共同利益所在，也是今后三地的主要合作领域。

那么，京津冀一体化在钢铁行业将如何具体体现？河北省在实施交通、生态环境保护、产业升级转移一体化突破的过程中有哪些看点？京津冀一体化缘何率先选择交通、生态环保、产业升级转移为3大突破口？目前启动状况又是怎样的呢？近日，《中国冶金报》记者走访了河北省有关部门，并走访了石家庄、保定、沧州、廊坊、唐山等地。

各地蓄势待发　规划细则已出

"京津冀一体化将同'一带一路'、长江经济带发展规划并列为当前中国3大国家级战略经济带规划，可见其何等重要。"唐山一位钢铁业的资深专家说。

资料显示，3大城市群（京津冀、长三角、珠三角）以2.8%的国土面积，集聚了18%的人口，创造了国内生产总值的36%，钢铁产量占全国钢铁产量的近三成，是拉动我国经济增长和参与国际经济合作与竞争的主要平台。自2014年2月26日习近平总书记提出京津冀协同发展战略以来，这一重大战略顶层设计终于落地，进入推进实施阶段。

河北省在京津冀一体化中一直扮演着最积极的角色。据《中国冶金报》记者了解，河北版的京津冀规划由河北省发展改革委牵头制定。未来，河北省11个城市的功能定位由河北省委、省政府决定，各地方可以根据实际情况提出建议，基本采取跟国家规划相同的模式。各地在确定功能定位时，优先考虑到现有产业基础、资源禀赋、区域分布等因素，既要考虑当前的发展情况，也要考虑未来发展趋势。

5月13日，根据国务院批复，保定调整行政区划，市辖区由3个变成5个，面积由312平方公里增加到2531平方公里，市区人口由原来的119.4万人增加到280.6万人，这是《规划》出台后，国务院批复的首个京津冀地区行政区划调整方案。

邯郸市发展改革委某知情者对《中国冶金报》记者说，各市定位不同，都有规划细则，蓄势待发。如保定未来可能是重点发展新能源和以汽车为主的制造业；廊坊因离北京新机场比较近，未来可能是临空经济区和发展商贸物流；而唐山钢铁业发达，将来定位钢铁可能是重头戏。

着力打造京津冀交通网建设

据介绍，交通一体化是三地协同发展的基础和重要抓手。目前，京津冀交通网布局不合理，还未形成高效、经济、可靠的运输体系；人力资源、信息、技术等各类要素市场各自为战，要素合理流动依然受体制机制阻碍。

截至2015年4月份，京津冀之间的“断头路”长度累计2300公里；目前，河北省与京津之间存在“断头路”18条、“瓶颈路”24条。同时，京津冀城市群城际铁路发展缓慢。眼下，除京津城际和北京S2市郊铁路外，北京与周边城市（如保定、廊坊、张家口、承德、唐山等）之间都没有城际客运线路。

因此，《规划》明确提出，到2020年，将着力打造京津冀“一环六放射二航五港”的交通一体化体系。届时，京津冀将形成9000公里的高速公路网和主要城市3小时公路交通圈，9500公里的铁路网和主要城市1小时城际铁路交通圈。

实现京津冀一体化，交通必率先突破。据《中国冶金报》记者了解，5月上旬，京津冀交通一体化领导小组召开会议，研究《<京津冀协同发展规划纲要>交通一体化实施方案》，安排部署2015年各项工作，主题为集中攻坚，重点要求各成员单位做好专项编制工作；要加快推进京津冀城际铁路网、津冀港口群集疏运体系、北京新机场集疏运体系等专项规划的编制和优化完善工作，并做好“十三五”规划的有效衔接；着力推进重大项目实施，包括加快推进一批客运专线，城际铁路项目前期研究及建设工作，大力推进京津冀区域“断头路”“瓶颈”路段建设，组织启动一批港口集疏运项目，加快推进北京新机场及配套工程建设。

在保定，中铁十六局项目部相关人士向《中国冶金报》记者介绍，他们承建的津保城际铁路预计今年底通车。届时，保定到天津只需40分钟，石家庄到唐山仅需2小时，天津到太原、西安等地不再绕行北京，东三省南下绕行北京的历史也将结束。

资源环境与发展矛盾有望缓解

生态环境保护是京津冀一体化发展的重心。据多家研究机构介绍，京津冀的生态环境承载力最为脆弱，该地区已成为全国大气污染、水污染最为严重，水资源最短缺，资源环境与发展矛盾最为尖锐的地区。上述问题是当前及未来京津冀协同发展面临最大的挑战。究其原因有两个：一是大气和水的污染治理亟待解决；二是把一些高能耗企业迁出北京，不能从根本上解决污染问题。

目前，曹妃甸正在谋求与北京合作，向北京输气送水。2013 年，中石油曹妃甸港区 LNG（液化天然气）项目向北京供气，尝试改善京津冀地区的能源结构，担起推动环保事业发展的重任。同时，曹妃甸成为北京重要的能源基地，有效缓解了京津冀地区，特别是北京冬季天然气供应不足的问题。未来的曹妃甸还将成为北京重要的储备水源地。目前，曹妃甸已启动海水淡化工程，预计 2019 年投产并向北京输水，计划日淡化海水 100 万吨。经淡化处理后达到饮用水标准的渤海海水将通过 270 公里的管线输送到北京。

河北省政府正在深化推进京津冀大气联防联控，争取由国家设立京津冀环保生态基金，协商建立生态横向补偿制度，加快建设京津保生态过渡带。

但无疑，对资源环境的高标准、严要求，一定会普遍提高钢铁行业的生存门槛，对于区域内的钢铁企业来说，环保洗牌还将继续。

北京非首都功能疏解是钢铁业的机遇

京津冀一体化的核心是疏解北京的非首都功能。积极承接首都产业功能转移和京津科技成果转化是《规划》对河北省的主要定位。在采访中，《中国冶金报》记者发现，河北省 11 个城市已经根据自身实际，找到产业升级转移的突破口。

河北省实施京津冀一体化，产业升级转移最有看点。一是产能转移与北京非首都功能疏解并重。目前，北京一批商贸、教育服务功能已逐步外溢，河北省除了引进产业合作项目，还注重北京非首都功能疏解过程带来的机会。例如，保定、廊坊、邯郸等地除了引进装备制造、节能环保等产业项目外，还十分注重吸引北京服务、旅游、商贸资源外溢。其中，廊坊主动与北京动物园服装批发市场的经贸商接洽，最终促使其落地廊坊广阳。二是构建产业承接的机制。河北省有许多城市是从单纯建厂房招商引资向重孵化、重引资、重引智、重服务方向发展的。例如，保定、秦皇岛、沧州等地对接北京中关村、天津滨海新区，有针对性地引进所需的科技中试孵化项目，为其提供政策、物资等支持，借此营造当地的创业创新氛围。其中，保定重点引进北京教育和医疗资源，以建医院、合作办学、提供土地指标等方式，为北京部分存在扩建限制问题的大学和医院提供发展空间。

谈起《规划》，石家庄一位钢铁物流专家兴奋地告诉《中国冶金报》记者："京津冀协同发展，包括公路、铁路、飞机、港口等基础建设发展空间特别大。这需要大量的钢铁材料。加上'一带一路'逐步推进，对周边的钢铁流通业而言，将是重新构建竞争力的机遇！"

（原载于《中国冶金报》，2015 年 5 月 23 日）

承压开年　钢企冷暖几何？

3 月 2 日，春节长假刚结束，还没有到传统的元宵节，《中国冶金报》记者发现，在我国北方地区还有部分钢铁企业没有开工，南方地区的情况相对略好一些。不过，部分钢铁企业表示，近期虽然企业正常开工，但是普遍面临订单不足、销量不佳的问题，对市场大多持观望态度，企业大多把精力放在内部改革上。

钢铁企业日子过得怎么样？

春节前夕，《中国冶金报》记者到河北唐山、石家庄、邯郸等地区就钢铁业市场走势进行调研。《中国冶金报》记者所到之处，看到建筑工地大都停工，工人回乡过年，钢材市场销量锐减，民营钢厂出现大幅检修的现象。

"与往年相比，钢铁业经营不景气。本地区民营钢厂订货单较往年减少三成，钢厂盈利面减少约两成，拖欠工人工资的企业增多，最多长达 5 个月。"邯郸一位业内专家告诉《中国冶金报》记者。

河北冶金行业协会数据显示，1 月份，河北省钢铁行业 PMI 为 39.6%，环比下降 8.6 个百分点，连续 9 个月处于荣枯线下方，为 2012 年 10 月份以来最低水平，生产经营形势十分严峻。

不仅仅是河北钢铁企业面临市场不景气的问题，有关专家向《中国冶金报》记者透露，目前整个东北钢铁行业步入低谷运行。2014 年，东北三省钢铁行业因需求和价格制约，粗钢和钢材生产总体呈现“一正两负”状态：“一正”是指辽宁省粗钢和钢材产品同比分别增长 5.01% 和 0.22%；“两负”是指吉林省粗钢和钢材产量分别减少 1.41%、6.10%，黑龙江省粗钢和钢材产量分别减少 37.5%、25%。西北地区部分钢铁企业也面临限产、半停产甚至全线停产。西南地区某钢铁企业告诉《中国冶金报》记者，1 月份公司生产经营结果很不理想，存货等指标不降反升。

什么原因导致钢企日子难过?

1 月份，中国制造业采购经理指数（PMI）为 49.8%，环比下降 0.3 个百分点，连续 4 个月回落。其中，新订单指数环比回落 0.2 个百分点，连续 6 个月下降。1 月末，中国钢铁工业协会 CSPI 钢材综合价格指数为 77.13 点，环比下降 5.96 点，连续 9 个月下降，同比下降 20.52 点，主要钢材品种价格降幅均比 2014 年 12 月份有所加大。截至 2 月份前两周，CSPI 国内钢材价格综合指数跌至 75.15 点，连续 10 个月下跌，仅比 2003 年 1 月末的历史最低点高 0.50 点。

据钢协分析，1 月份仍然处于钢材消费淡季，粗钢表观消费量小幅下降。在供大于求的局面下，市场同质化竞争激烈，钢材价格继续呈现下降走势，钢企提高盈利水平的难度进一步加大。

“如今钢企身负两大压力，一是因为企业生存背负的环保压力，二是因为长期背负钢材市场持续‘低价格、低效益’的压力。”众多钢企老板告诉《中国冶金报》记者。

新环保法、钢铁业污染排放新标准的实施，对企业形成巨大的压力。《中国冶金报》记者在唐山采访时了解到，到 2015 年 6 月份，河北省钢铁行业二氧化硫的消减目标是 123961 吨，唐山占了近一半。唐山要求 24 家湿法熄焦企业完成干法熄焦改造，并配套膜处理技术，污染处理设施资金需企业自备。光是处理设施，每套设备需要投入资金 1 亿元。业内人士告诉《中国冶金报》记者，提高排放标准和能耗标准会使钢铁企业成本增加 100 ~ 150 元/吨钢。在企业本来就面临生产经营困境的情况下，为通过环保关，钢企资金更加紧张。

综观1月份钢材市场走势大为缩水的原因，业内分析人士普遍认为，主要是源于原料市场延续去年以来不断弱化的走势，矿价跌破70美元/吨，钢坯价跌破2000元/吨，使成本支撑力进一步减弱；下游市场需求乏力成为常态，投资拉动趋于弱势，钢材出口前景有待观察。多种因素综合作用，迫使钢价跌幅扩大并超过原料跌幅。

西南地区一家钢铁企业告诉《中国冶金报》记者，由于春节前钢材销售价格较低，加之钢市休市时间较长，今年1~2月份，钢价在原来的低位上又下跌了550元/吨（含税），而原料价格只下降了4美元/吨。按照目前的原料价格和钢价测算，内陆钢铁企业每吨钢亏损400元左右，今年第一季度的经营形势并不乐观。

“2015年国内经济形势会延续2014年的特点，国内经济增速放缓和国际经济仍在复苏中，直接影响到钢铁需求仍然不旺。”河北冶金行业协会副会长宋继军告诉《中国冶金报》记者：“进口矿价的持续下降，将有利于今年钢铁企业利润回升。尽管钢材价格也在下降，但在强化管理、降本增效的情况下，一部分企业的利润还是可观的。”

钢铁企业要如何渡过这一难关？

一些钢铁企业跟《中国冶金报》记者分享了他们的对策和建议。西南地区某钢铁企业告诉《中国冶金报》记者，在当前情况下，企业更要坚持两眼向内，突出降成本这条主线，加强成本控制、资金管控、存货管理等重点工作，最大限度降低成本。

首先要树立长期过“冬”的准备，加大市场开发力度，强化资金链风险管理，减少非生产性资金占用。1月份，黑龙江西林钢铁加大了上海、广州市场的开发力度，同五矿钢铁有限公司、浙江物产有限公司签订合作协议，确保了一定的南方材分流，当月销售南方材22329.32吨。

其次是要压缩库存，加快资金周转，拓展融资渠道。2月3日，凌钢股份发布非公开发行股票预案公告，称公司拟以4.39元/股的价格非公开发行合计45558.09万股股票，募集资金总额不超过20亿元。分析人士认为，20亿元既可以有效缓解企业流动资金压力，又能降低偿债风险，改善当前的财务状况，优化企业资本结构。2月16日，沙钢股份转让了55.12%股权。业内人士认为，此举有助于沙钢集中财力物力，做强钢铁企业。

再次是全面推进精益化管理模式，通过对标竞赛，节能挖潜，降耗增效。凌钢集团 2014 年出现了 30 余年来的首次亏损，预计全年亏损 6.9 亿元。凌钢全面强化成本控制管理，提高产品的市场竞争力，努力增加效益，全力开展“普转特”（普钢转特钢）等重点工作，确定 2015 年挖潜增效 10 亿元以上，全面实现扭亏为盈的目标。

此外，针对新环保法的落实，一些钢铁企业提议有关部门应尽快推广第三方环保治理运营新模式，破解钢企资金压力和管理成本。

（作者谢吉恒、柳祖林、陈黎明、孟祥林、覃守超，原载于《中国冶金报》，2015 年 3 月 3 日）

限产之后，揭开唐山钢铁业去产能“面纱”

7 月 11 日，唐山市政府印发《唐山市七月份环境空气质量改善强化措施》。此次限产超出了此前的预案规定的时间，时间跨度接近 20 天，显示出政府加强环保治理的决心。其中，7 月 12～31 日，唐山市钢铁企业烧结工段减少排放污染物 50%，其他工段确保污染物排放达标；7 月 25～31 日，在确保高炉安全生产的前提下，唐山市所有钢铁企业烧结机停止生产。

“按照河北省政府要求，到 2017 年，唐山压减炼钢产能 4000 万吨、炼铁产能 2800 万吨。”“唐山世界园艺博览会（简称世园会）开园期间，为创造‘世园会蓝’，保障空气质量，钢厂限产。”“钢价短期内跌宕起伏、大起大落、冰火两重天的走势让人陷入困惑‘迷圈’。”唐山市钢协一名负责人向《中国冶金报》记者介绍，担当与责任，使唐山今年的去产能工作“压力山大”。不过，唐山市工信局的一名工作人员表示：“唐山靠政策、市场双重发力，随着相关政策逐步细化并实质性推进，钢铁业去产能正在稳步加速推进。”

“限产令”成为“新常态”

“唐山借举办世园会之机，淘汰一部分落后产能，改造提升一部分传统产业。大力发展新兴产业和服务业，从而使唐山经济结构发生一个本质性变化。”唐山世园会一名管理人员告诉《中国冶金报》记者。

为保障世园会的空气质量，唐山市政府于3月18日印发了《2016年唐山世界园艺博览会等重大活动空气质量保障方案》（以下简称《方案》）。《方案》要求，世园会期间，唐山钢铁行业要采取强制性减排限产措施，时间跨越春、夏、秋3个季节，几乎每个月有一次活动：4月份世园会开园，5月份举办5·18国际经贸洽谈会，6月份举办中国—中东欧国家地方领导人会议，7月份举办抗震40周年纪念活动，9月份举办中国金鸡百花电影节，10月份举办中国—拉美企业家高峰会。这些时段累计33天，排放不能稳定达标的企业一律停止排放污染物，排放能够稳定达标的钢铁企业也要减少排放污染物50%以上。限排、限产环节主要针对烧结机、高炉、焦化和轧材企业，重点控制时段的限产企业名单中钢铁企业达371家，唐山限产已成为“新常态”。

世园会开园前，在空气质量保障工作的倒逼之下，唐山成联钢铁全部停产，唐山国丰钢铁将北区高炉、产线全部关停。

6月7日，唐山市政府下发通知，为保障中国—中东欧国家地方领导人会议、河北省经济贸易洽谈会期间空气质量良好，6月8～19日，共计12天，唐山实行史上最严厉“限产令”，多管齐下，烧结机全部停产、高炉焖炉、大货车限行。高炉中焖炉与停产高炉两项基本达到全市高炉总数近一半，产能利用率仅达58.97%，限产令致使唐山地区资源紧缺，限行也制约了整体的市场出货量，调坯轧材企业多数停产。

唐山目前有高炉企业43家，高炉161座。据测算，世园会期间，唐山钢铁业将减产500多万吨。津西钢铁销售公司副经理赵一臣认为：“世园会限产对钢企的生产、销售肯定有影响，但对全国市场影响有限，毕竟钢铁产能严重过剩，全国其他地方有充足生产能力弥补唐山限产带来的影响。”也有专家认为：“限产是限制产量，不等于去产能；钢企经过世园会限产拉练，承受加大的环保压力，限产的‘新常态’或将为钢企思考如何退出留出时间。”

钢价坐“过山车” 停产、复产顺应市场

“市场调节是减产的最大的动力”，一家民营钢企分析师李捷指出。2011年以来，唐山地区钢价从5200元/吨一路下跌到去年12月份的1600元/吨；

事实上，去年下半年吨钢价跌破2000元以后，钢厂减产、停产明显增多。

春节过后，伴随着市场对限产令的预期，钢市开始升温，上半年钢价坐了一回“过山车”。3～4月份钢价飙涨，吨钢毛利最高达800～900元，一天涨价两次也很多见，节奏之快，仿佛到了钢铁“牛市”。

有人说：“全市钢铁行业今年一季度财务数据比去年全年都漂亮”。唐山钢协统计数据显示，全行业扭亏为盈。钢价上涨，带动少数已停产的钢厂复产，助推高炉开工率与春节前相比增加5个百分点。

从记者了解到的情况来看，唐山地区此轮复产产能均为合规产能，企业停产、复产更多是应市场变化，调整生产经营的结果。一名钢贸商风趣地对《中国冶金报》记者说：“春节前囤了货的高兴地点起票子，未囤货的后悔至极，买货的怕买不到，卖货的怕卖在低位。”

市场将人性描绘得淋漓尽致。近两年，唐山一些钢厂停产的根本原因是什么？业界人士指出，只有钢企真正长期亏损，才能实现去产能。也有分析师指出，根据唐山一些关停钢厂的经验，当钢厂连续2～4个月吨钢亏损200～300元时，才有可能关停高炉。目前，虽然钢厂不赚钱，钢价跌破边际成本，但只有当利润亏损到账面上来，并且维持两个月，钢企才会不得已而停产。

虽然此轮上涨的行情在一定程度上延缓了钢厂主动去产能、退出市场的进程，但是，在市场机制作用下，自5月份第二周起，钢价持续大幅下滑，钢价“大变脸”，吨钢毛利赚回百十元，多数钢厂钢价跌回生产成本线，濒临亏损的边缘，钢厂去产能的积极性又回来了。

去产能重在执行　要化压力为动力

《中国冶金报》记者在调研中发现，对于如何评估唐山钢铁业去产能情况，多方形成共识：目前，唐山地区钢铁业去产能已取得不错成绩，政府和企业有信心、有决心化压力为动力，多措并举，打组合拳，去钢铁产能。

据资料显示，到2015年底，唐山市已经压减炼铁产能1087万吨、炼钢产能2357万吨，分别完成2017年底压减任务的38.8%、58.9%；唐山2016年压减炼铁产能定为578万吨，炼钢产能定为450万吨。

随着今年钢价暴涨暴跌，钢企陷入“去产能焦虑”中。一方面，“钢企都希望别人先减产，自己则是坚持到最后的那一家”，观望心态很浓重；另一方面，去产能很难消化，部分生存困难的钢企，已产生强烈退出愿望，等待政府能出台更有利的退出方案。

目前实际情况是，虽然政府和部分企业去产能的决心很大，但有关退出机制和政府托底没完全到位。多位业界人士认为，在这种情况下，要以政府之手主导产能压减，完善退出机制成为去产能的关键，唐山在这方面正在加大执行力。

河北省日前召开全省钢铁煤炭去产能攻坚动员会，明确全省今年压减炼铁产能1726万吨，压减炼钢产能1422万吨。唐山立下军令状，坚决完成去产能任务。被调研的钢企向《中国冶金报》记者表示，“决不能因为当前市场短期回暖动摇去产能的决心，决不能让淘汰落后产能半途而废”。

据了解，唐山采取“标准约束+差别政策+末位淘汰”办法，精准推动低效无效产能加速退出，对停产半年以上的钢铁企业复产实施严格监管。同时，认真贯彻执行国家发展改革委、工信部决定的在全国范围内开展钢铁行业能耗执法专项检查行动。如在检查中发现达不到强制性能耗限额标准的钢铁产能，应在6个月内进行整改，逾期未整改或整改未达到整改要求的，依法关停退出。在钢材出口方面，严格监控把好去产能关。6月份，国家税务总局对出口方钢退税进行专项稽查，重点区域为天津和唐山，对涉及工厂的生产记录、海关现场也加大检查力度。此次专项稽查，唐山11家钢坯出口大户的账单被税务局拿走，将影响月底装船，后续报价暂停。唐山海关等单位还将继续加大对出口钢坯厂家的监测管理。

（原载于《中国冶金报》，2016年7月13日）

钢铁去产能的河北“样本”

国家钢铁、煤炭行业化解过剩产能第二督查组，近日对河北省去产能工作进行专项督查。督查组深入石家庄市井矿集团瑞丰煤业，邢台市龙海钢铁、华远冶金，邯郸市纵横钢铁、邯矿集团康城煤矿等9家企业实地督查。

督查组认为，河北省委、省政府认真落实国家钢铁、煤炭行业化解过剩产能政策措施，创新思路方法，细化分解任务，规范使用资金，稳妥安置职工，扎实推进“三个专项行动”，抓好信息公开和档案管理，去产能工作取得明显进展。

9月上旬，《中国冶金报》记者走访了河北省两大钢铁重镇——唐山、邯郸，以及石家庄、邢台等地，对河北省钢铁行业去产能情况进行了深入了解。

“四部曲”推进去产能驶入快车道

河北省承担着全国三分之一的钢铁产能压减任务，被称之为“去钢铁产能样本”。今年5月份，河北省在去钢铁产能攻坚战动员大会上，立下去产能军令状，承诺2016年压减1726万吨炼铁产能、1422万吨炼钢产能，远远高于国家下达的任务标准。据了解，截至8月底，全省累计压减炼铁产能671万吨、炼钢产能493万吨，分别占国家下达任务的64.6%和60.1%。

记者从河北省发改委获悉，《河北省2016年化解钢铁过剩产能分月计划表》涉及8个市、39家钢企的炼铁、炼钢产能。如按此计划表落实到位，预计到11月底，河北省将累计淘汰炼铁产能1840万吨、炼钢产能1600万吨，超额完成全省全年计划任务无悬念。

“今年国家提出压减钢铁产能，在号称史上最严的政策背景下，从中央到地方政府，再到钢厂都绷紧了神经。这次河北省压减钢铁产能必定要全面发力，提速进入快车道。”唐山市钢铁协会一位业内专家对《中国冶金报》记者如是说。据《中国冶金报》记者观察，今年河北省压减钢铁产能呈现三个特征：一是压减任务以区市分配、民营钢企为主；二是上半年去产能进程低于预期，下半年发力提速；三是去产能整体水平高于全国。

今年上半年，河北省钢铁去产能进度滞后于时间进度。进入下半年，河北省将如何发力使钢铁去产能步入快车道呢？在邯郸，多位钢铁业内人士与记者进行沟通交流，表示钢铁去产能将分四步驶入快车道。第一步，创造条件。上半年，去产能的重点是部署任务，对目标任务进行分解，出台配套政策，补发财政专项奖补资金。第二步，停止观望。去产能政策出台之初，钢企面临收入减少、职工分流等挑战，地方政府在保经济和执行中央政策之间难下决定，加上各种补贴细节没有明确，因此各方都处于观望、徘徊之中。随着去产能相关政策陆续出台，河北省去产能的速度开始加快。第三步，补贴资金。目前，大部分列入压减计划的钢铁产能都处于停产状态，对企业而言，在压减产能的同时可申请到补贴资金，这让钢企有了压减产能的动力。第四步，督查指导。进入8月份，全省各市紧锣密鼓抓钢铁去产能落实，随着国家督查组来实地检查，河北省加大了去产能力度。

明察暗访禁止已封钢铁设备复产

针对业界有些人提出河北省一边去产能、一边增产量，进而质疑河北省是否真去产能的问题，河北省一位钢铁行业专家对《中国冶金报》记者解释说，在目前钢铁产能严重过剩的背景下，产能和产量不是正相关关系。产能可以通过国家政策、市场机制、经济手段、法律法规等办法逐步压减，但产量是在合理的产能利用率下，由市场需求决定的。河北省去产能不仅是“去”，还着眼于通过去产能促进产业的优化升级，促进企业的提质升效。

邢台一位来自民营钢企的经济分析师指出，从2012年起，河北省粗钢产量一直在1.8亿吨左右，没有大的增加，有的年份还出现负增长。

据了解，近几年河北省出台了严于国家标准的地方大气环境标准，以发挥标准对过剩产能退出的倒逼作用，为京津冀大气环境的改善作出贡献。《中国冶金报》记者在邯郸、邢台调研时，一些钢贸商表示，今年国家有关部门和河北省曾组织多次明察暗访，对2013～2015年21家企业封停的21座高炉、19座转炉逐个进行不间断检查，均未发现复产情况。同时，河北省下发通知，坚决禁止违规新建钢铁产能和已封钢铁设备复产。否则，对所在地党政一把手，将采取先免职、再调查处理。

河北省大力化解过剩产能，对推进产品提档升级也有明显效果。“河北钢铁业具有明显竞争优势，是优势产业。”河北省冶金行业协会副会长兼秘书长王大勇对记者表示。河北津西钢铁集团销售公司副经理赵一臣透露，今年上半年，河北省钢铁行业经济效益大幅提高，销售利润率达3.02%，实现利润150.06亿元，同比增长181.3%。

今年上半年，钢价上涨，一些大钢企开足马力生产，一批小钢企复产，给去产能工作带来极大挑战和冲击。为排除价格对去产能的干扰，唐山市在去产能中坚持“两个到位”：一是认识到位。必须清醒认识到钢价上涨是受到去产能和市场对产量下降预期的影响，产能严重过剩的基本面没有变，钢材价格不具备持续上涨的基础，去产能的信心和决心不能动摇。二是要把责任和任务落实到位。为了确保如期完成去产能任务，必须继续严格控制新增产能，坚决查处各种形式的违法、违章问题，落实月底报告通报制度，切实做好职工安置、债务处理和奖补资金使用等工作，坚定不移推进去产能。

去产能“战略纲要”聚焦六大重点

为了在11月底前完成全年目标任务，河北省常务副省长袁桐利表示，将以此次国家督查组督查为契机，对照督查组提出的问题和建议，逐项制订整改方案，建立工作台账，积极推广武安、迁安等地去产能做法，强化标准倒逼，落实月度压减计划，加强督导检查，确保完成国家下达的去产能目标任务。

《中国冶金报》记者在调研采访中发现，河北省去钢铁产能已全面进入攻坚期，观察其去产能“战略纲要”，有以下六个重点：

一是去产能的资金有着落。河北省为减轻钢铁企业去产能的资金压力，严格落实财政部要求，及时将国家给予的奖补资金拨付到有关设区市和省直管县（市），制定《河北省化解钢铁过剩产能奖补办法》，规定450立方米及以上高炉、40吨以上转炉、30吨以上电炉，除国家给予的奖补资金外，河北省再按每压减1万吨炼铁产能奖补25万元，每压减1万吨炼钢产能奖补30万元的标准给予奖补。据统计，河北省正在研究制订《关于多渠道筹集化解钢铁过剩产能资金指导意见》，按照政府引导、市场运作、企业自愿的原则，拟通过“争取国家支持一部分、各级财政拿出一部分、企业互助筹集一部分”，建立钢铁产能退出补偿机制，以存量产能出资补偿退出产能，促进钢铁产能向有核心竞争力的企业流动。

二是职工安置有政策保障。河北省率先在全国出台了《关于做好化解钢铁煤炭等行业过剩产能职工安置工作的实施意见》，提出了10项具体措施；出台了做好化解钢铁等行业过剩产能职工安置工作操作办法、突发事件预防和应急处置预案等4个配套文件，形成了“一总四分”的政策体系。同时，该省还把援企稳岗作为安置职工的首要渠道，到7月底已为142家去产能企业发放稳岗补贴5.92亿元，惠及职工25.85万人。

三是开展去产能集中拆除行动。《中国冶金报》记者在唐山了解到，今年，河北省下达给唐山市化解钢铁产能的任务为炼铁产能764万吨、炼钢产能723万吨。为确保完成任务，唐山市专门制订了《唐山市钢铁行业去产能快转型实施方案》，将任务分解到相关县、市、区，并要求各地结合钢铁产业结构调整实际，落实到企业和装备。今年以来，唐山市已先后3次组织化解过剩产能集中行动。8月27日，唐山市开展今年第三次化解钢铁产能集中拆除行动。当日，唐山市分别拆除丰南区贝氏体钢厂1座600立方米高炉和滦县兴隆钢厂1座450立方米高炉，化解炼铁产能115万吨；拆除丰南区清泉钢厂45吨转炉1座，化解炼钢产能65万吨。唐山市常务副市长王久宗表示："这次以现场会的形式，把唐山市未完成化解任务的县、市、区负责人请到拆除现场，就是要给各县、市、区加压鼓劲，激发信心和决心，确保10月底完成全年化解（过剩产能）任务。"截至目前，唐山市共化解过剩炼铁产能224万吨、炼钢产能426万吨。唐山将在9月、10月份继续开展去产能集中拆除行动，紧盯目标不放松。

四是推动优势产能"走出去"。《中国冶金报》记者在邯郸获悉，河北新武安钢铁集团文安钢铁有限公司与中冶集团全资子公司中冶海外工程有限公司签署合作备忘录，双方将在马来西亚共同投资建设钢铁项目。这是河北省推动钢铁优势产能"走出去"、进行国际产能合作的一项重要成果。

五是"三市"将向无钢化迈进。在淘汰过剩产能的同时，河北省张家口、保定、廊坊3市将研究制订钢铁产能全部退出方案，向无钢化迈进。

六是加快推进兼并重组的步伐。河北省将加快推进钢铁企业兼并重组，力争到2020年形成以河钢、首钢两大集团为龙头，3家地方集团为重点，10家左右特色企业为支撑的"2310"钢铁产业格局。

（原载于《中国冶金报》，2016年9月23日）

在"深海"里"捕鱼"的人

——读《中国冶金报》资深记者谢吉恒深度报道之感悟

在媒体百舸争流的竞争中，深度报道作为报纸赢得读者的"杀手锏"，不仅要靠记者、编辑的睿智和深邃的洞察力，还需要报社系统化的合力而形成的综合竞争力。其实，《中国冶金报》在20世纪90年代就推出了新的体裁——思考性新闻，就是在深度报道领域的探索。

近年来，在市场经济条件下，《中国冶金报》进一步确立了"有用、好看"的商报定位，紧扣冶金行业转型发展主题和主线，将触角向上下游产业链延伸，并推出了钢铁物流、装备技术、电子商务、节能环保、国际贸易等十几个聚焦细分领域的专刊，有意识地迎合这一时代需要，培育和聚合了一批采写深度报道的人才，他们在经济发展的"深海"里捕鱼，以其客观、深入的报道风格，深入浅出的前瞻性思考，赢得了读者的青睐和尊敬，使得《中国冶金报》随着时间的沉淀，散发出"陈年窖藏"的味道，愈久弥香。河北记者站站长谢吉恒就是善于在"深海"中"捕鱼"者之一。

近几年，他在报社领导和编辑部的鼎力助推下，每年采写的深度报道稿件不少于30篇，仅2015年，他撰写的稿件刊发在《中国冶金报》一版头条位置的就有6篇，并被国内20多家知名网站转发，取得了不菲的业绩，可谓是深度报道的高产记者。

阅读谢吉恒发表的深度报道，可以看出这位资深记者的良苦用心。其中除了他的使命感和责任担当以及敬业精神外，主要取决于他的选题、采访、深层次分析与思考。

一、强化"问题意识"，在复杂纷纭的经济现象中选题

谢吉恒说，写深度报道要有问题意识，要有意识地开动脑筋，勤于钻

研，保持对研究问题、观察事物的兴趣，保持对时代进步、经济社会发展的好奇心和探索精神，敢于打破思想框框和思维禁锢，勇于创新，才能敏感、敏锐地发现问题、提出问题。深度报道是思考的结晶，新闻现象的本质、新闻现象所隐藏的问题，正是通过作者用不同的思考方式，将其剥离和凸现出来，成为新闻的主题。谢吉恒认为，写好深度报道在很大程度上取决于记者与报社编辑的沟通，才能使选题颇有独特性。

近年来，谢吉恒通过深入现场，吃透“两头”，把党的路线方针政策与群众的生产生活实践有机结合起来，及时发现带有倾向性、苗头性的问题以及表象后深层次的复杂问题。

二、不辞劳苦，在深入采访上下工夫

深度报道是指能揭示事物本身的客观规律，要把事情的本质点透，把事物的特点、本质、事物发展的演变进程、根本原因端出来。揭不深，点不透，讲很多道理，看上去好像有“理论”，其实适得其反，令人生厌。深度来源于对社会问题的快速透视力，既要看得透，又要反应快。快速透视力又来自采访的深入，不深入采访，不做扎实的调查研究，就没有办法把事情看准、点透。所以，报道要有深度，就是采访要有力度，还要勤于学习理论，学习辩证法。

谢吉恒善于积累新闻材料，他除了睡觉之外，其他时间都在想问题，他与人交往中积累着新闻素材。他采访的笔记本装满了一大箱子，成为他从事新闻写作和研究工作的“万宝囊”。深入调查研究，坚持“走基层、转作风、改文风”，真正深入基层、深入一线，了解群众的所思所忧所盼，是谢吉恒游刃于“深海”捕捉“活鱼”写好深度报道的基本功。

谢吉恒说：“记者是读者的耳朵、眼睛和嘴巴，要替读者去听去看去问，要当读者的代言人，站在群众的立场上看问题，就必须与读者互动，企业领导和职工群众所关注的，正是我们的媒体应该聚焦的。”从20世纪80年代中期以来，谢吉恒就以记者的责任与担当，在深度报道上创新和奉献。为了扩大报道领域，他利用节假日，跨出本单位、本行业采写稿件。在完成所在企业宣传报道任务的前提下，不怕苦、不怕累，积极走出去扩大自己的采访范围。常常是白天到企业工地或矿山采访，晚上伏案写稿。他是报社最早涉足参访民营企业的记者之一，拓展报道领域之举，使他开阔了眼界、磨炼了笔头、丰富了生活，得到冶金报社领导，以及河北省、市有关部门领导的认可和称赞。聚焦热点，为他写作深度报道积累了大量的新闻素材和思考空间，为他写作深度报道奠定了深厚的基础。

三、善于思考，对“问题”开展深度透析和思考

深度报道兼有新闻性、解释性、调查性和分析性的特点，是一种透析新闻现象的报道，但所有这些功能都必须以事实为依据，并反映所报道的题材的历史、现状和未来。这就要求记者多层次、多角度、多方位地观察研究问题，必须对新闻现象发生的原因、将会产生的结果进行推导与分析，并努力开掘，从超越“一般”中求深度，把丰富的材料和思辨色彩糅合在一起，回答社会和人们提出的一些深层次问题。如《环保治乱何处入手？——河北唐山小钢厂环保乱象调查》《野蛮生长的钢铁丛林——河北民营小钢厂环境污染状况调查》等稿件是谢吉恒花费了半个多月时间，调查走访了20多家企业，由现象推导原因，从现象往纵深挖掘，积极思考，主动剖析矛盾、发现问题，进而提出问题的解决办法。

今年是“十三五”开局之年，也是推进供给侧结构性改革的攻坚之年，钢铁企业转型升级既是伴随阵痛的调整过程，更是充满希望的蜕变过程。对此，谢吉恒站在钢铁企业转型升级的宏观高度，走访地方政府官员和相关部门领导与专家学者，与多家钢铁企业老总探讨转型发展去产能的思路，收集了河北省钢铁企业转型升级去产能求发展的做法，先后发表了《河北省打响去产能硬仗》《第一钢铁大省的自我消化》《限产之后——揭开唐山钢铁业去产能的“面纱”》等深度报道，报道了钢铁大省河北省坚定不移地推进转型升级，在转型发展过程中去产能的措施、行动和存在问题，为全国推进钢铁去产能提供了宝贵经验……

总之，谢吉恒的深度报道从大局出发，从国家和民族利益考虑。题材宽广，思考到位，材料丰富，主题突出，分析透彻，叙述就事论理，不乏典型佳例。抓住了社会的关注点，触及了社会的敏感点，说出了人们想说但说不清说不透的话，给人以深刻印象。针砭时弊，批评某一不良现象，着眼点是改进工作，解决问题，增进团结，维护稳定，为党和政府“帮忙而不添乱”。

这得益于他多年来对社会环境以及相关报道领域有清晰的认知，体现了冶金新闻工作者的政治、业务素质及创新思维和履职能力，为深度报道开辟了散发正能量的土壤。因此能够引起读者的强烈共鸣，难怪有许多企业家对他的深度报道充满期待。

（作者侯宪台，原载于长城网，2016 年 8 月）

展时代风采　听回声嘹亮

ZHAN SHIDAI FENGCAI TING HUISHENG LIAOLIANG

改革大潮蓬勃起，
追随巨浪立潮头。
聚焦时代弄潮儿，
笔下英雄数风流。

（任宝亭）

创新进取　再铸辉煌

——津西建企30周年寄语

时光荏苒30年，弹指一挥间。2016年10月22日，河北津西钢铁集团股份有限公司将迎来建企30周年华诞。30年，对于个人来说，“三十而立”，其事业刚开始；而对于建厂30周年的津西来说，她的历史充满辉煌。

津西绿色钢结构研发中心建成启用

人的一生能有几个30年？我是《中国冶金报》的老记者，重点负责河北省民营钢企的新闻报道工作。也正因此，我有机会见证津西30年间不断奋进的创业历程。从津西建厂那天起至今，我目睹了津西发展的风风雨雨；30个春秋，我不间断、全方位、多角度地记录下了津西的发展历程。

30年间，津西由一个名不见经传的小铁厂，嬗变成燕赵大地上一颗璀璨的明珠。目前，津西已发展成为河北省民企的领军旗舰企业：连续14年跻身中国企业500强，先后获得中国最具成长性企业、中国最具生命力企业、全国钢铁工业先进集体、全国大气污染减排突出贡献企业、全国“十二五”节能减排先进单位等一系列荣誉称号，“津西”文字商标被认定为“中国驰名商标”。

30年来，津西人秉承继往开来、艰苦奋斗、绿色崛起、造福桑梓的历史使命，实现了从小到大、从弱到强以及从“一钢独秀”到集钢铁冶炼、装备制造、绿色地产、金融租赁、节能环保、高新科技、国际贸易、津西投资、龙翔文化等九大板块为一体的大型企业集团的“凤凰涅槃”。津西不仅历经了多次跨越式大发展，为县域经济发展和省市钢铁产业结构调整作出积极贡献，而且还在新加坡、美国等国家和地区拥有30多家子公司，具备较强的综合竞争实力。

30年来，津西钢铁主业借助国家“一带一路”、京津冀协同发展等战略部署，大力开发美标、英标型钢和钢板桩等高附加值产品，主导产品已形成H型钢、工字钢和钢板桩等114个系列、310个规格，成功进入中央电视台新台址、国家体育场（“鸟巢”）等国家重点工程，并远销日本、韩国及欧美等33个国家和地区，连续6年出口量居全国领先位置。

30年来，津西非钢产业蓬勃发展，表现在4个方面：一是装备制造板块。国家“863”课题成果——CPC高速钢轧辊产品的试用、智能立体车库的投用，彰显了该企业超强的科技创新能力。二是绿色地产板块。津西依托型钢基地优势，进军绿色钢结构住宅产业，有力地拉动了建筑板墙、新能源利用等产业的协调发展。三是高新科技板块。津西成功地开发出了世界顶尖半导体微电子检测和极大规模集成电路项目，并已获得了多项技术专利。四是金融租赁板块和节能环保两个板块。津西借助集团优势，做到依托不依赖，让发展的轨迹更加亮点纷呈。

30年来，津西与《中国冶金报》结成战略伙伴关系。《中国冶金报》为津西提供对标学习的平台、外界了解津西的窗口。津西与《中国冶金报》河北记者站密切合作，共同培养、锻炼、造就一支优秀的通讯员队伍，卓有成效地开展宣传报道工作。

作者与津西董事长韩敬远（右）在绿色钢结构研发中心奠基典礼上合影

津西发展的30年，也是津西进取的30年，是津西综合实力全面提升的30年。30年是津西发展历程的一个总结，也将掀开津西发展的崭新一页。津西发展的每一步，都离不开党和国家改革开放的好政策，离不开几代津西人的艰苦奋斗、奋勇拼搏的精神。

时代在发展，但津西人的创业精神没有丢。这是津西人从过去走到今天的重要精神财富，也是津西走向更远未来的根本保证。

30 年来，我身为冶金行业的老记者、老朋友，与津西人结下了深情厚谊。我坚信，在新的征程中，津西人将书写更多的新篇章。今年是津西建企 30 周年，也恰逢《中国冶金报》创刊 60 周年，我编著了《丝路采风随笔》一书，其中选编了关于津西发展的 11 篇深度报道。我以此书，作为对津西董事长韩敬远和津西人对我 30 年来工作大力支持的薄礼，并预祝津西人的下一个 30 年更加辉煌！

（原载于《中国冶金报》，2016 年 10 月 21 日）

干部员工皆卖力 为有源头活水来

——津西实施“两线五制”动态用工管理扫描

“在复杂多变的钢铁市场形势下，要想扎实推进供给侧结构性改革，实现‘百年津西梦’，就要把‘两线五制’动态用工管理机制健康运营起来，把各路人才聚集起来，为社会经济发展作出更大贡献。”10月上旬，河北津西钢铁集团股份有限公司（以下简称津西）董事长韩敬远在接受《中国冶金报》记者采访时表示。

人均劳动效率提高20%以上，培养“全国钢铁行业技术能手”5名，2016年名列中国企业500强第209位……自2015年以来，津西实施“两线五制”动态用工管理机制，用指标说话，以业绩论英雄，有效激发了企业活力和内生动力，成为企业在严峻钢铁市场形势下实现可持续发展的突出优势。

“两线”引导人才走向看得见的成功

企业的竞争，实质是人才的竞争。怎样才能激发人才活力，调动员工积极性和主动性，真正形成企业核心竞争力？

对此，津西对标行业先进，结合企业实际，探索出符合自身发展的干部员工激励策略，“两线”并进。一条线是技术骨干线，即使是岗位员工，只要掌握关键技术，实操能力强，在岗位上能够发挥重要作用，不当干部也能拿高工资，享受优厚的福利待遇。另一条线是管理骨干线，工作出色、业绩突出的干部，不仅可延长职业寿命，还可晋升到更高的职位，到更广阔的平台发挥聪明才智，实现人生价值。

在技术骨干线人才的培养上，津西开展员工职业技能大赛和职业技能鉴定培训，提高全员专业技术水平；积极选派技术员工到大专院校、同行先进企业、专业培训机构进行脱产学习；以操检合一、一专多能为专题组织培训，切实提高全员在岗操作水平……这不仅为企业发现技术骨干人才、培养高技能人才创造了条件，还为提升企业技术水平、做好后备干部储备提供了支撑。

“如果没有津西的精心培养，我不可能在炼钢领域取得现在的成绩。”4月29日，在庆祝“五一”国际劳动节暨全国五一劳动奖表彰大会上，津西转炉炼钢工吴立保被授予“全国五一劳动奖章”荣誉称号。他是津西培养的技术骨干线中的一员，现担任炼钢转炉作业区炉长。同日，津西炼钢二厂连铸二车间被授予“全国工人先锋号”荣誉称号，全车间46名员工获奖后感叹：“津西是我们的靠山，是津西给我们搭建了施展才华、提升自我、实现理想的平台。”

在管理骨干线人才的培养上，津西以培养懂经营、会管理、熟业务、精技术的干部梯队为目标，邀请国内专业企业管理和文化传播公司的知名教授对干部和骨干进行集中培训授课；选派优秀年轻干部和技术骨干到清华大学、中国人民大学、北京科技大学、河北联合大学、燕山大学等院校，以及先进企业或专业培训机构进行脱产学习；让具备一定专业素质和工作能力的后备干部挂职锻炼，始终保持管理团队总量适度、结构合理和富有活力，在企业发展中发挥中流砥柱的作用。

津西烧结厂厂长韩起瑞在津西工作20多年，他始终从事一线基础生产管理工作，在科学组织生产、控制生产成本、提高产品质量等方面积累了丰富的经验，荣获“河北省劳动模范”等多项称号。有很多同行企业想高薪“挖”他过去，但均被他拒绝。韩起瑞说：“没有津西这个舞台，就没有我今天的成长；没有津西的培养，就没有我今天的成绩。津西重视人才培养，我为在津西工作而骄傲和自豪。”

为确保技术、管理两条骨干线人才培养齐头并进，协同发展，津西先后出台《关于干部选聘使用监督与培养的管理办法》《薪酬管理暂行办法》《员工培训工作管理办法》等多项制度，用制度规范干部员工工作行为，提高干部员工综合素质，激励干部员工努力工作。截至目前，津西大专以上学历员工数量达到员工总数的50.47%，取得高级工以上职业资格员工占员工总数的30.17%。同时，津西培养出“全国钢铁行业技术能手”5名（转炉炼钢工吴立保、于立伟，炼钢天车工吴志伟，化学分析工孙月霞，高炉炼铁工李建伟）、唐山市技术能手12名，培养出的70名公司技术状元和621名技术能手中有147人分别走上厂（部）级、科长、车间主任、班组长等领导岗位。

“五制”引来人才创效的活水

津西从珍惜人才、培养人才、使用人才等角度出发，不断探索适应新形势要求的用工管理机制，现已形成具有自身特色、符合当代企业发展要求的，集引进机制、使用机制、培养机制、问责机制、调岗机制“五制”于一体的干部员工动态管理机制。

引进机制。津西以总量适度、结构合理、人才荟萃、富有活力为目标，采取网络、校园、订单式培养等招聘方式，引进钢铁冶炼、轧钢、金属材料加工等对口专业毕业生，进行技术人才储备，每年不低于40人；组织公开竞聘，主要是当干部或关键技术岗位出现空缺时，结合岗位实际，通过竞聘及时发现人才；外聘高级管理人才、中层复合型人才、高级技术人才等，让干部团队保持成长性、富有活力。目前，津西引进了1000多名外地大学生，占员工总人数的15%，其中有19人已晋升为中层干部，占中层管理者总人数的25%；外聘17名高级技术人才，将他们分配在炼铁、炼钢、轧钢、科技等核心岗位。

使用机制。津西以人岗匹配、绩效导向、动态调整为目标，优化定岗定编，做到人岗对应，并做好干部任职资格审查，实现能级对应。同时，津西实行动态调整，对不符合岗位任职资格要求的干部员工进行培训，并明确业绩指标标准，严格落实考核。时下，津西全员形成了不安于现状、见贤思齐、你追我赶、不断提升、超越自我的良好氛围。

培养机制。在干部培养方面，津西本着干部“能上能下”的原则，以培养懂经营、会管理、熟业务、精技术的干部梯队为目标，通过加强对干部的教育和培训、建立干部轮岗制度及储备后备干部等方式，进一步提升干部专业技术和管理能力。在员工培养方面，津西坚持“能进能出”的原则，从提高全员专业技术水平、一专多能入手，采取职业技能大赛、职业技能鉴定、专业技术选派学习及在岗培训等方式，打造技术过硬、一专多能的复合型人才队伍。

问责机制。津西秉承有职就有责、任职要负责、失职要问责的理念，对廉洁问责执行一票否决，事故问责根据效益损失大小进行追责，业绩考核问责视情况轻重予以降职或免职，履职问责对不尽责行为进行严肃处理。通过实行问责机制，津西有效增强了全体干部员工的责任意识，牢固树立想干事、能干事、干成事的工作理念。

调岗机制。津西以业绩考核为依据，对被考核的中层干部组织脱岗培训，或派遣到其他企业工作学习；对被考核的基层干部给予调岗处理，使其在查找自身不足的同时加强学习、提升自我；对员工实行百分制考核，将累计排序末位的员工统一组织到与企业联姻的院校脱岗培训，对培训合格的员工优先安排岗位工作。津西通过优化岗位设置、实施人员分流、推进流程再造、操检合一、一岗多职、一专多能和自动化改造等一系列措施，使人均产钢量明显提高，人均劳动效率提高了20%以上。据中国钢铁工业协会统计数据显示，1~8月份，津西人均产钢指标居全国钢铁行业第5位。

津西“两线五制”动态用工管理机制的运营，在企业生产经营中发挥了至关重要的作用，为企业稳健运营、可持续发展提供有力保障。如今，津西已成为全国最大型钢生产基地，连续14年跻身中国企业500强，产品成功进入多项国家重点工程，主导产品出口量连续6年居全国同类产品第一，“津西”文字商标被认定为“中国驰名商标”。津西先后荣获“中国最具成长性企业”“全国钢铁工业先进集体”“中国职工教育企业百强”“全国企业培训先进单位”“全国职工教育培训示范点”“全国模范职工之家”“全国企业文化建设优秀单位”等称号。

（作者谢吉恒、赵永春、张继军、白小卉，原载于《中国冶金报》，2016年10月25日）

创新与梦想齐飞

2016年10月22日，位于燕山脚下、滦水之滨的河北津西钢铁集团股份有限公司（以下简称津西）将迎来建企30周年。

走过30年的风雨历程，津西在各级党委、政府的正确领导和社会各界的关心支持下，在历届领导，特别是在中国东方集团控股有限公司董事局主席兼首席执行官、津西集团董事长韩敬远的带领下，书写了创新与梦想的传奇，实现了可持续跨越式发展，连续14年跻身中国企业500强，并居河北省民营制造业第一位。

30年的辉煌发展，津西谱写了一曲创新与梦想齐飞的和谐乐章。

改革创新　插上腾飞的翅膀

创新是前进的方向，梦想是前进的动力。津西始建于1986年，1988年建成投产，当时年产生铁仅14万吨。1992年，韩敬远到津西担任领导职务，坚持从严管理、科技兴企的治企方针，以深化改革、制度创新和科技创新为动力，推动企业持续、快速、健康发展，为企业插上了跨越腾飞的翅膀。

为破解旧体制的束缚，1994年，韩敬远在全国首创“两册一制”劳动用工制度，被中央电视台等多家新闻媒体广泛报道。“津西模式”迅速在全国推广，员工生产积极性空前提高，企业经济效益以每年26%的速度递增，成为地方的支柱企业。1995年，河北省唐山市提出在全市冶金行业开展“远学邯钢、近学津西”活动。1997年，全国地区钢铁会议在津西召开，推广津西经验。

随后，津西顺应全国国企改革新形势要求，大刀阔斧地对生产经营体制进行改革，经过从铁到钢、从钢到H型钢、从H型钢到钢板桩的数次跨越，以及深化改制、香港上市、组建集团、多元化发展等数次涅槃，企业规模不断扩大，综合实力不断增强。

到2016年，津西已发展成为总资产300亿元、年产钢1100万吨、年销售收入超650亿元的大型企业集团，旗下的中国东方集团控股有限公司在香港联交所主板上市，全球最大钢铁生产商安赛乐米塔尔公司成为该上市公司第二大股东。

科技创新　走产品升级之路

创新是企业发展之源，企业发展靠科技创新、产品创新。2004年，津西在香港上市时，河北省大部分钢企主要产品为板带类普通产品。如何确保企业在激烈的竞争中脱颖而出？韩敬远等领导班子成员经过审慎研究，决定发展H型钢这一刚刚兴起的产品，走出一条产品差异化经营之路。

从2006年开始，津西从德国、意大利引进了多条先进的大、中、小H型钢生产线，并在这一领域进行了深耕细作，推进产学研一体化，参与国家、行业标准制修订，并研发达到国际标准的产品。

目前，津西已成为全国重要型钢生产基地、全国型钢标准研发基地，相继开发出114个系列、310个规格型钢产品。其中，高附加值产品比例提高到40%，电气化铁路线杆市场占有率已达到90%以上。津西的型钢产品成功进入央视新台址、鸟巢等国家重点工程，还成功应用于美国、菲律宾、墨西哥、巴拿马等国家多项重点工程，远销33个国家和地区。

定位创新　瞄准钢板桩市场

在全球市场进入产品结构和品牌营销的竞争时代后，津西如何立足国际化舞台参与高端市场的竞争？这是韩敬远总在思考的一件事。

中国粗钢产量全球第一，但钢板桩、石油管线用钢，甚至圆珠笔尖用钢等仍然需要进口。津西领导班子成员在认真调研后，敏锐地捕捉到钢板桩这一具有广阔前景的新产品。

2013年，津西在H型钢产品高新化、专用化、精细化发展的基础上，瞄准国内外市场畅销、应用更加广泛的钢板桩产品市场，引进世界一流的工艺装备和技术，对大H型钢生产线进行升级改造，实施钢板桩技改项目。

同年7月份，津西牌拉森钢板桩产品投放市场，桩体钢质优良，防水性能优良，可替代进口产品，性价比高，得到了市场的广泛认可。目前，津西已开发出12种市场主流规格产品，应用于河北省南水北调、武汉市台北路箱涵、青岛地铁2号线、哈齐客运专线铁路、南昌万达旅游城、昆明飞虎大道等多项国内重点工程，并成功出口日本、新加坡、越南、泰国、印度尼西亚、马来西亚、菲律宾和孟加拉国等国家，受到用户一致好评。

架构创新　九大板块齐发展

集团化发展是企业发展的必然，善于在逆境中谋求发展、在商海中抢占先机的韩敬远冷静分析市场形势和自身优势，从打造“百年津西”的高度，精心谋划集团化发展道路。

2009年12月份，河北津西钢铁集团揭牌成立，成为津西发展史上的又一个重要里程碑。

“充分发挥专业化与协作化优势，进行规模化经营；根据市场经济规律，运用先进的科学技术和管理模式，对产品结构和经营领域进行优化组合，不断提高集团在国际、国内市场上的竞争力。”津西有着清晰的发展战略。

在做精做强钢铁主业的基础上，津西强势向高新科技、国际贸易、装备制造、金融服务等领域进军，先后在北京、天津、深圳、香港、新加坡等地设立子公司，走出了一条多元化经营的可持续发展之路，具备了实现“百年津西梦”的坚实基础。如今，津西形成的钢铁冶炼、装备制造、节能环保、国际贸易、金融租赁、津西投资、高新科技、绿色地产、龙翔文化等九大板块齐头并进，蓬勃发展。

公益创新　积极回报社会

津西在实现经营效益稳步提升的同时，勇担社会责任，积极回报社会。

节能减排，保护环境。津西认真落实国家产业政策，健全环境管理体系，大力发展循环经济，投巨资实施节能减排和综合利用项目，建立完善用能管控、环境安全保障和资源绿色循环利用三大体系，被河北省委、省政府认定为“节能减排目标考核完成单位”和“节能减排目标考核先进单位”。

诚信经营、依法纳税。自改制以来，津西年缴纳的税收从当时的1.2亿元逐年递增，2009年达到近10亿元。到2016年，津西已累计向国家上缴税金120多亿元，支撑起了迁西县财政收入的半壁江山。

奉献爱心，热心公益。截至目前，津西向教育、抗灾、交通和优抚等领域捐赠的款项已累计达到近3亿元，韩敬远被中华慈善总会授予“中华慈善事业突出贡献奖”。

以人为本，健全体系。津西不受钢铁市场跌宕起伏影响，坚持每月按时发放工资，从未拖欠，为迁西县经济社会稳定做出巨大贡献；建立员工大病特困救助基金会，健全“5+2”社会保障体系，使员工老有所养、病有所医、伤有所治、困有所助、失有所济、育有所补。

如今，站在新的起跑线上，津西人怀着实现“百年津西”的梦想，向着“千亿百强”目标继续前进，再创新辉煌，再续新传奇！

（作者谢吉恒、杨永成、张继军，原载于《中国冶金报》，2016年10月20日）

韩敬远的津西创业轨迹

韩敬远的辉煌从这里起步
——记河北省津西铁厂建厂十周年

（1）

市场经济的汪洋大海，波涛澎湃。怎样能在市场经济大潮中迎风斩浪，驶向成功的彼岸？

1995 年 10 月，我应邀参加唐山市冶金工业局在津西铁厂召开的全市冶金系统“远学邯钢，近学津西”现场会。走进津西铁厂院内，争芳吐艳的花草幽香阵阵扑鼻，职工文明用语暖人心窝。然而，更为添彩的是听取厂长韩敬远的经验介绍。

今年 3 月初，我再次造访津西铁厂，韩敬远跟我好一通侃。他上任刚过四个年头，这里就闪现了一串串可喜的数字：1992 年实现利税 704 万元，1993 年实现利税 3022 万元，1994 年实现利税 3100 万元，1995 年实现利税 3200 万元；固定资金由 4000 万元增至 2 亿元；20 多项经济技术指标跨入全国同类企业的前列；实现利税突破 3000 万元“三连冠”；1995 年实现利税和高炉利用系数创全国地方中小冶炼企业的两项第一；被评为全国 500 家最佳经济效益工业企业，河北省百强工业企业，唐山市 10 大工业企业……

现代管理学认为，要搞活企业，企业家的素质是企业诸方面素质的核心。韩敬远的经营之道，体现了其独特的经营思想。津西钢铁作为地方中小冶炼企业何以疾步行进在全国同等规模企业的前列？这得益于他认真构筑“市场导向、科技为本、激励为策”的思维定式，使津西铁厂走向了健康发展之路。

（2）

1971年，刚满16岁的韩敬远高中毕业，来到迁西县东荒峪矿当车工。他工作勤奋，肯动脑筋，当工人响当当，当班长敢“冒尖儿”，管理设备井井有条。1984年迁西县筹建汉儿庄铁矿，他被调进矿山筹建组，挑起主抓矿山设备工作这副重担。两年后，他成为这个县办矿的矿长。然而，汉儿庄铁矿没有自己的“粮仓”，矿石全部依赖“群采”，生产没有保证，建立自己的主体矿山已成为燃眉之急。据测算，建一座年产10万吨矿石的矿山，需投资650万元。这对于年处理原矿15万吨的汉儿庄铁矿来说，可是一笔不小的资金，去哪里筹措呢？韩敬远敢闯敢干，带领全矿职工踏出一条新路——与矿山附近石门村联姻办矿，石门村属汉儿庄一个采场。矿方每采一吨矿支付给对方1.30元作为占山、占地、地表附着物迁移等项损失的补偿，村方负责办矿基建和生产期间的民事纠纷，包括附着物、建筑物的征用和搬迁。就这样，汉儿庄铁矿与石门村建起全国第一座工农联姻矿山。

汉儿庄铁矿采取联姻办矿，只用250万元购置了采矿设备，节省投资近400万元，却有了自己的矿山，自采供矿能力达90%以上，给矿山插上了腾飞的翅膀。同时，矿领导从民事纠纷中解放出来，一心一意抓矿山生产和建设。石门村与汉儿庄铁矿“联姻”后，把汉儿庄铁矿给的矿山提成费用来发展农业基本建设，兴修水利、闸沟造地、栽植果树。1991年石门村人均收入比“联姻”前增加一倍多。汉儿庄铁矿为农民用尾矿造田60余亩，给农民带来了实惠。

韩敬远带领汉儿庄铁矿率先在全县地方铁矿使用磁轮滑、磁团聚等新工艺、新技术，经济效益显著提高。1989年汉儿庄铁矿“联姻”办矿后，一举甩掉亏损的帽子；1991年实现利润100多万元，创历史最好水平。

汉儿庄铁矿走出的工农联姻办矿的新路，冶金部徐大铨副部长给予充分肯定。1991年全国地方铁矿经验交流会在迁西召开，韩敬远介绍了他们与农民联心联利、共兴地方铁矿事业的经验，受到与会者的称赞，汉儿庄的办矿模式得到大面积推广。

（3）

1992年初春，韩敬远以厂长的身份踏进津西铁厂的大门。

“津西铁厂那么大的摊子，要是搞糟了，咱可担不起呀！”韩敬远贤惠的妻子婉言劝阻。

“咱们汉儿庄铁矿可是在冶金部都挂了号的，你放着安稳的日子不过，去走钢丝，摔了大跤可不好爬呀！”韩敬远在汉儿庄铁矿交接班时人们好意劝解。

但韩敬远还是来了，也许是共产党员的责任，也许是耐不住领导的苦劝，也许是企业家挑战竞争的素质，或者兼而有之，他决心到津西铁厂第二次创业。

摆在韩敬远面前的现实是严峻的：产品滞销，资金周转滞缓，产供销脱节，产值、利润下滑。一部分职工由于企业不景气，情绪低落，纪律松懈，人心涣散。在他到任不久，竟发生了“黑色星期三”煤气中毒事故，1 人死亡，8 人生命垂危。韩敬远看着眼前发生的一切，心如刀绞。企业要走出逆境，路在何方？

为了尽快熟悉全厂情况，他吃住在厂里，办公室成了他的宿舍，每天工作十几个小时，忘了自己的家，孩子生病发烧也顾不上回家看一眼。

他为了了解职工的思想情绪，深入职工家庭、单身宿舍，与职工促膝谈心。他常常跟班作业，了解生产进度，一干就是几天。

他为了借鉴外厂的管理经验，外出开会不放过每一次向同行学习的机会，虚心求教。

他为调动全厂职工的积极性，吸取大家的智慧，在全厂上下开展“津西铁厂出路在哪里”“我为改革进一言”等活动，征集合理化建议 1200 多条……

韩敬远经过深思熟虑，认为从严治厂和激励机制会给企业带来勃勃生机。他把制定严格而又切实可行的厂规厂法作为治厂的第一招。1992 年 6 月，他首先从制度激励入手，出台了“以人为本，从严治厂”为管理核心的“两册一制”劳动合同制。一册为“合同工”，另一册为“临时工”。只要是津西铁厂职工，不论过去是啥身份，均视在一个等级线上，按条件“入册”，不论入哪一册，均非一成不变，每月按厂部《全员劳动合同制考核标准》考核一次，达标者晋升或保留，不达标者入“临时工”册，其工资福利待遇随册变更。铁厂没了“铁待遇”，奖罚分明，全员劳动积极性得到充分调动。

他接着又配套推出“两卡”制度。一是“全员违纪卡制度”，源于《全国职工奖罚条例》，又不同于一般制度，而是结合厂情，使条例具体成违纪现象20条，厂长查副职，副职查中层，中层查班组，班组职工监察执纪人员，形成上下贯通的监察链。凡被填卡一张，扣半月奖金，两张扣全月奖金，年度三次违纪扣除全年奖金，取消评先进、晋级资格。一张“违纪卡”规范了每个职工的行为。二是特殊条件的“工作指令卡”制度，规定每一个下道工序的要求，作为检验上道工序的标准，产品利润指令每道工序，哪一级出现问题影响下道工序，均记一张“指令卡”，令其限期改进。否则，单位领导受处罚，岗位工人受“株连”。津西铁厂的“指令卡”不仅推动了全厂各项工作，更培养了基层班子“严、细、快”的工作作风。管理上的逐步到位，带动建立和完善了系统的目标、榜样、利益和文化等激励机制。韩敬远此举令全厂震动，厂风、人心大变。职工高兴地说：“铁厂有希望了!”

(4)

夯实基础，羽翼渐丰。韩敬远的目光瞄向市场。

俗话说：“船大好冲浪，船小好调头。”津西铁厂作为一个中型炼铁企业，没有大企业雄厚的实力去“攻城略地”，又不如小企业随市场变化的机动灵活，如何把握这艘不大不小航船的方向呢？他制定了津西铁厂的经营宗旨：“产品以新取胜，质量以优取胜，价格以廉取胜，营销以活取胜，服务以周到取胜。”向同行们提出了挑战，向市场发起冲击。

市场是瞬息万变的，谁摸准了它的命脉，谁就占有主动权。1994年生铁每吨售价下跌400元仍然滞销。他在市场调查中捕捉到首钢四处寻购5公斤重的小块面包铁（每吨价格比大块高出100元）并能及时返款的信息，不失时机地调整产品结构，与首钢签订了供货意向书，组织技术人员进行攻关，很快生产出小块面包铁，与首钢建立了长期稳定协作关系，1994年仅此一项就多创效益600万元。

韩敬远要求营销人员时刻牢记：“活”是企业营销的灵魂。

为了这个“活”字，他们“借他山之石攻玉”。为盘活资金，学习鞍钢的“十二字经”，结合本厂实际，转换成“新十二字经”（清、顶、换、卖、调、出、贷、用、压、增、计、造），为缓解资金不足立下汗马功劳。据统计，就一个“顶”字为厂里清还货款8000余万元。

为了这个“活”字，使企业跳出债务链这个怪圈，他采用了称之为资金低价位循环的策略，将原来的资金循环渠道“购入—生产—销售”模式改为“现金低价采购—生产—现款让利销售”模式，加快了资金周转速度，周转天数由原来的300天一下减少到30天。

“未料胜先料败”，厂长韩敬远长这样说。1995年津西铁厂的生铁以质优价廉一举打开国际市场，取得外商信任，每月生铁产量约有50%出口，资金回收率达100%。可是，他们不再扩大出口，而是采用多种形式稳住国内市场大用户，站稳国内市场的脚跟，做好两手准备，万一某一市场出现问题，不至于受到巨大冲击。这一举措大大提高了企业的抗风险能力。

(5)

“科技是第一生产力”。在企业与市场的激烈竞争中，韩敬远引导职工走上一条靠科技挖潜、增效、育人兴企之路。

四年中，津西铁厂在韩敬远的带领下，有7项重大技改项目获得成功。

1995年春的一天，已是凌晨两点多钟，开完一天会议的韩敬远，躺在床上辗转反侧难以入眠，索性坐起身来。为推荐他们厂向外商出口生铁的事儿，既高兴又着急。外商要求出口生铁达到一级磷的标准，令人焦虑的是，他们使用的土烧结矿是采用加磷粉生产的，致使生铁中含磷量超标。机遇，难得的机遇。可是，商海无情，优胜劣汰，此时只有开展技改方有希望。技术公关组很快成立，经过一个多月日日夜夜的实验，终于摸索到用硼泥取代磷粉，既能抑制粉化，又能提高成品率，使产品含磷量大大降低，满足了产品出口的技术要求。

冶金企业是耗能大户，耗能费用约占企业成本的40%，节约能源是降低成本的主要途径。韩敬远采取了围绕节能降耗、提高产品质量和产量双管齐下的办法抓技改，投资2500万元兴建一座8m^2球团竖炉和节能电站。对此，许多人忧心忡忡，有的担心投资大，工期长，资金一时不能到位，影响生产。有的认为“风险太大，还是等等再说吧”。

韩敬远却说：“不能等，这两项技改风险是大些，可却是解决炉料结构不合理，降低成本，提高产品质量的唯一出路。既然看准了，我们就得上，这是企业的长远利益，资金有困难，想办法解决，如果怕这怕那，企业只能等着倒闭。”

于是，有人说他是个冒险家，有人说他科技意识过热。其实下列一桩桩铁的事实，无可辩驳地证明韩敬远是一个实干家，更是一位科技带头人，是一个相信科技、依靠科技、善于驾驭科技的“领头雁”！

——1992 年，8m^2 球团竖炉建成投产，不仅可以回收利用高炉煤气，减少对大气的污染，改善了烧结生产工作环境，而且有效地改变了炉料结构，使球团入炉品位由原来的 45% 提高到 55% 以上，生铁吨成本降低 10%，减轻工人劳动强度，为高炉顺行、稳产、高产创造了条件，每年节约燃料费 200 多万元，多创效益 500 多万元。

——1994 年 8 月，一座装机 3000kW 的节能电站建成，并网发电，利用煤气发电，变废为宝，保护了环境，可以满足 70% 的生产用电，既缓解了电力紧张局面，又创效益 586 万元。

——投资 400 万元对高炉煤气、洗涤系统进行技术改造，采用技术比较先进的干式布袋除尘工艺取代原来的湿式重力除尘，改善了煤气质量，投资效益也很好。

——1992 年 5 月，高碱度土烧结矿焙烧技术获得成功。高碱度烧结矿的碱度提高到 2.4 左右，提高了热料比，吨铁耗焦降低 100kg，年增效益 420 万元。河北省冶金厅认为此项成果在地方冶金行业有很高的推广价值。

——1995 年 4 月，攻克了高碱度竖炉球团烧结技术，使高炉冶炼吨铁耗灰石下降 60kg，吨铁耗焦下降 50kg，高炉利用系数提高 0.13，年创效益 570 万元，此项科研居国内领先地位。

韩敬远靠科技“火”起来，靠科技圆了综合开发的梦！

四年过去了，津西铁厂今非昔比，成为河北省同类企业之骄子。现在，韩敬远又带领全厂职工学邯钢经验，实现“两个转变”。

他已经创造和正在开创的是一个又一个激人奋进、感人至深的辉煌业绩！

韩敬远说：“明天仍然有困难，但我相信明天的阳光比今天更灿烂！”

（原载于《中国冶金报》，1996 年 5 月 14 日）

与时俱进　开拓创新

——写在河北津西钢铁达产暨为迎接建厂二十周年之际

河北津西钢铁股份有限公司全厂职工喜上眉梢：2002 年实现销售收入 26 亿元，利税 8 亿元，其中利润突破 6.12 亿元，进入全国钢铁企业前列；总资产销售收入比例为 1∶2，总资产利税率 50%，净资产利税率、净资产利润率均达到 100%，股东回报率达到 180%。上述指标均列钢铁行业前茅。

体制创新添活力，为开拓市场增强竞争力

津西钢铁股份有限公司前身是唐山市津西铁厂，始建于 1986 年 3 月，由天津原材料开发公司和迁西冶金矿山公司联合投资 4200 万元，共同兴建两座百立方米高炉，1988 年建成投产，直到 1992 年才达产，年产 14 万吨铁。企业发展缓慢、效益低下的根本原因是旧的体制困扰着企业的发展，束缚了员工的积极性。

1992 年，韩敬远走马上任，出任津西铁厂厂长。他敢为人先，观念更新，首先从体制改革上切入。10 年间，津西实现四次自我跨越，实现了“四级跳”，每次跨越都大幅度地为开辟市场增强了竞争力。

1994 年韩敬远创造性地在公司推出“两册一制”的劳动制度，打破用工界限，取消合同制和临时工的身份区别。当时此举在社会上曾引起强烈反响，中央电视台等多家新闻媒体将这次改革进行了报道。

被誉为“津西模式”的经验，是津西实现的第一次自我跨越，带来了大发展。从 1993 年起公司的经济效益每年以 26% 的速度递增。1999 年津西铁厂利税突破亿元大关，生铁成本每年以 5% 的速度下降，创全国同类企业的最低水平。

1999 年津西按照“产权清晰、责权明确、政企分开、管理科学”的现代企业制度的要求，组建了河北津西钢铁股份有限公司。通过产权关系和生产经营关系形成统一的法人联合体，迎来了企业历史性变革，实现了第二次自我跨越。职工股达 1300 万元，职工和企业的命运紧密地联系在一起，使企业与职工同呼吸、共命运，形成强大合力。2000 年津西实现利税 1.5 亿

元，创历史最高水平。

2001年11月，津西又进一步深化股份制改革，在原股东不变、企业名称不变的前提下，置换职工身份。职工原是国有职工身份，通过买断变成民营职工身份。并筹备调整股权结构，置换国有股东为民营股东，国有股由1999年的占总股本的92%下降到45.5%，实现了第三次自我跨越。2001年利税突破2亿元大关，上缴税金破亿元大关。

面对世界经济一体化格局的形成及我国加入世贸组织后的时机，津西把吸引外资作为企业进一步做大、做强的有效途径，也是加快企业体制、产品、装备三方面结构调整的快捷方式。去年9月，他们与香港嘉鑫有限公司进行了合资，实行第四次自我跨越。通过合资，每年预计新增产值15亿元，新增利税2亿元。

津西连续四次体制创新，使企业充满生机和活力，迅速变大变强，总资产已发展到10亿元。通过体制创新增强了市场竞争力，企业效益大幅度提高。津西先后荣获全国500家最佳经济效益企业、省百强工业企业、省十大钢铁企业之一、省文明单位等称号。

机制创新做动力，为培育市场增加向心力

体制创新必然带动企业内部机制创新。津西10年来一直保持高速发展的势头，关键得益于内部机制的全方位创新。为了在激烈的竞争中保持最佳状态，津西推行一整套能者上、庸者下的用人机制。干部实行聘任制，上级聘下级，层层聘任，一直到班组长。形成了下级保上级，一级考核一级，层层考核的监理用人机制。推行“员工双聘制”，企业与员工签订劳动合同，实现员工与企业的合同化管理，形成人员能进能出，择优聘用，竞争上岗的用人机制。并在全体员工中推行“末位淘汰制度”，使员工形成了“在岗有压力，待岗有危机”的意识。

在分配机制上大胆创新。津西全部实行“岗效工资制度”，建立了“效率优先，兼顾公平”的新型分配机制。对公司领导实行年薪，对中层干部实行月薪制，易岗易薪工资制度，拉开档次，并注重向“苦、脏、累、险”和技术含量高、责任重的一线岗位倾斜。

在完善激励机制和风险机制上创新。对受聘中层干部根据工作目标和责

任的大小，在公司收取一定数额的风险金。对全体职工实行安全生产风险抵押金制。对完成聘期目标的、安全无事故的，给予高于风险金一倍数额的奖励；对完不成聘期目标的或出现重大伤亡事故的，视情况和情节给予降职、免职和解聘的处罚，扣罚相应的风险金，增强了中层干部的责任感和风险意识。

内部各种机制的创新，使企业步入良性发展轨道，企业经营出现了前所未有的好势头。

技改创新壮实力，为抢占市场增强吸引力

近10年来，津西咬定技改不放松，以“淘汰落后，滚动发展”为核心，不断进行技术改造。津西技改创新做出了“大手笔”。他们技改创新不是盲目的低水平重复建设，而是走高起点、高投入、高速度、短工期、高效益、低消耗、结构布局合理的发展模式。尤其近三年，津西在技改扩张中，站得高、看得远，抢抓机遇加大技术改造的力度。他们本着“主体工艺的先进性、附属设备的实用性、投产后的效益高效性”的原则，融资5亿元，建设高炉、转炉、热轧带钢、制氧机和烧结机等工程，形成了热装热送、连铸连轧、一火成材的结构布局。津西人经过10年的艰苦奋斗，不仅结束了单一冶炼生铁的历史，形成铁、钢坯、热轧带钢一条龙生产线，而且产品通过深加工，增加了附加值，技术装备水平也得到迅速提升。

2002年津西建成10000m^3/h制氧工程、40吨炼钢转炉工程、450m^3高炉工程、60m^2带式烧结机工程，全部在一个月内顺产、达产。

在技改中，强化环保是时刻关注的主题。津西已建成两座3000kW和两座3600kW发电机组，解决了主要污染源，收到客观的经济收益。据统计，津西至今投入环保项目建设资金达8000万元，在60m^2带式烧结机上采用低温点火技术，机头、机尾台车滑道密封，九辊布料器、混料机制粒；在高炉上安装了脉冲反冲式布袋除尘，上料系统的PLC自动控制；炼钢安装了文氏管除尘设施；10000m^2/h制氧采用先进的DCS集散控制系统，全精馏无氢制氩新工艺；工业用水系统均采用闭路循环；在治理噪声污染方面，采取分设机房，阻尼减振和屏蔽降噪的方法；高炉瓦斯灰、炼钢污泥和除尘系统收集的粉尘以及水处理系统收集的氧化铁皮都进行综合利用，使企业环境得到有

效治理。

1996 年 5 月，津西开始了“一年再造一个津西”的奋斗目标。全厂职工一手抓生产、一手抓建设，经过一年艰苦奋战，到 1997 年 5 月，综合生产能力扩大了一倍；1998 年津西完成了钢联改造，企业再次实现了飞跃，使当年利税增长 70%；进入 2000 年至今，津西进行第三次技术改造。正是这三次大投入，津西发生了翻天覆地的变化，现在年产钢 200 万吨，发电 3600 万千瓦时，成为燕山山脉一颗耀眼的明珠。

营销创新挖潜力，为抢占市场增强适应力

近几年，津西认真实施以“优质的服务稳定京津唐市场，以低廉的价格占领市场，以优异的质量开拓国际市场”的营销策略，在进行市场调研的基础上，进行市场细分。他们具体划分出企业的竞争区域和分析优先的战略重点，把竞争对手的差别转化为持久的成本差异。在成本差异的基础上，分出第一市场、第二市场，采取不同的方式占领这些市场。津西把市场导向作用、市场细分战略作为搞活营销管理工作的关键抓住不放，巩固了老客户，发展了新客户。

为进一步搞活营销，拓宽销售市场，公司实行营销体制的改革。一是对销售人员实行销售包干和回收货款的办法，调动销售人员的积极性。二是根据市场信息和从互联网上采集的信息，及时制定和调整营销策略。三是积极探索带料加工之路，近两年开展带钢加工业务 13 万吨，获得销售利润 500 万元。四是全方位地搞好售前、售中和售后服务换取双赢。1993 年中信公司以补偿贸易形式投入津西 500 万元上炼钢项目，到了还款期限，津西正处技术改造困难时期，但还是按承诺兑现，通过串材给产品等方式按期还了款。中信对此举甚为满意，由此交上了朋友。中信帮津西出口生铁，为津西打开了国际市场。五是靠产品的质量和信誉，积极开拓国际市场，近几年其出口生铁十几万吨，钢坯 5 万吨，创汇 2000 多万美元。

津西实施创新营销策略，几年来已与千余家国内外客户建立了稳定的长期供销关系，企业连年呈现出产销两旺景象，产品的产销率和货款回收率均达到 100%。

（作者谢吉恒、杨永成，原载于《中国冶金报》，2003 年 2 月 15 日）

韩敬远脚下的津西之路

——回顾辉煌历程，迎来建厂三十载好时光

在燕山脚下的河北省迁西县有一位“钢铁巨人”，经过近 30 个年头发展，它连续 13 年位居中国企业 500 强，是全国最大的型钢生产基地。它就是河北省民营企业的佼佼者——津西集团。

津西集团始建于 1986 年，经河北省工商行政管理局核准成立，由一个年产 14 万吨的小铁厂发展成如今的规模，总资产由初期的 4200 万元发展到 350 亿元；年实现销售收入超 650 亿元，年可产钢 1100 万吨。

津西集团快速发展的原因是什么？9 月下旬，《中国冶金报》记者到津西集团采访了中国东方集团董事局主席、津西集团董事长韩敬远，并深入了解了韩敬远带领津西创新、转型升级，实现跨越式发展、绿色崛起的过程。

“走改革创新、转型升级、绿色崛起之路。”韩敬远爽快地说：“未来五年，津西集团将认真落实国家产业政策，发挥优势，大力推进产业结构调整和产品结构调整，延伸钢铁产业链，发展钢结构绿色地产和装备制造产业，并以实现销售收入超 1000 亿元，进入中国企业 500 强前 100 位为奋斗目标，为钢铁企业绿色崛起、转型升级作出更大的贡献。”

在采访中，记者了解到，津西集团能实现跨越式大发展，得益于韩敬远这位企业发展布局的“高手”。正是他善抓机遇，适逢其时，巧施妙棋，盘活了全局。

锐意改革创新　激发企业活力

1992 年伊始，韩敬远成为津西“掌门人”，立即对生产经营体制进行大胆改革，走出了一条改革发展之路。

1994 年，时任津西铁厂厂长的韩敬远创造性地推出“两册一制”劳动用工制度，取消合同制和临时工身份区别，被中央电视台等多家新闻媒体报道。“津西模式”迅速在全国产生反响，员工生产积极性的提高表现为企业经济效益以每年 26% 的速度递增，津西钢铁厂也成为地方的支柱企业。

1999 年，经河北省政府批准，津西钢铁厂实行股份制改革，成立河北津西钢铁股份有限公司。

2001 年，韩敬远进一步深化股份制改革，实现了国有资产和员工身份的置换。

2002 年 12 月份，通过增资扩股的方式，该公司变更为外商投资股份制企业。

2003 年，该公司加快了体制、产品、装备结构调整的步伐，成功挺进中国企业 500 强行列。

2004 年 3 月 2 日，拥有津西 97.6% 股权的中国东方集团控股有限公司在香港联合交易所主板上市，成为全国首家在海外上市的民营钢铁企业。企业不仅获得了急需的资金，拓宽了融资渠道，而且进入了资本运营的历史新阶段。

2009 年底，河北津西钢铁集团正式揭牌成立，揭开了集团化发展的新篇章。

目前，津西钢铁已形成以钢铁冶炼、装备制造、绿色地产、金融租赁、节能环保、高新技术六大板块为一体，多元化发展的大型企业集团。2015 年，该公司名列中国企业 500 强第 208 位，中国制造业 500 强第 98 位，中国上市公司 500 强第 190 位，中国民营企业 500 强第 34 位，中国民企制造业 500 强第 18 位，河北省民企首位。

调优产品结构　增强核心竞争力

多年来，韩敬远领导的津西集团深入贯彻国家产业政策，不断优化产品结构，力争在开发市场时做到研发一代、储备一代，人无我有、人有我优、人优我特、人特我专。

2003 年，津西钢铁投资 24 亿元实施大 H 型钢工程。该工程于 2006 年 5 月份达产，不但填补了河北省乃至华北地区 H 型钢生产的空白，而且在一定程度上改变了我国钢铁产品的消费结构，促进了国内绿色建筑的发展。

2007 年，伴随着企业快速发展，该公司又实施了 120 万吨中小 H 型钢项目。津西一举成为国内品种最多、规格最全、规模最大的 H 型钢生产基地。

在此基础上，津西瞄准国内外钢铁市场高新化、专用化、精细化发展的需要，加大高科技含量、高附加值新产品的研发力度，推动型钢产品向高、精、优方向发展。

2013 年，津西集团引进国外工艺装备和技术，对大 H 型钢生产线进行技术改造，实施钢板桩技改项目。

同年 7 月 20 日，热轧钢板桩试轧成功，产品完全符合标准，可替代进口产品，并先后在沈阳铁路、青岛地铁、南水北调、福建“海峡城”等重点工程上应用。

2013 年 11 月份，津西热轧钢板桩产品成功出口新加坡。同时，津西继续调整产品结构，立足产品差异化，加快型钢新产品开发，对接国内外重点建设项目和民用建筑领域，现已成功开发铁路线杆、大规格电力角钢和民宅建筑用钢等专用新产品。

目前，津西主导型钢产品已形成了 H 型钢、工字钢、槽钢和钢板桩等 75 个系列、134 个规格，实现了产品高端化、系列化、规模化。“津西”型钢产品供应鸟巢、央视新址、杭州湾跨海大桥等国内外重点工程，并远销日本、韩国、美国及欧盟等 29 个国家和地区，荣获“全国用户满意产品”等称号，“津西”文字商标被认定为“中国驰名商标”。

调整产业结构　转型升级持续发展

近几年，钢铁业产能过剩，需求增长放缓，钢材的利润空间明显收缩。为应对新形势、新挑战，韩敬远精心谋划企业发展新思路，向科技创新、生态环保、金融服务等领域进军。该公司先后在北京、香港、新加坡、深圳、天津等地设立公司，进行规模化运营，走加快转变经济发展方式和多元化经营的可持续发展之路。目前，津西钢铁非钢产业蓬勃发展，销售收入占其总收入的 30% 以上，利润占比超过 50%。

一是依托型钢优势，延伸钢铁产业链，大力发展绿色钢结构住宅产业。通过与国内高端科研院所合作，津西钢铁成立津西钢结构研发中心，研究、解决钢结构建筑防火、防漏、防腐、隔音、抗震、再生等难题，设计、研发、生产直接面向消费者的绿色钢结构建筑产品。通过钢结构建筑，津西钢铁创造了更多的耗钢需求，并开发了多种规格、品种的新钢材产品；通过参与国家及行业标准的制修订，还可带动屋面墙体成套、保湿隔热、新能源利用等相关配套产业聚集，实现集群化发展。目前，津西集团研发中心已开工建设，预计于2015年底投入使用。该项目位于河北省迁西县，建筑面积为2.1万平方米，为1座6层纯钢结构建筑，材料均使用津西生产的各种型钢。

二是进军高科技领域。津西钢铁与美国硅谷半导体设计制造领域一流专家团队合作，在美国硅谷注册成立XTAL Inc（东方晶源）公司，重点开发世界领先的微电领域电子束晶圆检测系统；2014年12月份，该公司在北京亦庄经济开发区成立东方晶源微电子科技（北京）有限公司，致力于提供极大规模半导体产品设计和制造中制程问题的解决方案和相关设备，力争用3～5年将其打造成中国高科技上市公司。

三是发展智能停车设备等耗钢产业。津西钢铁旗下大方重工科技有限公司是国家高新技术企业，实施的国家“863”课题成果——CPC（连续复合）高速钢轧辊项目，现已进入产品试用阶段。2013年，津西与北京航空航天大学开展战略合作，成立“智能停车设备产业化研发生产基地”，力求推进智能停车产业的技术研发和生产应用。目前，津西首个智能停车设备项目——河北省政协智能立体车库已投入使用。该项目仅占地660平方米，共156个车位，单车位耗钢1吨。

强化节能减排　聚力绿色崛起

今年3月20日，中央电视台新闻频道播出《河北唐山：工业余热供暖节能又治污》节目，报道迁西县利用津西股份、津西特钢的工业余热，成功替代燃煤锅炉实现城镇集中供暖，充分肯定了迁西县及津西推进节能环保、减少大气污染的工作。

韩敬远注重发展循环经济，加强能源管理，建设资源节约和环境友好型企业。在企业发展壮大的同时，津西钢铁在建立用能管控、环境安全保障和水资源绿色循环利用三大体系的基础上，持续推进生产环境评价和环境友好型企业管控平台建设，大力推广节能新技术，大规模组织实施节能减排重点工程建设，深入开展节能减排管理创新。

2008～2013年，经环保部和河北省环保厅考核，津西钢铁被认定为

“节能减排目标考核完成单位”；2011 年，津西钢铁被河北省委、省政府评为“节能减排目标考核先进单位”；2014 年，荣膺“全国大气污染减排突出贡献企业”称号。

津西在坚持发展与环保并进的主旋律中，制定出台多项严于国家、行业标准的节能环保规章制度。津西钢铁先后投资 15 亿元配置环保设施，并在烟气排放口全部安装污染源自动监测系统，并与监控中心联网。在防污治污和推进清洁生产过程中，该公司累计投资 10 亿元用于循环经济项目建设，各主要生产环节全部配置水处理和循环利用设施。2014 年，津西钢铁吨钢耗新水 1.996 吨，远好于国家标准和行业平均水平。同时，烧结、炼铁、炼钢产生的除尘灰，炼钢产生的污泥、钢渣，轧钢产生的氧化铁皮，以及炼铁产生的铁渣和水渣等固体废弃物的回收利用率达到 100%。此外，目前，津西钢铁自发电率已达到 50% 以上，年发电收益达到 8 亿元以上。

燕山深处皆美景（国画家张世才）

此外，津西集团下属的东方绿源、河北津顺两家节能服务公司，专门从事高新节能环保设备工艺研究开发、回收设备安装、环保除尘工程运营及合同能源管理，探索节能技术开发，实现企业发展与环境保护相互促进。东方绿源已连续两年进入“全国节能服务公司百强榜”前十名，并获“全国节能服务行业最具影响力十大品牌企业”“中国节能环保领域绿色低碳十大诚信企业”称号。

（作者谢吉恒、杨永成、张继军，原载于《中国冶金报》，2015 年 10 月 14 日）

韩敬远心上的社会责任

上篇："真情"撑起一片"绿荫"

——津西钢铁集团捐资助教济困纪实

"当前，钢铁行业产能过剩，利润微薄，举步维艰。但困难压不倒津西捐资助教的拳拳爱心……"这是河北津西钢铁集团（以下简称津西）副董事长韩力，在不久前召开的"河北省静远教育基金"颁奖大会上道出的心声。会上，受津西集团董事长、静远教育基金会理事长、迁西一中荣誉校长韩敬远委托，韩力为迁西一中520名优秀师生发放了今年的"静远基金"奖金99.56万元。

这是津西在实现绿色、健康、持续发展的同时，积极履行社会责任，支持国家和地方公益事业发展的诸多捐资助教济困善举中的一幕。据悉，津西迄今已累计向教育、抗灾、交通和优抚等社会公益事业捐款近亿元。

热心公益事业做有社会责任感的企业

津西，经过27年的艰苦奋斗，从一个年产仅14万吨生铁的县办地方小铁厂，发展成为集钢铁冶炼、金融租赁、文化产业等八大板块为一体的特大型企业集团和海外上市公司。在实现跨越式发展的过程中，津西董事长韩敬远时刻没忘饮水思源，积极履行社会责任，热心公益事业，以实实在在的行动回报社会，坚定不移地持续向教育和抗灾、济困、优抚等社会公益事业捐款，将津西打造成为极有社会责任感的企业。

2003年，捐款100万元支援西藏发展，帮助地方政府举办陶瓷博览会；捐款100万元用于迁西景忠山旅游基础设施建设。

2005年12月，捐资100万元，为全县900名在战争年代为国家和民族解放事业作出重大贡献的老烈属、老残疾军人、老复员军人每人购买一台25英寸彩电，并为全县100名低保特困户捐赠救助金，向社会弱势群体"献爱心，送温暖"。

2006年9月、2007年3月，分别捐款400万元、150万元修建驻地公路。

2007 年 4 月，向唐山市慈善总会捐款 100 万元。

2010 年，捐资 90 万元用于唐山环城水系绿化工程。

……

多年来，面对钢铁市场竞争的巨大压力，津西在生产经营资金紧张的情况下，累计投资社会公益事业近亿元，用实际行动履行着那份神圣的社会责任，获得了社会各界的称赞，韩敬远也由此成为了迁西县名闻遐迩的民营慈善企业家。

与此同时，津西始终秉承“一方有难，八方支援”的中华民族光荣传统，在近年来每次自然灾害降临的时候，都义不容辞地倾力帮助灾区人民重建家园。

1998 年，在长江流域发生特大洪水灾害时，津西捐款捐物价值 300 万元；2008 年 5 月 12 日，四川汶川发生 8.0 级强烈地震后，灾情牵动了津西万名干部员工的心。为帮助灾区人民重建家园，尤其是使损毁极其严重的中小学校的学生早日用上安全、抗震的教学楼，津西捐献价值 600 多万元的 1000 吨新型、抗震、环保的 H 型钢，作为重灾区建设一栋高标准教学楼所用钢材。津西广大干部员工以扶危济难为己任，也纷纷慷慨解囊，爱心募捐 52.86 万元，也将殷殷深情奉献给灾区人民。2010 年，在青海玉树发生地震时，津西向灾区捐款 100 万元……

多年以来始终如一致力于兴办公益事业，也让韩敬远在由中华慈善总会主办的中华慈善事业贡献奖暨第二届中华慈善人物评选活动中，荣获“中华慈善事业突出贡献奖”和“中华慈善人物”称号。

不忘回报社会助力家乡教育事业

教育兴，国运昌。作为迁西最大的企业，津西始终关注着革命老区迁西教育事业的发展。2004 年以来，津西累计向县教育局、迁西一中、三屯营小学捐款 1100 多万元。其中，2004 年 5 月 24 日，为新建的迁西县一中捐款 800 万元，解决建校资金匮乏的问题；2005 年 2 月，先后为迁西县三屯营小学捐款 180 万元，修建高标准校舍，改善办学条件……2011 年，为有效缓解县城儿童入托难的压力，给儿童以高品质的教育，津西又捐资 1000 万元建设迁西县第三幼儿园。

2005 年，韩敬远个人出资 200 万元设立“河北省静远教育基金”，专门用于奖励迁西一中的优秀教师和学生；2012 年又将基金增扩到 1000 万元。9 年来，此基金已累计向迁西一中发放奖金 310 万余元，受奖励师生达到 1700 人次。为充分发挥“静远教育基金”激励作用，确保优秀生源，2011 年 6 月，迁西一中开办首届静远班，生源主要为双特生（学习成绩特别优秀、家庭特别困难的学生）。在静远班的教室，韩敬远面对几十双明亮、纯真、渴求知识的眼睛，语重心长地说道：“振兴迁西，重点是教育。津西和我捐资助教做得还不够，今后还会大力支持。只要大家努力学习，我坚决支持你们，绝不让一个学生因家庭经济困难而上不了大学。大家要好好学习，努力争取考上理想的大学，做一名对社会、对国家有用的人，为迁西人争光，为中华民族争光！”

2013 年 4 月 25 日，津西钢铁还向迁西县 16 所乡村小学赠送中华传统文化启蒙教育精华读本《蒙学十三经》，弘扬中华民族优秀传统文化……

厚德载物更健行。如今，在韩敬远的带动和影响下，津西见义勇为、扶危济困、拾金不昧等义行善举如雨后春笋般不断涌现，蔚然成风。越来越多的津西人自觉融入慈善队伍，用挚爱真情为社会、为弱势群体撑起一片“绿荫”。

（作者谢吉恒、白小卉、朱翠飞，原载于《中国冶金报》，2013 年 12 月 28 日）

下篇：“助困基金”暖人心

——津西钢铁集团“关爱员工”救助工作纪实

“钢铁形势这么困难，韩敬远董事长和津西还想着我们，为我们发放津西特病大病救助金。解决我们的燃眉之急、后顾之忧。我代表特病大病特困员工和家属真心感谢津西，感谢韩董事长。我们能在津西这个大家庭工作真好！”河北津西钢铁集团（以下简称“津西”）员工王海波激动地说。

1 月 25 日上午，正值四九，天寒地冻，津西股份办公楼 7 楼大会议室却流淌着汩汩的爱意，散发着暖暖的深情——津西特病大病特困救助基金发放仪式在这里举行。仪式上，津西股份党委书记、监事会主席、工会主席金小春代表董事长韩敬远和津西为特病大病特困员工发放 4 万元、2 万元、1 万元等数额不等的救助金共 38.5 万元。其中，员工自身救助总额为 32.9 万元，员工家属救助总额为5.6万元；最高救助额为4万元，共救助129人。

此次津西特病大病特困救助基金第七次集中救助，是津西以人为本、关爱员工、恪守韩敬远董事长“绝不让一名员工因病致贫”承诺的具体表现。这一组组数字见证了津西“关爱员工”救助工作的卓有成效，打开了因特病、大病造成特困的员工的希望之窗。

不让员工因病致贫

多年来，韩敬远在带领津西搏击市场、创新奋进、不断发展壮大的同时，一直心系员工身体健康和家庭生活，并把救助患特病大病员工和家庭特困员工作为一项事关企业和谐发展的重要工作。他曾多次强调，“员工利益无小事”“绝不让一名员工因病致贫”。

2007年以前，津西对患特病大病员工一直实行“行政按一定比例报销医药费，工会报销50%自付费”的政策。尽管此举大大减轻了患特病大病员工的经济负担，但员工个人自付的部分对一般工薪家庭来讲也往往难以承受。为彻底解除这部分员工的后顾之忧，2007年11月份，在韩敬远的倡议下，津西通过行政每年拨款30万元，工会一次性拨款10万元，员工每人自愿交纳12元，加上干部员工自愿捐款734718.5元，建立起总额约125万元的特病大病特困救助基金。随着企业人数的增加，津西逐年发展新员工加入基金组织，每位员工只需一次性缴纳12元的入会基金，即可在本人或家属患特病大病时得到救助。此举极大地减轻了员工的医药费用负担，有效缓解了员工“因病致贫”的窘况。

按照基金管理规定，从2007年1月1日起，津西员工因病、意外事故死亡或残疾，员工或员工家属患特大疑难病造成家庭特殊困难的，均可从该基金获得最低1000元的救助。其中，患特病大病的员工，医药费个人统筹负担部分原则上可获得100%救助。这意味着，津西员工治大病可以不掏一分钱。

“用爱心暖人心，用诚心换真心。”特病大病特困救助基金是津西关爱员工的重要组成部分，得到了集团广大员工和社会各界的一致好评。特病大病特困救助基金的建立，不仅丰富完善了员工保障体系，还与员工养老保险、失业保险、工伤保险、医疗保险、生育保险和住房公积金共同构成具有津西特色的“5+2”社会保障体系，切实为因患特病大病造成家庭困难的员工解除了后顾之忧。

津西一直对患特病大病的员工和家属进行慰问救助，并做好持续跟踪救助。以高志文、付成达、李连春、吴立稳、韩艳林、马玉明、张振同等为代表的身患特病大病的员工，一直被列入救助和慰问的名单，成为津西持续关注的对象，让身处困境中的员工和家属深受感动。

雪中送炭的救命钱

员工是企业发展的基石。为了把员工特病大病救助这件好事办好，津西把“以人为本”的理念贯彻落实到工作实践中，心中装着员工，想员工所想，急员工所急。

这项基金建立后，津西股份轧钢厂员工王再明成为第一个受益人：2007年，王再明因心脏病接受了心脏支架手术，医药费用总额达到6万元。除医保报销外，津西为他自付的2.6万元进行全额救助。这2.6万元，不但解决了他长期服药给全家造成的生活困难，也增强了他们一家人生活的勇气。“特病大病特困救助基金真的很管用，减轻了家庭经济负担，解除了我们的后顾之忧。”王再明激动地说。

“当时只花12元参加特病大病特困救助基金，如今拿到了2万元救助金，这可是雪中送炭的救命钱啊。”当津西股份患尿毒症员工李连春的妻子从金小春手中接过2万元的救助金时，表达着心中的感谢。李连春2009年被查出患有尿毒症，为治病花去家中的所有积蓄。随着病情的加重，他每隔两三天就要去医院透析一次，每次透析费用700多元。加上往返的车票和食宿，每月用于透析的费用高达1万余元。在李连春无助的时候，津西连续4年对他和他的家庭进行救助，每次除报销外救助3000元到2万元不等。津西的救助基金解除了他家的燃眉之急，使他重新燃起生活的希望。

这只是津西救助员工本人的其中两例。2013年1月26日，津西救助组冒雪前往上营乡董家口村慰问津西股份患胃癌的员工张秀，送去了1.6万元的救助金；在患骨盆肿瘤的津西万通员工吴立稳家中，救助组关切询问他的病情和家庭经济情况，鼓励他树立起战胜病魔的信心和决心，并按规定给予其3万元救助金；在做心脏支架手术的津西大方重工员工高俊卿家中，当高俊卿和退休的妻子从救助组接过1.9万元救助金时，他们紧紧拉住慰问人员的双手，流下了感动的眼泪……

用感恩之心工作

员工家属也是津西这个大家庭中的一员。在员工本人患特痛大病得到救助的同时，津西的救助基金还向员工家属伸出援助之手，使救助金更加贴近基层、贴近员工，范围更广。

津西钢铁集团大方重工员工张银年仅15岁的儿子于2001年不幸患白血病，要经常去北京、哈尔滨等地住院治疗，前前后后花费了90多万元。巨额医疗费用使家里所有积蓄顷刻间化为乌有，还使这个原本不富裕的家庭负债累累。在成立特病大病特困救助基金之前，津西干部员工通过捐款的方式对其多次进行救助。自2007年建立该基金以来，津西特病大病特困救助基金始终坚持每年对其进行救助和慰问。走进这个贫困家庭，干净整洁的房间的墙壁上，贴满了“三好学生”“成绩第一名”等大大小小的奖状。这些奖状让人感到心酸，但也看到了这一家人骨子里的坚强和在津西救助下的信心。“谢谢津西，谢谢……”这就是不善言辞的张银对慰问组成员说得最多的话。

2008年，对津西股份员工任树忠家庭来说，是最为不幸的一年。当妻子的一纸冰冷的诊断通知书递到任树忠手中时，犹如晴天霹雳，重重撞击着这个不幸的家庭。医生说，进行肾移植手术，还有希望。34万元的手术费用，一下子使这个刚组建时间不长的小家陷入困境。肾移植手术以失败告终。由于无处筹款和没有相匹配的肾源，这几年来，妻子只能靠透析维持生命，透析费用每年就达到2万多元。妻子患病后，任树忠所在单位积极倡议员工伸出援助之手，进行爱心捐助，并上报公司领导，公司立即决定对其进行救助，已连续救助6年。“我一定以感恩之心工作，来报答津西对我妻子的救助。”憨厚的任树忠说。

7年来，津西一直坚持“民主、公开、公平、公正、规范”的原则，把有限的救助资金用到最需要的地方，让更多的困难员工得到救助，感受到企业的温暖。特别是2012年，在钢铁市场整体低迷、企业经营困难、资金紧张的严峻形势下，韩敬远作出指示：市场形势再严峻，也要关爱员工。当年，津西共发放救助金47万元，救助128人次。截至目前，津西特病大病特困救助基金已经累计救助701人次，发放救助金229.16万元，成为员工避免因病致贫的重要保证。

病魔无情，人间有爱。“津西特病大病特困救助基金要为因病致贫的员工提供救助，帮助他们渡过难关，让特病大病特困员工在寒冷的冬天感受到津西的温暖，并使他们树立起战胜病魔和一切困难的信心与决心。不管以后钢铁形势多么严峻、多么困难，津西都会一如既往地关注困难员工群体，扩大救助基金的覆盖面和救助能力，驱走他们的‘寒冷’，给他们暖暖的阳光。”韩敬远如是说。

（作者谢吉恒、张继军、李春静，原载于《中国冶金报》，2014 年 2 月 8 日）

津西人（散文四篇）

编者的话：在“津西钢铁集团”迎来建企三十周年前夕，我选编《津西人》厂报副刊发过的《我爱津西》《钢城恋歌》《我的母亲》《练就钢铁技能 争做“大国工匠”》四篇散文为津西庆生。读后感触颇多，四篇散文有共通之处，意境新颖、布局严谨、构思细巧、脉络清晰、承前启后、语言形象、接地气、传播正能量。表现手法各有千秋，情节细节描写各有特长，脍炙人口。

文如其人，从文中可以看到津西人坚守企业的发展，必须有文化传播的推动，须从观念变化开始，在创新中寻求突破，在突破中寻求发展，不断超越自我；津西人追求梦想不改，创新不止，激情长燃，服务永远，孜孜不倦；“津西人”要做“大美的津西人”，爱在津西的胆魄、精神、品格、风景，情有独钟；津西人匠心筑梦，精益求精，爱岗敬业，创造伟大；托起眷恋希望的热土，诞生誉满华夏的钢城，一步步走向辉煌；百善孝为先，感恩父母，对父母多一份关心、尽一份孝心。

可点可赞，津西人迎着春风，展翅飞翔，一种信念酿造一种精彩，可以铸就一段新传奇！

——编者谢吉恒

我爱津西

众所周知，人是富有感情的高级动物。因而除住院等特例外，一个人在哪里待长了，就容易对那里的人和物产生一种特殊情感，此乃不争的事实。

2005 年 4 月，我有幸来到向往已久的津西从事宣传工作。转眼间，十多年过去了。在这十多年里，津西掌舵者顺时应势、勇立潮头的胆魄，津西站位高远、持续健康的跨越式发展，津西勇于担当、积极回报社会的高风亮节，津西底蕴深厚、凝心聚力的企业文化，津西人传承薪火、艰苦奋斗的创业精神，津西缤纷多彩、与日俱增的壮丽风景，都在耳濡目染中时时感动着我，在潜移默化中净化着我的心灵。长久的感情积淀，如久窖的佳酿般醉人，深深的爱意从心底油然升起。

我爱津西的胆魄。津西自1986年建企以来，以董事长韩敬远为代表的历届掌舵人，始终瞄准“把津西做大做强”的目标，以超常的胆识，超前的目光，在各级党委、政府和社会各界的倾力支持下，勇当时代的“弄潮儿”，将津西引上了一条持续健康发展的坦途，攀上一座又一座事业的高峰。从无名稚企到全国最大、世界一流的型钢生产基地，从一钢独大到“六业”相辅相成、并驾齐驱，从香港上市民企到连续12年跻身全国五百强企，从做大做强传统产业到适应新常态的转型升级，从经历经济结构调整期到“为生存而战”的细化管理，哪一次历史性的跨越不是勇气与智慧的结晶？哪一个坚实的脚印不是化危为机的博弈？哪一招不是解脱困境、实现突破的妙棋？如此的胆魄，让我怎能不由钦生爱？

我爱津西的精神。回眸津西昂首阔步走过的29年征程，步步是踏石有印、踩铁有痕的足迹，处处闪耀着津西精神的光芒：敢于第一个吃“螃蟹”，大胆探索撬动企业发展的新支点，成为香港上市民企；敢于瞄准世界一流工艺装备，引进先进的型钢生产线和属于科技前沿的微电子产业；敢于以壮士断腕的勇气推倒重来、流程再造，横扫一切阻碍企业前行的拦路虎；敢于在钢铁市场的“严冬”中，绘制“千亿百强”的蓝图，打造“百年津西”的梦想，这是让人敬佩的敢为人先精神。

在“白纸”上开始创业，在荆棘丛生的路上不断续写辉煌，顺境时居安思危，逆境时斗志昂扬，时时遏制铺张浪费，处处体现勤劳节俭，群策群力修旧利废，众志成城降本增效……这是薪火相传的艰苦奋斗精神。

靠信任和理解实现与客户的双赢，靠过硬的产品质量和优质的售后服务拓展国内外市场，靠民主管理、提高福利、打造事业平台凝心聚力，这都是作为企业之基的诚信。

以强烈的历史责任感与时俱进，瞄准行业一流，不断更新经营管理理念，不断引进新装备、新技术、新工艺、新方法，不断改进营销模式、抢占市场、防控风险，不断研发新产品，提升各项经济技术指标，不断抢占科技前沿，向高新技术和产业进军……这是强基固本的开拓创新精神。

在企业连续跨越发展的同时，不忘打造“百年津西、科技津西、绿色津西”的宗旨，牢记自己肩上所应担负的社会责任，投巨资搞节能环保建设，放开手发展循环经济，积极投身社会公益和教育事业，在“绿色崛起”的征程中，倾力促进栗乡的经济和教育快速发展，这是弥足珍贵的勇于担当精神。

这几种精神，聚合了津西企业文化的精髓，夯实了津西事业大厦的根基，汇成了助推津西屡攀高峰的不竭正能量。这样的精神，让我怎能不由敬生爱？

我爱津西人的品格。在津西这个特别能战斗的团队里，有着数不清的感人故事：为确保津西成功上市，董事长韩敬远运筹帷幄、殚精竭虑，为企业成功谋得持续健康发展的助推器；在钢铁市场遭遇“严冬”时，全员为生存而战，同心同德、献计献策，共谱逆境奋起之歌；在打造“学习型企业”的大潮中，广大干部员工按照董事长“学习、学习、再学习”的指示，积极进修、自觉“充电”、苦练技术蔚然成风，一个个公司的状元能手，在行业和市级竞赛中留得美名；一批批外地大学生，在津西这个事业的平台上脱颖而出，成为公司、厂部、车间的各级领导和技术骨干；在工程或检修的关键时刻，参战的干部员工舍小家顾大家，毫无怨言地赶进度、抢时间，为提前投产贡献力量；在员工本人及家属因患病或意外造成生活困难时，公司“特病大病特困救助基金”予以补助，各级干部带头捐款，广大员工慷慨解囊，助工友渡过难关；员工在上班或外出的路上，遇到他人遭遇车祸或危险时，一次次义无反顾地出手相帮且不留姓名；许多员工在拾到他人遗失的巨款或物品时，千方百计地寻找失主予以归还，并谢绝失主的酬谢……

这数不清的故事，彰显着津西人恪守诚信、勤奋学习、奋勇争先、爱岗敬业、扶危济困、见义勇为的品格。在一代代为津西的崛起而播爱洒汗的干部员工身上，完美诠释着津西这个不凡团队的超级能量。如此优秀的团队，我怎能不爱？

我爱津西的风景。如实说，津西与相邻的京东明岫景忠山相比，既没有“儒释道”三教合一的丰厚底蕴，也没有大自然的浑然天成、鬼斧神工，似乎难以媲美。但“情人眼里出西施”，我对津西的别样美景却有另一番的感受，可谓情有独钟。

早晨，当朝阳伴着隆隆的机器轰鸣，从地平线上冉冉升起的时候，十里钢城内星罗棋布、错落有致的建筑，已经成为她雄浑的背景。此刻，喷薄而出的旭日，红光闪闪的高炉，剑指蓝天的冷塔，减排环保的设备，排列整齐的厂房，完美合成了一幅生机勃勃的图画，让我心潮澎湃、信心倍增。

白天，在和煦的阳光下，在微醺的轻风中，迎风飘扬的国旗、企旗，雄伟壮观的厂区，亭亭玉立的灯杆，摇曳多姿的杨柳，四季常青的松柏，五彩缤纷的花树，生机盎然的绿茵，变幻迷人的喷泉，袅袅轻扬的白烟，映照蓝天的碧水，有机合成了一幅充满诗情画意的丹青，让我心旷神怡、流连忘返。

夜晚，在朗月播撒的银辉中，在灿烂的星光下，津西变成了一片由形形色色的灯光组成的“海洋”。在璀璨的“灯海”中，逶迤蛇行的路灯、高挑明亮的杆灯、节节攀高的塔灯、不断移动的车灯、卫士巡逻的电筒、冶炼轧制的红光、电焊作业的蓝弧，自然合成了一幅色彩斑斓的画卷，让我浮想联翩、陶醉其中。

还有，那些忠于职守的干部，规范操作的工人，挑灯夜读的学者，改革创新的精英，厂务公开的橱窗，各种培训的课堂，精彩演出的舞台，人声鼎沸的球场，“津西之约”的鹊桥，救助困难的走访，企业文化的研讨，立体安全的筑网，全国驰名的商标，难以计数的奖状……这一幅幅催人奋进、和谐向上的特写镜头，让我难挪脚窝、心旌摇动。

十多年来，津西的胆魄、津西的精神、津西的品格、津西的景色，时时涌动着我的心潮，陶冶着我的情操，汇成了我钦敬热爱的汩汩心泉。三千多个日日夜夜里，数不清的感人事迹和感人瞬间在我的心中积淀发酵，像一个个强劲的音符，拨动着我的心弦，谱成了这首情真意切、发自肺腑的爱的心曲……

（作者庞文泽，原载于《津西人》，2016 年）

钢城恋歌

在绵延起伏的燕山南麓，在历史悠久的古镇三屯，矗立着一座誉满华夏、辉煌腾飞的十里钢城。她，曾经创造了无数个奇迹，在峥嵘岁月里留下了一串串闪光的足迹；她，是栗乡的中流砥柱，用坚强有力的臂膀扛起了地方经济发展的大旗；她，是我们赖以生存的热土，也是我们的坚强靠山；她，依然激流勇进，在转型升级的改革大潮中扬起风帆，正信心百倍地向胜利的彼岸驶去……她，就是津西——一片托起希望的热土，一部满载着沸腾热血的传奇。

当东方的晨曦掀去黑夜的面纱，她繁忙的样子开始在我眼前渐渐变得清晰。登临景忠，于碣石处俯瞰她绵延伟岸的身影，从这边到那边，从这里到那里，让我感觉心旷神怡，心里油然升起一股股温热的敬意。最喜欢听老员工讲述这里，讲述他们当年的峥嵘岁月，仿佛那岁月会流露出一种带有味道的记忆。是啊，光阴荏苒如梭，多少年如水逝去。默默回首，铅华岁月中，这里从无到有、从小到大、从弱到强，写满了太多可歌可泣的故事。即便是一段简短的回忆，也足以令闻者感慨、沉迷。这里，是一片满载着希冀的热土，镌刻着一代又一代津西人光辉的足迹；这里，是一片广袤的海洋，一代又一代的津西人像波涛一样紧紧相连、前赴后继。在这里，我们把精神、力量和汗水用岁月熔铸；在这里，我们抒写着团结拼搏、艰苦奋斗、永不停息。

最喜欢她温柔又坚强的样子，是那么深刻地印在我的记忆里，已然成为我生命中不可分割的一部分。多少年了，每当想起，心中满满的全是激动和欣喜。假如我是一名诗人，我一定在笔尖流露出对她深情的颂赞。假如我是一名歌唱家，我多么想在高阔空旷的地方，将多年来积淀在内心的炙热的情感，用高亢嘹亮的嗓音，唱一首赞美她的恋曲……

29 年前，这里还是一片沟沟壑壑的黄土地，一条巨大的黄土梁子，还有许多小径曲折迂回。随着时节静静地循环轮转，大自然悄悄地作着春夏秋冬的更替。那个时候，谁也不曾想到，在这片人们都习以为常、春耕秋收的黄土地上，会诞生一个远近闻名、誉满华夏的钢城，更没想到这座钢城不断壮大，已成功地冲出中国、走向了国际。如今，这一方的乡亲们生活渐渐富裕，满脸笑得那样得意。可是，在 29 年前，谁敢想象，这里就是她诞生的襁褓，这里，就是她一步步走向辉煌的阶梯。

江水滚滚东逝，岁月悠悠无声。29 年来，她不负党和人民的嘱托，不辱神圣的历史使命，载着家乡人的希望和梦想，豪情万丈地踏上征程，洒下一路汗水，收获一路辉煌。从不知名的地方稚企，到声名远播华夏大地的企业集团，再到香港的上市公司；从产品种类单一的生铁，到全国最大的型钢生产基地，到能填补国内技术空白的热轧钢板桩，再到型钢产品已达75个系列、134个规格，产品不仅用于鸟巢、央视新址等国内重点工程，还远销29个国家和地区；从单一的钢铁产业到装备制造、绿色地产、金融租赁、节能环保、高新技术六业并举……如今，“津西”文字商标已成为中国驰名商标，她更是连续13年稳居中国企业500强，创造了业内的奇迹。29年来，她如涅槃的凤凰一样，以一系列令人瞩目的业绩，实现了连续多年的跨越式发展，撑起了一方经济的蓝天，在行业内声名鹊起。从那些老员工的回忆里，依稀可以读到他们当年的感慨和豪迈；从他们那自豪的眼神里，可以读出他们那份发自心底的惊喜和敬意。

如今，钢铁行业面临着持续的“严冬”，又一次到了考验她的严峻时期。29年的光辉历程，让我们心潮澎湃，也让我们信心满怀。因为，她带领着一代又一代津西人跨越了无数的险阻，克服了数以万计的困难。在岁月的磨砺中，她让我们领略了“艰难困苦，玉汝于成”的道理，让我们懂得了追赶先机、为生存而战的必须。所以，我们相信她。她，就是那只勇敢的海燕，在波涛汹涌的大海上，在闪电中间，高傲地展开双翅，奋斗着、搏击着，迎接终将到来的胜利！

（作者吴杰，原载于《津西人》，2016年）

我的母亲

母亲的呼唤，是世界上最动听的音乐；母亲的辛苦，是世界上最感人的书籍。闲暇品茗，摊开白纸，用些许笔墨素描我挚爱的母亲，并送上来自心底的祝福：母亲，健康长寿！

——题记

已为两个孩子母亲的我，对“母亲”这个词的理解更加深透。这不仅是称谓，拥有母亲更是我人生中最宝贵的财富。这种情感，对于父亲已然离世的我来说，尤为强烈。

我母亲生于20世纪40年代末，经历了建国初期的“一穷二白”，赶上了“三年自然灾害”带来的艰苦日子。用母亲的话说，现在社会发展得越来越好了，吃得饱，穿得暖，家里电器都是高科技的。特别是她这样花甲之年的老人，国家月月给发“生活费”，真是赶上好时候了，这辈子算是没白活。

我母亲长得慈眉善目，乌黑的齐耳短发中略见几丝银白，共生育我们姐弟四个，我排行老大。母亲虽然是一位普通的农村妇女，只有小学四年级文化，但思想上总能与时俱进，是个充满正能量的人。

母亲心地善良。20世纪80年代末，人民的生活虽然有了改善，但家家都还不是很富裕。早晚饭以玉米粥为主，午饭唱主角的依然是红薯，用萝卜腌制的咸菜疙瘩是饭桌上的当家菜，而面粉、大米更是稀缺之物，只有家里来了客人才会限量地做一些吃。等客人吃完，基本上是所剩无几，但母亲也会分成四份，让在旁早就垂涎欲滴的我们姐弟几个享受美味，她以自己不爱吃为借口从来不沾。现在回想起来，母亲其实是舍不得吃，心里光惦着我们这几个“小馋虫”了。

在那个年代，白面馒头、蒸米饭是别有一番香味的。要想吃炖肉，只能是在端午、中秋、春节三大传统节日里。每逢节日到来的时候，母亲会早早地赶到四里开外的集市上，算计着割几斤肥瘦搭配的猪肉，肥肉居多，除了让全家沾点儿荤腥，主要是为了炼些猪油，让一家人吃上个把月，省了家里的一笔开销。她到家后，又不停息地把肉洗洗、切切、烫烫，再用糖烧烧，然后放到大铁锅里，撒些八角、花椒、姜、葱、盐、酱油等调料开始煮。往往肉香刚刚从高粱秆做的锅盖里挤出来时，我们姐弟几个肚子里的“馋虫”就按捺不住了，围在锅台周围向她要着吃。这时，她掀起锅盖，用筷子戳戳已有七八分熟的肉，考虑到没熟透不好消化、容易让人生病，就不会让我们吃。虽然没有吃到嘴里，但看着在锅里“咕嘟咕嘟”直冒泡儿、流出了油的肉，我们姐弟几个将口水直往肚子里咽。待往返锅台几个回合后，母亲再不忍心看我们姐弟几个的馋猫样儿，就用菜铲按着已熟了的肉块一头，再用筷子撕下一些瘦肉丝，让我们一个个先解嘴馋、止住口水。待停了火，在菜板上切肉时，她又受不了我们姐弟几个的第二次围攻，总是一边往我们嘴里塞肉，一边唠叨：“等日子好过了，就多买些让你们几个吃个够儿”。

在自家这样比较困难的情况下，只要邻居有来借玉米面、面粉或是米的，她都会毫不迟疑地用葫芦瓢给人家往袋子里装。直到人家一再说“够了，够了”才会罢手，临了还补充一句“给孩子吃去吧”，让借米、借面者颇有“雪中送炭”之感。

我家邻居叫三姑的，丈夫因癌症去世，留下三个不大的孩子，愁得整日以泪洗面，母亲看着就心疼，一有时间就去陪她。很快，三姑家又有了欢声笑语，老姐俩的感情也像陈酿的老酒日益醇香。

母亲还有一个特点，性情专一。评剧、京剧、河北梆子，她都喜欢。我们村里有个评剧团，每逢开唱，她必去捧场。她来县城女儿家时，每天晚上都去栗乡广场报到。记得 2015 年 7 月份，她脚崴了，连续十几天还是一瘸一拐的，经医院拍片诊断是右脚无名指骨折。即使这样，她还是继续当“粉丝”，听戏入迷时还忘情地跟着哼哼两句。她脚伤未愈，我们姐妹劝说、阻拦，都遭到否决：“这是咱中国的传统文化，不能丢。你们这一代没吃过苦，不能忘本。踏实工作多干点儿，那是在帮你长进。”母亲的唠叨，一直陪伴着我。我遵循她的教诲努力工作。

母亲性格坚强。父亲离世时，她刚 55 岁。那时，不管村里人还是亲戚，有好多人都想给她再找一个伴儿，一来省得她晚年孤单，二来是我刚上班，大妹没有成家，小妹、小弟还在上学，家里经济状况并不富裕。可是，令我们出乎意料的是，她一口回绝了，没让我们姐弟几个知道，独自用她瘦弱的肩膀苦苦撑着这个家。

要说母亲干农活，那在村里是出了名的。无论是点种，还是施肥；无论是拔麦子，还是掰玉米；无论是出红薯，还是刨花生，可谓样样精通，与大男劳力相比毫不逊色。每逢秋收时节，我家的粮食格外抢眼：玉米棒又粗又长，黄豆颗粒饱满，红薯、花生、面粉以每亩地为单位计算，产量相比他人都要多，这都是母亲汗水的结晶。秋后，只要等玉米晒干，就搓成粒儿卖钱，供妹妹、弟弟上学。农闲时，她又与村里人搭伙儿，去距家 20 多里的矿石窝子捡拾矿主遗弃的碎小矿石，然后堆在家里的后院，多了之后就拿去换钱。再后来，带着长大成人的弟弟一起走村串巷卖起了大米、面粉。

在母亲的坚强支撑下，我们姐弟几个，阳光、自信、健康地成长起来。

大妹在市里成了家，小妹大学毕业当了一名英语教师，小弟也娶妻生子。由于长年累月干粗活，母亲双手形成一道道又深又粗的褶皱，留下了厚厚的老茧，指关节也格外粗大，甚至有几个手指都变了形。尤其是到了冬天，她的手会很受罪，我们看在眼里，痛在心上。

何谓幸福？我们拥有这样坚强、善良、勤劳、性情专一的母亲，就是幸福。母亲给了我们一个温馨的家。记忆最深的是小时候的每个冬天早晨，母亲都会把我们姐弟几个的棉衣棉裤的里子翻过来，用灶膛儿的火烤温热了再让我们穿。晚上，她又会把用毡子做的鞋垫放在炕头的炕席底下炕一炕，第二天一穿总是暖烘烘的。这一生活细节，时常闪现在我的脑海里。

生活中，每个人都有很多个角色去扮演。我的老妈，不仅成功扮演了母亲的角色，还把另一母亲——岳母、婆婆的角色也扮演得出类拔萃。

俗话说，丈母娘最疼姑爷。我的老妈就是这样的人。每次得知我们回家，她就一个电话接一个电话地催问，并跑里跑外地张罗。她知道大女婿爱吃白菜炖豆腐，二女婿、三女婿喜欢红烧肉、水煮肉片，在天气凉了时会把啤酒放到盛满热水的盆子里温温。当女儿们嫌做的饭菜多时，她总是说："不多，得让姑爷儿们吃饱喽"。看着姑爷们尽情地推杯换盏、吃着心仪的饭菜时，她满脸堆满笑容。

"你老妈会当婆婆"，街坊四邻见到我时，最爱说这句话。是啊！她疼儿媳也是出了名的。小弟在我们村小学门口旁边开了一个百货店，由于品种多、价也杂，又没雇人手，一到孩子放学时就忙得不可开交。于是，母亲每天中午做完饭菜后都是先盛出一部分放到保温筒里，再让小弟带到店里，怕的是儿媳吃凉饭。说起这些，我们姐妹几个很羡慕小弟一家人，天天能够吃到母亲做的饭菜味道。

每年母亲节，也是我最喜欢的日子。在这一天，我肯定会给母亲打个电话，或是陪她看戏，或是给她做饭，抑或是为她添置衣服鞋袜。这时总会被母亲嗔怪：我会照顾好自己的，你工作忙，不用你惦念。如今，吃穿都不愁了，以后也不要老买东西，生活要节俭……老妈的话，一次次湿了我的眼窝，但我知道老妈的心里是美美的，懂得这是女儿的一片孝心，最终也会默许接受。

（作者白小卉，原载于《津西人》，2016 年）

练就钢铁技能　争做“大国工匠”

——记全国五一劳动奖章获得者、河北津西钢铁集团转炉炉长吴立保

2015年，在河北津西钢铁集团股份有限公司“迎战困难，共克时艰”降本增效劳动竞赛中，他深入研究喷溅、化渣、机械损失等影响钢铁料消耗的因素，并提出相应措施，带领的班组生产钢水的合格率高达99.97%，超出计划指标0.07个百分点，钢铁料消耗指标达到1040.32千克/吨，创历史纪录，年度班组工艺生产事故率为零。

他凭借过硬的技术本领，荣获第四届全国钢铁行业职业技能竞赛“技术能手”和第二届员工职业技能大赛转炉炼钢工“状元”称号，并多次被公司评为优秀员工、劳动模范。此外，他还先后获得2016全国五一劳动奖章、河北省劳动模范、河北省冶金行业劳动模范、唐山市能工巧匠、迁西县劳动模范等称号。

他就是津西钢铁炼钢二厂5号转炉作业区炉长吴立保。

练就“火眼金睛”

2000年，吴立保进入津西股份工作。作为刚出校园的机电专业毕业生，刚参加工作时，为了能尽快适应工作，吴立保每天下班都要拿出一个多小时的时间来学习转炉炼钢知识。在生产中遇到问题，他就及时请教师傅，查找资料。渐渐地，他从一个对炼钢一无所知的小青年，成长为从事过炼钢转炉炉前取样工、出钢工、合金工、氧枪工、渣料工等工种，经验丰富的优秀炉前工。由于表现出色，入厂仅两年时间，他就被厂部聘任为转炉炉长。

优秀的炼钢工，往往可以目测出钢水的温度。为了练就这个本领，吴立保经常盯着火焰看，并积极与同行探讨，取长补短。刚开始，由于不适应火焰的高温，下班后眼睛总是睁不开，直流泪。但他仍在短暂的休息和调整后，坚持对火焰的观察。就这样一炉炉地盯，一次次地总结，随着时间的推移，他的技术日益精湛，目测钢水温度的偏差越来越小，出钢温度判断误差最多不超过5摄氏度，吴立保“火眼金睛”的美誉也由此而生。

团队创造业绩

为了提升专业技术水平，吴立保坚持每天提前40分钟上班，雷打不动。在他的带领下，班组产能指标实现多次突破，连续创造多个班产纪录。

转炉作业区是炼钢成本的大户。为降低钢铁料消耗，吴立保带领班组成员，通过加大标准化作业的执行力度，根据铁水状况进行灵活操作喷溅现象，合理控制枪位与供氧强度，提高终渣化渣效果，降低综合入炉料消耗等手段，严格控制钢铁料消耗，实现钢铁料消耗1040千克/吨，指标排名进入全国行业前十。在降低物料消耗上，吴立保通过与同类型钢厂的数次对标，克服铁水条件波动的不利因素，降低铜头及无缝管等成本大项物耗的使用，实现最低物耗成本控制。2015年，他们共节省物耗130余万元。

端好转炉“饭碗”

转炉是炼钢人的“饭碗”。多年来，吴立保始终坚持“有炉子才有钢”的理念，像照顾自己的孩子一样，呵护着转炉。每一炉钢冶炼完毕后，他都要仔细观察炉况，对侵蚀严重的部位进行重点维护。

由于受铁水和钢水冲刷，转炉的大面侵蚀比较严重。为此，吴立保推行“两天三吨料补炉”方案，对转炉大面做重点管理。此外，他还每天检查底吹枪状态。在他的精心呵护下，5号转炉的炉龄达到了17000多炉，且底吹枪与炉龄同步，未出现过任何因转炉影响生产的事故，创造了津西炼钢历史上的里程碑。

面对荣誉，吴立保很平静。“是津西给了我成长的舞台，我已下定决心，要坚守岗位，把自己所掌握的知识毫无保留地分享给同事们，使炼钢整体水平再上一个台阶，以一流的业绩为公司实现百年津西的愿景作出更大的贡献。”他如此强调。

（作者谢吉恒、张继军、劲松、茗钊，原载于《中国冶金报》，2016年4月29日）

敬业创新篇

为求生存，河北敬业“二次创业”

在当前的市场环境下，钢铁企业如何应对日益严峻的挑战，摆脱困境，化危为机，重获新生，成为每一家钢铁企业必须解决的课题。为寻求自救之路，2014 年，河北敬业集团主动适应新变化，全力落实各项节能减排增效措施，实施“巩固提升、多元发展”的战略。当年 9 月份，河北敬业集团董事长李赶坡要求全体员工，坚定信心、艰苦奋斗，开展“二次创业”，同时制定“二次创业”规划路线图，配套出台激励政策，正式拉开了河北敬业“二次创业”的大幕。

面对记者的采访，李赶坡明确指出“二次创业”的意义：“‘二次创业’是敬业生存的必要条件，是敬业员工就业和扩大社会就业的需要。”9 月上旬，《中国冶金报》记者来到河北敬业，围绕民营钢企寻求自救突围之路进行调研。

河北敬业为什么要开展“二次创业”？

当前，钢铁业产能过剩，钢材价格在低位徘徊，融资环境不畅，最严环保法在实施，钢铁同质化竞争日趋激烈，企业效益下滑，一批钢企处于亏损或接近亏损的边缘。在这样的大环境下，为求生存，河北敬业只有“二次创业”一条路可走。

河北敬业定位“二次创业”的核心内容和目标是什么呢？

记者了解到，河北敬业从品牌和发展战略两个方面定位“二次创业”：一是坚持“绿色敬业、精品敬业、诚信敬业”的品牌定位，从环境保护、质量控制、营销服务等方面强化河北敬业经营特色；二是坚持“巩固提升、多元发展”的发展战略。“二次创业”的目标是：3 年内再造一个敬业，年产值达千亿元。

可以说，敬业启动“二次创业”是从环保、节能减排开始的。2014 年，河北敬业主动关停了运营 24 年的化工厂和运营 9 年的焦化厂，使年产值和销售收入减少 15 亿元，近 800 名职工下岗……企业收入锐减从何处补？下岗职工增多如何安置？据了解，通过“二次创业”，河北敬业将通过巩固提升钢铁主业，同时实施多元发展，力求逐年提高销售收入和利润 10% 以上，创造就业岗位 5000 个，人均工资年递增 10% 以上。

那么，河北敬业的“二次创业”是以什么为载体的呢？在走访中，《中国冶金报》记者发现，敬业布局了 3 招棋。

提升主业的活力

河北敬业将在现有产能规模的基础上，通过设备改造和技术创新，在成本控制、品种开发等方面狠下工夫，力求巩固提升钢铁主业活力。

在成本控制方面，河北敬业重点完善各工序的运行效率，逐月降低备件和机物料消耗、维修费、搬倒费用等，逐步取消设备、备件外委维修。同时，加大设备管控力度，延长设备使用寿命，大力推进设备改革创新，择优采购原料。

在品种开发方面，河北敬业制定《品种钢战略转型发展规划》，持续提升产品档次，加大新品种开发力度，向取向钢和无取向钢等品种钢进军。“二次创业”以来，预计到今年底，河北敬业将新开发圆钢、线材、板材等新品种 132 个。

在环境保护方面，河北敬业延伸绿色环保产业链，实现能源循环利用，达到环境效益和经济效益同步发展，继续发展余热余压发电项目。2014 年，河北敬业通过将煤气、蒸汽全部回收发电，仅电费一项就节约开支 16.7 亿元。

在企业管理方面，河北敬业通过到国内外先进钢企对标学习，寻找同行业最好指标，紧跟世界先进技术和管理理念，不断改进生产、提高管理水平、增加效益。今年 4 月份，河北敬业高层干部 68 人赴德国学习考察“工业 4.0”概念内涵，学习国际先进企业在产品创新、信息技术、高端装备和工艺管理等领域的优势，进一步了解行业发展趋势。今年 7 月份，河北敬业到中国台湾“中钢”对标，学习其先进技术手段和管理理念，力求向生产智能化、产品高端化和营销全球化转型。

推进钢材深加工

河北敬业将紧紧围绕钢铁主业和整个供应链延伸产业链条，开展并加快发展钢材深加工业务。通过钢材产品深度加工，河北敬业将由过去的“终端直供型”企业向“直供服务型”企业转型。2014 年，河北敬业整合了 6 家公司，组建了河北敬业机械设备集团（总资产 50 亿元），集钢结构、钢筋加工、汽车改装、法兰、制管于一身，力争用 3 年时间，使钢材深加工园区销售额突破 100 亿元，利润达到 8 亿元以上。为实现此目标，目前，河北敬业正在加紧完善 6 个项目建设。

钢结构项目：总投资 1.05 亿元的河北敬业钢结构有限公司，拥有轻钢、重钢结构生产线和各种数控加工设备，可承建工业、民用钢结构，以及各类体育场馆、超市用钢结构项目，可提供钢构件、模板、非标设备的设计、制作、安装等一体化服务，以及各类钢材的加工配送。二期工程建成后，该公司各类钢结构产能将达 5 万吨。

环境工程项目：河北敬业环境工程有限公司是河北敬业成立最早的钢材深加工项目，可承接各种机电设备安装与维修、管道和钢结构制作安装、机械加工维护、备件加工、非标件制作、各种电机维修、铸件生产等业务。二期项目已开始实施，预计到 2017 年，该公司产值将达 4 亿元。

专用汽车项目：河北敬业专用汽车有限公司项目总投资计划达 30 亿元，具有年产 15000 台专用汽车的生产能力，致力于打造国内轻量化、环保、节能专用车品牌，主营轻量化挂车、粉罐车、随车起重车、铝罐车、冷藏车、环保专用车、建筑工程专用车、多功能物流运输车、特种车等产品。产品可应用于公路运输、工程建设、工程抢险、建筑施工、环卫等领域。预计到 2017 年，该公司可年产各类专用车 5 万辆，实现产值 35 亿元。

法兰制造项目：河北敬业管件制造有限公司以河北敬业优质中厚板为原料，生产平焊法兰及盲板，并具备生产非标法兰能力。目前，其生产能力达

2 万吨，产品广泛应用于石油、化工等领域。目前，该项目正在进行二期建设，产品计划在平焊法兰的基础上增加不锈钢法兰、对焊法兰、带颈法兰、三通、弯头、异径管等，法兰的型号也将从外径 1 米增加到 8 米。预计到 2016 年末，该公司将建成品种规格齐全、年生产能力超过 15 万吨的管件制造企业。

直缝焊管项目：平山县敬业深发冷弯型钢制造有限公司主要生产各种规格的不锈钢、镀锌、喷塑的直缝焊管、方矩管和螺旋焊管，产品广泛应用于工民建、市政工程改造和石油化工等领域。二期工程预计今年 11 月竣工投产，届时，其年产量将达到 27 万吨。预计到 2017 年，该公司产值将达 37 亿元。

钢筋加工配送项目：平山县敬业信德钢筋工程有限公司主要经营钢筋加工成型和物流配送，工程项目包括配筋、绑扎及混凝土浇筑，主要以河北敬业生产的螺纹钢为原料，生产基础筋、柱子筋、梁筋、板筋、墙筋、焊网、钢筋笼等产品，年可加工各种形状的钢筋 10 万余吨。预计该公司今年可实现产值 1.87 亿元，到 2017 年实现年产值 17 亿元。

多元发展新产业

河北敬业将坚持多领域发展，充分利用目前已形成的产业优势，从 5 个方面壮大实力、稳固发展。

一是敬业房地产公司依托平山绿色生态优势，打造华北地区功能完备、舒适宜人的“城市人第二居所”，推出滹沱河畔全活水系法式风情别墅区安纳溪小镇和绿色生态居住基地藏龙镇两个特色房产开发、生态宜居别墅项目。

二是在香港、北京、天津、上海、深圳和新加坡等地，依托敬业平台，做大非钢业务，成立独立自主、自负盈亏的子公司 34 家，围绕供应链上下游，开展原料、产品、物流、金融等业务。

三是制定“互联网 +”行动计划，推动移动互联网、物联网与现代制造业结合，在北京、天津、上海、深圳成立了 4 家 P2P（个人对个人）公司。同时，为降低物流成本，实现“互联网 + 物流”战略转型，河北敬业与旗下维网信息科技公司联合打造了沃车港物流平台，利用智能化技术优化车辆匹配，提高车辆周转速度，降低运输成本，实现货物方、承运方、运输司机三方互利共赢。

四是谋划建设多个新项目，拓宽产业，其中包括：房屋建筑产业化项目，拟建设成销售收入超百亿元的集钢结构、预制混凝土装配式建筑及新型绿色建筑材料为一体的产业化公司；黄金寨高锶瓶装矿泉水项目，拟打造成高质量的高锶水生产基地；高科技新材料项目，将形成集复合材料研发与生产为一体的高新复合材料生产基地；汽车废钢回收项目，建成后将成为北方大型的再生资源循环经济产业园等。此外，年生产能力达 120 万吨的冷轧项目和具有年产 500 兆瓦槽式太阳能热发电系统生产能力的太阳能热发电项目也在进行中。

五是鼓励全员利用敬业平台创新、创业，与企业一同成长、分享红利。近几年，河北敬业培育了十余个与生产密切相关的热电偶、无水泡泥、脱硫剂等技改服务项目、设备备件的制作加工项目等。

（作者谢吉恒、刘凡，原载于《中国冶金报》，2015 年 9 月 15 日）

“敬业”，一个驰名商标的炼成轨迹

全球最大的螺纹钢生产基地、中国 500 强企业河北敬业集团的“敬业”图文商标被评为中国驰名商标……经过 26 年的发展，今天的河北敬业集团已经拥有不少响当当的名号，成为以钢铁为主业，兼营酒店、房地产、贸易行业，总资产 220 亿元、销售收入突破 500 亿元的知名企业。在这背后，是该公司视质量为生命的不懈坚守，是对改革创新的始终如一，是把客户摆在第一位的经营理念。

全流程实施严格检测

做企业靠什么？过硬的产品质量。

敬业集团对产品质量坚持从源头抓起，在项目建设中始终坚持“四个一流”（一流的设计队伍、一流的设备制造厂家、一流的安装队伍、一流的试产技术人员）的原则。如今的敬业集团是国家高新技术企业，技术研究中心是河北省级技术中心，实验室是国家认可的实验室，拥有最齐全和先进的检测设备，有568名训练有素的检测员，从原料入厂到烧结、炼铁、炼钢、轧材、产品出厂等各环节都有非常严格的工艺检测手段，确保产品的优质性。

在生产管理上，敬业集团严格把关，推行“下道工序是上道工序的用户，上道工序必须对下道工序负责，下道工序拒不接受上道工序不合格产品”的理念。该公司各厂每天组织沟通交流，了解生产要求，不断改进、提高工作标准，确保工作得到下一环节的认可。同时，各生产单位规范生产流程和工序标准，严格执行工艺要求，优于国标和内控标准生产，并制定了严格的测量和考核标准，确保质量性能的优良。

例如，在苏州地铁项目建设现场，工程方对敬业集团的评价是：“能够做到产品质量保证书完全对应每车每捆螺纹钢，能够每天准时向工地收料员发送车辆货物信息，并根据客户需求及时提供服务，这确实不易。”正是依靠过硬的品质和贴心的服务，敬业螺纹钢、中厚板等系列产品赢得了一系列荣誉和广大客户的好评。目前，敬业集团已成功开发了船板、桥梁板、锅炉板、压力容器板、抗震螺纹钢等高附加值品种，并获得欧盟CE认证、七国船级社认证，以及锅炉板系列、压力容器板系列认证，产品出口到30多个国家和地区，被广泛应用于国家重点项目工程建设中。

用制度保障改革创新

1月10日，在2014年度河北敬业集团改革创新项目表彰大会上，董事长李赶坡隆重表彰了该公司的创新案例。例如，敬业集团副总经理、技术研究中心主任张党灵带头研究，推出新品种开发增效，通过开发棒线材、中厚板、热卷板新品种，季度创效469.13万元；技术研究中心、铁前管理中心、能源管控中心、第一炼钢事业部、第二炼钢事业部共同研究推出的球磨原料筛分改造项目，不仅降低了生产成本，而且强化了环保治理，季度创效247.53万元；第三炼铁事业部研究推出的余热发电技术改造创新项目，解决了余热发电量低的难题，季度创效102.37万元……

敬业集团始终将改革创新作为企业发展的主要动力。为了保障改革创新工作的顺利开展，敬业集团健全改革创新机构，印发了技术、设备、管理等5份改革创新办法文件作为2014年改革创新工作的制度依据。在浓厚的改革创新氛围下，各系统均建立健全改革创新机构，明确了厂部级、科级职责，发动全员参与改革创新，并建立了全员改革创新档案，通过每季度召开改革创新表彰大会激励干部、员工积极参与。2014 年，敬业集团共表彰技术改革创新奖 31 项、设备管理创新奖 42 项、管理改革创新奖 50 项、员工改革创新奖 62 项，全年改革创新创效额达到 2.53 亿元。此外，敬业集团与南京大学、东北大学、上海大学、北京科技大学等高等院校合作，开展技术创新研究工作，不断改进生产工艺，通过技术创新创造价值。

客户不满意随时退货

“10 万吨库装车用时情况：考核用时 37 分钟，周一实际用时 39 分钟，超时 2 分钟；周二实际用时 36 分钟，节约用时 1 分钟……”在日前敬业集团召开的周六例会上，客户服务中心主任对车辆用时情况进行了通报。在这个例会上，该公司各级领导除商讨生产、经营、发展等方面的问题外，还专门把售后和为客户服务列为重点讨论议题。“客户需求就是我们努力的方向。”在敬业，优质服务成为品牌打造的一个重要支点。

敬业集团牢固树立全员为客户服务的理念，成立了客服中心，设置了 24 小时客服热线。凡是敬业集团销售的钢材，只要客户不满意，随时可退换货，费用由敬业全部承担。此外，敬业集团建立了直销服务模式，在全国各地设立 20 多个直销处，配备 700 多名营销人员，实施“一对一”专业服务，让产品直达终端用户，对于质量异议 24 小时内即可解决。例如，在第一天向石家庄地铁工程提供产品时，敬业的业务员便主动与工人一起把轨道复位，在人员较少无法卸车时，他们还会主动与收料员一同点数卸车，验收数量。

为了更好地为客户提供运输服务，敬业集团成立了物流运输部，配备 1200 余辆运输车辆专门为客户服务。物流运输部对运输各环节都有严格的工作标准，在货物运送期间对用时进行严格考核，包括开派车单时间、装车用时、加油/加气用时、钢材送到客户处用时、卸车用时，并严格要求将货物卸到客户指定的地点，为客户提供可靠的运输服务保障。

面对未来，敬业集团始终保持强烈的忧患意识。全体敬业人正以百倍的信心、昂扬的斗志积极开展二次创业，向着打造国内效益领先、实力强大、品牌良好的现代钢铁企业集团的目标阔步迈进。

（作者谢吉恒、盖进霞、刘凡，原载于《中国冶金报》，2015 年 1 月 29 日）

德龙轧辊的“柳暗花明”

今年上半年钢铁业处于去产能、调结构、转型升级中，其下游轧辊总需求呈下降之势，同时面临原材料价格反弹，轧辊售价下滑的双重挤压，货款回收异常困难等严峻形势，德龙轧辊迎难而上，生产经营保持逆势上升局面，绩效指标大幅提升。

七月下旬，《中国冶金报》记者来到德龙轧辊采访，记者看到这样三组数字：一是订货量。德龙轧辊2009年投入市场，当年订货3966吨，2016年订货18000吨，是2009年的4.5倍。二是市场开发。稳定国内市场的同时，开拓外贸市场，取得突破性进展。今年上半年外贸订单2142吨，是去年全年的167.4%。三是降本增效。坚持“吃回炉料”措施，降低材料成本228.5万元；坚持低谷采购、批量采购、比价采购，上半年采购成本降低192.6万元；电费燃气费每月降低20万~40万元……

德龙轧辊如何从“柳暗”走向“花明”呢？记者2015年曾采写了两篇深度报道，在《中国冶金报》重要版面刊发过。在迎接《中国冶金报》创刊60周年之际，记者来到德龙轧辊采访经理孙建勋，提议围绕“质量、技术、服务、成本、市场”几个方面能在年底前系统总结，参考下面两篇稿件，深入挖掘，提升新闻的含金量，期盼采写一篇更有影响力，有亮点、有卖点的深度报道。

内强，“寒冬”自“傲雪”

——德龙轧辊逆势攀升的秘诀

刚刚过去的2014年，钢铁业仍在艰难地转型升级，处在钢铁产业链中间环节的轧辊制造业，市场竞争也异常激烈，处境十分艰难。邢台德龙机械轧辊有限公司（以下简称德龙轧辊）2014年的生产经营却红红火火，在全行业不景气的逆势中实现6项攀升——订货量攀升，市场开发实现突破，全年订货量超过15000吨，创历史新高，同比增长40%；生产量攀升，月生产量突破1200吨，人均产量同比提高21.8%；降本增效成果攀升，成本同比降低1000元/吨；新产品开发攀升，开发出高速钢轧辊、纳米陶瓷辊等5项新技术产品；品牌创效成果攀升，铸铁轧辊获省优质产品称号；管理工作全面攀升，各项管理工作更加科学化、程序化、规范化。

进入2015年，德龙轧辊继续保持了上升势头，储备合同可满足上半年生产。德龙轧辊缘何能“寒冬傲雪”？近日，《中国冶金报》记者来到德龙轧辊，该公司总经理孙建勋道出了其中的秘诀。

秘诀一：用技术创新抓市场先机

“市场竞争日趋激烈，作为一家生产轧辊的企业。技术创新已成为企业发展的制高点和生命线，只有成功研发出新产品，并迅速抢占市场，才是生存发展的关键。”孙建勋告诉记者。该公司紧盯世界最先进的轧辊制造技术，瞄准钢铁工业结构调整方向，将创新定位在高端轧辊的研制生产上。其自主研发生产的高速钢轧辊上机使用获得成功，经多家大型钢企认定，德龙轧辊生产的热连轧精轧后段用高速钢工作辊的钢材轧制量、轧制精度、轧辊磨削量等各项技术指标均达到世界先进水平。而随着科研项目的逐步开展，该公司生产的高速钢轧辊、高镍铬轧辊的实轧过钢量提高了15%。

该公司加快了高技术、高质量、高附加值新产品的研发推广，在工艺改进、技术研发、产品创新上，与国内某知名工业大学建立了科研合作关系，2014年度先后进行了9项科研课题、4项质量攻关项目、4项新技术应用项目。尤其是高镍铌轧辊，在热轧精轧机架上的使用性能较传统的高镍铬轧辊有明显优势，基体耐磨性更好。目前该公司已生产的该品种的成品、毛坯探伤检测效果良好。

该公司技术人员告诉记者，为进一步提高高速钢轧辊的耐磨性及其他使用性能，该公司投入力量研制高碳高钒高速钢轧辊，目前其化学成分基本确定，已投入试制；研制的平整机架用高铬铁轧辊，正在上机使用，目前使用效果良好。该公司还在研制热带连轧机用Cr4精轧支撑辊，拟采用离心生产，化学成分基本确定，即将投入试制。

同时，该公司加强质量控制，针对高铬铁轧辊辊身硬度高的问题，对热处理过程参数、热处理工艺进行优化，保证辊身硬度一次达标；通过调整喷涂参数，解决了离心半钢产品辊身气孔问题；通过使用保温冒口板、优化生产参数等措施，解决了半钢产品辊颈缩裂的问题；通过适当调整外层的合金化和热处理工艺，提高了中板辊的耐磨性，生产的中板辊经客户上机使用后检测情况良好。

秘诀二：严控质量服务高端客户

面对市场行情疲软、竞争激烈、订单不足的不利局面，德龙轧辊确定了“占领两块阵地、寻求两个突破、加快两个循环”的经营策略及思路。

首先，该公司优化产品结构、优化客户结构，保留了高镍铬、高铬铁、高铬钢材质的优势产品，新开发了高速钢、高镍铌轧辊等新产品。

其次，该公司对现有客户重新进行风险等级分析，从订货、回款上控制资金风险。同时，在巩固和维护老客户关系、补充优质客户的基础上，该公司重点开发了大型知名国企、民企大户，利用国内各大钢铁企业的影响力，使目标大客户的市场订货量占到轧辊订货总量的60%以上。同时，随着品牌知名度的不断提高，德龙轧辊开始开拓海外市场，从美国、俄罗斯、乌克兰、印度等国的多家钢厂和贸易商拿到订单，为公司持续性增长提供了保障。

德龙轧辊在质量管理的各个方面将“零缺陷”的目标贯穿始终，提出“以精品工程为龙头，带动公司生产经营上台阶”，制定了“精准设计、精良制造、精细管理、精心服务、打造精品、追求卓越”的质量方针，重建质量保证体系。基于运行与监督相分离的思路，该公司将机构重组为由体系管理部、技术开发部、质检部组成的质量保证体系，完成修订、新增内控标准74项，完成精品工程计划标准建设；完成《精品工程轧辊等级评定标准》的发布实施。确立了铸造、机加精品率指标，形成了完整的质量目标体系；出台了《精品工程监督检查考核办法》和《市场服务规范》，使精品工程监督检查制度化；建立了首件检验制度。实施首支检测制度，对新产品、工艺试验产品或长期未生产的产品实行首支检测，有效保证了产品质量的稳定；坚持工序转序确认、现场工艺写实制度执行，对工序产品质量、工艺执行情况实行有效的监督监控；辅以每月质量管理体系的滚动审核，发现问题及时解决，进一步完善了体系建设。

德龙轧辊从供应商管理、制程质量管理到客户管理的整个质量管理链，环环相扣，从体系上保证了产品和服务的质量。目前该公司轧辊产品合格率达到98.1%，在产品质量和用户体验方面都实现了有效提升。

秘诀三：坚持走内控管理强企之路

德龙轧辊坚持走内控管理强企之路，全面深入推行内控管理责任制，构建绩效评价长效机制。

一是注重产品质量细节。该公司从源头控制，严控各个生产环节，从设计、工艺开始，到原材料、标准件、非标件的采购，控制好每一个环节不出差错，做到流程规范化、生产标准化，保证最终产品的质量；在设备维修管理方面，进一步规范主要设备更换周期统计，积极对重点设备运行情况进行跟踪，为科学细化设备检修周期提供依据，减少故障停机率，提高生产效益；在工艺控制方面，组织员工学习岗位作业标准的严肃性，细化和完善车间内部、车间与车间、上道工序与下道工序的沟通机制，使生产过程质量管理得到进一步优化。

二是推行阿米巴管理模式。该公司先后建立了4个集工磬技术、生产组织、考核分配权利于一体，相对独立的经济组织，在提高一次成功率、降低燃料动力费方面实现了重点突破，实际效果逐步显现。该公司通过改进工艺，优化轧辊毛净比，改进冒口直径、高度，吨产品成本下降300元；通过逐步更新冷型、缩短长度使每支轧辊减少外皮铁水300千克，吨产品成本下降189元。在成本管理方面，该公司创建有9个成本中心，推行成本倒推机制，通过采取优化用料结构，实施刀具重复利用、备件及消耗物资修理和重复利用等降本增效道施，有效控制了成本。

三是强化一专多能培训。目前，铸造生产工序实现职工可跨磬作业转换，机加工实现一人两机作业，提高了单人劳动效率。该公司通过开展分工序、分工种的横向、纵向劳动竞赛和质量竞赛活动，激发了操作工的工作热情，提升了生产效率，保证了各项生产指标的顺利完成。

（作者谢吉恒、郝国彬、张培栋，原载于《中国冶金报》，2015年1月29日）

德龙轧辊逆势上升的经验

11月中旬,《中国冶金报》记者赴河北省大型国有、民营钢企和上下游企业调研采访。发现邢台德龙轧辊在钢铁全行业不景气的严峻形势下，产品依然畅销，销往众多大型钢企。他们是如何做到寒冬中一枝独秀的呢?

德龙轧辊总经理孙建勋告诉记者，轧辊行业面临激烈的市场竞争，德龙轧辊遵循德龙集团董事长丁立国倡导的打造核心竞争力应对新常态的原则，打开了一片新天地。

“企业生存和发展的核心就是竞争力。”孙建勋说，近年来，德龙轧辊进行了全方位的变革，培育和壮大企业的竞争实力。

2015年1~10月份，德龙轧辊发展大型国企和优势民企新用户12家，订单增长35%，产销量增长40%，劳动生产率提高34%，效益指标提升8.6%，尝到了企业在逆境中发展，关键在于苦练内功、凝心聚力、创新图变的甜头。德龙轧辊是如何应对新常态，提升企业竞争力的呢?孙建勋概括为四点。

一是弘扬“匠人”精神。据行业专家介绍，目前，轧辊行业产能约为需求的2倍。要使产品被客户认可并选中，就必须保证产品质量过硬、性价比高。德龙轧辊要求每道工序的每位职工都要有一颗匠心，对工作和产品热爱、执着，精益求精，追求极致。他们组织职工观看“大国工匠”“寿司之神”“德国工业4.0”等视频，培养员工的匠人意识；通过发掘身边的匠人，树立学习标杆；开展“技术能手上讲台”活动，提升全员技能；组织行业专家进德龙，开阔视野、明晰方向。他们还倡导“干部市场行”，了解客户需求；开展“人人争做匠人”活动，涌现出以“车工匠人、降本标兵、销售状元、技改大师”等为突出代表的一批匠人团队，保证了入库产品精品和一级品率不断攀升，在市场竞争中形成了自身的优异性。

二是精兵缩编提效。德龙轧辊优化组织机构，建立了“四部一中心”的高效组织形式，德龙轧辊只设综合管理部、财务部、技术开发部、销售部4个部门，并将质检中心纳入销售部，让质检人员站在客户角度换位思考，实行苛刻判定，配备专门人员开展市场服务。该公司将计划调度、工程设备、采购供应、动力能源等管理及服务保障职能归到生产运营部，并与生产分厂一起组建为制造中心。该公司通过技术进步、一岗多能、职能合并、操检合一等措施优化劳动定员，员工人数比 2013 年初减少 1/3。该公司还实行“劳、人、分”制度；建立吨工资含量计酬、质量成本考核、销售绩效考核制度；实行干部任期制，围绕月度经营计划进行干部考核；建立后备干部队伍和岗位优胜劣汰机制，形成“逐鹿效应”，激发个体潜能，提升整体效率。

三是多措并举降本。价格竞争是市场竞争的主要手段，而价格竞争的实力在于成本。德龙轧辊采取了多项措施降本增效：一是实施技术主导的经济配料机制，力求性价比最高。二是大功率设备“避峰就谷”，降低电费。三是工刀具翻新利用，降低加工费。四是精准设计，优化毛净比。五是坚持厂家采购、谷段采购、批量采购，降低采购成本。六是提高浇铸产出量，摊薄固定成本。在管控措施上，德龙轧辊推行目标成本管理，指标多次优化，责任考核到人；实行成本督察制度，赋予成本督察员高于总经理的成本控制权，对违反低成本生产原则的问题可直接制止、叫停和处罚。1 ~9 月份，该公司降本 358 万元，产品毛利率由负转正，较上年同期增效 252 万元。

四是启动品牌建设。德龙轧辊专门安排 120 万元的科研经费，与知名大专院校开展合作，选派优秀青年技术人员参加在职硕士学习，建立了技术人员与课题挂钩的考评机制。他们经过努力，在高速钢轧辊性能方面取得实质性提升，实轧业绩在国内同类产品中处于领先地位；解决了高铬钢轧辊夹杂问题，产品美誉度迅速提升；成功研制楔横轧、夹送辊、大型辊套、型钢大棒开槽辊等新产品，扩大了市场覆盖面和企业影响力；在获得省优质产品称号的基础上，做出了争当著名商标、驰名商标的品牌建设规划，正在努力实施。

（作者谢吉恒、郝国彬，原载于《中国冶金报》，2015 年 12 月 3 日）

特色营销大师——石国友

诚信是人最美丽的外套，是心灵最圣洁的鲜花。

——作者题记

钢铁业已进入应对产能过剩，需求增长放缓，钢价低位波动，盈利空间明显收缩的“新常态”，这必将对钢贸流通企业带来严峻挑战，迫使钢贸企业经营更为艰难。钢贸企业如何适应“新常态”下的市场环境，以变应变，在变中求生存和发展呢？

《中国冶金报》记者于9月上旬采访了唐山市云峰工贸有限公司（以下简称云峰工贸）董事长石国友。

“云峰工贸”的名称有何含义？石国友这样诠释：云峰，高耸入云的山峰。寓意是在钢贸路上，永不松懈，奋力上进，勇攀成功的巅峰。

据石国友介绍，云峰工贸始建于2001年，是津西、莱钢、长治等钢厂的一级代理商，经销各种规格H型钢、工字钢，是国内最大的H型钢、工字钢等大型用钢企业的优秀供应商之一。云峰工贸经过15个春秋的打拼，以市场求生存，以服务求发展的经营理念，坚持“诚信、优质、低价、高效”的经营原则，为用户提供专业的服务，以施工费用低、耗损少受到用户青睐。云峰工贸是日本新日铁、住友钢铁和韩国现代制铁等海外热轧钢板桩主要生产企业的国内指定代理商，提供各种规格的热轧U型、Z型钢板桩、拉森钢板桩等系列产品。云峰工贸取得进出口贸易权，扩大国内外市场，在业界重塑品牌形象，发展成为河北一家知名的优秀钢贸企业。

在“新常态”下，钢贸企业经营难度在哪？石国友一语道破：“主要一边是银行收紧贷款，一边是钢厂收钱发货，一边是下游终端用户需垫资，三边夹击，钢贸企业资金紧缺，日子更不好过”。

目前，市场普遍低迷，云峰工贸经营状况如何？

钢铁业应对“新常态”，必定会对钢贸业带来挑战，但同时也是机遇。“云峰工贸坚守主业，突出特点，拓展服务，以变应变取得稳定健康发展”，石国友回答《中国冶金报》记者的提问。他拿来一份多家媒体报道的“国家重点工程——中华回乡文化园沙特国家馆宁夏姊妹馆”，主体工程全部采用“津西”牌型钢产品的文章给记者看。该馆外形像一艘高悬空中的“月亮船”，总建筑面积8047.56m^2，为多层钢结构建筑，地下一层，地上三层，总高度为23.95m，在钢材采购中，承建方委托云峰工贸银川分公司定向采购“津西”牌型钢产品。

该馆于2012年8月开始建造，将在2015年建成开馆，举行“2015中国阿拉伯国家博览会”，为中阿经贸文化交流发挥重要作用。

云峰工贸的经营特点是开拓终端，追踪工程，多做工程。近几年来他们是第一家将“津西”牌H型钢、钢板桩销往国内外的代理商，“津西”牌H型钢连续5年产销量和出口量位居全国第一，并将“津西”牌型材用于中铁华北、中石化、中石油、神华宁煤等多项国家重点工程。将“津西”牌型材销往伊拉克、巴基斯坦、斯里兰卡、孟加拉、越南、韩国、新加坡、俄罗斯等国家。据统计，今年1月至8月云峰工贸钢材销售额达4亿元，其中出口贸易额7000多万元，均好于去年同期。

云峰工贸在市场低迷的情况下，营销能搞得“红火”，客户认可度颇高，真是名不虚传。他们又是如何打造自己的特色营销品牌的呢？石国友抓重点扼要向《中国冶金报》记者做了介绍。

坚持培育诚信价值观

诚信是一个企业的灵魂，为经营之本。石国友把“诚信”作为企业文化的核心理念，不只是一种价值观，也是企业必须坚持的一种责任。

云峰工贸培育员工的诚信价值观，一方面从细节入手做起，打铁需自身硬，团队带头人不断增强自身修养，提高素质，一点一滴带头示范。创业初期，小到用户就需一根长一米的钢管，石国友也自己用自行车驮着骑行30多公里为用户送到。大到怕耽误对方工期，在用货单位工地几天不回家等车卸货。他用言传身教，潜移默化地教育影响着员工。另一方面注重进行文化教育，提升团队诚信意识和社会责任感。石总看到电视剧《乔家大院》播出后，他深受感动和启发，不仅与家人在大年初一赶到祁县、平遥去体会和加深认识晋商“诚信经营”的精髓，还组织员工两次赴晋参观《乔家大院》，提升和增强员工的经营理念和为人之道。

云峰工贸还把诚信作为促进企业内外沟通的桥梁，企业在自身发展的同时，也不忘回报社会，石国友曾在汶川、玉树地震发生后，亲自代表员工到现场捐款，云峰工贸一直致力于社会慈善事业，赢得社会广泛好评。诚信不仅要求言行一致，还要求诚实做人，诚信做事；低调做人，高调做事。客户的忠诚度是检验自己诚信度的一个重要指标。云峰工贸多年来培养了一批忠诚度较高的客户群，在同样的资源、同样条件下，云峰工贸成为许多客户首选。云峰工贸经营15载，经营指标多年连续增长，从未发生一起经济纠纷，历年获得津西、莱钢、长治等钢厂颁发给代理商的最高诚信荣誉证书。

市场千变万化，云峰工贸坚守“诚信是金”“精诚所至，金石为开”的价值观矢志不渝。

实施特色的经营策略

云峰工贸如何在“新常态”下实现生产经营模式和营销策略的转变呢？适应新常态下的市场环境，以变应变，主要有三个方面：

首先，石国友认为坚守钢贸业为主体，将业务拓展到地产、酒店、物流等非钢产业，是钢贸业的拓展，是循环经济的体现，在一定程度上规避钢贸业所带来的风险，为钢贸业的发展提供充足动力与条件，保障钢贸业健康稳定发展。云峰工贸以钢贸为主业，将业务拓展到旅游业，在国家级4A景区滦州古城投资4000多万元建酒店，走多元发展的道路。

其次，“一带一路”助力，探索走出去。“一带一路”沿线国家大部分为欠发达国家，基础设施较为落后，基建需求最为明显，大部分由中国投资这些国家的钢材净进口占7成以上，国内钢材出口是首选。“一带一路”助推云峰工贸开发大西北，2012年在银川设分公司，在包头、兰州、乌鲁木齐等设办事处，借船过海，把H型钢、钢板桩等销往国外。他们已经与国内一些大型机械制造、工程建设公司结成战略合作关系，将钢材通过这些企业出口，用在国外工程项目上的钢材由云峰工贸提供，其中有H型钢、角钢、槽钢、钢板桩等，全部由其一揽子提供，还给予融资服务，客户很满意。

再次，发挥自身优势，满足客户个性化、差异化的需求。为下游终端用户提供特殊规格钢材，有的是供货小批量、多批次的；有的是供货周期长，总量多等，做好个性化服务。利用现有的加工装备，根据用户的要求进行加工配送，按时按量送到用户施工现场，这样使个性化、差异化订单不断增加，销售出去的钢材价格比一般钢材还要贵一些，还拥有一定盈利空间。

另外，坚持“快进快出，薄利多销”的经营策略。面对整个钢材市场供大于求的矛盾加剧，对所经营的钢材品种进行调整和优化，在库存设置上，做到少备、适中、优化。在钢价“易跌难涨”的环境下，微利已成趋势，今天有微利，明天或许无利，甚至亏损，所以要快出货，落袋为安。

云峰工贸适应市场不断变化的环境，取得主动权，以变应变，变在其中。

全面提升用户满意度

石国友认为一个稳定发展的钢贸企业，离不开具有凝聚力的团队，在用人上要秉承“德才兼备，知行合一”的观念，云峰工贸每年从河北理工大学、河北经贸大学等挑选优秀学子充实云峰团队。公司注重关心人、爱护人、尊重人、相信人和管理人。在实践中经受历练，不断提高团队人员整体素质。云峰工贸通过事业留人、机制留人、待遇留人、感情留人，相继成立外贸部、采购部、销售部、市场开发部、财务部、综合办、仓储部等相关科室。有了人才，才能充分发挥人才的作用，全方位提升用户的满意度。

钢贸企业在市场的竞争离不开产品的质量和服务的品质。云峰工贸开拓终端，多做工程，围绕工程项目建立钢材配套机制，时下，一些工程项目普遍存在资金紧缺的问题，对客户提供的钢材往往是“先供货，后付款”，这意味着“垫资”，其实这是贸易与融资结合的经营模式，是为下游的建筑业提供融资服务。云峰工贸先付货后付款定期结算的方式吸引用户。在服务中突出“快”和“效”两字，推出高频焊接H型钢的预订业务，云峰工贸成为集钢铁贸易、加工、配送、外贸进出口为一体的综合性钢贸企业。全天24小时全方位为用户提供产品和服务，以工程拓终端，以终端拓市场。

云峰工贸在变中求生存和发展，放眼极目，以行业领跑者的姿态，迈得更远、攀登得更高、变得更强更大……

人物档案： 石国友，男，现任唐山市云峰工贸有限公司董事长。该公司经销各种规格H型钢、工字钢，是国内最大的H型钢、工字钢等大型用钢企业的优秀供应商之一。

云峰公司经过15年的打拼，以市场求生存，以服务求发展，为用户提供专业服务，以施工费用低、耗损少受到用户青睐，成为河北省知名的优秀钢贸企业。该公司是日本新日铁、住友钢铁和韩国现代制铁等海外热轧钢板桩主要生产企业的国内指定代理商，提供各种规格的热轧U型、Z型钢板桩、拉森钢板桩等系列产品。

近几年来，云峰公司经营的特点是：开拓终端，追踪工程，多做工程，是第一家将“津西”牌H型钢、钢板桩销往国内外的代理商。“津西”牌H型钢连续5年产销量和出口量位居全国第一。经销的“津西”牌型材，用于中铁华北、中石化、中石油、神华宁牌等多项国家重点工程；还销往伊拉克、巴基斯坦、斯里兰卡、孟加拉、越南、韩国、新加坡、俄罗斯等国家。

公司董事长石国友在企业管理、销售经营、服务顾客等方面做出了卓有成效的工作，取得良好的经济效益和社会赞誉。

2015年11月被评为中华大地之星“十佳新闻人物”，被授予“中华优秀企业家”称号。

（作者谢吉恒、张泓，原载于《中国冶金报》，2015年9月29日）

长袖善舞“三农”专家——胡志斌

胡志斌从事农业工作50余年，作出突出贡献，取得了多项成果。他撰写的《研修扶贫设想》《扩大农业开放之我见》《扩大农业开放、提高二靠实力》《创建观光农业》等文章被农业部《农业科技管理》杂志选用，还被邀请在全国农业引智工作会议上做典型发言。《河北日报》《人民日报海外版》、新华社《内参》、新华网等媒体对他的先进事迹进行过多次专题报道。先后10多次被国家外专局、省政府等评为国家级、省级先进或模范，受到表彰和奖励。

2004年以他为主倡导成立并领导河北省农业产业协会，牵头组织或主笔完成多个农业发展报告。还承担和完成了国家和省外专局下达的十几项农业引智项目，开创性组织开展了农业出国创业、推进全省有机农业发展等工作，取得显著成绩。先后被国家外专局评为全国引智工作特别贡献奖，被河北长城网评为“河北敬业奉献好人”。每年到全省各地进行合作社发展理念、人生质量建设理念、工作思路进行培训，受到广大农民、农业企业、合作社、部队、学校的欢迎。

上篇：引智扶贫“第一人”

（一）

今年77岁高龄的胡志斌用4个“农”字概括自己的一生：生在农家，长在农村，学在农校，干在三农。从他1964参加工作算起，至今已献身“三农”51个春秋，宝刀不老，在他的脚下留下闪光的人生足迹，流传一串串感人的敬业、奉献故事。

1979年，我国在科技方面开始实行对外开放。他代表省农科院参加了全省传达贯彻全国科技外事会议。那时候，“文化大革命”刚结束，不少人对外事心有余悸，认为是块“烫手”的山芋，不愿接手。胡志斌被农科院安排分管外事。

胡志斌（左）与作者合影

是机遇，也是挑战。胡志斌想，国家需要总不会错，就接下了这一任务，从此，开始牵头负责国际交流和外事工作。“起初我也是什么都不懂，领导安排了，我硬着头皮也得干。起步不会，就向专家学习，了解国内外供需情况要什么，什么适宜国内生存就移植过来栽培，并了解一些技巧，一点点步入正轨，省里开大会，还专门让我去发言，我逐渐总结经验，带领大家一起干。”多年来他牵头引进多种农业良种资源和技术，产生社会经济效益数亿元。其中一些成果已经进入了人们的日常生活，比如富士苹果、日本甜柿、亚美尼亚甜杏等。

胡志斌是最早将富士苹果引入中国的人之一。20 世纪 70 年代末和 80 年代初，胡志斌派出研修生，引进长野县 42 个富士品系，经过专家筛选，确定推广其中的 12 个。后来，他们向全国提供了 5000 万个富士苹果接穗，现在市场上能买到的富士苹果，基本上都是由这 12 个品系发展而来的。还有些市场前景看好的，如日本甜柿，产量高、含糖量高、成熟后摘下即可食、甜脆可口；日本耐寒双季草樱花，人见人爱；荷兰锦带花长势好、适应性强、花期长；美国西梅芳香甜美，含有多种微量元素；亚美尼亚无花果，结果早、果实个大、蜜甜有香味，抗病、易管理；亚美尼亚甜杏系列（个头大、中、小，颜色红、黄、白，用途鲜食、仁用、仁肉兼用）极具开发前景；多国树莓系列，富含多种营养元素，被国外称为“天然阿司匹林”。

（二）

20 年中，胡志斌共选派 20 多批 300 多名各类人员到国外、境外深造。这些人学成回国后，分布在全省 11 市的县、乡、村及一些省直单位，大都成为业务骨干。

1996 年，他创造性地把回国研修生组织起来，充分发挥他们从国外学到的知识和技术，服务于全省贫困地区。他充分挖掘研修生的潜在价值，并提出一个新词：研修扶贫。时任省长叶连松对他的做法给予肯定和赞扬，支持他在省财政厅立了项，由此拉开了“研修扶贫”的序幕，并很快在全省 10 多个国家级和省级贫困县推广。

“什么叫研修扶贫？”当时，省财政厅的负责人没听说过这个词。胡志斌解释说，就是把研修生资源利用起来，把引智“嫁接”到扶贫上。根据研修生的情况，将他们分成 4 个组：果树组、蔬菜组、植保组、畜牧组，每个组选择有突出贡献的研修生牵头，让他们根据专长，自选一地，推广技术，助农脱贫。负责人一听，拨给他 13 万元。秋天是丰收的季节，胡志斌用他的丰田面包车拉上相关单位的负责人，到田间地头实地察看扶贫成果。“一个点一个点的去看，连着看，‘哎呀，真好！’”看到第 3 个点的时候，省财政厅农财处负责人把他叫到一边，说：“老胡，你这真叫扶贫！这样，我明年给你加大支持力度。”

2005 年，时年 67 岁的胡志斌为将 3000 株日本甜柿苗送到国家级贫困县——赞皇，冒着浓浓大雾，早晨 6 点乘车出发，途经栾城、赵县等 10 个县，原本 8 个小时的路程却因大雾走了 15 个小时，直到夜间 9 点才送到赞皇。他们顾不上休息一下，就开始传授栽培技术和方法，回到石家庄已是晚 11 点，整整工作了 17 个小时。

（三）

最值得一提的是连续推广了 9 年的日本红富士苹果开心型修剪技术。由于受以多取胜传统落后思想的影响，我省 400 多万亩苹果园普遍存在“三密”现象，即每亩棵数栽得密，每棵枝条留得密，每枝果子结得密。由于不通风透光，结果性状变差。树龄越大结果性能越差，苹果园变成了苹果林，甚至不结果了。果农通常采用重剪、回缩、扭梢、环剥等强迫性甚至减少果树寿命的手段来增强树体透光性和促使结果，容易导致树体寿命的剧减，严重时甚至减少寿命三四十年，最终受到严重损失的还是果农。

胡志斌自 2006 年了解到日本富士苹果开心型修剪技术是解决我省富士

苹果园郁闭的最佳举措起，就认识到这既是一项值得推广的先进技术，也是转变果农落后观念的一种良方。

因此，在2007年初，开始邀请日本果树专家小野隆司来我省的平山县进行技术指导。当专家讲解了开心型技术的主要要点，并指出要将现存的结果树枝逐年修剪达到开心型时，大部分果农将信将疑，觉得把已经结果的树枝去掉，那不减产吗？都不敢按专家要求操作。专家通过翻译向大家说明开心型修剪的好处，但老百姓还是不舍得剪，经沟通，平山一坡苹果园的霍法祥同意专家在他的果园挑选部分树进行修剪示范。到了第二年结果时，经专家修剪的果树产量高、果形好、个头大、果色艳，且产量并不低多少，但由于质量提高了，原来每斤只能卖1~2元，现在竟卖到了5元。老百姓最看重的就是实际效果，第二年专家再次来指导，一坡示范园里围满了前来学习开心型修剪技术的果农。

2009年冬天专家到井陉县示范点传授修剪技术时，正值一场大雪后，风力达6~7级，工作人员以为不会有多少果农来现场学习了，可出发到果园一看，里三层外三层的人，正等着专家示范讲解呢。

为使广大果农成熟掌握该项技术，2007年至今的9年里，协会又多次邀请日本资深苹果专家末永武雄进行指导，次数也由原来的休眠期修剪一年一次增加到配套的花期疏花疏果及套袋技术指导等最少两次。同时，示范点开始逐步扩大。

2010年冬天，胡志斌为使果农彻底改变传统观念和落后技术，不顾自己年老高龄，冒着风雪与日本专家一起为井陉小作镇一处果园亲手修剪，一干就是一天。该园负责人深受感动和鼓舞。正是这种浓厚的为农情感和实干精神，使该技术在我省得以顺利推广。现在每到修剪关键时期，就有果农来电咨询，今年还组织培训吗，什么时间，能不能到我的果园指导一下等。

开心型苹果修剪示范园也从平山扩展到了井陉、邢台、临城、唐山等地，面积已达两万余亩，累计培训技术人员和果农已达1万多人次，惠及300多个村、2万余户果农。如平山一坡苹果合作社在坚持使用该技术后见到了明显成效，生产出的苹果个头大、果形正，表皮光润、周身红，果肉硬脆、香味浓，还没有采摘就被订购一空，该合作社果园目前已成为农业部“标准苹果园”，并拿到了国际有机认证。

协会多年来的技术和管理服务，为全省农业增产方式的转型，起到了“拨亮一盏灯，照亮一大片”的作用，也为农民增收致富发挥了积极作用。

新华社曾以“一生执着为扶贫”为题对他的事迹进行了报道，并称其为“中国引智扶贫第一人”。

（四）

近三十年的引智工作中，他的人品和工作作风给接触过的国际友人留下了深刻的印象。如1986年由省外办组织去美国，外办主任程栋才带队在美国爱尔华洲，当时是体验生活，选了三个户，一个是资本家，一个是大学教授，一个是小学教员，胡志斌住在小学教员家，回国后在没有退休前，双方每年都会有书信等往来，在退休后渐渐和美国朋友断了联系。听说后来美国教员在外出时，都会随身携带胡志斌的名片，在出国旅游时看见中国人就上前问能不能帮忙找到名片上这个人。

功夫不负有心人，2013年在英国旅游，在一个公园里，看见一个中国女孩，便上前询问，是否能帮忙找到名片上这个人，女孩看了名片是河北省农科院，便和美国朋友说，可以回去帮忙问问。

回国后她便打114查询台，查询农科院人事处是否有这个人，人事处回复这个人原来是我院人员，随后把胡志斌家里电话告诉她，她便与胡志斌家里取得了联系。当胡志斌晚上下班回家后，老伴告诉胡志斌，有人打电话说一个美国朋友在找你。晚上六点多，女孩又打来电话，问胡志斌在美国是否有朋友？胡志斌告诉她有，胡志斌说“在爱尔华洲有小两口，当时我住在他家，男的叫汤姆，女的叫帕丁，我们是很好的朋友，只是这几年断了联系，当时他家有两个小孩，大女儿叫艾伦，13岁；小女儿叫克斯蒂，也才7岁。”听到这些，女孩就说对了，他们在找你，已经20多年没有联系了，他们一直在找你，这样吧，我把他的电话给你，你和他们联系吧。

后来胡志斌与美国夫妇取得了联系，并说“虽然过去了这么多年，但感情还和过去一样的深，我欢迎你们来华旅游”。当年10月份，汤姆一家就随团来华旅游并探望老朋友，汤姆一家非常高兴，说到这是我们27年后的重逢，并到胡志斌家做客，和胡志斌母亲合影，他们的感情依旧那么好。

中篇：根扎基层“接地气”

1964 年胡志斌即将毕业走出校门，河北宁晋县发生蝗虫灾害。当时胡志斌带领几个人员到宁晋县一个叫邸亮庄的村进行防虫工作。胡志斌白天和乡亲们一起防虫，晚上为乡亲们讲课，在邸亮庄村待了约一个月的时间。当时乡亲们被胡志斌的这种精神所感动，都要去学校看望胡老师，胡志斌拦住说先别来了，等分配完以后再说。后来胡志斌被分配到新乐，从那以后就再也没有见过面。

也是机缘巧合，13 年后胡志斌到宁晋大古庄村座谈特色农业，在与乡亲们闲谈时，胡志斌问这离邸亮庄还远吗？乡亲们告诉他，这离那里很近就 3 至 4 公里左右。胡志斌说：“当时我去过那里，在那里待过一个月，那里有我的学生，我教过他们，不知道这些人还在不在那?”当时县农开办副主任就在跟前，说他姐夫就是那个村的，当下就联系上了，说这个人还健在，都 70 多岁了。后经电话联系，两句话就听出是胡志斌，后来该学生通知了当时参加上课的好多学生，很多都在外地，大家都赶回来看望胡老师。胡老师说：“我就教了你们一个月的时间，你们怎么记我记得那么清楚?”同学们说：“那会吃的也不好，白天一身汗，一身泥的，晚上您还要给我们上课，您走后又来过一些大学生，但都没有您这种干劲，这种精神。您的这种精神不仅影响了我们的工作，还影响了我们一生。”“到现在他们到了教师节还给我打电话祝我教师节快乐。”胡志斌说。

胡志斌 1964 年从农校毕业后，被分配到新乐县农业局，在农业技术岗位一干就是 13 年。他埋头在田间地头推广的间作套播、三密一稀、科学施肥、顿水顿火、节水等技术，提高了当地的种植水平。他经常骑自行车或步行走村串户，走遍全县 19 个乡和 158 个村，住农家、吃派饭、蹲点包村，为农民进行义务培训，累计培训农民数千人。

河北省农业产业协会成立后，胡志斌十几年来更是脚步不停，仍然坚持下基层、调研、培训。

最值得说的有两个“两次”，第一个是 2014 年 7 月份到吴桥县大王村合作社调研时，胡志斌提出的发展理念使该县农工部领导深受启发，不到半个月时间就被二次邀请为吴桥全县200多名农企、合作社负责人培训。

第二个“两次”是胡志斌当年12月份应邀到广宗县扶贫办为乡、村干部近百人培训时，因参训者反响强烈，协会不仅被第二次邀请为该县农企及种植技术骨干培训，还接受广宗县扶贫办委托，分两批组织观摩会员企业葡萄和蔬菜设施种植及管理的活动。

他还经常到田间地头、科研院校、武警部队现场传授，脚步遍及河北、宁夏、河南等省。

他总结出人的综合素质五要素，即：健康、人品、知识、运用知识的能力和认真态度。

还为农业合作社及农业企业总结出发展理念，即：特色是前提、精品是保障、规模是关键、服务是手段、赚钱致富是目的，累计授课百余场次，听讲人员累计约2万余人，受到一致好评，并已对部分单位产生积极影响。受他的谆谆教诲，协会秘书处工作人员都在不断成长和进步，大家都表示，跟着他能学知识，长见识，辛苦点我们也情愿。

下篇：心系会员“抓服务”

“胡老师，预报说有雨，您还赶来了。”东成角村民兴合作社的负责人李志芬快步上前，紧紧握住胡志斌的手，她的眼神中交织着焦急与欣喜。不久前，李志芬和十多户社员合用的红薯窖塌了，30万斤红薯被压在窖里。每斤红薯至少卖1.5元，30万斤红薯就是45万元！急得李志芬直掉眼泪，顾不得已是晚上10时多，她拨通了胡志斌的电话。

“沉住气，能抢救多少抢救多少，人没事是最重要的。我教你盖新窖，保准儿不会再塌。”电话那头，胡志斌的声音亲切而沉稳，让李志芬感觉“有了主心骨儿”。

李志芬与胡志斌相识，是在省农业产业协会举办的一次授课上。

2009年，胡志斌组织专家到晋州传授红薯深加工技术，李志芬和丈夫李雪民慕名前去听课。当时，年过不惑的李志芬夫妇刚与5户村民组织成立了红薯合作社。“要种，就要种精品，比如早熟品种、耐储存品种、紫薯品种；光种不行，必须加工，如制成薯片、粉条、粉丝……”胡志斌的一席话，让李志芬夫妇茅塞顿开。从此，他就成了李志芬夫妇致富路上的“定盘星”。改变了传统的发展思路，坚持以市场为导向，走特色、精品之路，推行种植和加工相结合的发展模式，促进了自身发展。如今合作社从10多户发展到了498户，种植红薯面积由过去的几百亩猛增到3万余亩，平均每户年收入从过去的2万多元增加到6万余元。

这样的例子还有很多，如鹿泉市紫藤葡萄庄园，在胡志斌倡导和传播的特色、精品、规模发展新思路的指导下，从2006年开始改变以多取胜的落后理念，坚持走特色、精品之路，发展观光采摘葡萄园，从而使效益由原来每年30万~40万元提高到400万元，增长近十倍，辐射面积两万多亩，带动500多户农民致富，影响范围扩大到邢台、邯郸等地。由于更新了思路，转变了发展方式，扩大了规模，效益显著而稳定，收入增、富裕生、添新车、盖新房、建新园，又在石市的学府路和西山两地创建了200亩大规模生态园——观光、休闲、采摘、食宿一条龙，使发展效果更上一层楼。

胡志斌敏锐的政策嗅觉、丰富的人生经验、系统的协会理论、执着的工作态度和处处以身作则的精神，使他成为河北省农业产业协会这个大家庭的主心骨、顶梁柱。他低调做人高调做事，为会员办实事，以提高会员的满意度和忠诚度为己任，发挥正能量。不管是工作人员还是广大会员，都被他吸引、被他感染、被他所带动着。

人物档案：胡志斌，男，中共党员，研究员，1938年11月生于河北省定州市。

1964年从河北保定农业专科学校毕业，大专学历。

1964年至1977年在新乐县农业局工作。

1977年至1999年在河北省农林科学院工作，其中1979年至1999年从事农业对外开放及农业引智工作20年。

国家领导人全国人大常委会副委员长
周铁农给“中华大地之星”
“特邀新闻人物”胡志斌颁奖

1999年至2003年被农科院返聘期间从事引智扶贫协作网工作，2003年至 2010 年，在河北省农业产业协会任常务副会长兼秘书长、法人代表。

2010 年至 2014 年 7 月，任协会常务副会长兼秘书长。

2014 年 7 月至今任协会常务副会长。

（作者谢吉恒、庄伟，原载于《中国时代风采》，2016 年）

王广新梦想三部曲

世界上最幸福的事情是彻彻底底地了解自己人生的追求和梦想，并依托自己天性的才华，让自己的梦想得到实现，让自己的才华得到彰显。（杜士扬）

——作者题记

每个人都有自己的梦想，而实现梦想就要实现一个个目标。梦想的力量是强大的，它可以推动一个人、一个团队乃至一个国家不懈的追求、不断的努力拼搏去实现它。爱因斯坦说："照亮我的道路，并且不断地给我新的勇气去愉快地正视生活的理想，是善、美和真!"天津市宝坻区广新印刷厂厂长王广新就是这样的人。

2015 年 10 月，王广新荣获第二十四届"中华大地之星十佳新闻人物"，受到国家领导人的亲切接见。我作为他的老朋友，为他高兴，为他骄傲!

1962 年，王广新出生在天津宝坻县的一个贫困农民家庭，有兄弟姐妹 7 个，他排行老五，上有四个哥哥，下有两个妹妹。在那个年代，尤其是孩子多的家庭，生活就是一个字："难"! 大人天天为一家人的生计拼搏。每到收获季节，稍大点的孩子和父母同去生产队的场子上剥棒子、打稻谷、晒粮食……只要是孩子能干的活都去干，帮着父母挣工分，多分点粮食好填饱肚子。

那时候王广新的父母很重视孩子的教育，不管家里多难也要尽量让孩子上学读书。王广新天资聪慧，非常好学，小学学习成绩很好。那时候他就有了考上大学找个好工作的梦想。到了初中、高中时他已经是一个体格强壮的小伙子了。那时他爸爸的脚受了工伤，不能再干重活了，使得家庭生活更是雪上加霜了。家里的困难他看在眼里记在心里，主动为家庭分担，把大部分时间都放在干农活、挣工分养家糊口，荒废了学业。

1980 年，他 18 岁高考落榜了，家人和老师劝他再复读一年。王广新为了减少家庭负担没有选择复读。王广新上大学的梦破灭了，但他不怨天尤人，只有一个想法，不管干什么都要把它干好！

王广新在人生之途上还曾有过另一个梦想，去当兵，成为一名军人。他想当一名解放军战士保家卫国，可因为他在体检时检查出眼睛有点近视而没有被选上。这样王广新的第二个梦想也落空了。

对于一个青少年时期的王广新来说，接连遭遇高考落榜和应征当兵失败的挫折，打击实属不小。他又重新振作起来，在国家改革开放的政策号召下，他跟随村子里的建筑队去天津市里当上了一名建筑工人，投身到了祖国城市建设的热潮中……每月把工资寄到家里贴补生活，也锻炼了他吃苦耐劳的意志！

北方建筑业每到了冬季，由于寒冷无法施工要停工两三个月，得到来年春暖花开才能再开工。他把干建筑的几年“冬闲”变为“冬忙”，把猪圈里的猪粪装上马车给冬小麦苗施肥等农活样样都干。他高中毕业后，有点空就喜欢看建筑、农业、工业、军事、文学等方面的书籍，尤其喜欢看印刷方面的书。世界四大发明的活字印刷和造纸术两大发明都应用到了印刷业上，王广新对印刷业十分好奇、感兴趣。

1984 年的冬天，从一个朋友那得知，就在附近石桥村郭庄村有一个书刊印刷厂企业。那个时候的王广新梦想是当上一名印刷工人。他跑到那个印刷厂打听需不需要人手，得到的回答是这家印刷厂不招工了。

也是缘分吧，这时他遇见了郭庄村的村书记，是个热心人。郭书记了解了王广新的经历，是个实在人又高中毕业，还当过建筑工人受过锻炼，觉得这小伙子不错，就把他介绍进了天津市宝坻第十印刷厂当上了一名印刷工人。

至此，王广新的第三个梦想终于实现了。

他心里暗下决心，一定要好好把握这次机遇，干出一番事业来。他到了印刷厂工作，充分发挥勤奋好学、不怕吃苦的精神，边干边学，没多久他学会了印刷的操作技术，还熟悉了各道印刷工序环节，掌握了铅印活字排版技术，这个技术是一门考验人手技、眼力、耐心和识字知识量的活，很容易出错，而王广新排版的正确率比干了好几年的专业老排版工人还高，通过他的努力和干出的成绩，很快领导就让他当上了印刷车间主任。在担任两年车间主任期间，他同样没有忘记学习新本领，经常到装订车间帮忙，学习装订技术知识，装订的活也干得有声有色，非厂里其他人可比了。领导又让王广新管装订车间，兼装订车间主任。王广新自己好学能干，也不吝惜地把技术、技巧、方法和心得教给同事们，让大家都跟着进步，培养了一大批和自己差不多能干的技术精英，很大程度地提高了印刷厂的生产效率。

村支书看在眼里，喜在心里，根据王广新的能力，又提拔他做了办公室主任。这期间他大量阅读管理书籍，和领导请教学习管理方面的知识，理论结合实践，把厂里的业务搞得红红火火。

一天，村支书召开印刷厂厂长换届选举会议，印刷厂各部门代表一致推举王广新当厂长，也中了村书记的意，王广新就这样挑起印刷厂厂长的重担，一干就是四年。

在印刷厂这些年的工作经历，让王广新真正地成长了，他已成为一个具备综合实力的专业印刷人，而此时他心中的梦想也逐渐成熟、清晰起来了，终于在 1993 年 1 月 28 日成立了自己的印刷厂——天津市宝坻广新印刷厂。

有了在宝坻第十印刷厂 9 年的工作经验，自己的厂子又有最大的自主权和发挥空间，难得的是他一步一个脚印，稳扎稳打，从投资几万元的轻型单色印刷机起步，到十几万的重型印刷机，再到几十万的四色（彩色）印刷机。为了满足客户全方位的要求和发展需要，王广新又上了印后的模切和装订设备，硬件实力与日俱增，黑白或彩色单据、吊牌、名片、宣传单、画册、手提袋、包装等印刷品都能干，而且质量很好，业务客户越来越多，企业逐渐发展壮大。

2004 年 5 月至 2006 年 6 月，王广新在宝平公路旁投资几百万元建筑了一栋近 2000 平方米的楼房。有一句话说得好，机遇总是给有准备的人，2006 年 9 月，王广新响应政府的好政策，加盟了县里的三轻工程的劝宝连锁超市，新盖的楼房一楼就用作开超市了，楼上用作办公和一家人居住了，而且超市每平方米政府还给补助了 100 元钱。超市里老百姓的生活用品，蔬菜、水果、粮油、米面，吃的、喝的、用的全都有，一方面方便了周边的老百姓，超市的生意也挺红火。王广新实现了一个一个新梦想！

人物档案：王广新，男，1962年出生，现任天津市宝坻区广新印刷厂厂长。

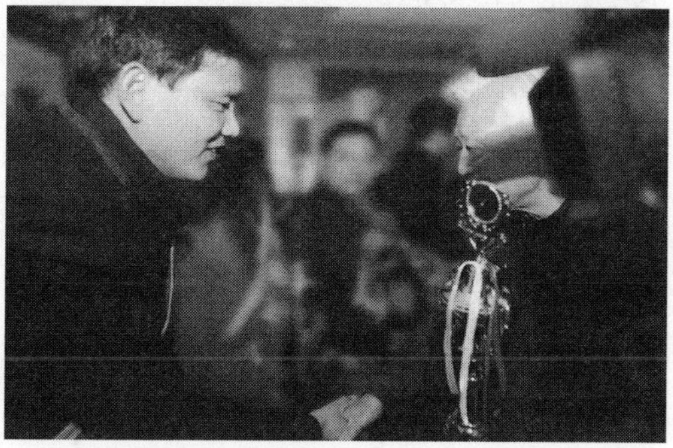

全国人大常委会副委员长周铁农给“中华大地之星”“十佳新闻人物”王广新颁奖

他在印刷业中打拼20余年。为人忠厚实在，思维敏捷，以诚信为理念，有创业精神。他投资购进先进印刷设备，采用新技术开展多彩印刷，用高新技术站稳市场脚跟，在激烈的市场竞争中能以“创新求变”受到用户的青睐。

他坚持客户至上，方便用户，以优质产品赢得市场。从设计、印刷、装订、包装、运输等全程服务周到。巩固老用户、发展新用户。业务范围扩展到北京、天津、河北、河南等地，有40余家稳定大用户。他带领员工围绕市场的需求，进行经营调整，强化管理，创新拓展经营门路。他的印刷厂越办越好，成为天津市宝坻区印刷业的佼佼者之一。

2015年11月被评为第二十四届中华大地之星“十佳新闻人物”，被授予“中华优秀企业家”称号。

（作者谢吉恒、张文芳，原载于《中国时代风采》，2016年）

让历史留住记忆

从日本的侵华画报说起

安倍晋三上任以来，试图歪曲、抹杀、否认和篡改日本在第二次世界大战中的侵略历史。他参拜靖国神社，质疑慰安妇问题，强行通过《新安保法》，妄图修改和平宪法。说什么“侵略没有定义”“东京审判是战胜国对战败国单方面的裁决”“历史应该由历史学家评价”“没听说过有《波茨坦公告》”等。甚至以美国在广岛和长崎投放原子弹为由，将日本装扮成第二次世界大战的受害国，赤裸裸地对第二次世界大战的侵略历史进行否定。

今年是中国人民抗日战争胜利暨世界反法西斯战争胜利70周年。为了不忘国耻，铭记历史，珍视和平，警示未来，凝聚向心力，传递正能量，反击安倍的右倾言行，我从网上下载了抗日战争时期日本朝日新闻社出版的《支那事变画报》《支那事变写真全辑》中的部分图片和文字给同学、朋友和姥爷看。

图片资料分三类：一类是完全真实的。譬如《荒鹫部队》，是侵华战争时日本陆军及海军所属空战部队作战照片集。照片真实地再现了日本帝国主义侵略中国的全过程，记录了日军宝藏寺、山濑、寺仑、佐赖、玲木、松山等航空部队和飞行团派军机轰炸延安、兰州、南京、上海、武汉、重庆、西安、广州、海南岛等中国广大地区的民房、街道、居民等的血腥场面，是永远抹不掉的侵华铁证。

另一类真实性、虚假性、欺骗性并存。譬如《支那事变画报》，一方面朝日新闻社记者真实记录了当年日军侵占我济南、徐州、归绥（呼和浩特）、南京、上海、杭州、武汉、广州、南宁等广大地区的侵略罪行。日军在占领地的入城是真实的，而中国老百姓手拿日本国旗列队欢迎则是虚假的。列队的人群中有日本人，不是中国人；有少数汉奸，不代表中国人；还有一部分来不及撤退的市民，是日军用枪和刺刀逼去的，不是自愿的。这种欢迎是不真实也不可信的。对这一类，要进行分析和鉴别：找出可以证明日军侵略和犯罪事实的一面，揭露它虚假和欺骗性的另一面。

第三类纯粹是虚假、欺骗和对历史的篡改。譬如日军“建设大东亚共荣”，给小孩发糖果的中日亲善；“背中国老太太过街”等图片都是虚假的，不可信的。朝日新闻社隐瞒、掩盖了侵华日军“烧光、杀光、抢光”的三光政策，烧、杀、抢、掠、奸淫妇女，无恶不作的野蛮罪行。对这一类要进行彻底的揭露、批判和抵制。

姥爷叫王家禄，乳名王飞，出生在神木县，后来到内蒙古定居，对神木县的往事记忆犹新。我的资料，引起他对日机轰炸神木以及县城庆祝抗战胜利等历史的回忆。我把姥爷的故事记录、整理出来，与大家分享。

临近春节的日机大轰炸

1939 年（己卯）腊月十五，临近春节。尽管在艰苦的抗战年代，人们还是早早起床为新一年的到来准备和忙碌。8 时许，3 架日机飞抵县城上空。发现敌机后，驻军和自卫队吹响了防空号，通知居民躲藏。

飞机在县城上空盘旋了两个多小时。少数胆大的人，耐不住性子看个究竟，他们看清了飞机的全貌，看见了飞机肚子下涂印的日本旗。

腊月十六是公历 1940 年 1 月 25 日，日军派来 35 架飞机，天上黑压压的一片。8 时许，防空号再次吹响。县城的人倾城出动，他们不是去躲藏，而是来看从来没见过的、能在天上飞的稀罕玩意儿——飞机，根本不管什么防空不防空。

就在人们为看到飞机而兴奋时，飞机投弹了。飞机飞得很低，炸弹的命中率很高，一颗颗炸弹倾泻到神木城内爆炸了。顿时，房屋倒塌了，门窗椽檩着火了，有人被炸死或炸伤了。死者倒地，伤者乱爬，哀声震天，惨不忍睹。

一轮、二轮、三轮……接连不断地狂轰滥炸，不给老百姓喘息和救护的机会。炸弹的爆炸声，飞机的轰鸣声，房屋的垮塌声，门窗、椽檩燃烧的噼啪声，人们的哭喊声，混杂、交织在一起，乱成一片。美丽的神木城成了残垣断壁、瓦砾堆、火场和坟场。这就是日本侵略者带给他们的“大东亚共荣""日本文明"和"日中亲善"。

这次轰炸死伤了多少人？姥爷不知道，他只知道大伯母刘氏遇难。在自家的院子内，刘氏听到防空号响，从厕所出来，还没有找到躲藏的地方，即被落在院内的炸弹炸死。太姥姥王莲霄大难不死，躲过一劫，当日下午被送到城南的贺家坡村，腊月十七日，生下了姥爷。为了不忘日本军国主义的滔天罪行，太姥爷王兴信为他取乳名王飞。

这次轰炸毁了多少间房屋？姥爷不知道。1947 年，轰炸已经过去 7 年，有的已经重建或者修复，就在姥爷活动的三条街巷内，他亲眼见的废墟和残垣断壁还有 7 处：

（1）王飞的姥爷王振方老家玉帝庙街 1 号院，东西长约 40 米，南北宽约 25 米，有 5 间正房，5 间南房，1 间东房。轰炸过后，仅存 2 间东正房和 1 间东房，其余全被炸毁。1989 年神木中学扩建拆迁，地貌改变。

轰炸前几个月，院子里的其他人已被王振方疏散到了内蒙古草原上。轰炸当日，院子里只有王飞的姥姥贺氏、母亲王莲霄 2 人，幸好她们住在东正房，没有被炸着。

（2）玉帝庙街南口政府家属院。1947 年以前是轰炸遗迹，东西长与 1 号院差不多，南北长约 40 米，原主人是王中平。轰炸过后只剩 3 间正房，其余全被炸毁。

（3）北大街邮政局北侧大门内，是一个很大的两套院，该院南北长 80 多米，东到一完小的西墙，面积 5000 多平方米。日本人轰炸后，迎街商铺只剩邮局及以南的部分，院内只剩下两间东正房，其他房屋全被炸毁。王兴信先生用 5 年多时间，到 1945 年春天，才将废墟清理完毕，在院内开了染房。

（4）与旧奄巷 8 号院南墙仅一墙之隔的院落。轰炸后，除了正房，其他房屋全被炸毁。被炸后没有重建，只垒了半截墙，在半截墙上方插了些圪针。2014 年姥爷回神木，圪针墙还屹立在那里，警示人们防止日本军国主义重演历史。

（5）圪针墙院南，路东的红砖房，重建年代不详。日本人轰炸时，王飞的大伯父王兴仁一家住在院内，王的妻子刘氏就是在这个院内被炸死的。院子东西长约 30 米，南北长约 40 米，轰炸过后，只剩一间东正房，其余全被炸毁。

（6）旧奄井北侧有一片轰炸遗迹，东西 40 多米，南北约 60 米。1947 年废墟的南端已经清理，露出了墙基；北端的砖瓦砾还在。之后这里是什么样，姥爷再没有去过。

（7）旧奄巷与西大街交汇处路西的红砖二层院落，院子很大，建在当年轰炸后的废墟上。2005 年 7 月姥爷回神木，这一片废墟还在，说明这片废墟至少保留了 65 年。

（8）下面一处，是王飞到包头听他的大嫂张秀芳讲的。张家住在皮房巷 8 号院，在清朝出过两个进士，皇上赐给一对旗杆，所以张家院也叫旗杆院。

腊月十六是张奶奶的生日。早晨起床后，全家人都去了西二道巷的奶奶家。日本飞机轰炸过后回来一看，房子没有了，旗杆也没有了，周围邻居的房子也炸塌不少。好在当时院子里没有人，没有伤亡。后来听长辈讲，是那两根旗杆惹的祸，日本人把旗杆误当成电台的天线，以为院内住着重要的指挥机关和重要人物，才把她家列为轰炸重点。

这次轰炸日本人投掷了多少颗炸弹？姥爷不知道。

日本航空兵第三飞行集团战斗要报第 8 号（1939 年 9 月 8 日轰炸）记载："对肤施（延安）实施突袭，当天日军出动飞机 64 架，其中侦察机 18 架，轻型轰炸机 15 架，重型轰炸机 30 架，运输机 1 架。共使用炸弹 324 枚，分别是：15 千克弹 80 枚，50 千克弹 101 枚，100 千克弹 143 枚，共计 20 吨 550 千克。"

我把数据交给姥爷，姥爷以此为样本进行统计与分析，得出的结论是：日本飞机轰炸神木，至少携带炸弹 177 枚，投弹的总重量至少 11.21 吨。神木城周长 2000 米，占地面积不到 25 公顷，平均每公顷落炸弹 7.08 颗，448 千克。

如果按日机两次轰炸榆林，53 架飞机，投弹 338 枚测算，这次日本人向神木投弹可达 223 枚，平均每公顷 8.9 枚。当然，这仅仅是一种数理分析，真实数据还有待于日本解密。

惨无人道的无差别轰炸

七十多年前的神木县，土地贫瘠，经济落后，没有公路，没有铁路，没有电力，没有银行，也没有工矿企业，只有几处小作坊。县城人口不到7000，它不是战略要地，也不是抗日作战的指挥中心。姥爷一直弄不明白，日本人为什么要轰炸神木城。

现已查明，抗战时期日军利用航空优势，对中国各地城乡及大量非军事目标进行了大规模的狂轰滥炸。对大后方进行战略轰炸，是不区分军事设施和民用设施的“无差别轰炸”。

1937 年 11 月通过的《航空部队使用法》第 103 条规定：“战略进攻的实施，属于破坏要地。内容包括政治、经济、产业等中枢机关，并且重要的是，直接空袭市民，给国民造成极大恐怖，挫败其意志。”这是直接以平民、街道和民居为目标实施空袭，突破了战争伦理的底线。

根据这种理论，日军对陕西省的神木、延安、西安等 55 个县市进行了 567 次轰炸，出动飞机 3789 架次，投弹 13610 枚，炸死 4331 人，炸伤 5742 人，毁民房 43825 间。

与日军的初衷相反，轰炸的结果引起了中国人民更加强烈的反抗。

日本投降庆祝抗战胜利

经过 14 年的艰苦抗战，1945 年 8 月 15 日，日本宣布无条件投降。消息传来，神木县沸腾了！人们张灯结彩，敲锣打鼓，放爆竹，互相转告，互相祝贺！跳啊！唱啊！比过年还要高兴。

根据国民政府的通知，全国统一在 9 月 3 日至 5 日庆祝 3 天。县政府将中、小学生召回学校训练，为庆祝活动做准备。太姥爷王兴信（时任神木县城关镇国民党区分部书记）到小学选了 20 名高年级学生组成“竹马队”，学生白尔青任队长。他们在画匠师傅的指导下用竹丝扎成马的骨架，再糊上白纸，绑在身上当马骑叫“竹马”。还给王飞做了一匹小马，姥爷每天跟在竹马队后面，别有情趣。

中学组织了高跷队。市民现做了狮子和龙，舞龙、舞狮子，在染房院训练。业余秦腔剧团在北楼洞（大仙庙）的戏台上训练和演出。

9 月 3 日上午，在北门外召开神木县庆祝抗日战争胜利大会。主席台在北楼洞上，参加大会的人坐在北门外的围城里，人们手持彩纸小旗，把围城挤得满满的。会后游行，258 团的军人抬着迫击炮、重机枪，全副武装走在最前面，紧跟着的是仪仗队，锣鼓队，高跷队，舞龙队，狮子队，竹马队……

晚上打着灯笼、火把继续游行。因为没有路灯，在竹马肚子里点上蜡烛，非常引人注目。4、5两日，白天、晚上继续游行，游遍了神木县的大街小巷。姥爷王飞背着小竹马，跟在后面，参加了这3天的庆祝和游行。

女八路朱志翰归来探亲

朱志翰是王瀛烈士[1]的妻子，山西霍州人，中共早期党员。1927年6月与王瀛一起到武汉向党中央汇报工作。8月，瞿秋白派他们回山西搞武装斗争和农村工作。回太原的途中与王瀛一起被捕入狱，被判处死刑。因朱志翰怀孕，经王瀛的三表弟王敬卿与阎锡山谈判、赎买，改判为无期徒刑。1936年经党组织营救出狱。

出狱后，受杜任之、牛佩琮、戎伍胜（戎子和）等的邀请，参加“牺盟会”的筹备和创建，任执行委员。随后，在薄一波领导下进行抗日工作。1950年起任山西省妇联副主席、名誉主席等职，文化大革命中含冤而死。

王瀛牺牲后他的父亲王科举、母亲王氏就住在姥爷王家，由王家赡养。成为一家人，同住一个院，同吃一锅饭。

抗战胜利庆祝活动结束后的一个晚上，王兴信带回一条重要消息：“南乡（中共中央高官局南乡秘密联络站）来人了，朱志翰要来神木探亲。”

女八路要来神木探亲了，院子里热闹起来了。为迎接抗战前线胜利归来的贵宾，为迎接从未见过面的外甥媳妇，一大家人像迎娶新媳妇一样开始忙碌。王瀛的三妗张金润领着儿媳们打扫空闲的大东房，买布买棉花缝铺盖。王兴信到榆林去采购海参、鱿鱼、口蘑、木耳等山珍海味。王兴文（王兴信胞弟）用白泥粉刷墙壁，买回上等白面准备待客。

9月中旬，朱志翰领着在狱中生的儿子王升峰回来了，她第一次进婆家门（其实是表弟家），住在姥爷王家旧奄巷8号院的大东房。

---

[1] 王瀛生前任中共山西省委常委、宣传部长，共青团山西省委书记，中共五大代表，1927年10月牺牲，年25岁。王健英著《中国共产党组织史料汇编》：“党的五大以后（1927年5~7月）各地主要组织：山西省委书记王瀛。‘八七’会议以后（1927年8月~1928年6月）各省委：山西省委书记王瀛。”

为保证朱志翰母子的安全，张金润领着儿媳和孙女在大门、二门内放哨。王兴信将自家的商铺停业，抽出王兴文专门负责安全保卫工作。王科举领着孙子外出，王兴文跟在后面做保镖；朱志翰领着儿子外出，则有王兴信夫妇保驾。

朱志翰母子回来了，根据姑姑、姑夫和表嫂的意见，王兴信领着母子俩，上坟祭奠王瀛烈士；看王瀛出生的皮房巷3号院小屋和石补岩的窑洞；领着王升峰到孔庙拜孔子。王氏领着孙子到玉帝庙敬香，为她们母子祈求平安。

抗日女八路回来了，王兴信和兄弟姐妹们大摆宴席，热情款待并送上祝福。朱志翰带给王家的礼物是八路军发给她的将校呢。

尽管朱志翰是高干，朱元璋的21代孙，仍提出申请，要尽媳妇的义务，轮值为大家做饭。张金润和王兴信不同意，但无人请客时，他们4口人可以在大东房单独起伙，食材由王兴文采购。就这样，朱志翰在大东房给公婆收拾家，做饭，拆洗被褥，拆洗衣服。

朱志翰每天都要抽时间和大家聊天。在国民党统治的神木城讲她革命斗争和抗日故事，讲抗战胜利后的形势和任务，宣传共产党的政策和主张，让神木的乡亲做好应对蒋介石打内战的准备。

一个月后，朱志翰领着儿子离开了神木城，重返她的革命工作岗位。

作者简介：索畅（索·吉日木图），男，蒙古族，1994年6月生，内蒙古土默特左旗人。2013年考入中央司法警官学院汉语言文学专业，本科在读。现任中央司法警官学院学生会督察部副部长、督察队队长，内蒙古王瀛烈士研究会会员。

索畅

爱好军事、历史、文学、艺术、民俗等。2011年5月，作文《感悟生命》获第十三届“语文报”杯全国中学生作文大赛省级一等奖；2015年8月，完成《用鲜血和生命书写历史的人民——纪念王瀛烈士入党90周年（初稿）》。2015年《让历史留住记忆》获《中国时代风采》散文类银奖。

（作者索畅、川石，原载于《中国时代风采》，2016年）

山叶口听故事

作者在山叶口五彩石林留影

导读：“中国时代风采采风团”一行在安军团长带领下，于2015年8月25日来到全国著名的国家4A级地质公园参观采风，受到山叶口景区董事长王柱及员工的热情欢迎与接待。采风团多角度采写、拍摄山叶口多姿多彩的绚丽风光，其中有数名中国散文学会会员和文学爱好者撰写的散文，送与我切磋，几经修改定稿，利用网媒、纸媒多渠道，鼎力宣传美丽的山叶口及朴实的山叶口人，提升山叶口景区的知名度、美誉度。

——谢吉恒

山叶口，这个令人羡慕被誉为中国远古海底世界的美景山林、世外桃源，我期盼已久。终于有机会于8月下旬随“中国时代风采采风团”来到这里一睹它的艳姿芳容。亲身感受这里的一处处胜景，聆听这里的一个个神奇的传说。

山叶口景区坐落于燕山山脉深处的迁安市大五里乡山叶口村，被列入第五批国家级4A地质公园。这里不仅山清水秀，风光旖旎，更有得天独厚特殊的地理构造和长期地质作用形成的奇特的地貌遗迹，并且在我国抗日战争时期曾作出过不朽的贡献。

8 月 25 日上午九点多我们到达了采风目的地山叶口景区。在导游的带领下，我们钻进这 30 多亿年前的海底世界的山林。特约山叶口“本地通”吴先生陪同我们采风。他曾是景区附近钢厂一名管理人员。吴先生是土生土长的山叶口人，他对这里的一山一石、一草一木了如指掌。退休后怀着对家乡山水的眷恋，加入开发山叶口景区的行列，为景区建设出力流汗，对山叶口怀有一种特殊的情感，边走边为我们讲述着有关山叶口的人文故事。

山叶口山势连绵起伏，谷深幽静，岩陡险峻，满山遍布奇石异松，这些色彩斑斓的石头形态各异，大大小小似物非物。清澈的溪水如丝绸般柔滑，自上而下静谧流淌，伴随我们穿越时空的隧道，走进了 1943 年的夏天。

吴先生栩栩如生地讲述：在抗日战争中，中国共产党领导的人民军队在冀东地区逆势而上，挺进敌后，展开了英勇卓绝的游击战。以弱势兵力，简陋武器，出其不意，牵制日寇主力，上演了敌强我弱、灵活机动、克敌制胜、可歌可泣的人民战争，揭开反侵略战争史上辉煌的一幕。山叶口这片土地是当时的敌后根据地。

为了恢复被日军侵夺的冀东根据地基本区，1943 年冀东军分区司令员李运昌率八路军第十二团主力和地方区队由滦河以东进抵丰滦迁地区，寻歼日伪军当地驻军，力图夺回根据地。八月中旬，炎炎夏日的一天，部队路至山叶口，发现这里的地势地形从后方打鬼子极有利，部队当晚决定在此驻扎设伏。附近村民纷纷闻声赶来，自发地成立抗日小分队支援十二团的战士，吴先生的爷爷就在当时加入了抗日小分队。

第二天上午十点多，敌人“扫荡”的车队大开过来了，前面是 100 多个日本鬼子兵押着七八十辆运粮车，鬼子的后面是伪军。我军指挥员屏住呼吸，在山上紧紧盯着敌人的一举一动。等敌人的队伍尾部进入村东口时，战斗打响了。我军开始向敌人勇猛出击，歼灭鬼子的先头部队。抗日小分队向村东口出击，攻打敌人的后队。八路军十二团的战士迅速攻进山叶口村内，与敌人展开巷战，打得敌人晕头转向，人仰马翻，乱成一团。他的爷爷在当时的战斗中配合八路军俘虏了 30 余名日伪军。

我们沿路攀登了“大石房”“小石房”“卧龙松”“试刀石”“骰子石”等多处景点，可以驻足休息拍照留念。这些鹅卵石天然地拼合在一起组成的景观，真让人不得不感叹大自然的鬼斧神工。经历了山崩地裂，沧海变山峦，地壳无数年的变迁和大自然无数次的洗礼，才形成了今天这些五彩石的壮景。

也许是听了激昂的故事浑身充满了力量，我们加快了登山步伐，一个小时左右就攀登上了山叶口的顶峰——平顶山。眺望远方，层峦叠嶂，郁郁葱葱。高高矮矮的烟囱鳞次栉比，那是首钢、迁钢，还有众多的民营钢铁厂。

我们在山顶驻足留影，山下美景尽收眼底。在山顶休息约十分钟便开始下山了。

吴先生又为我们讲起了山叶口的奇幻之处：当年这里不仅为八路军提供了有利地势，更神奇的是它曾养好过很多伤员，而且救助伤员的人们此后也都一帆风顺。

那个绿树掩映下的天然石洞叫做“观音洞”，据吴先生说，此洞中常年滴水不断，清澈见底，甘甜可口，美丽的传说给这个洞口增添了神秘色彩。当年时值盛夏，骄阳似火，热浪灼人，有些子弟兵在战斗中负伤，山叶口村民冒着枪林弹雨抢救伤员并送至这里。无论环境如何恶劣，乡亲们冒着生命危险送干粮，送药布，精心照料伤员，帮助其身体尽快康复，重返前线，英勇杀敌。据说潘家峪复仇团中的一员焦海泉就在这里得救过。他现在已 90 多岁高龄，也是今天依然幸存的潘家峪复仇团唯一一个老兵。

那是 1941 年 1 月 25 日，日本侵略者在距山叶口数十公里的潘家峪村制造了震惊中外的惨案，全村 1700 口人有 1230 口人惨遭杀害，惨案发生后，潘家峪村幸存者中的 7 个青壮年自发组建了复仇团，而后发展到了 20 余人，焦海泉就在那时成为了潘家峪复仇团的一员，期间在与敌人斗争中，焦海泉被鬼子子弹穿过小腿，晕倒在战场上，被村民曹爽救到山上，在观音洞养伤，曹爽每天来给他送饭，用洞中的滴水帮他擦洗伤口，没有几天伤口就痊愈了。

1943 年 8 月，曹爽参加了“潘家峪案”复仇之战。

战斗地点发生在离山叶口不远的榛子镇，战斗中焦海泉像下山的猛虎，拼杀格斗。战士们带着满腔仇恨为死难的亲人报仇雪恨，祭慰亲人们的在天之灵。

抗战胜利后，焦海泉一家迁居内蒙古包头。至今已 90 多岁高龄，依然精神矍铄，头脑清晰。救助过他的村民曹爽曾被凶残的鬼子兵在身上连捅数刀，大难不死，居然奇迹般地活了下来。20 世纪 60 年代初，他举家迁居东北，无疾而终，享年 86 岁。

在纪念抗日战争胜利 70 周年前夕，我来山叶口观赏五彩石林的美景，听传奇故事，胸中激荡起铭记历史、珍爱和平、为实现中华民族复兴奋斗的豪情壮志。

（作者易雅娇，原载于《中国时代风采》，2015 年）

《王宝财圆钢铁梦》（暂定）序言

我高兴地拜读了河北作家孔祥峰新作《王宝财圆钢铁梦》(以下简称《圆梦》)，确切地说，这是一部勤劳智慧、优秀民营企业家的自传。王宝财在三十余载的岁月里，在市、区、七树庄镇各级政府的领导和关怀下，艰苦奋斗，一往无前，不懈追求，圆了自己的“钢铁梦”。

《圆梦》编委组合影留念

《圆梦》定稿，约我俩人写个序，当时未多加思索便应承下来。过后一想，有点不对劲，觉得不自量力。作序，如开光，如剪彩，如致辞，非年高德劭或位极权重者不能为也。我们何德何能，敢做此不道之事？于是乎，便想一推了之。然而与中国钢协同志沟通谈及此事，说这都是钢铁行业职工自己所做，非“大家”“名人”之文，断可做的，并无不妥。一想也对，我俩年过六旬，是为《中国冶金报》服务 30 余年的老记者，负责全省冶金行业尤其是民营钢企的宣传报道，信守责任和使命，我俩也非“大家”“名人”，咱就平凡人对普通人吧，直抒胸臆，权当交流。

之后，我俩静下心来阅读。阅后觉得这部《圆梦》有以下四大看点：

一是叙述得朴实和踏实，饱含真诚和真情的“原生态”故事。真实，是这部“自传体”的灵魂。这部作品没有丝毫夸饰，文章通顺流畅，笔酣墨饱，故事完整。总体感觉《圆梦》写得情深意切，是一部较为成功的“自传”作品。

作品《圆梦》始终贯穿以诚信为本，创新为画笔，打造“道德高地”，用执着书写传奇故事。

人生如船，梦想是帆，每个人都有只属于自己的梦。在他们的“中国梦”里，有“强国”的，也有“富民”的。唐山新宝泰钢铁有限公司董事长王宝财则选择了“圆钢铁梦”，他的企业现在已发展成为集烧结、炼铁、炼钢、轧材、钢铁渣复合粉为一体，具有300万吨钢铁产能的河北省骨干民营钢企。王宝财是我国改革开放后第一批创业者，也是改革开放后第一代民营企业家，他所拥有的财富在国内也许还排不在前列，但他尊重劳动、善待员工、淡泊名利，荣誉和财富在他面前显得渺小和微不足道。奉献社会的高尚品德以及诚信为人，永远值得后人学习。

改革开放以来，中国活跃着大量民营企业。王宝财的人生经历，他在为实现“钢铁梦”的过程中的酸甜苦辣，更能揭示他的人生轨迹。他的成长也许是改革开放浪潮中的一朵浪花，但王宝财等企业家的朵朵浪花汇成了改革开放的万顷浪涛，他们是为实现中华民族伟大复兴“中国梦”巨大键盘上的音符，他们的奋斗足迹是万众创业的生动写照。在某种意义上说，没有他们的奋斗，就没有改革开放的伟业。

二是王宝财以诚信为本的经营理念是企业的核心与灵魂。王宝财是个遵守游戏规则的人。在企业里，他是董事长有决策权，但他就是不轻易表态。创建宝泰钢铁公司时共有7个股东，各有分工，各负其责。每当遇到公司的重大决策，他都按照程序办事。

“实实在在做人，实实在在做事”是王宝财的诚信名片，他喜欢高调做事，低调做人。做事他可以做到第一，做到辉煌，但做人他还是喜欢脚踏实地。

王宝财以道德的力量感染人，用诚实守信取信于人，用企业所得施惠乡亲。正是由于他的人品，从20世纪80年代创业开始，在他身边聚集了一批干事业的伙伴，有许多人跟着他都30多年了，从未打算跳槽，因为，王宝财从不亏待员工，即使2009年金融危机一天赔一辆奥迪车，他也从未拖欠过工人一分一厘的工资。这样的人品，在他的旗下人们工作起来心情舒畅，能不值得尊敬吗？能不成就一番事业吗？他的事业获得巨大成功，他的企业得到长足发展，他的人格魅力得到升华也是自然而然的。

因此，经过30多年的打拼，王宝财在事业上取得了辉煌成就，党和政府给予了他较高的荣誉。1993年“人均创利税8万元”，首登《河北日报》头版头条；之后先后获得2003年度先进私营企业经营者，2004～2005年度捐资助学先进个人，2004年度先进私营企业经营者，2004～2005年度唐山市劳动模范，2004～2005年度河北省捐资助学先进个人，2006年度唐山市优秀民营企业家，2011年度河北省创业功臣等荣誉，2012年被选为唐山市第十三届人大代表。他不仅每年向国家缴纳税款3.8亿元，而且为社会创造了4000个就业岗位，充分体现了他作为一个劳动模范所起的带头作用，也充分体现出他作为一个优秀共产党员所起到的时代先锋作用。

作者与王宝财合影

三是王宝财在为国家作出贡献的同时，也不忘记尽到社会责任，没有忘记慈善事业。他积极感恩，乐善好施，彰显了他厚德载物的高贵品质。他当村支书时，想方设法让群众多分粮食，他创办企业时鼓励全员入股有钱大家赚，他在公司专门设立了“董事长个人基金会”，每年拿出20万元帮扶困难职工。员工们评价王宝财与众不同，大度、大气、诚信，是个干大事业的人。

我与王宝财打交道多年，我认为，王宝财的人品是企业人格的代表，他的诚信为本的经营理念，铸就了企业的核心与灵魂。他的人格成就了他的钢铁梦，他的企业才能够得以生存，并不断发展壮大，成为国内知名的民营钢企。

四是当今大多数成功人士有这样一种心态，其奋斗的价值就是为了下一代，给儿孙留下更多财富遗产。然而，在王宝财看来，这部《圆梦》是精神财富，是留给儿孙们最宝贵最永恒的财富。这种财富的价值和精华是奋斗不屈的精神，让这种精神像基因一样注入儿孙的血液里，当他们遇到艰难困苦时，会更坚定面对，努力向上，取得新辉煌。

我们为河北民营钢企有王宝财这样杰出的人物倍感自豪。祈愿更多的人，从王宝财身上汲取吃苦耐劳、梦想远大、品质高尚、诚实守信、孝老爱亲的精神力量，学习做人、做事的行为方式，为弘扬中国诚信文化作出贡献。

员工因梦想而伟大，企业因文化而不凡。这，正是新宝泰钢铁公司的声音，也是新宝泰钢铁公司的梦想。

是为感言，聊且为序。

谢吉恒　侯宪台

2016. 12. 18

（谢吉恒，系《中国冶金报》河北记者站站长、中国艺术家协会会员；侯宪台，系主任记者、中国散文学会会员）

画家王泉涌超越自我的艺术人生

绘画，是一种艺术，是一种精美、无可挑剔的艺术。绘画艺术可让人感受无穷的乐趣。艺术道路不仅需要超人的灵感和才华，更需要面对现实困境和诱惑的挑战，在精神的荒野开辟属于自己的一片天地。

——作者题记

青山绿水就是金山银山（国画）
王泉涌作

河北钢铁重镇唐山所辖丰润区伴随着具有传统优势的支柱产业钢铁、水泥、装备制造等产业转型升级，形成载体——动车城（我国北方最大动车城）、物流城、型钢基地（型钢产量占全国的三分之一），三者以“钢”为纽带，吸引众多投资者，大张旗鼓发展物流业，成为华北地区最大的钢材市场之一。浭阳书画艺术研究会（以下简称浭阳书画会）就坐落在丰润物流城内。

12 月上旬，《中国冶金报》记者前往浭阳书画会采访，周边钢厂的人都说：“那是一个有靓丽风景的书画艺术研究会”。

一位钢铁员工向我们介绍说：“虽然浭阳书画会成立时间不长，但在唐山周边一带是首屈一指的书画院。附近各大钢厂员工常来此赏画买画。”就在我们走进画院大门口时，见到 3 位从北京慕名而来的客人，笑逐颜开地抱着刚买到的工笔画新作，从会馆里面走出来。

我们走进浭阳书画会馆，从一楼画室到二、三楼展厅欣赏王泉涌在各个时期创作的共上百幅精美书画作品。随后驱车 20 公里，参观他少年时的故居，观赏当年用过的笔、笔筒及那时创作的作品，聆听他痴迷于创作书画艺术的故事。

梦　　想

在唐山市丰润区的一个小村——女过庄，曾孕育出一代代杰出的艺术人才。

20世纪20年代，著名作家、诗人、画家管桦先生就出生在这里，并用他多情的笔墨描绘这里的芦苇、河流，塑造出《小英雄雨来》的英雄形象。管桦先生的书画艺术更是炉火纯青，尤其精于画竹、行草，堪称大家。20世纪80年代管桦老屋邻居家出生了一个小男孩，叫王泉涌。虽然先天双脚残疾，经过艰苦锻炼才能施施而行，但是天赋异禀的他对书画有着近乎痴狂的热爱，在他稚嫩的心中自小就埋下了一个"狂傲"的梦想：做村里第二个画家"管桦"。

王泉涌的爷爷王会福和管桦一起长大，是亲密无间的朋友，虽然没如管桦一样成为名家，但是一样身具慧根，极具艺术才华，上学不多，却写得一笔好字，雕刻、绘画同样闻名乡里，在村里当了一辈子会计。

闲暇时间，王泉涌坐在爷爷怀里，爷爷一笔一画地教王泉涌写字画画。稍大一点，王泉涌独自写字画画，爷爷总是在旁边指导。爷爷经常给他讲管桦励志画画的故事，激励他只要努力学习，将来就能成为"小管桦"。爷爷在他幼小的心中播下学艺的种子和追求一生的理想"做一个画家"。

王泉涌很有绘画的天分，被爷爷发现，细心呵护。他的偶像管桦先生，21世纪初有一次回故乡，来到他家，偶然看到王泉涌的画作，很是惊叹："没想到王泉涌20岁刚出头画画竟有如此高的天分，前景不可限量。"偶像的赞扬，更坚定了王泉涌追求艺术道路的信心。

圆　　梦

王泉涌初中毕业后选择了丰润职教中心就读工艺美术专业。天赋和勤奋让他在绘画和美术设计上崭露头角：2000年，参加了由中国残疾人联合会发起的"全国残疾人职业技能比赛"，荣获绘画第六名的好成绩，受到了时任全国残联主席邓朴方的接见。他成了"风云人物"，多家设计公司高薪聘请他，家境贫困的他一一谢绝："我的生命在绘画，没有了绘画，我的生命就失去了色彩。"

王泉涌在丰润城里开了一家画廊。他一天作画十多个小时，用大量的时间和心血临摹古人名作。从张大千、石涛起笔，到八大山人、陈洪绶、徐渭等，进而广涉明清诸大家，再到宋元，最后上溯到隋唐。他几近疯狂，梦呓中也只有作画。后来他临摹作品达到了惟妙惟肖的境界，他的作品被北京琉璃厂的画商全部收购。

感情细腻、敏感、善于观察的王泉涌后来醉心于近代刘奎龄先生的工笔：将传统笔墨和西方油画的技法结合，把写实的才禀发挥到了极致。他不仅画花鸟，而且画犬、兔、猫、羊、松鼠、猴子等；也画大型走兽，如狮、虎、豹、鹿、马等。充分利用生宣纸的敏感性来达到写形取貌和传神达意的目的。画动物，利用笔毫柔软多丝的特性，以墨或色在清湿的纸上微抹轻触，产生出皮毛柔亮绒软、纹斑或深或浅及随结构和透视关系起伏隐显的感觉，都分外动人。

王泉涌画的山水、花鸟，尤其是动物身上蕴藏的自强不息的精神极富感染力，被丰润、唐山，甚至全国企业家看中。唐山新宝泰钢有限公司董事长王宝财看到他的画后称赞："王泉涌身上有着一种钢铁的意志，他的画中也有着我们钢铁企业所需要的坚毅、理想、信念和责任。"

超　　越

王泉涌身上的钢铁意志和远大理想可以反映在他最喜欢的两幅字上：一幅是著名书法家陈继增写的"瓢饮难夺志　蜗居却增神"；一幅是著名书法家、书法教育家袁其微看了王泉涌的画作，送他的"业精于勤"。

王泉涌国画代表作《一团和气》

王泉涌介绍说："我虽然出身贫寒，身患残疾，但是不敢妄自菲薄，不思进取。我把两个大家的书法悬挂陋室，不断鞭策自己，要付出百倍汗水，创作出更好的作品，用毕生去追求自己的艺术人生。”

王泉涌师古而不拟古，他的画作，不管是母鸡、猿猴、兔子，还是奔腾的骏马、凶猛的藏獒、威武的雄狮，在纤细逼真，神态自然的外表下，目光中无不透露着柔和、平静和刚毅，那是只有经历过人生的磨难，又享受了人间真爱，并且想把这份大爱献给亲人、献给世界的人才有的。我最喜欢他画的一幅三只猴子的画：一家三口相拥于溪边树下，彼此依恋，柔情似水，在春山绿水中，弥漫着的是爱的温情和力量。

他把国画的写意和油画的写实巧妙地结合起来，用油画的透视、色彩、光与影增强画面的视觉穿透力，用国画的线条、泼墨手法让画面意境幽深含蓄。他的山水画以明丽的色彩、诗意的化境，传达出一种飘逸、祥和的人生境界，正如他画院中挂的一幅山水画：明丽的山川间，明澈如丝绸般的瀑布倾泻而下，静静流淌到绿茵茵的开阔的草地，野鹿悠闲地在草地上漫步。整幅画色彩柔和明快，画面层次清晰，每个景物都纤细逼真，整幅作品却含蓄隽永，意境高妙。

年过古稀的著名书法家、书法教育家袁其微对王泉涌的画作非常欣赏，认为“后生可畏”，题字“业精于勤”，和他成为了忘年交。解放军出版社原副社长峭岩见到他画的公鸡神采飞扬，非常喜欢，欣然在画作上题写了王安石的诗句：“飞来山上千寻塔，闻说鸡鸣见日升。不畏浮云遮望眼，自缘身在最高层。”著名社会活动家、中华老人文化交流促进会会长古今生先生来到他的画院，大加赞赏，挥笔写下了“研究书画艺术，弘扬中华民族软实力”的留言，希望他在绘画艺术上百尺竿头更进一步。

2016 年 6 月，丰润成立了浭阳书画艺术研究会，推举王泉涌为会长。研究会成立时，唐山新宝泰钢有限公司董事长王宝财、天明集团董事长郭顺礼等多家钢铁、物流等企业的企业家前往道贺。在浭阳书画艺术研究会周围团结了一大批钢铁企业家，他的画作和协会成为钢铁企业文化论坛的沙龙。同时，王泉涌和书画家们走出丰润，经常到京津冀各地参加高端学术研讨会和画展，为丰润书画艺术的发展繁荣辛勤耕耘。

他的作品在全国书画界得到普遍认可。他的画作《清声清韵》《耕牛》《金玉满堂》，获得“全国第二届生肖书法、绘画大赛”优秀奖；画作《三阳开泰》《春风得意》在海内外影响很大的《中国艺术家》大型期刊上，与全国著名大家李铎、李可染、李肇星、邵华、李小可的作品同期发表；工笔画《大吉图》被2008年奥运会大会组委会永久珍藏。近日，在北京大学举办的“2016年度中国时代风采征评活动总结表彰大会暨北京大学中国经济思想论坛”上，浭阳书画艺术研究会荣膺中国时代风采“书画艺术研究策划示范单位”，王泉涌荣获中国时代风采“金奖画家杰出名家”称号。

（作者谢吉恒、国海涛、韦剑飞，原载于长城网，2016年12月）

侯宪台的书法追求

邯郸是成语典故之乡，文化源远流长。2016 年 12 月上旬，我到河北邯郸专程走访了刚从北京大学参加完第七届中国时代风采征文总结表彰大会载誉归来的老朋友侯宪台。在此次大会上，身为中国冶金美术书法协会会员、中国华冶科工集团有限公司书法协会副会长兼秘书长的侯宪台，被评为中国时代金奖书法名家。

见面那天，侯宪台正在埋头撰写《中国华冶志》。我们抽空聊起了他的书法情缘和追求。

习书之路

20 世纪 50 年代末，侯宪台出生在太行山深处的一个小山村，自幼酷爱书法艺术。上小学时，由于条件艰苦，没有字帖，他就跟自己的老师学习硬笔书法。平时，他坚持不懈地练字，虽然还是小学生，但他的书法在学校里已小有名气。因为他是十里八乡写得一手好字的人，因此，学校很多报送到县里的总结材料都由他抄写。

1975 年 3 月参加工作后，侯宪台阅读了大量有关书法的书籍和报刊，学习书法理论，研习古人书法，着力提升自己的理论修养和书艺境界。他的书法初学唐楷，临颜真卿、赵孟頫、米芾、傅山、怀素、张旭等人的字帖，尤其对行草用功弥勤。他先后临“二王”、黄庭坚的行书。同时，他还深入研习现代名人字帖，如毛泽东、郭沫若、于右任、沙孟海、沈鹏等人的作品。坚持研习古今书贴，使他体悟出古今书人的用墨之道，从中领悟和汲取了书法的渊源和真谛。

在习书之路上，侯宪台朝摩夕研，勤学苦练，汲取运笔技巧和各家之长，在博大精深的书法艺术宝库中汲取营养。

拜师苦练

1956年，侯宪台在吉林师范学院进修时，得到了中国书法家协会会员、长春电影制片厂字幕专家、著名书法家姚俊卿先生为期半年的授课指点，受益匪浅。1987年7月，在吉林师范学院进修结束前夕，姚俊卿先生手书郑板桥诗送他——“日日临池把墨研，何曾粉黛去争妍，要知画法通书法，兰竹如同草隶然”。从此，他的书法由临摹进入了较深的研究和创作阶段。他体会到，学书法要规规矩矩，只有不张扬、不显摆、勤学苦练，才能使书艺日臻完美。

近年来，他积极参加冶金行业和中原地区的书画交流活动，以书会友，加强传统文化与企业文化的交融。

艺术风格

侯宪台是从冶金建设领域走出来的书法艺术家。冶建人的豪气和坚韧，锤炼了他的性格。在书法创作方面，他既遵循古人法度，又加入个人对书法的理解，形成独特的意境。在具有了扎实的临摹基本功之后，侯宪台将古法运用到他的书法创作之中，并将冶建人的豪气与冶建企业的发展和冶建职工的生活结合在一起，形成了浑厚中有真趣、狂放然不失圆润的书风。近年来，侯宪台多次参加全国、省市级书法展并获奖。

侯宪台为中国时代风采大会代表献艺

侯宪台的书法以笔诉心，以字寄情，如同其人品一样。欣赏他的作品，能从中看到他每一个时期的精神面貌：年轻时的严谨，中年时的豪放，近几年来的稳重。其新作《不忘初心》，让观者感受到“不忘初心，方得始终”的担当和责任。

侯宪台认为，书法艺术要注重“字外功夫”。他从事新闻工作30余年，是《中国华冶报》总编辑和《中国冶金报》记者。他平素勤于读书，特别喜爱中国古典文学、历史、哲学、美学、书法理论等方面图书。他在诗词、散文方面亦有所造诣，并自撰诗词联语运用于其书法作品之中。他跟随冶建队伍走遍祖国的大好山川，悟出“道法自然”的道理。因此，他的字自然、雅逸、飘舒，书卷之气溢于毫端。

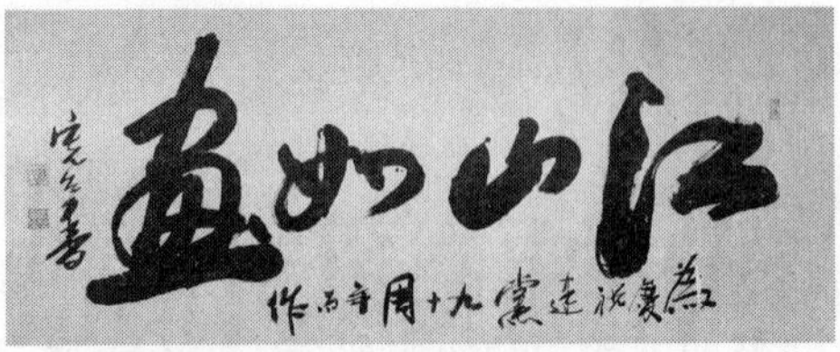

侯宪台书法作品

谈到对书法艺术发展的认识，侯宪台认为，书法是中国民族的优秀文化遗产，要发挥光大。今后，自己要在深入学习和研究祖国的书法艺术的同时，努力成为中国优秀传统文化的传承者。

（作者谢吉恒，原载于《中国冶金报》，2016年12月16日）

孟庆江为艺之道

书法家、篆刻家、刻字艺术家孟庆江对书法、篆刻如醉如迷，他的艺术作品得到大师、名人点赞。

他是渑阳书画艺术研究会副会长、中国华夏万里行书法家协会理事、中国时代风采金奖书法名家、河北省书法家协会会员、河北省刻字委员会委员、唐山地震遗址公园24万遇难者碑墙雕刻者。

艺高出于勤奋

孟庆江，号大梦觉初，墨企，别署得香斋主人，1968年出生于丰润一个普通农民家庭。父亲能书会写，并善于篆刻，雕刻皮影影人。

孟庆江受父辈的熏陶，六七岁就开始着魔似地习练书法，攒下零花钱买毛笔，蘸水在墙上照着纸上的字临摹。年龄稍大一点，将裁剪的多家报纸的报头或书法作品，粘贴成册，反复临摹。孟庆江“临摹”达到了“痴”与“狂”的程度，不仅白天练，夜里还在煤油灯下练。

孟庆江上初中时，《中国少年报》征稿，他的书法作品获金奖，语文老师脸上堆满笑容，连续几天拿着孟庆江获奖证书夸奖：“我的学生太棒啦!”

孟庆江对当时获奖后得到老师关注和鼓励的情景记忆犹新。至今他还珍藏着王汝兴老师当年赠送给他的3件宝贝：一杆羊毫笔，一本颜真卿的《多宝塔碑》，一块家传几代的寿山石石料。

知恩图报，怀着感恩的心去做人做事。拉开了孟庆江痴癫般追求书法艺

孟庆江书法作品

术的一生：每天写三千字，三十年不间断，时时思考书法；当过老师、会计、跑保险……除了书法、刻字都没有风生水起。

艺高出于磨炼

接触过孟庆江的都说他有“四怪”：一年四季穿唐装，每季各不同；对书法、刻字艺术的追求如醉似狂；爱购书法、篆刻的书籍，谈论儒、释、道及国学神采飞扬；爱酒，视喝酒为高尚情怀，壶里乾坤大，杯中日月长！

因为“怪”，打出新天地。当会计，全镇所有商户的牌匾都由他义务题写。跑保险，题写牌匾范围辐射到全区各镇。

孟庆江初学馆阁体，后学颜真卿《多宝塔碑》，再学二王、欧、柳诸家，对诸如《金刚经》《兰亭序》《玄秘塔》等法帖用功尤勤，反复临摹，所以他的楷、隶、行、草都有很深的功底。后来，孟庆江转习张旭、怀素狂草和宋徽宗的“瘦金体”，并学黄庭坚、岳飞的《前出师表》《后出师表》碑帖，最后钟爱米芾的行书、草书，深得其神韵。当代对他影响最大的是杨再春、周慧君。

他广泛收集各家书法名帖，以求博览群书，各取其长，自成一家。他讲求“取乎书帖，师法自然”，以求自己的作品独具风格，独有神韵。孟庆江遍访名山大川，吸取山川的钟毓秀气，融入书法、刻字艺术中。他登泰山，攀庐山，上黄山，观摩石刻；他去过孔府碑林、西安碑林，到书法家聚集的山海关、北戴河、杭州西湖，与同道登临长城，漫步苏林春晓，撞响姑苏城外寒山钟声。

经过近四十载的不懈努力，他的书法、刻字艺术自成一家，独树一帜：楷书临北碑，对大字鼻祖《泰山经石峪金刚经》用功尤勤，面壁观摩，得其笔意，顾其楷书多拙雄之风。行书、草书得力于米芾。书法体势骏迈，外形竦削，稳不俗，险不怪，老不枯，润不肥，骨筋、皮肉、脂泽、风神俱全。篆刻、刻字受邓石如影响最深，作品端庄见洒脱，遒劲呈婀娜。

艺高出于创新

孟庆江曾经投资矿山受挫，跌落人生低谷，但也为他迎来了转机。偶然机遇，孟庆江闻讯要建唐山地震纪念墙。“为纪念所有在地震中逝去的人们，争做精品工程”，孟庆江因深厚的书法、篆刻功底及提出科学的施工方案，得到了专家认可。

他遍访京津冀石雕名艺人，百人现场雕刻考核中，挑选了不足十人。“把唐山地震墙做成闻名世界的艺术品。”他注重施工中的每一个细节，关键部位亲自动手。纪念墙完工后，得到专家高度评价。2008 年，孟庆江在竞争对手如云的激烈角逐中，重建唐山地震纪念墙项目一举中标。

碑林刻字艺术是园林的灵魂。孟庆江为了追求刻字艺术的完美，对雕刻工具和雕刻手法、用材进行了颠覆性的创造。在唐山地震墙雕刻上，为让所有的名字大小和样貌一致，采用喷砂雕刻方法。雕刻巨型石雕时，适应石料，采用火雕方法，雕刻牌匾使用泡沫保温板，达到大理石的纹理条纹效果，非常漂亮。

孟庆江的巨型石雕作品，除了唐山地震纪念墙，还有南湖高尔夫国际俱乐部巨型石雕、长城青山关景区门匾书写及雕刻……他的作品已走向全国大江南北。

孟庆江传承推广书法艺术，开设书法班，他被任命为唐山市丰润区考级站长，在丰润举办全国等级书法考试。

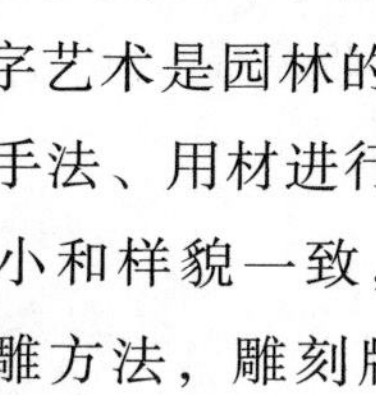

壮志凌云

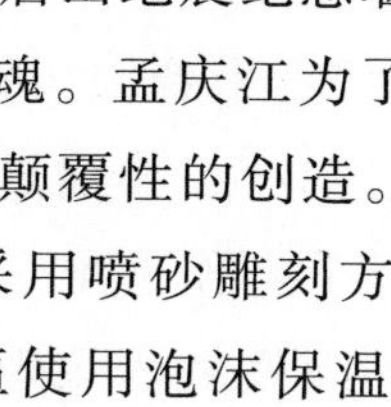

不忘初心

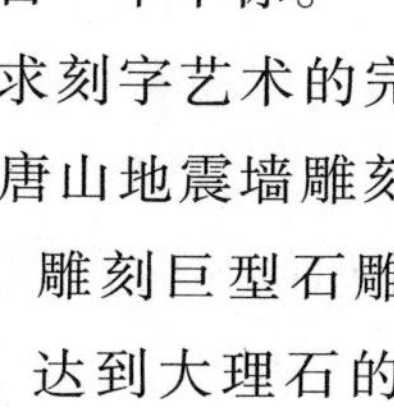

中国梦

孟庆江篆刻作品

如今，他和国画杰出名家王泉涌创办了滹阳书画艺术研究会，带领书画家走进京津冀，参加全国多项高端书画艺术活动。他在“2016 年度中国时代风采征评活动总结表彰大会”上，斩获“中国时代风采金奖书法名家”称号。

（作者谢吉恒、国海涛，原载于长城网，2016 年 12 月 19 日）

领跑银川钢贸业的追梦者

12月下旬，《中国冶金报》记者来到银川钢材物资流通协会（以下简称银川钢协）采访，就河北省一些钢厂、冶建施工单位、钢贸企业如何与银川钢协牵手合作，推进“一带一路”开发大西北战略，向纵深发展为议题进行座谈，银川钢协会长刘玉平，常务副会长罗卫东，副会长赵兰、薛志军，秘书长孙永胜、周少邦，工会主席赵凤霞及银川市物流、媒体郝殿君、马希刚、安稳等相关人士也参加了交流。

作者与银川钢协会长刘玉平（右）合影

据刘玉平介绍，他涉足钢贸行业已达20余年，早在20世纪80年代末90年代初就开始到唐山做钢贸生意，起初由小批量汽运转为铁路专列运输。钢材质量由非标到国标，由部优到国优。跟河北唐钢、承钢、宣钢等10余家钢厂打过交道。做钢贸生意，结识了一批朋友，他做钢贸的第一桶金是从唐山掘取的，每次来唐山一住就是半个月二十天，视唐山为自己第二个故乡，与唐山钢企结下深厚的情谊。

2013年，习近平总书记先后提出建设“丝绸之路经济带”和“21世纪丝绸之路”的倡议后，河北唐钢、津西、敬业等钢企和唐山云峰钢贸企业及河北广平等冶建施工企业踊跃投身参加银川国家重点工程建设，促进银川钢协的自身建设，起到纽带和桥梁作用。

善于追梦的领军人

银川钢协坐落于银川永宁县望远现代金属物流园（以下简称望远物流园），园区占地面积为768亩，设有营业房1200多家，年销售额50多亿元。园区分为东西两个园，东园主要经营建材，西园经营型材，已成为西北地区最具规模的钢材市场。望远物流园区实现了快速超越式发展，会员单位赞不绝口，说这得益于领军人物——刘玉平。

钢贸行业的领军人应如何作为？记者采访刘玉平后归纳出三点：其一，做有远见卓识的领军人。无论在何种复杂的环境中，都要有自己的价值追求，有目标，敢于策划。他常说："做事要往最好做，要不然就不做。"银川钢协由最初几十家会员单位发展至今已有400多家会员单位。协会多年的发展，浸透着刘玉平的智慧和汗水，当然也离不开各位副会长的帮扶与支持。常务副会长罗卫东所经营的宁夏东顺物资贸易公司综合经营金属材料、建材、机械设备、杂品等，虽不如大户的规模，可在钢贸行业跌宕起伏的严峻形势下，却经营得风生水起。他尽心尽力参与协会组织的各项重大活动。其二，做增强凝聚力的领军人。2008年会员集资建物流园，刘玉平一方面带领各位副会长积极帮助会员单位解决融资难的问题，总共融资3.6亿元，保障物流园顺利建设。另一方面，他协调各会员单位努力克服在经营中遇到的各种困难，使协会更有向心力、凝聚力。2008年汶川地震、2010年玉树地震，银川钢协发出倡议书，奉献爱心，捐助善款100余万元。为将捐助的物资及时顺利送到灾民手中，刘玉平会长亲自带队前往玉树灾区。因海拔高，气候条件恶劣等，刘玉平不得不戴上氧气罩前行，将钢协会员对灾区人民的爱心表达出来。其三，做注重文化发展的领军人。协会有自己的内部刊物《望远物流·钢市之友》，内容不仅覆盖银川钢材市场、协会的各项动态，还有全国及国际钢贸业的发展动态。协会还常组织多种文化活动，逢年过节为养老院、福利院送温暖，参加赈灾活动，体现了银川钢协的文化理念。银川钢协为追寻自己的梦想，强化与国内多家大钢企的合作，其中就包括河北的津西、唐山云峰工贸、天津友发、唐钢等，都是银川钢材市场多年合作伙伴。银川钢协在会长刘玉平的带领下，赴唐山、天津钢企参观考察，看到钢企现代化生产线，也看到未来钢贸企业的发展方向。银川钢协不能仅依靠自己的力量，还要借助外力，共同发展，为实现银川钢贸业更长远、更辉煌的梦想而努力。

创新服务优化服务

参观采访望远物流园给记者留下了深刻的印象，创新服务，追求效益最大化，实施灵活、务实的做法，在服务上下工夫，继承传统营销模式，强化服务意识，创新服务上，彰显三大亮点：

一是看准产品，放心服务。2016年4月中旬，银川钢协受邀赴唐山、天津钢企参观考察国内500强钢企。银川钢协会长刘玉平、常务副会长罗卫东、副会长薛志军、副秘书长周少邦等一行考察团，分别参观考察了津西大H型钢生产线和天津友发管厂，详细了解产品种类及工艺生产流程。通过考察，开阔了视野，对产品和服务更加放心。做钢材生意，一方面首选大型钢企生产的名牌产品或受下游用户青睐的钢材。另一方面是根据用户的需求，提供适销对路的钢材，提高市场占有率，在采购钢材时，对钢材的产地、品牌、质量等应十分重视，为用户提供放心使用、货真价实的产品服务。

二是选准定位，分类服务。钢贸企业根据自身特点，结合自己的资金、人力等因素，从实际出发，找准自己的服务位置。如记者参观的大型钢贸企业之一——宁夏津港物资有限公司，它是宁夏最大的消防管道系统材料供应商，连续十余年成为天津友发钢管厂重点销售代理商，秉承“为客户提供质量可靠、价格低廉、服务便捷、门类齐全的几十种消防管道材料”理念，赢得客户的认可和点赞，成为西北地区销售管材前三强。小型钢贸企业则选择以贸易为主，学会拼缝，拾遗补缺，千方百计扩大销量，以量取胜。对大多数中型钢贸企业而言，遵循自己能做的且能做好的原则，为用户提供特色服务，做库存销售、做工地、做批发等。

三是瞄准成本，增值服务。为终端用户提升价值服务过程中，也提高自身的盈利水平。望远物流园现设有45400多平方米的钢材加工车间，一些钢贸企建立了钢材加工、配送和仓储运输中心等，千方百计降低客户的采购成本和运输成本。钢贸企在增值服务中，也提高了自身经济效益，树立了自己的品牌效应。

德盛源的六朵金花

望远物流园区中的银川德盛源工贸有限公司（以下简称德盛源），为唐山云峰工贸有限公司在宁夏的子公司，主要代理销售津西、包钢、兴华、宝得H型钢，其中津西是云峰最大的合作商。德盛源成立于2012年，从事钢贸工作，销售部是清一色的风华正茂的“六朵金花”，遵循以“市场求生存，以服务求发展”的理念，演绎出一个个绘声绘色的故事。

德盛源故事会

这“六朵金花”有三个共同特点：都是来自其穷困山区的苦孩子，年龄最大的30岁刚出头，年龄最小的24岁，非常具有吃苦拼搏精神；文化程度是中专以上，但都勤学苦练业务劲头足；团队形象好，互帮互学氛围浓，严于律己，工作效率高。德盛源的钢材销售量年年递升，今年预计销售钢材达9万吨。

德盛源在园区数百家商户中，取得骄人的业绩，令同行赞不绝口。记者在德盛源听故事会，“六朵金花”各自讲述一个故事。围绕自己来德盛源亲身经历的事儿，谈感受感悟；故事主题自选，内容丰富多彩，细节各异；抒发情感真切，感人肺腑。经理王亚亚（四姐）自己践行唐山云峰公司老总石国友诚信经营的理念，开拓市场，使钢材销往西北五省区，讲述自己“如何当好经理人”的故事。大姐杨春燕回首公司的发展历程，公司刚成立初期，面对多重困难的挑战。讲述公司“艰辛起步”的故事。二姐王丽娟来到德盛源，被周围互帮互学浓郁的文化氛围所感动，一天下午临近下班时刻，她正待为一客户装货，家里突然有急事，急需回家处置。王经理将她的库管工作交由五妹处理，她讲述了“替班的故事”。三姐吴琳来到德盛源四年光景，苦练基本功，学会库管、财务、内勤、销售等方面业务，成为多面手，为感谢云峰公司张泓等领导多年的关心培养，讲述了“知恩图报”的故事。五妹荀瑞今年夏天参加云峰公司组织的员工到北京、唐山、秦皇岛“海陆空”旅游。大家坐高铁、乘飞机，逛故宫、游海滨、看滦州古城，放飞心情，讲述员工同老板间“真诚相待”的故事。六妹徐小庆来到公司不到一年，看到公司人性化管理，深受启发。公司营销工作开展得井然有序，环环紧扣，姐妹们不仅圆满完成自己本职的工作，还能互相帮助，讲述“包容”的故事。

“六朵金花”回忆德盛源刚开业做市场的困境时，感慨万分，那会儿人生地不熟，多亏得到银川钢协常务副会长罗卫东等领导满腔热忱的帮助，从一碗热饭到一个能存货的货场……记不清有多少个“一”的相助，感恩之情涌上心头。

（作者谢吉恒、蔡利芳，原载于长城网，2016 年 12 月）

朋友圈点评的故事

2016年对于我而言，可以这样说，是极其难忘且具纪念意义的年份。这一年，迎来《中国冶金报》创刊60周年，是我步入冶金行业记者生涯，连续在这块沃土辛勤耕耘的第32个年头；这一年，又是我跨入《中国冶金报》记者门槛的起源地，全国钢铁第一重镇——唐山迎来纪念唐山地震四十周年；这一年，也是我30个春秋不曾间断，重点涉足报道的河北民营钢企领军企业——津西钢铁集团有限公司迎来建企30周年……感慨颇多。

有这么多的“纪念”由头，唤起众多与我朝夕相处的同事、学友、文友、圈内的通讯员朋友们怀着对《中国冶金报》所搭建平台知恩感恩的深情厚谊，以“纪念中国冶金报创刊六十周年”为主题，突出不忘初心、接地气、正能量的特点，以热爱、宣传我与《中国冶金报》为推手，踊跃挥笔抒情，回忆描绘了自己亲历挚爱《中国冶金报》而倾情投入的敬业场景。

下面是我选取的一组从不同侧面、角度讲述作者与友人们有缘联手办报的励志故事，其中侯宪台、胡佩生、李希雯、赵一臣、张继军等撰写的故事已在《中国冶金报》刊发，有深度、重细节，受到散文界专家的好评。

倾情联手促发展

——写在《中国冶金报》创刊60周年之际

斗转星移，时光荏苒。津西钢铁集团由一个名不见经传的小企业，嬗变成集钢铁冶炼、装备制造、绿色地产、金融租赁、节能环保、高新科技六大板块为一体的大型企业集团，连续13年跻身“中国企业500强”，成为河北省民营钢企的领军和标杆。是谁为津西发展取得辉煌业绩鼓劲加油？我作为津西品牌营销经理人深有体会：津西沧桑巨变、凤凰涅槃的背后，离不开《中国冶金报》的倾情服务！是《中国冶金报》为津西提供了对标学习的平台，成为外界了解津西的窗口。

（一）

1999 年，我调入津西任董事长秘书。由于原来一直从事林果技术推广工作，“钢铁”二字对于我来说极其陌生，对冶金市场、信息采编更是个“门外汉”。恰逢此时，我有幸结识了《中国冶金报》河北记者站站长谢吉恒老师。他面对面地对我进行指导，传授我新闻采写、报道策划等相关知识，并赠予《改革大潮竞风流》一书。这本书是谢老师的作品文集，充分展示了河北省多家钢铁企业科学管理、创新发展的经验和做法，让我对钢铁企业有了更深的了解。在谢老师的引领下，我的文章也逐渐见诸报端，我也多次在《中国冶金报》河北记者站组织的评比活动中获得“优秀通讯员”称号。

赵一臣（右一）接待慕名而来的印度客商

2001 年，我被分配到津西销售公司分管市场信息工作。那时，我要搞市场调研，搜集信息，再进行汇总整理，给公司产品营销决策提供有效数据。因此，每逢遇到难题，我就会拨通谢老师的电话求教。因为，谢老师笔耕不辍、勤奋敬业，是我学习的楷模，也是我的恩师，让我受益匪浅。后来，经谢老师引荐，我与国丰钢铁的《国丰在前进》、建龙钢铁的《建龙人》等钢企报社原总编成为无话不谈的好朋友，分享经验，交流信息，有力地推动了我的市场信息工作。

由于工作需要，2006 年 2 月 1 日，我担任了津西销售公司副经理，主管型钢新产品销售、品牌营销、企业标准化等工作。为了把品牌营销工作抓上去，我进行市场调研，制定营销方案，后被收录于公司档案，主因是公司首次提出品牌营销理念，要强化津西品牌建设。

（二）

2014 年的一天，我到北京出差时，谢老师给我介绍了报社的两位朋友。

其实，报社的很多领导和编辑老师我早有耳闻，只是从未谋面。在加强报企合作过程中，各位领导和编辑对津西发展都给予关注，并不定期专题约稿。

通过与报社的朋友交谈，我了解到更多的冶金市场信息、先进的品牌营销理念、钢企文化融合等知识，开阔了视野，增长了见识。

俗话说，朋友多了路好走。在推进标准化管理中，因文本报送失误，《锚杆用热轧带肋钢筋》《超高强度热处理锚杆钢筋》两项行业标准起草单位和起草人名单中没有津西。正当我万分焦急之时，报社得知此消息，立即出面协调，在二次印刷时解决了这个问题，为进一步提升津西在建材行业的影响力和话语权起到了服务作用。

津西在品牌建设过程中，采写的《听听驰名品牌津西的故事》《津西打造驰名品牌文化先行》《打品牌竞争“持久战”》等报道见报后，在河北省钢铁行业引起强烈反响，多家企业来津西“取经”，对标交流品牌建设的经验和做法，不仅标志着津西品牌营销取得重大进展，还进一步彰显了津西品牌的含金量，增强了企业的市场竞争力。

(三)

津西在做大做强、又好又快发展过程中，十分重视在社会上传递企业信息、树立良好形象、凝聚员工士气的作用。

行业影响力大幅提高。津西充分发挥全国钢标准化技术委员会单位的作用，参与并部分主导国家（行业）、省标准制修订37项。其中，津西作为第一起草单位，制定GB/T《热轧H型钢桩》、YB/T《耐候热轧H型钢》、DB13/T 2083—2014《热轧轻型薄壁工字钢》等国（行）、省标准，有效地提升了在型钢领域的话语权，树立了津西品牌形象，津西被授予“型钢标准研发基地”。

市场占有率不断攀升。津西优化产品结构，着力开发美标、英标、铁路线杆等高附加值产品，全力提高市场占有率。目前，公司主导型钢产品不仅成功应用于哈齐客专铁路、河北省“南水北调”等国内多项重点工程，还积极参与国际竞争，成功进入美国、韩国、泰国等33个海外市场，型钢出口量连续6年位居全国前茅。

品牌美誉度有效提升。津西产品深受国内外客户青睐，津西品牌的美誉度得以有效提升。美国、印度、秘鲁的客户和同行慕名到津西实地考察，并就津西拉森钢板桩、美标 H 型钢出口事宜达成战略合作意向。同时，津西产品受到各界高度评价：在中东欧第 57 届捷克国际冶金机械展会上，捷克工贸部负责人认为，“津西”牌型钢产品在欧洲市场前景广阔；在津西承办的中国钢板桩高峰论坛暨钢板桩国标宣贯会期间，全国钢标准化技术委员会型钢分技术委员会相关负责人表示，津西拉森钢板桩产品锁口工艺令人叹服，完全可替代同类进口产品。

企业知名度明显增强。多年来，津西先后获得“中国最具成长性企业”“中国最具生命力企业”“全国企业文化建设优秀单位”等一系列殊荣，被国家工商总局评为“重合同 守信用”企业。同时，“津西”牌 H 型钢先后获得“中国 H 型钢市场品牌信誉第一品牌”“中国优秀绿色环保产品”“全国用户满意产品”等称号。

（作者赵一臣，原载于《中国冶金报》，2016 年 7 月 23 日）

我与《中国冶金报》“结缘”

人生，需要机遇；奋斗，需要“伯乐”；事业，需要平台。就我而言，与《中国冶金报》结缘 12 年的相闻、相识、相知、相随“四部曲”就再次印证了这一定理。

相　闻

1998 年，我怀着激情与梦想，进入津西钢铁公司工作。当时，我只知道津西在河北省是一家效益好的钢铁企业，颇有名气，后来，在一次偶然的机会，听到厂里的领导跟我讲：“董事长韩敬远带领津西实现跨越式发展的事迹，经过各大媒体的宣传，特别是在 2003 年 2 月，《中国冶金报》等刊载了《与时俱进开拓创新——记津西董事长韩敬远》一文后，在全国引起了很大的反响。之后，在河北省钢铁行业间有了‘南学邯钢，北学津西’的说法”。听领导介绍，当时有一名《中国冶金报》的记者叫谢吉恒，负责河北省冶金企业的新闻报道。从那时起《中国冶金报》和谢吉恒老师的名字便深深地印在我的脑海中，也让我有了急切想见谢吉恒老师的冲动。我在厂部兼职《青工报》的编辑时，特别渴望能结识《中国冶金报》的老师，甚至奢求得到老师们的指点与垂青。

相　识

没想到，就在我以为这种机会很难实现时，2005 年我调入津西公司办公室工作。上班后第二天，我便有幸见到了《中国冶金报》的“真容”。那时，我爱不释手地捧着一叠《中国冶金报》细细翻阅。在《中国冶金报》上，我结合钢铁行业的市场形势变化，细细品读着钢铁行业政策法规和先进钢企经营管理的典型经验，学习借鉴着众多文章的结构布局与写作技巧，很多文章让我受益匪浅。在品鉴别人文章的同时，我很渴望在《中国冶金报》上看到津西的稿件。不久后，我如愿结识了谢吉恒老师。他是一位敬业、健谈、热情、机敏又执着的长者。他嘱咐我要以“书山有路勤为径，学海无涯苦作舟”为座右铭，勤奋和刻苦是学写通讯报道必不可少的最基本条件，要多听、多看、多想、勤动笔练。他鼓励我要从“零”做起，为自己采写的稿件能在《中国冶金报》上实现“零”的突破，扬起了奋斗的风帆。

相　知

从那以后，我开始尝试着为《中国冶金报》写稿。开始时总觉得自己文笔不够，底气不足，写得不好，但我还是按照谢老师的指点，鼓起勇气采写了开启与《中国冶金报》不解之缘的第一篇稿件。记得那是一篇小“豆腐块”文章，当在报纸上见到“她”时，我已是欣喜若狂，终于在《中国冶金报》上有了自己的文章。随后，接到了谢老师的电话，鼓励我以后多写稿件。谢老师每季（月）帮助我制定报道计划，定题目，言传身教带采访，修改稿件。从那时起一篇篇报道津西的稿件不断变成铅字：《津西大 H 型钢投产》《津西位居中国企业 500 强第 195 位》《津西钢铁公司特大病救助基金暖人心》。最让我开心的是，不光有我的文章发表，我的摄影作品也陆续在《中国冶金报》上刊登，如《津西污水处理厂投入运行》《津西 H 型钢投放市场》《河北省静远教育重奖一中优秀师生》《津西 H 型钢首次出口》《津西进口矿在曹妃甸码头卸货》《津西 H 型钢物理性能实验室检测水平国内领先》及

《津西为四川灾区捐献1000吨优质H型钢》等。特别是在2009年，由全国新闻摄影协会、全国专业报新闻摄影学会主办的第十九届中国新闻奖新闻摄影作品初评暨第二十二届全国专业报新闻摄影作品年赛上，《中国冶金报》精选了我刊发的作品《燕山飞出H型钢》参赛。在众多高手如林的比赛中，我的作品获得经济类银奖，极大地提升了H型钢的影响力，我也在全国新闻摄影界里有了小小的名气。获奖回来后，公司又对我进行了奖励。我非常感谢《中国冶金报》给了我这样的机会和平台。

相　随

如今，《中国冶金报》越办越好，版面内容丰富，每周发行4期，从国家产业政策、行业技术、业内消息、基层人文、艺术鉴赏和时代风貌等方面进行了报道创新。我与同事们的稿件也不断见报：《津西召开首届科技大会重奖科技成果》《韩敬远捐资1000万元设立静远教育基金》《津西被评为最具生命力企业》《津西牌H型钢挺进国内外重点工程》《津西两选手获全国行业技术能手》《讲讲津西奋斗的故事》《中国驰名商标是如何炼成的》《韩敬远脚下的津西之路》《津西牌型钢出口美国》《听听驰名品牌津西的故事》《津西打造驰名品牌文化先行》和《打品牌竞争“持久战”》等。

12年来我在谢吉恒等老师的指点下，逐步学会了如何提出、分析、解决问题，思考分析问题能力提高；学会寻找新闻写作的“由头”，提高自己的写作技巧和文字表达能力；学习围绕行业的亮点、难点及卖点等问题进行深度报道；特别注重将见报稿和自己写的原稿进行对照，从标题的提炼到观点与材料的统一，多问几个为什么，探寻其中的秘籍，提高综合写作能力，使自己受益匪浅。经过12年的勤学苦练，我基本能驾驭通讯报道主要体裁的写作。

如今，我每月至少为《中国冶金报》采写刊用1至2篇稿件，扩大了企业的影响力和知名度。如今，我有幸被《中国冶金报》聘为特约通讯员，看着一篇篇见报文章，深感功夫不负有心人的喜悦，苦中有乐。我与《中国冶金报》的不解之缘越来越亲、越来越甘。

（作者张继军，原载于《中国冶金报》，2016年1月1日）

风景这边独好

也许因为有了一把年纪，前些天，我得以加入一个由《中国冶金报》老记者们组建的微信群。

《中国冶金报》在许多省份都设有记者站，分散的驻外记者们平时难得互相见面，一般是通过参加报社举办的全国记者会、业务培训、采访活动，或者到对方工作的地方出差的机会相聚在一起。经年累月，大家彼此建立了深厚友谊。在这个微信群里，老记者们追忆当年，对担任《中国冶金报》记者的人生经历深感珍惜。

都说搞新闻更应当是年轻人的事情，但在《中国冶金报》，却有一道堪称独特的风景，有好几位驻外地记者岁数虽已经不小了，但都是高产记者，每人每年见报稿达到上百篇之多。每年采写这么多稿件，需要花费大量时间和精力，可以想象这些老记者为了采写新闻，是怎样的废寝忘食。他们辛劳奔波在采访一线，可见老记者们对这份报纸的感情之深，尽在不言中。老同志经验丰富、职业意识强、精神境界高，许多方面是年轻记者学习的榜样。前几年，报社评聘的首席记者，像包斯文、蔡立军、张苓等，还有资深记者陈黎明，都有着20年以上的新闻一线工作经历。每次在全国记者会上听他们几位介绍经验体会，颇为敬佩。

有一位老记者，为人乐观，平时说话风趣。记得有一年他被报社聘任为首席记者，这位老记者上台发表感言时说："聘我当首席记者，这简直是在跟我过不去呀！"大家听来不禁一愣，一时反应不过来，全场鸦雀无声。只见老记者从容一笑，徐徐道来："自己年纪比大家长些，体力也不比年轻时，可一挂上首席记者的头衔，就要'不用扬鞭自奋蹄'，鞠躬尽瘁，死而后已啊！"一席妙言，引发热烈的掌声。

我向来认为，人生犹如一片叶子，无论长在什么地方，都有自己的精彩。若长在一株小草上，可委身于泥土，染绿大地；若生长在参天大树上，可依托大树居高望远，看见更多壮丽的风景，同时，大树本身就是一道风景，因而叶子也成为风景的一部分。中国是世界第一钢铁生产和消费大国，《中国冶金报》作为公信力、影响力最大的行业权威媒体，就好比参天大树。

身为经常在基层钢铁生产一线采访的一名新闻工作者，我在《中国冶金报》驻湖南站记者的岗位上学习、工作了15年。随着新闻事业的成长，自己的人生价值得到了升华，这是我的幸运。记得江苏站的陈黎明、湖北站的匡华安、河北站的郑戈、辽宁站的柳祖林等老记者，都曾为我提供过帮助。河北站站长谢吉恒老师，看到我在《中国冶金报》副刊发表过一些散文，去年热情地推荐我加入了中国散文学会，让钢铁行业的文艺创作走向更广阔的领域，让更多人了解钢铁人的工作和生活，使我十分感念。

有着60年深厚根基的《中国冶金报》，在新形势下，面对新兴媒体对传统纸媒体的竞争、钢铁行业面临的严峻市场形势等，行业新闻报道面临新的挑战。但让我们这些驻外地记者欣慰的是，《中国冶金报》与时俱进的意识日益增强，新闻目光非常敏锐，行动快捷有效。“中央厨房”理念和“全媒体发布”方式，从“时效性”着力，显著增强了《中国冶金报》的信息传播能力；向全产业链延伸，拓展出宽广的报道纵深；发现并不断满足读者的新需求，探索发展新模式，开始形成以信息、新闻为基础，多元产业共同发展的新格局。《中国冶金报》的探索与实践，在我国行业报的序列中也是别开生面的。

每次参加《中国冶金报》组织的各种活动，我都注意到，报社的年轻一代正在成为主力军，驻外地记者也有越来越多的新面孔，不免感叹岁月时光，更为这么多的青年才俊加盟到我们这支队伍而感到鼓舞。

这个伟大的时代，创造才是经典。《中国冶金报》老树又发新枝，努力转型成为现代化的传媒企业。在传媒发展的基础上，结合行业发展大趋势，实现与互联网的高度融合，创造出新的信息服务产业。《中国冶金报》新的媒体矩阵，必将带来强大的聚合效应：网站、微信、微博、APP，还有会议经济、论坛板块……这些都是过去的老报人想都想不到的。使命与责任、光荣和梦想，还看青年。

愿《中国冶金报》根深叶茂，基业长青。

（作者胡佩生，原载于《中国冶金报》，2016年5月1日）

友有缘　情无价

——杨秀和老谢的情缘故事

20年后，一个电话

“老谢，知道我是谁吗？”

“小杨，杨秀……”

“哈哈，老哥啊，都二十年了，哪里还是小杨……”

20多年前的杨秀

2016年月的一天，《中国冶金报》一位记者到松钢采访的时候，听说是《中国冶金报》的，杨秀第一个念头就想到了老谢。二十年前杨秀在唐山钢铁厂做办公室主任时结识了前来采访调研的《中国冶金报》河北记者站站长谢吉恒。

没容前来的记者开始正题，简短的寒暄之后，杨秀立即问他认不认识谢吉恒。从采访记者那要来谢吉恒的电话，杨秀跟来访的记者说，先不说今天的正题，容我先给老谢打个电话。

电话通了，两个人瞬间被拉回到20多年前的时光。

20年前，两人结缘

20多年前，谢吉恒步入知命之年，年富力强。杨秀刚而立之年，还是名副其实的小杨。

那时候，邓小平南巡发表南巡讲话，中国各行业呈现一派欣欣向荣的景象，钢铁行业形势更是一片大好。老谢作为《中国冶金报》河北记者站的站长到中国钢铁重镇唐山就“中国钢铁形势大好的原因以及如何实现钢铁行业的持续繁荣”进行调研。老谢来到当时唐山市属唯一一家钢铁企业——唐山钢铁厂。

杨秀当时是唐山市钢铁厂办公室主任。老谢到这里是由杨秀接待的。两个人年龄相差20多岁，却丝毫没有什么代沟。因为心里有着对钢铁相同的热爱，两个人迅速熟络起来，并成了忘年之交。

老谢回忆那时的杨秀说，杨秀那时年轻，头脑灵活，对新事物接受能力强，待人诚恳，做事有热情，同时，他又是一个相当沉稳成熟的年轻人。有着二十几岁的活力与热情，也有着四十几岁的睿智与内敛。老谢当时嘴上没说，但心里不由得感叹，难得啊，难得。

而老谢给杨秀的第一印象就是，这老哥哥是个干事儿的人。那时候钢厂、铁矿环境差，走哪儿都是烟尘。老谢每个点都要亲自走走，不是实地得到的信息他不放心。白天灰头土脸地走一天，晚上还掌着灯整理资料、起草稿子。

相互欣赏的两个人很容易就不再是工作上简单的配合关系，而成了真正的朋友。那段日子，两个人一起走访了很多钢厂、铁矿。风里雨里、烈日下、尘土中、通向各个厂矿的颠簸不平的道路上都有他们的身影。

一次去某铁矿采访，老谢开着的一辆陈旧小采访车走到途中闹起了“罢工”，抛锚在了半路。那时候连修车铺都少，更别提什么流动修车点了。无奈，只好由老谢掌舵，杨秀带着几个年轻记者推着小采访车在坑坑洼洼的路上走，一走就是好几里路啊！

讲到这个故事，杨秀跟老谢不由得相视大笑。那时的艰难，成了如今最珍贵的回忆。

两个人，编一本书

杨秀没有看错老谢，他真是个干实事儿的人。通过对唐山钢铁厂的深入了解，老谢看到了唐山出产的钢锭品质优良。此后，为了帮唐山钢铁开拓更广阔的销路和更宽广的市场，老谢跑前跑后做了不少工作，为当时唐山钢锭销量的增长着实添了一把劲。

老谢也没看错杨秀，头脑灵活、接受新事物能力强的杨秀跟老谢合计着，为迎接建党七十一周年和党的十四大的召开，发起了一次“开拓杯——党的建设风采录”。这次征文大赛由《中国冶金报》主办，唐山市钢铁厂协办。

“开拓杯”这个名字是杨秀拟的，意在开拓中国钢铁行业更广阔的市场，开拓中国钢铁行业的前景和未来。专栏的目的在于展示中国冶金工业战线上奋战的共产党员与党务工作者的风采，树立冶金行业的标杆与榜样，深入挖掘钢铁行业的潜力。并以此展示和颂扬各级党组织和党员在冶金行业的先锋模范作用，以此向党的七十一岁生日献礼。

此次征文在全国冶金行业引起了强烈反响，全国各大冶金企业纷纷投稿。《中国冶金报》层层遴选了150多篇优秀稿件，在报刊上连续发布长达半年时间。

随后，因其得到了各大厂矿及冶金企业的广泛认同，此次征文的主办单位与协办单位——《中国冶金报》和唐山钢铁厂决定从这150余篇优秀作品中优中选优辑录整理成册。这就是后来由冶金工业出版社出版的《涛头击水竞风流》。

《涛头击水竞风流》是冶金行业献给党的礼物，也是杨秀与老谢情谊的见证。如今这本册子的书页都已经泛黄了，而两个人的情谊却越发鲜亮。

再聚首，情谊如故

杨秀跟老谢从那时开始了长达数年的交往与联络，但由于当时的通讯没有那么发达，两人各自奔忙于自己的事业，不知从什么时候起两个人失去了联络。

没有通讯，两个人却时常记起彼此。每当看到《中国冶金报》上出现谢吉恒的名字，杨秀心里都会暗暗兴奋一下：老谢，我的老哥哥，对钢铁行业的认识与思考越来越深刻了。而在老谢的印象里，杨秀还是那个年轻帅气、朝气蓬勃的小杨，殊不知，当年的小杨也早已成长成为钢铁行业的高层管理者。

20多年，几经风雨，几度春秋，岁月改变了很多东西，也留存了很多东西。当在电话里听到杨秀声音的时候，老谢激动得有些颤抖。阔别二十多年，如今再逢故人，心底怎么能不起波澜。

二十多年过去了，两个人的情谊不仅没有因为阔别而疏远，反而如同窖藏了二十多年的美酒，如今启封，浓香四溢。封存了二十多年的记忆和友谊越发醇美、越发香浓。

（杨秀口述、王思维整理，原载于长城网，2016年10月）

我与挚友谢吉恒

鲁迅赠给瞿秋白一副对联曾说过：“人生得一知己足矣，斯世当以同怀视之。”

光阴荏苒，岁月悠长，行走在人生之路上，若能交到一位知己，那是人生的幸运。如今流年转换，我已步入甲子之年。回忆我与谢吉恒的交往，他可谓是我的人生知己矣！我收获了成熟与稳重，每每思君心情就灿烂如画。

一、新闻路上初次相识

工作上若能遇到同道者，乃人生一大幸事也。

我与谢吉恒相识，要从 1987 年说起。那时，我在中国华冶宣传部负责对外宣传工作。有一天，部长通知我，陪同一位冶金报的记者去山西化肥厂采访。

当晚，我们一起吃饭时见了面。他一米六几的个头，精明干练。他自我介绍说：“我是冶金报记者，姓谢，应你们单位丁经理邀请，去华冶正在施工的山西化肥厂采访，请你给予协助。”

席间，我们一边喝酒，一边交谈。得知谢吉恒是冶金报的专职记者，既为冶金报服务，也为冶金建设单位服务。类似相同的工作，颇有“他乡遇故知”的人生境遇，心理距离自然拉近了许多。

第二天，我们一起从邯郸出发赶往山西潞城。坐在车里，我们又聊了一路，距离就更近了。在山西化肥厂，华冶指挥长热情接待了我们，两天之内，我们形影不离，陪他看现场、转工地，需要采访谁，由我及时联络。晚上，我们又住在一起，聊新闻写作、谈工作经历，甚至谈到各自的家庭生活。因为，白天采访要跑工地，他与我聊着聊着竟然睡着了。但他醒来后，又开始了整理采访资料，构思新闻标题，写作新闻稿件，写完稿件已经是凌晨 2 点多了。我困得睡着了，他的稿件也完成了。这一次，我陪同他采访，看到了他的敬业精神，十分难能可贵。从此，谢吉恒成为我最亲密的挚友和良师。每当回忆起那一次的山西化肥厂采访，总是历历在目，记忆犹新。

通过山西的采访接触，我发现谢记者和我的性格相近之处很多，他给我留下了极其深刻的印象是平易近人、不善张扬、老成持重。在我与他几天的交往中，从没有什么说教，没有什么高谈阔论。他的言谈举止，使我这个初涉新闻之路的新兵受到很大的鼓舞和启迪："干好新闻记者，必须要有这种孜孜不倦的精神"。因老谢比我年龄大，我把他当作了兄长，并暗自下定决心，要学习吉恒兄，争取当一名合格的新闻记者。

二、深层次的交往与感悟

朋友圈里若能遇到同心者，乃人生一大乐事也。

1988 年 5 月，经单位推荐，我也被《中国冶金报》批准担任驻企业记者。

当了《中国冶金报》驻企业记者以后，我与谢吉恒便增多了交往的机会。这时，我们之间的共同语言也越来越多了。尤其是一年一次的《中国冶金报》全国记者会议都能和老谢见面，聊的话题也非常接近，大部分就是新闻业务的探讨，与媒体交流合作等内容。

谢吉恒不但有强烈的事业心，而且非常勤奋，有深邃的思想和执着追求，只要认准的事情，他都紧追不舍，不办成不收手。记得 1989 年在广州开全国记者会议时，我们谈如何搞好河北省冶金企业的报道以及争取设立河北省记者站的话题，一直谈到深夜。可见谢吉恒对搞好河北省冶金企业报道的设想，他已经站在了全省的高度了。

功夫不负有心人。经过他的多方游说和争取，《中国冶金报》终于批准建立河北省记者联络站（后改为记者站），任命谢吉恒担任站长。他当站长后，更是马不停蹄地工作着。他将河北省知名的冶金企业组织起来，建立了会员企业联谊会。定期召开企业联谊会，相互交流经验，为企业牵线搭桥，我成了老谢的得力助手。谢吉恒交了一批冶金企业的好朋友，积累了广博而深厚的人脉，这是一个他当记者的独特本事。

在老谢身上，有着中华民族特有的忠厚和仁爱的传统基因。对待老朋友以心交心，不玩虚的。

2002 年 9 月 25 日，我的家庭遭遇了人生中最大的灾难，如同晴天霹雳，爱人突发脑出血住进医院，经过手术，生命保住了，但是她却成了植物人。当时，我的经济条件差，妻子住院 18 天就花了 3.8 万元，大部分是借的。

当时，我的两个女儿，一个在廊坊师范学院读书上大一，一个在上高一。经济和精神的巨大压力，使我陷入绝境。这事我给河北记者站站长谢吉恒进行了如实汇报，谢吉恒安慰我："不要着急，我向《中国冶金报》汇报，看看能不能发动给你捐款，你好好照顾妻子和孩子，等我的好消息。"一周后，谢吉恒给我打电话说："你的事，我汇报给了报社领导，他们很重视，正在组织全体记者捐款。"我当时喜出望外。过了几天，谢吉恒带着9680元来自《中国冶金报》群体记者们的关爱，到邯郸看望我。我激动得热泪盈眶，紧紧握住谢吉恒的手说："你替我谢谢冶金报的领导，谢谢为我捐款的记者们。"之后，我在《中国冶金报》发出了感谢信。

在那段时间里，白天上班工作，晚上为妻子守夜，鼻饲、吸痰、翻身、搓背、侍弄大小便，一直坚持了4年4个月。即使这样，我也从未间断新闻报道工作，新闻写作已经成了我生活的一部分。我的一些重头报道先后在《中国冶金报》《河北日报》《河北工人报》及中央、省、市电台电视台发表，人民网、国资委等网站也不时地采用我的稿件。如今，我身为企业报主编，既要负责本单位的对外宣传工作，又要完成《中国冶金报》记者的报道任务，忙忙碌碌中，依旧坚定地行走在新闻之路上。多次受到《中国冶金报》表扬，并被评为先进记者。2014年4月27日，由中国经济思想史学会、世界华侨华人社团联合总会、中国现代文化学会企业文化专业委员会、中国策划协会、中国文化艺术发展研究院联合主办的第五届中国时代风采征评活动颁奖盛典在北京国家会议中心隆重举行。我被授予"最具影响力新闻文化工作者"荣誉称号。

三、在新闻之路上感受传帮带

工作中若能得到良师相助者，乃人生一大快事也。

写好新闻稿件，采访是个关键环节。在这方面，谢吉恒的采访技巧有口皆碑。只要是他要采访的人物，他都千方百计绝不放过。为了采访，他与当事人提前预约，为找到当事人他不惜四处奔跑；有时，为了写曝光的报道，当事人借口工作忙，不予配合，他耐心等待，有时一等就是几个小时；有时，为弄清事实真相，只能明察暗访，直到把事情脉络厘清为止。尤其是写曝光的报道，他不顾遭当事人白眼，甚至冒着被打击报复的危险，也要弄清楚事实，让读者看到事件的本来面目，体现了记者的责任与担当。

在采访中，我有幸与谢吉恒进行了几次合作。当时，我作为一个新闻报道新手，见识了他的采访功夫。一次是1989年《中国冶金报》组织的“冶建企业纵横谈”。我们冶建单位的4位记者一起到几家施工企业去采访探究冶建企业如何开拓市场。所到之处，谢吉恒的采访得心应手，句句问到点子上。有的企业老总不善言谈，谢吉恒循循善诱，他可以步步深入，很快完成了采访任务，受到报社领导的赞扬。报道发出后，受到了企业领导的称赞。这次采访合作，使我受益匪浅。一次是1994年的一天，我们去采访一家民营企业，采访时企业老总不肯谈及本单位的管理和做法，我们相视对峙了好长时间。只见谢吉恒不紧不慢，不卑不亢，巧妙地让老总打开了话匣子。当时，我曾想采访对象不愿意接受采访，只好放弃了。然而，谢吉恒不仅让那个老总开腔，而且还滔滔不绝谈了起来，真是佩服啊。

冶金工业出版社总编辑、《中国冶金报》原总编辑任静波对谢吉恒作了中肯的评价：“谢吉恒给我的最初印象是老成持重，一副饱经沧桑的样子。接触深了，方知他的确是经历坎坷。他当过兵，后供职在冶建单位，并长期为《中国冶金报》工作。从基层通讯员干到专职记者，又因工作出色被提拔为记者站站长。从内蒙古到河北，无论在哪里，无论顺境或逆途，唯一不变的，是他对新闻事业执着的爱。感受最深的是他的勤奋、机敏，点子多，肯吃苦，而且永远充满激情。几十年来，他孜孜不倦地追求着自已的新闻理想，以他的辛勤、他的敬业、他的文学和新闻修养，采写出一篇篇有分量的报道。如今，已过花甲之年的他依旧穿梭在河北大地，笔耕不辍，时而往来于河北与北京之间，为报道的“落地”奔走。他每年在《中国冶金报》上发稿百余篇，连续多年被评为《中国冶金报》优秀记者及优秀记者站站长。”

据统计，40多年来，谢吉恒先后在各级报刊发表近360余万字新闻作品和文学作品。获报告文学、散文等各类奖项，受到国家领导人多次接见，以骄人的业绩获得了业界的赞誉。2006年，在“中华大地之星”征文评选活动中被授予“十佳新闻文化工作者”称号；2011年，在由中国报告文学学会、散文学会等举办的“中国时代风采”征文评选活动中，被授予全国“最具影响力新闻文化工作者”荣誉称号。

四、报社深度报道的“快手”

前进中若能遇到“路标”者，乃人生一大参照也。

在媒体百舸争流的竞争中，深度报道作为报纸赢得读者的“杀手锏”，是对记者睿智和资深能力的检验。近几年，谢吉恒在经济发展的“深海”捕鱼，以其客观、深入的报道风格，深入浅出的前瞻性思考，赢得了读者的青睐和尊敬。

今年是“十三五”开局之年，也是推进供给侧结构性改革的攻坚之年，钢铁企业转型升级既是伴随阵痛的调整，更是充满希望的蜕变过程。对此，谢吉恒站在钢铁企业转型升级的宏观高度，走访地方政府官员和相关部门领导与专家学者，与多家钢铁企业老总探讨转型发展去产能的思路，收集了河北省钢铁企业转型升级去产能求发展的做法，报道了钢铁大省河北省坚定不移地推进转型升级，在转型发展过程中去产能的措施、行动和存在的问题，为全国推进钢铁去产能提供了宝贵经验。

五、与时代同步　为改革者著书立说

事业上若能遇到合作者，乃人生一大缘分也。

当记者是谢吉恒人生最大的梦想和愿望。其实，谢吉恒的记者生涯十分光彩照人。早在20世纪60年代，他就开始从事新闻写作。在部队当兵时，他就是解放军报的优秀通讯员。转业地方后，他在冶建企业任过专职新闻干事、报道科科长、编辑记者。20世纪80年代担任《中国冶金报》记者，90年代后期担任河北记者站长，圆了他的记者梦。

谢吉恒善于总结人生的目标和愿望。早在20世纪80年代末，他就将自己走过的新闻之路、采访企业的经营管理和改革业绩汇集起来，出版了《汗水智慧铸丰碑》《求索生存坐标》等专著。

1999年是中国改革开放20周年，谢吉恒产生汇编“部分冶金企业改革开放成就”一书的想法，并请我大力协助。我想，这是我难得的一次学习机会，就欣然应允。那本书名是《辉煌二十年——部分冶金企业改革开放成就报告》，全书汇编28万字。此书由《中华经济系列期刊》总编辑、新闻学专家何光先作序，由冶金工业出版社出版发行。选编的文章内容丰富、体裁多样。由谢吉恒和我任主编，该书出版后，对冶金企业相互交流和借鉴起到了较好的促进作用。该书的出版，使我既学到了不少知识，也积累了经验。

我与谢吉恒的第二次合作出书是2013年5月。这次是将在“中华大地之星”征文活动中河北省内获得全国“十佳、百佳新闻人物”以及“中华优秀奉献者”称号的人物事迹甄选入书，以此歌颂在实现中华民族伟大复兴的中国梦过程中作出贡献的英模和为全面建设小康社会作出贡献的先进集体，以传递建设中国梦的正能量。这本书名为《燕赵儿女走进人民大会堂》，共计31万字。这次与谢吉恒合作默契，我们按照各自职责分工，非常成功。该书一经出版就受到河北省有关部门和企业的高度关注，受到业界的好评和欢迎。

我与谢吉恒的第三次牵手合作出书是2014年。

一天，他打电话给我说：“《燕赵儿女走进人民大会堂》出版后很受欢迎。应河北省部分冶金企业的建议和要求，能否尽快筹备出版一个续篇，咱俩来个三度合作吧!”老谢笑着说。

我知道，老谢打电话就是心中有底了。之后，我们又进行了续篇的策划和分工，2014年9月，《燕赵儿女走进人民大会堂》（续篇）又成功地出版了。这次内容更加广泛有深度，作品全方位、多角度讴歌时代英才，谱写大地华章，受到冶金工业出版社的鼎力推荐。

我俩任主编出书合作三次，完全是出于责任和担当，奉献了大量业余时间，但我俩认为很值，免费赠书给企业，力求最大的社会效益。这里，我也套用一句广告词：“电影，观众喜欢就是值”。书，读者爱看就是值。

六、探索“钢铁与文学元素”交融

吉恒兄已跨入古稀之年，他的日程每天排得满满的，依然是勤奋努力、勤于笔耕，马不停蹄，看上去毫无倦意。

在10多年前，谢吉恒开始探索散文与新闻的有机融合，积极在“副刊”版上耕耘。他试图把深度报道镶加“钢铁元素和文学元素”，将钢铁报道与冶金文化相融合。他借助“一带一路”开发西北战略的实施，以及河北一些冶建、钢厂、钢贸商投身银川重点工程建设的时机，不顾年迈和劳累，深入工地采写与当地文化相关的软新闻，写成散文、游记等文学作品，在副刊上呈现给读者，使钢铁报道充满了文化韵味，很受读者欢迎。

谢吉恒的散文集《难以磨灭的记忆》《走进红松的故乡》相继出版后，许多熟悉他的读者都以得到一册他签名的书而自豪。

这就是我的挚友谢吉恒，一个钟爱事业、执着追求、奋斗不止的老报人。

写到此处，我不由得大声疾呼："吉恒兄，我佩服你！"

（作者侯宪台，原载于长城网，2016 年 9 月）

为深度报道积聚力量

作者李希雯

2015 年初，报社领导让我去一版锻炼。当时，抱着拥有 7 年采矿工程专业学习经历和 2 年采编经验，我以"初生牛犊不怕虎"的心态欣然到岗。

2014 年末，国家主席习近平系统阐述了"新常态"，并表示新常态将给中国带来新的发展机遇。与此同时，钢铁行业作为传统的支柱行业面临转型发展的考验。2015 年，经济增长对钢材消费的带动作用逐渐减弱，钢材消费需求大幅下降，钢铁行业也迎来了"史上最困难"的一年。行业的每一个变化是循序渐进的，作为行业媒体人，我有幸通过一系列的深度报道，成为了这一过程的见证者。

在这个过程中，对我而言，谢吉恒老师是不可缺少的一部分。

资深记者与新编辑的组合

2015 年初，受市场影响，部分钢铁企业生产经营困难的情况已经有了苗头，企业各项数据不漂亮，大都关起门来研究应对策略，宣传方面更愿意选择低调。是否有行业重大事件发生？是否有企业先进经验和做法分享？是否有重大政策发布……刚成为一版编辑的我，一方面忙于补充新闻采编知识，另一方面苦于找不到能出好作品的选题。企业的沉默更是让我焦头烂额。

“你问问老谢，河北省有很多钢铁企业，老谢和他们都很熟。让老谢去采访看看，问问那些企业的实际生产经营状况，你就有头条了。”当时，报社常务副总编提醒我。

对于我来说，谢老师绝对算得上是报社的资深记者。翻看近几年《中国冶金报》上刊登的谢老师的文章，多是记者调查类型的。尽管如此，在我的印象里，常务副总编对头条的要求是很高的，不会在没看见文章的情况下，仅凭作者就评价文章的好坏。虽然，我当时并不明白为什么，但是也不肯放过这一根“救命稻草”。整理了一下思路，抱着试一试的心理，拨通了谢老师的电话。因为有点紧张，我感觉我在电话里没有说明白。谢老师就很爽快地跟我说：“小李，你把你对文章的要求给我用邮件发过来吧。我回头看到邮件给你回复。”

“最近，全国各地一些钢铁企业曝出1月份亏损的问题。中国冶金报一版拟策划‘1月份钢铁企业怎么了’的报道，想请您采访一些河北地区的钢铁企业，特别是民营企业，了解他们在今年1月份的经营状况，遇到了什么问题？是什么原因造成的？是个例还是普遍问题？是否有应对措施？接下来打算怎么做……这个选题比较着急，希望年前发，还请您费心。——2015年2月11日”这封满是问号的邮件是我做一版编辑后发给谢老师的第一封邮件，也拉开了我俩合作的序幕。

很快，谢老师给我答复。当时他正好在几个民营钢铁企业处调研，详细跟我介绍了企业的情况并不乐观，并答应我尽快把手头上的资料和采访整理出来给我。4天后，到稿。

在常务副总编的指导下，我在谢老师原稿的基础上补充了行业整体运行情况，其他地区和钢铁企业遇到的困难和应对措施。于是，我和谢老师合作的第一篇文章《承压开年　钢企冷暖几何?》以联合报道的形式于3月3日发表在《中国冶金报》一版头条位置。

在接下来的一年多时间里，我和谢老师这样的合作有几十次，虽然并不是每一次的选题最后都能变成文章，但是每次谢老师都会给我耐心的回复，说明文章的进展情况和遇到的困难。能不能写？怎么写？怎么改？编辑和记者之间一次次有效的沟通让事件更加清晰，让报道更加全面，从而保证了每一篇成稿的质量。

输了时间　赢在事实和深度

在一次谈话中，常务副总编问我：“你知道为什么老谢的这篇文章就能发头条吗？”我当时的回答很幼稚：“因为有很多的采访？”她回答：“不是，而是因为这篇文章是一篇基于记者调查的深度报道。”

根据《新闻学大词典》，深度报道的定义是“运用解释、分析预测的方法，从历史渊源、因果关系、矛盾演变、影响作用、发展趋势等方面报道新闻的形式”。还有解释认为，深度报道“是一种系统反映重大新闻事件和社会问题，深入挖掘和阐明事件的因果关系，揭示其实质和意义，追踪和探索其发展趋向的报道方式”。可以看出，“深度”重在追踪和探索，贵在实质和意义。当时的我对深度报道并没有太深刻的理解，但是却从心里认同这样的报道很有看头，很有意义。

以我和谢老师合作的另一篇文章《限产之后，揭开唐山钢铁业去产能“面纱”》（2016年7月13日头条）为例，这篇文章是我在今年6月份提出的选题。2015年末，唐山地区陆续有企业停产的消息；2016年初，因为各种原因，唐山开始限产；随着3、4月份钢价回暖，不少企业开始复产……在行业去产能和环境保护的双重背景下，唐山的限产令仍在继续，也吸引了各大媒体的眼球。大多数媒体都在“第一时间”报道了限产令的发布，并预测了其对行业的影响。然而，钢铁行业去产能是一个持续性的过程，唐山限产令的意义更大的在于其效果，即其执行情况和对地区钢铁环境的实际影响。

因此，当《中国冶金报》在7月13日推出这篇报道时，我首先明确它不是一篇“新闻”，因为限产是个进行时，文章最多在开头提到了“7月11日，唐山市政府印发《唐山市七月份环境空气质量改善强化措施》”，由此引起下文。我认为，这篇文章的成功之处在于把离散的限产令、钢价变化和去产能串联起来，让读者看到当“限产令”成为“新常态”，钢价坐像“过山车”，钢企的停产、复产是顺应市场的行为，最终落点在于唐山钢铁企业去产能重在执行，化压力为动力，采取“标准约束+差别政策+末位淘汰”

办法，精准推动低效无效产能加速退出。

文章有生动的采访，以事实调查作为依托，用逻辑延伸阅读，让读者看到他们所关心的问题背后的故事。我认为这是深度报道区别于短、平、快新闻的重要特征，也是深度报道的魅力所在。

在新媒体的冲击下，因制作周期长而导致信息传递速度慢的传统媒体需要通过更多更好的深度报道来体现其核心价值。虽然2015年以来很多纸媒的深度部门被裁撤，但我仍然感谢深度报道，让我对自己的职业心生敬畏。我相信，深度报道是新媒体时代一道永不退色的风景，而这道风景需要记者和编辑共同维护。

不自黑、不炒作　用专业传播行业正能量

在新媒体，特别是自媒体传播速度越来越快、范围越来越广的今天，专业的深度报道是行业媒体把握舆论导向的重要支撑。

当前，钢铁行业正处于转型脱困发展的关键时期，面临产能过剩问题、“僵尸企业”问题、环境问题、国际贸易摩擦问题等内忧外患，得到了行业内外广泛关注。为公众提供真实准备的报道是每一位编辑和记者的责任。然而，在眼球经济下，一些媒体工作者专业化程度不高、急于出成绩，为了迎合新闻受众“负面偏好”的心理，炮制出一些带有主观情绪的新闻作品。如2015年10月份，多家媒体报道称“太钢”被取消韩国KS认证，实际上被取消认证的是河北泰钢。在谢老师的协助下，经过多方沟通和调查，《中国冶金报》推出《被取消的KS认证》一文，使事件得以澄清。此外，还有2015年12月份某媒体报道的武钢“裁员”事件，实则混淆了“减员”和“裁员”的概念，《中国冶金报》也对此进行了澄清报道。

早在2013年8月举行的全国宣传思想政治工作会议上，习近平总书记就曾发表重要讲话指出，我们正在进行具有许多新的历史特点的伟大斗争，面临的挑战和困难前所未有，必须坚持巩固壮大主流思想舆论，弘扬主旋律，传播正能量，激发全社会团结奋进的强大力量。

我想强调的是，钢铁行业正处于困难时期，过去粗放式发展阶段存在的问题已经暴露出来，专业行业媒体应该真实客观地向公众呈现问题，不是自黑，也不是炒作，而且应让更多的人看清问题以及行业自身为了解决这些问

题所做的努力。我想，这或许就是行业所需要的正能量吧。

我和谢老师也是朝这个方向努力的。

2015 年 8 月份，谢老师主动联系我说手头上有一些河北民营钢铁企业延伸产业链、发展非钢产业的材料。当时，受需求萎缩、产能高居不下的影响，钢铁行业企业刚刚出现亏损的迹象，各大企业也正在研究适合自身的脱困发展之道。我听到这个消息，心想："这不就是第一钢铁大省的自我消化之路吗？这对整个行业都有借鉴意义。"于是，这篇河北钢企主动调整产业结构，以需求为导向，通过以项目建设为抓手、培养耗钢产业集群、产适销对路产品培育耗钢产业的精彩实践就展现在读者面前。

2015 年 12 月份是钢铁行业的最困难时期。谢老师调研数据显示：企业大面积亏损，95% 以上企业亏损；拖欠职工工资的企业数量明显增加，有 20% ~30% 的企业拖欠工资；仅唐山地区就有 10 余家钢厂减产或停产。我们把这些相对"负面"的行业现状呈现出来，把企业负责人的担心和无助展现出来，不是为了简单地唱衰行业博得眼球，而是希望行业更多的人正视问题，和大家探讨在如此困难的情况下，多数民营钢企为什么依然选择苦熬硬扛？严冬中钢铁企业的真正出路在哪里？因此，《河北民营钢企的严冬博弈》一文，以呈现性的文字，分析了严冬"怪象"之源，严冬将持续多久，以及真正走出严冬靠什么。

我知道，在新闻采编的路上，我还是初出茅庐，我经手的很多报道还有很需要改进的地方，要做出更多更好的深度报道需要持续不断的学习。我更加清楚，失去记者的支持帮助，电脑屏幕前的编辑如同笼子里失去翅膀的小鸟，不会飞翔，更看不见天空。

再次感谢谢吉恒老师在我担任一版编辑期间，对我的支持和帮助。

（作者《中国冶金报》编辑李希雯，原载于长城网，2016 年 9 月）

后　　记

《难以磨灭的记忆》《走进红松的故乡》两部散文、报告文学集分别于2013年6月和2015年2月与读者见面了。四年后，第三部《丝路采风随笔》又呈献给读者。

坦白地说，我之所以出版这个文集，初衷就是为了纪念《中国冶金报》创刊60周年。“人生六十花甲子，冶金有报六十春”，我已是连续三十余载辛勤耕耘在《中国冶金报》这块沃土上的老记者，长时间担任《中国冶金报》驻河北记者站站长，常年奔波于燕山与太行山间的燕赵大地众多的冶金企业采访调研。责任和担当，激励我用饱蘸深情的笔触，抒发对钢铁业蓬勃发展的挚爱，秉承科学发展、节能减排、转型升级、绿水青山就是金山银山的理念，打造发展河北绿色钢铁的“样本”，为实现中华民族的伟大复兴梦而鼓与呼。为让更多的人亲近钢铁业、了解钢铁业，为纪念《中国冶金报》创刊60年的辉煌历程，我编辑出版了此书，如果大家读了这本书，能有一丝哪怕是转瞬即逝的感动，我就心满意足了。

《丝路采风随笔》以纪念《中国冶金报》创刊60周年为主轴，分为3个板块，即“旅游长见识，行走即读书”“创刊六十载，浓墨抒深情”“展时代风采，听回声嘹亮”，以彰显丝路特色、深度报道为抓手，甄选作者近几年在各期刊发表过的若干篇新作。“丝路”是品牌，蕴含丰富的含金量，入选《丝路采风随笔》的绝大部分作品是作者在青海、宁夏、内蒙古、甘肃、河南、河北等省、自治区采风时采写的。采写中努力践行“钢铁元素+文学元素”，增强作品的文学性、可读性，生动再现丝路上的风景名胜、文物古迹等，希望能带领读者跟随我的足迹和心路深度游一回。

《丝路采风随笔》一书付梓问世之时，我如释重负。此书凝结着大家共同努力的智慧和汗水，中国钢铁协会、河北冶金协会、《中国冶金报》等领导的关心和指导，众多民营钢企老总的建议与良策，与我朝夕相处多年的“圈子里”的通讯员们鼎力相助……这些利好因素使我能在较短时间完成书稿。因成书时间仓促，加之我知识水平有限，书稿中会存在这样或那样的瑕疵和疏漏，敬请广大读者批评指正。

在这里要感谢河北省内外钢铁行业的专家、业内知名人士，他们在我采风过程中，不断给我提供线索，指引方向，不断鼓励我战胜困难，是他们给予我的心灵以洗礼，使我对生活寄予美好的期望。

还要感谢所有曾为这本书流过汗水的企业家和通讯员们，没有大家的辛苦和努力，没有大家的热情和信心，这本书也是不可能出生的。

特别要感谢我的老朋友，是他们不断鼓励支持我……如旅游界资深友人沈五群先生看到我此书初稿后，赋诗一首《赠谢老》：“冶金文坛一支红，年过古稀仍追梦。篇篇美文呈异彩，辛勤耕耘终有成!”鼓励我坚持到底。又如老朋友民间诗人以好写旧体诗著称的任宝亭，应邀请欣然为此书三大板块赠诗，增色不少。还有画家张世才、王泉涌以高超的画艺创作国画，给人以美的熏陶和享受。书法家侯宪台为此书封面题字。

最后，我还要感谢德高望重年逾八旬的阮观荣老先生，在百忙之中抽出时间，为这本书作序。

谢吉恒

2016年12月30日于北京